Ramona Romeiko

Under the Spell of Darkness

The Fall

Band 2

Ramona Romeiko

Under The Spell of Darkness
The Fall

Dark Romance Roman

1. Auflage

Impressum

Bibliografische Information der
Deutschen Nationalbibliothek:
Die Deutsche Nationalbibliothek verzeichnet diese
Publikation in der Deutschen Nationalbibliografie;
detaillierte bibliografische Daten sind im Internet
über http://dnb.dnb.de abrufbar.

Die automatisierte Analyse des Werkes, um daraus
Informationen insbesondere über Muster, Trends und
Korrelationen gemäß §44b UrhG („Text und Data Mining")
zu gewinnen, ist untersagt.

ISBN: 978-3-7693-2417-4

© Ramona Romeiko

Verlag:
BoD · Books on Demand GmbH, In de Tarpen 42,
22848 Norderstedt
Druck:
Libri Plureos GmbH, Friedensallee 273, 22763 Hamburg

Covergestaltung:
© Ramona Romeiko und www.Insel-Design.de
Deutsche Erstausgabe 2024
www.ramona-romeiko.de

Triggerwarnung

Dieser Roman enthält folgende potenziell belastende Themen, die einige Leserinnen und Leser emotional beeinflussen könnten: Gewalt, Dunkle Magie, Intrigen und Täuschung, Zwang und Manipulation, Beziehungsdynamiken. Bitte seien Sie sich bewusst, dass diese Themen in der Geschichte vorkommen, und nehmen Sie Rücksicht auf Ihre eigenen emotionalen Grenzen, wenn Sie den Roman lesen. Es ist ratsam, vor dem Lesen des Romans geeignete Vorkehrungen zu treffen oder zu überlegen, ob dieser Roman für Sie infrage kommt.

Ich hoffe Dir gefällt der Band 2...

über ein Feedback würde ich mich sehr freuen.

Ich wünsche Dir viel Spaß beim Lesen!

Resümee des letzten Kapitels: Band 1

In einem düsteren Verlies, tief im Territorium eines rivalisierenden Clans, wird Lyanna gefangen gehalten. Umgeben von kalten, feuchten Wänden und einem modrigen Geruch der Verzweiflung ist sie an Händen und Füßen gefesselt. Die brutalen Soldaten des Clans, allen voran Luciano und Vittorio, setzen ihr unvorstellbaren Qualen aus und versuchen, sie zu brechen. Trotz der Folter und des psychischen Drucks weigert sich Lyanna, den Gegnern Informationen preiszugeben, und kämpft tapfer gegen ihre Furcht an.

Eines Morgens bringt der weniger aggressive Soldat Marco ihr Essen und bietet ihr die Gelegenheit, sich zu befreien. Mit einem letzten Funken Hoffnung nutzt Lyanna diese Chance zur Flucht und sprintet durch den dunklen Tunnel, wird jedoch von Luciano aufgehalten, der sie gewaltsam zurück in ihre Gefangenschaft bringt.

Nach zwei weiteren Tagen der Misshandlungen tritt eine Gruppe von Männern in den Raum – Vittorio, Luciano und Marco. Vittorio lässt seiner brutalen Neigung freien Lauf und vergewaltigt Lyanna, während er sie psychisch weiter erniedrigt. Die grausamen Erfahrungen hinterlassen tiefe Narben auf ihrem Körper und ihrer Seele, doch inmitten all der Dunkelheit sucht sie Trost in den Erinnerungen an die Caelus-Brüder, besonders an Apollo, in der Hoffnung, dass sie sie befreien werden.

Währenddessen setzen die Caelus-Brüder ihre verzweifelte Suche nach ihr fort. Ihre Entschlossenheit, Lyanna zu befreien, bleibt ungebrochen, während Lyanna sich während ihrer Gefangenschaft verändert: Ihre Unschuld und Hoffnung werden durch eine kühle Entschlossenheit ersetzt, um in der grausamen Realität zu überleben.

Lyanna

Während der langen Zeit im Verlies begann eine Wandlung in mir. Ich war zwar körperlich angeschlagen, doch die Flamme meines Willens war nicht erloschen. Tief in meinem Inneren formte sich eine leise, aber unaufhörliche Revolte gegen die Schmerzen meiner Gefangenschaft, die mich gefangen hielten. Die Erinnerung an die Brüder, an unsere gemeinsamen Momente und die unzertrennbare Bindung zwischen uns hielt mich am Leben. In der Einsamkeit, umgeben von meinen Qualen, begann ich einen Plan zu schmieden. Ich wusste, dass ich nicht ewig aushalten konnte. Wenn sich die Gelegenheit bot, würde ich bereit sein.

Nach einer gefühlten Ewigkeit hörte ich die schweren Schritte, die zuvor ein Zeichen für Angst und Schrecken waren, sie klangen jetzt wie eine Melodie aus der Vergangenheit. Sie gaben mir die Energie, weiterzukämpfen. Als Vittorio erneut erschien, um mich zu verhören, fand er in mir keine willige Gesprächspartnerin vor.

„Hast du eine Entscheidung getroffen?", fragte er. Sein Kinn hielt er stolz in die Höhe und schaute mit einem Blick auf mich herab, der keine Zweifel darüber zulassen wollte, wer sich hier in Kontrolle befand.

„Ihr werdet niemals siegen", antwortete ich mit fester Stimme, mein Herz klopfte wie wild. „Ich weiß, dass ihr verlieren werdet, egal was ihr denkt wie mächtig ihr auch seid."

Vittorio schnaubte verächtlich, doch ich bemerkte eine kaum erkennbare Unsicherheit in seinem Blick. Sein Blick fiel auf meine Augen. Für einen kurzen Moment hatte ich das Gefühl, dass er einen Bruch in seinem eigenen Vertrauen bemerkte. Für einen Sekundenbruchteil glaubte ich zu sehen, wie sein Selbstvertrauen wankte. Er schien es zu bemerken, verhärtete seine Züge und der Moment verflog. „Du bist hartnäckig", murmelte er. „Aber das wird dir nichts nützen, wenn die Caelus beginnen, sich gegen dich zu wenden."

In diesem Moment spürte ich, dass mein Widerstand ihn verletzte, und vielleicht würde ich dafür zahlen. Doch ich dachte erst gar nicht daran, aufzugeben.

Die Stunden vergingen in einem grausamen, langsamen Takt. Ich konnte das schwache Licht unter der verschlossenen Tür sehen. Es erinnerte mich an die Freiheit, die ich so schmerzlich vermisste.

Die Erinnerungen an die Caelus-Brüder waren mein Licht in diesem Schattenreich. Es waren nicht nur flüchtige Gedanken; es waren lebendige Szenen, die sich wie ein heimlicher Film in meinem Geist abspielten. Das Lächeln von Aiden, die schönen Gespräche mit Aurel und die Nächte, die ich mit Apollo verbrachte, während die Sterne über uns funkelten – jeder kostbare Moment stärkte meinen Glauben daran, dass die Hoffnung nicht für immer verloren war. Ich fühlte die Bindung zu ihnen wie einen unsichtbaren Faden, der mich mit der Außenwelt verband und wie ein Rettungsseil an mir zog. Ich schöpfte neue Energie aus der Gewissheit etwas zu haben, wofür es sich zu kämpfen lohnte.

Inmitten dieses Aufruhrs gab es einen tiefen Schmerz – den Schmerz des Verrats. Ich fühlte mich gefangen, nicht nur in der beklemmenden Beschaffenheit meiner Umgebung, sondern auch in der bedrückenden Realität meiner Gefangenschaft. Es war eine ständige Herausforderung, meinen Geist klar zu halten und den aufkeimenden Pessimismus zu bekämpfen, der sich in mein Bewusstsein zu schleichen versuchte. Hin und wieder überkam mich eine Welle der Resignation, wenn ich an die Grausamkeiten dachte, die mir zuteilwurden, und ich fragte mich, wann ich endgültig brechen würde. Doch dann besann ich mich der Stärke, die ich tief in mir trug –die geheime Flamme meines Willens, die nicht erlöschen durfte.

Als Marco erschien, überwältigte mich ein Gefühl von Verwirrung und Hoffnung. Hier war jemand, der mir in meiner Lage helfen konnte - oder sie zum schlimmeren wenden würde. In jeder Interaktion mit ihm lag eine Chance, aber auch eine Gefahr. Ich würde vorsichtig sein müssen. Ich war mir der Gefahr bewusst, die in jeder Interaktion mit ihm lag. Das Zögern in seinen Augen warf Fragen auf: War er Raphael gegenüber loyal? Könnte ich ihm vertrauen? Ich wollte nicht noch einmal enttäuscht werden. Die Hoffnung war ein kleiner Funken in meinem Herzen, der gleichzeitig im Boden des Misstrauens zu ersticken drohte.

Ich fühlte wie die Anspannung in mir aufstieg, als ich versuchte, meine Wünsche und Ziele klar zu formulieren. Ich wollte ihm alles offenbaren - meine Verzweiflung und meinen Plan hier raus zu kommen, meine Gefühle - doch die Worte blieben mir im Hals stecken. Doch dem brodelnden Verlangen, mich auszudrücken, stand die Angst entgegen, alles zu verlieren. Jedes Wort das ich sprach, könnte der letzte Schimmer der Hoffnung sein oder mein Verhängnis.

Während die Stunden in der qualvollen Einsamkeit vergingen, spürte ich, wie sich Wut in mir aufstaute. Der Zorn auf meine Peiniger, auf die Ungerechtigkeit, die mich dieser Tortur aussetzten. Dieser Zorn war der Nährboden für meine Entschlossenheit und in ihm fand ich Stärke. Es war ein feuriger Aufschrei, mit dem ich das Trübsal zurückdrängen konnte, die mein Leben zu ergreifen drohte. Nie zuvor hatte ich so deutlich verstanden, dass meine Überlebensinstinkte und mein Wille zur Freiheit über allem standen. Ich wusste, dass es nur eine Frage der Zeit war, bis sich eine Möglichkeit zur Flucht ergeben würde. Jeder Moment, den ich aushielt, brachte mich meinem Ziel näher. Immer wieder driftete ich weg, bis Marco erneut vor mir stand, ohne zu wissen, dass er das Ticket zu meiner Freiheit in seinen Händen hielt. Er brachte mir Wasser und eine Schale mit Brot und blieb dieses Mal länger stehen als nötig Vielleicht war es etwas in meinen Augen, dass ihn innehalten ließ. Vielleicht war es auch reine Neugier.

„Du hörst dich besser an", sagte er überrascht, „Du kämpfst noch, Lyanna. Das ist gut." In diesem Moment erkannte ich meine langersehnte Chance. Wenn Marco kein loyaler Soldat war und sich gegen die Dunkelheit wandte, konnte er vielleicht mein Weg nach draußen sein.

„Marco", begann ich vorsichtig. „Ich weiß, dass du..." „Still!", fiel er mir ins Wort. Sein Ausdruck wechselte zu Besorgnis. Etwas sanfter fügte er hinzu: „Sie dürfen mich nicht hören."

„Sie sind sich sehr sicher, dass sie dich brechen werden. Aber in deinen Augen sehe ich, dass Leben. Du bist stark, viel stärker, als sie ahnen. Ich... ich kann dir nicht helfen. Du weißt, wozu sie fähig sind."

„Aber du kannst", entgegnete ich eindringlich. „Wenn du mir nur einen Hinweis gibst, wie ich entkommen kann."

Er sah sich um, als könnte er meinen Fluchtversuch bereits vorausahnen, und flüsterte schnell: „Der Ausgang ist hier im Verlies. Den Weg lang, die kleine Treppe nach oben und dann rechts durch die Tür, danach siehst du es schon, aber die Wachen sind überall. Alle dreißig Minuten wechseln sie ihre Plätze. Du musst klug handeln, und du musst schnell sein. Wenn sie dich erwischen, wird es dein Ende sein. Und ich kann nichts tun, wenn sie kommen."

Seine Hilfe war ein entfachter Sturm der Flammen, den ich brauchte. Als Marco die Zelle verließ, begann ich meinen Plan zu überdenken. Ich kannte die Gegebenheiten und den Weg, den ich nehmen musste. Unter dem unaufhörlichen Hämmern meines Verstandes formten sich die vagen Konturen eines Plans zu einem scharfen Messer, mit dem ich meine Fesseln durchschneiden würde.

In der Finsternis der kommenden Stunden schloss ich meine Augen, um mich zu konzentrieren und meinen letzten magische Funken zu aktivieren. Die Fesseln, die mich gefangen hielten, konnten brechen, aber zuerst musste ich mich um die Wachen kümmern. Derbe

Schritte halten von den Wänden und ich wusste, dass Vittorio bald zurückkehren würde.

Ich atmete tief durch und bereitete mich vor. Nach all den Stunden des Stillstands war ich fest entschlossen, mich gegen diese grausame Welt zu wehren, die mich gefangen hielt.

Als die Schwärze sich weiter um mich zog, war ich in meinen Gedanken gesunken, aber nicht gebrochen. Dieser Gedanke – voller Herzschmerz, Wut, Entschlossenheit und Hoffnung – war mein treuer Begleiter, während ich darauf wartete, den ersten Schritt in meine Flucht zu wagen. In dieser Situation fand ich mich selbst und erkannte, dass ich nicht nur um mein Überleben kämpfte, sondern auch darum, meine eigene Geschichte zu schreiben.

Das Verlies brachte eine bedrückende Stille mit sich, die sich in jedem Schatten und jeder Nische niederlegte. Ein kühler Hauch durchbrach die stickige Luft, als die schwere Tür aufschwang. Marco trat ein, doch dieses Mal nicht allein. Ein strenger Ausdruck lag auf seinem Gesicht, und seine Augen verwehrten mir den Trost, während er mich sanft an der Schulter berührte. Hinter ihm stand Vittorio mit einem Bündel Klamotten unter seinem Arm und pure Selbstsicherheit in jeder Zelle seines Körpers ausstrahlend.

„Steh auf, Lyanna!", befahl er mit einer donnernden Stimme, die alle Kraft und Hoffnung zu ersticken drohte. Jedes Wort war wie ein schmerzhafter Schlag. Ich ballte die Hände zu Fäusten und spürte den kalten Stahl meiner Fesseln auf meiner rauen Haut, aber ich wusste, dass ich nicht aufgeben durfte. Nicht jetzt. Die Flamme des Widerstandes brannte noch in mir.

„Kann ich endlich gehen?", fragte ich mit fester Stimme. „Wo bringt ihr mich hin?" Obwohl die Dunkelheit versuchte, meine von mir errichteten Mauern zu durchdringen, musste ich es wissen: „Was wird mit mir passieren?".

„Was schert es mich?", erwiderte Vittorio und zuckte mit den Schultern. Sein Blick war kalt und verschlossen; ich konnte keinen Hinweis auf seine wahren Absichten finden.

Marco wandte sich mir zu, und ich sah das Bedauern in seinen Augen. Vielleicht würde er mir helfen. Vielleicht hat er den Mut, mich zu befreien, trotz der strikten Regeln, die ihn umgaben. Doch in diesem Moment war das der einzige Gedanke, der aufblitzte – der Wunsch zu fliehen, während meine Flügel unter dem Gewicht der Verzweiflung zusammensackten.

„Komm jetzt!", rief Vittorio und riss mich aus meinen Gedanken. „Beeil Dich. Vielleicht lassen wir dich dann am Leben."

Die beiden Männer wandten sich zur Tür, doch ich machte keine Anstalten, ihnen zu folgen. An diesem Punkt, an dem mein Herz schneller schlug, bereit, für die Freiheit zu kämpfen, wusste ich, dass ich mich nicht so leicht fügen wollte. „Ich werde nicht mit euch gehen!", rief ich und spürte die Wut in mir aufstiegen.

Vittorio lächelte mit einem gefährlichen Leuchten in seinen Augen. „Du hast nicht viel zu sagen in dieser Situation, Lyanna! Marco, … zieh ihr die Sachen über und dann raus hier".

Mein Herz pochte wie wild in meiner Brust, als Marco sich widerwillig rührte. Offensichtlich hatte er den Drang, mir zu helfen, doch er war ein Soldat dieses Systems und in einem Netz gefangen, aus dem er nicht so einfach freikommen konnte. Eine Verbindung die er nicht so einfach entkommen konnte. „Lyanna, mach keinen Unfug." Seine Warnung klang mehr wie ein Flehen.

Sie zogen mich hoch, und ich fühlte Marcos kalte Hände an meinen Armen, während Vittorios Atem, heiß und abgestanden, mir in die Nase stieg. „Beeil dich! Wir haben keine Zeit zu verlieren!", drängte Marco und zog mir ruppig die Kleidung und ein paar Schuhe an, bevor er mich vor sich her nach draußen schob. Die Welt um mich herum verschwamm. Ich war zu schwach. Das wenige Essen was ich bekommen hatte, hielt mich nur am Leben.

Doch ich konnte nicht anders – die Vorstellung, mich wie ein Stück Vieh abschieben zu lassen, jagte mir Angst ein. Als ich vor Marco lief, spürte ich, wie mein Wesen sich auf mein Ziel fokussierte; Es war Zeit zu handeln - jetzt, oder nie.

Der kalte Stahl der Handschellen schnitt tief in mein Handgelenk, und jeder Schritt hallte durch die düsteren Gänge, während Marco und Vittorio mich mit brutaler Entschlossenheit führten. Das Echo meiner Schritte mischte sich mit dem schaurigen Knistern der Fackeln an den Wänden, und der Gestank von Moder und Verzweiflung drang in meine Sinne ein, während ich versuchte, den Schrecken um mich herum abzustreifen

Mein Herz raste in meiner Brust, ein stummer Schrei, der sich gegen die Enge meiner Gefangenschaft wandte. Die Gedanken wirbelten in meinem Kopf, während ich versuchte, einen Ausweg zu finden. Die dunklen Schatten der Gänge schienen sich um mich zu schließen, und jede Kurve, die wir nahmen, verstärkte das Gefühl der Hoffnungslosigkeit. Ich erinnerte mich an die Geschichten, die über die Ferragostos erzählt wurden – an all die Schrecken dieser Familie, die in der Dunkelheit blühten.

Marco ging hinter mir, seine Hand fest an meinem Arm, und bei jeder Bewegung spürte ich das drohende Gewicht seiner Präsenz. Vittorio ging vor mir, seine Schritte waren ruhig und selbstbewusst, als wäre er der Herr über alles, was sich hier abspielte. Der Druck, den er mit seiner selbstsicheren Haltung ausübte, ließ meine Verzweiflung nur noch größer werden.

Endlich erreichten wir die steinerne Treppe und die Tür die ins Freie führte. Das Licht, das durch die Tür fiel, war ein blasser Hoffnungsschimmer, der mir einen Funken Mut gab. Ich konnte die Geräusche der Außenwelt hören – das Surren von einem Fahrzeug und das Rauschen des Windes. Für einen kurzen Moment schien es, als würde die Freiheit nur einen Schritt entfernt sein.

Doch als wir die Treppe hinaufstiegen, wurde mir schmerzlich bewusst, wie sehr ich mich in der Klemme befand. Die Fesseln hielten mich fest, und ich war dem Willen meiner Entführer ausgeliefert. Mein Körper war wie ein gefangener Vogel, der sich nach dem Himmel sehnte, doch alle Auswege waren versperrt.

Mit zitternden Knien trat ich schließlich ins Freie. Der Hauch frischer Luft war kühl und berauschend, und ich füllte meine Lungen damit, als wäre es mein letzter Atemzug der Freiheit. Marco schob mich vorwärts, und ich sah das Auto, das auf uns wartete – ein schwarzer SUV, der drohend in der Dämmerung stand. Angst durchzuckte mich, als ich realisierte, dass das Ende meiner Flucht möglicherweise genau dort auf mich wartete.

„Beeil dich!", drängte Marco und ich spürte, wie seine Ungeduld mich vorantrieb. Ich begann zu laufen, gezwungen von der Angst, die mich angetrieben hat, während mein Blick über die Umgebung huschte. Vielleicht gab es einen Weg, dieser Hölle zu entkommen. Einen Menschen, nur irgendeinen, der mir helfen könnte, wenn ich schreie. Aber in diesem Moment war ich gefesselt, gefangen zwischen Hoffnung und Verzweiflung, und in den Händen meiner Entführer war die Kontrolle über mein Schicksal.

Während ich dem SUV näher kam, überkam mich ein plötzlicher Adrenalinschub. Ein verzweifelter Gedanke, ein Fluchtversuch, schoss durch meinen Kopf. „Jetzt oder nie!", flüsterte ich mir selbst zu. Mit einem schnellen, ungestümen Ruck befreite ich mich kurz von Marcos Griff und rannte in die Richtung der nahegelegenen Bäume.

„Halt!", hörte ich Marco hinter mir schreien, sein Wutausbruch hallte durch die Stille wie ein Donnerschlag. „Komm zurück!" Ich fühlte, wie die Angst mich anfeuerte, in den Schatten zu verschwinden, und ich schrie mit all meiner Kraft um Hilfe, meine Stimme erklang voller Verzweiflung. „Hilfe!! Hilfe!"

Doch kaum war ich einige Schritte vorangekommen, fühlte ich einen starken Ruck an meinem Arm, als er mich wieder packte und zurückzog. Nicht so schnell!", zischte er, der Zorn in seiner Stimme schlang mich wie ein erdrückendes Netz ein. Schmerz durchzuckte mich als ich zu Boden fiel, und die Hoffnung, die mir einen Moment lang Flügel verliehen hatte, schloss sich um mich wie ein festes Geschirr. Mit einem wütenden Stöhnen landete ich wieder an Marcos Seite; mein verzweifelter Fluchtversuch war gescheitert, und die Dunkelheit um mich herum schien gesichtslos zu lachen.

„Denk nicht dran, zu rennen, oder ich stutz dir deine hübschen Flügel", schnaubte Vittorio mir ins Gesicht.

„Benimm dich jetzt!", warnte Marco flüsternd in mein Ohr, und ich bemerkte den besorgten Ausdruck in seinen Augen. Für einen Moment schien er mir gütig, als hätte ich einen Funken Menschlichkeit in sich entdeckt.

Ich drehte meinen Kopf langsam zur Seite, in der verzweifelten Hoffnung, jemanden zu sehen, der mein Hilfeschrei mitbekommen hat. Am Ende der Straße sah ich einen anderen SUV. Warum nur kam er mir vertraut vor? Der Rest der Straßen war leer, und die Dunkelheit schien das Licht der Sonne zu verschlingen, das sich vorsichtig durch die Wolken drängte. Ich senkte den Kopf, um mich dem grellen Licht der Sonne zu entziehen, das in meinen Augen schmerzte.

Die Hintertür des SUVs wurde abrupt geöffnet und sofort stießen sie mich hinein. Der Motor heulte auf, und ich wurde von der Enge des Innenraums erdrückt. Das Dröhnen des Motors übertönte die Schreie der letzten Tage, aber die Ungewissheit, was mich in dieser schicksalhaften Fahrt erwarten würde, nagte an mir wie ein hungriges Tier.

Mein Magen drehte sich, während wir über den Asphalt rasten. Ich dachte an die Möglichkeit, dass wir gejagt wurden. Da war kein Platz für Naivität mehr – ich musste stark sein.

Marco saß stumm neben mir, sein Blick starr auf die Straße gerichtet. Über der Stille zwischen uns hing eine bedrohliche Atmosphäre. Ich wollte ihn fragen, ob er einen Plan hatte oder ob es einen Ausweg gab, doch die Worte blieben mir im Hals stecken, jeder Atemzug schien schwerer zu werden.

Als ich einen Blick nach draußen wagte, spürte ich, wie mein Herz drohte, stehen zu bleiben. In dem Rückspiegel sah ich die Lichter des Verfolgers, der uns dicht auf den Fersen war. Angst überkam mich.

„Wir müssen schneller fahren!", flüsterte Marco, die Dringlichkeit seiner Worte sprudelte heraus. Das Adrenalin schoss durch meine Adern, und die Gedanken rasten wie geschossene Pfeile durch meinen Kopf. Wo war der Ausweg aus diesem Albtraum?

„Calm down, Marco!", erwiderte Vittorio, aber seine Stimme klang nicht beruhigend. Ich konnte durch den Spiegel das Zögern in seinen Augen sehen, das fehlende Vertrauen, das mich noch mehr verunsicherte.

Gerade als ich mich in meiner Verzweiflung abfand, bemerkte ich im Rückspiegel eine plötzliche Bewegung. Das Verfolgerfahrzeug zog näher, und mein Herz schlug schneller, während die Panik mir den Atem raubte. „Sie kommen näher!", schrie Marco, seine Stimme war ein verzweifelter Schrei in dieser qualvollen Stille. „Bereit machen!", rief Vittorio, während er sich an das Lenkrad klammerte, entschlossen zu entkommen.

Der SUV raste durch die Straßen und die Geschwindigkeit war atemberaubend, und ich betete stumm, dass wir einen Ausweg finden würden. „Da ist eine Abkürzung!", rief Marco, als er einen schmalen Weg entdeckte, der uns von den Hauptstraßen wegführen könnte. Hastig drehte Vittorio das Lenkrad, ohne einen Moment zu zögern. Das SUV schoss in die Abzweigung, und ich wurde in meinem Sitz hin und her geschleudert.

„Halt dich fest!", schrie Marco, während der Wagen über die unebenen Bodenwellen ratterte. Die Abkürzung führte uns durch dunkle Felder und verzweigte Wege. Schließlich erreichten wir einen schmalen Feldweg, der direkt zum Rollfeld des nahegelegenen Flughafens führte. Die blinkenden Lichter des Flughafens waren wie ein Weihnachtsbaum in der Dunkelheit. Ich hätte weinen können vor Erleichterung, doch es war noch nicht vorbei.

„Wir müssen jetzt schnell handeln!", rief Vittorio, während er das SUV auf dem Rollfeld abstellte.

Die Tür wurde aufgerissen und blendendes Licht strömte hinein. Vittorio stand vor mir, hinter ihm Marco und die beiden Männer, mit einem Ausdruck der Arroganz auf ihren Gesichtern. „Komm jetzt", befahl Vittorio erneut und zog mich grob aus dem Wagen. Ich stolperte, aber fing mich wieder und folgte den beiden in einen Privatjet, der vor uns aufragte. Panik durchströmte mich.

Aurel

Ich saß angespannt hinter dem Lenkrad meines Wagens, meine Finger fest um das Steuer geklammert. Der Geschäftstermin ist leider nicht so verlaufen wie es sein sollte. Während mein Blick auf das Gebäude vor mir gerichtet blieb, spannte sich mein Nacken an, bis es kaum noch auszuhalten war. Der unscheinbare Neubaukomplex wäre mir an einem normalen Tag gar nicht erst aufgefallen. Doch heute fühlte sich alles anders an - heute ragte das Gebäude wie ein düsterer Koloss in einen grauen Himmel.

In der Ferne erblickte ich einen dunklen SUV, der vor der Eingangstür mit laufendem Motor hielt. Mein Bauchgefühl meldete sich zu Wort - und verhieß nichts Gutes. Sekunden schienen sich zu einer quälend langen Ewigkeit zu ziehen, während ich darauf wartete, dass sich das Unvermeidliche entfalten würde. Als die schwere Tür des Gebäudes aufschwang und Vittorio und Marco hervortraten, überkam mich ein Gefühl von Zorn und Freude. Sie führten Lyanna heraus – gefesselt, verletzt und voller Angst in ihren Augen.

„Das darf einfach nicht sein...", murmelte ich, während mein Herz in meiner Brust zu rasen begann. Mein Blick war fest auf Lyanna gerichtet. Ich sah, wie sie verzweifelt gegen ihre Fesseln ankämpfte, bereit für ihre Freiheit zu alles zu geben. In diesem Moment brodelte ein Sturm aus Emotionen in mir – Zorn, Trauer, Freude und unerschütterliche Kampfeslust. Ich konnte nicht zulassen, dass sie in den Händen dieser Ungeheuer blieb, aber ein jetziger Zugriff wäre Selbstmord, für uns beide. Ich brauche unsere Männer. Jetzt. Bei dem Gedanken daran nahm ich mein Telefon zur Hand und begann unweigerlich mit den Zähnen zu knirschen. Mein Akku war leer.

Durch meine Windschutzscheibe beobachtete ich den SUV, der unheilvoll in der Dunkelheit warb, und das Herz zog sich zusammen, als ich Lyanna sah, wie sie sich aus Marcos Griff befreite und mit einer plötzlichen Entschlossenheit in die Richtung der nahegelegenen Bäume rannte.

Ein Adrenalinschub überkam mich, als ich den verzweifelten Fluchtversuch spürte, der sich wie ein elektrischer Schlag durch meinen Körper zog.

„Halt!", hörte ich Marco hinter ihr schreien, sein wütender Schrei durchbrach die Stille wie ein Donnerschlag. Ich beobachtete, wie die Angespanntheit in Lyannas Bewegungen wuchs, und ihre Panik schien über die Luft zu fließen. Sie schrie mit aller Kraft: „Hilfe!! Hilfe!" – ihr Schrei war durchdringend und voll von Verzweiflung, und ich konnte die Hilflosigkeit in ihrer Stimme spüren. Es war, als würde jedes Wort ein weiteres Stück meines Herzens zerbersten.

Doch kaum war sie einige Schritte vorangekommen, sah ich, wie Marco sie mit einem brutalen Ruck zurückzog, als hätte er sie an einem unsichtbaren Faden gefangen. „Nicht so schnell!", zischte er, und der Anblick, wie sie zu Boden fiel, schickte einen Stich des Schmerzes durch mich. Die Hoffnung, die ich in ihren Augen gesehen hatte, erlosch in einem Moment, als sie dort in der Dunkelheit lag.

Vittorios sagte ihr irgendetwas, denn ihr Blick war entmutigt, und die Gleichgültigkeit, die mir aus seiner Haltung entgegenströmte, machte mir den Magen umso schwerer. Marco beugte sich zu Lyanna – ich sah es in seiner Haltung, eine Mischung aus Zurückhaltung und einer besorgten Regung, die ich nicht ganz nachvollziehen konnte.

In diesem Moment wollte ich sie erreichen, sie mit einem Blick beruhigen und ihr zeigen, dass sie nicht allein war. Doch mein Herz sank, als ich ihren verzweifelten Versuch sah, Hilfe aus der leeren, dunklen Straße zu rufen. Ich wusste, dass ich nichts tun konnte, dass ich nur ein stummer Beobachter war – gefangen in einem Schicksal, das ich nicht ändern konnte. Und während die Dunkelheit um mich herum dichter wurde, wusste ich, dass ich alles tun würde, um sie zu retten, egal zu welchem Preis.

Als die beiden Männer sie in den SUV stießen, schien die Zeit tatsächlich stillzustehen. Die dunkle Karosserie bildete einen krassen Gegensatz zu ihrer zerbrechlichen Gestalt. Mein Herz wollte schreien, nach ihr rufen, sie irgendwie erreichen; aber die Worte blieben mir im Hals stecken, ein verzweifelter Aufschrei, der nie zu hören sein würde.

Allein konnte ich nichts machen. Der Moment, in dem sich unsere Blicke trafen – durchdringend, voller Angst, aber auch mit einem Hauch von Hoffnung – war unbeschreiblich. Für einen flüchtigen Augenblick schien es, als könnte ich sie retten, als wüsste sie, dass ich in ihrer Nähe war.

„Ich komme", flüsterte ich, während ich meinen Motor startete. Die Spannung in der Luft wurde fast greifbar, als der SUV der Ferragostos mit quietschenden Reifen davonbrauste und mich ein nagendes Gefühl überkam.

„Nein, nein, nein!!!", schrie ich. Der Abstand zwischen mir und Lyanna wuchs rasant, und mein Herz litt unter dem Gewicht der Hilflosigkeit, während das Fahrzeug hinter dem nächsten Hügel verschwand.

Verzweiflung und Wut wirbelten in meinem Kopf. Ich durfte nicht aufgeben! Der Anblick des immer weiter in die Ferne rückenden SUVs durfte nicht meine letzte Erinnerung an Lyanna werden.

Ich raste weiter durch die Straßen, die Geschwindigkeit dröhnte in meinen Ohren, während ich verzweifelt versuchte, den SUV nicht aus den Augen zu verlieren. Doch die kurvenreichen Gassen schienen kein Ende zu nehmen, und schließlich sah ich das Fahrzeug vor mir in der Dunkelheit verschwinden.

Ich bremste scharf und bog in eine enge Gasse ein, die mir einen Abkürzungsweg durch die Stadt versprach. Die Reifen quietschten auf dem Asphalt, und ich konnte das fernwehende Brüllen des SUV-Motors hören.

Ein Schauer der Panik durchfuhr mich, als ich an einer Weggabelung ankam, und mein Herz setzte einen Schlag aus, als ich feststellen musste, dass ich die Richtung verloren hatte.

Ich hielt an, der Motor meines Wagens heulte auf, und mein Puls raste, als ich die Umgebung musterte. Wie in einem Albtraum schienen sich die Schatten der Felder um mich herum zu verdichten, und ich hatte das Gefühl, die Dunkelheit würde mich verschlingen. Wo waren sie? Ich sah mich um, und der Gedanke, Lyanna in den Händen von Marco und Vittorio zu wissen, nagte an mir. Mein Blick schweifte über das blanke Feld, das vor mir lag, die schmalen, verzweigten Wege verloren sich.

Ich startete den Motor erneut und wendete, doch die Verzweiflung überkam mich. Wo immer ich hinfuhr, es schien keinen Ausweg zu geben. Der SUV war verschwunden, als wäre er von der Bildfläche geflogen. Ich musste Lyanna finden, entschlossen, nicht länger nur zuzusehen. Der Gedanke, dass ich sie verloren hatte, schnürte mir die Kehle zu. Ich suchte weiter nach Spuren, nach Hinweiszeichen, die mir verraten könnten, wo sie abgeblieben waren. Wenn ich nur wüsste, wo sie waren. „Scheiße!", murmelte ich, als ich Richtung nach Hause fuhr.

Ich wusste, dass wir nicht ruhen würden, bis wir sie zurückgeholt hatten. Es war, wie wir es besprochen hatten: Sie war nicht nur unsere Hoffnung, sondern unser Lebenszweck. Und wir würden alles daransetzen, sie zu retten.

*

Ich stand vor unserer Haustür und spüre mein Herz rasen. Endlich bin ich zu Hause angekommen. Ich atmete tief ein und öffnete die Tür. "Hey, wo seid ihr? Sitzung!" schrie ich ins Haus hinein.

Apollo und Aiden kamen aus dem Kaminzimmer gelaufen, ihre Blicke fragend auf mich gerichtet. "Was ist los, Aurel? Du siehst scheiße aus", sagte Apollo besorgt.

„Lyanna", entfuhr es mir fast unwillkürlich, als würde ihr Name einen Bann brechen müssen— einen Fluch voller Erinnerungen und unerfüllter

Versprechen, "Ich habe Lyanna gesehen...", begann ich zögernd.

„Was meinst du damit? Wo hast du sie gesehen?" fragte Apollo mit seiner tiefen Stimme, während er sich gegen den Türrahmen lehnte.

"Aber das kann doch nicht sein... Wo?", fragt Aiden ungläubig.

"In der Nähe des alten Steinbruchs am Stadtrand", antworte ich ruhig. "Sie wirkte verstört... Verängstigt."

"Hast du sie angesprochen?" fragte Apollo neugierig.

"Nein", antwortete ich nachdenklich," Sie wurden von den Ferragostos in einen SUV gestoßen und dann sind sie in Windeseile davon gerauscht. Es war reiner Zufall, dass ich den Moment mitbekommen habe". Wir schwiegen einen Moment lang, während sich die Nachricht langsam in den Köpfen meiner Brüder festsetzte. Apollo beugte sich leicht vor: „Das kann nicht sein... Sie wurde umgelagert! Wir dachten..."

„Ich weiß!", schnitt ich ihm ins Wort und fühlte mich plötzlich wie ein Verurteilter im eigenen Drama. „Aber sie ist hier! Oder besser gesagt... außerhalb unseres Bezirkes." Ich holte tief Luft, kämpfte gegen das Gefühl an, dass jeder Atemzug schwerer wurde mit jedem weiteren Wort: „Sie lebt."

Dann sprach Apollo als Erster: "Ich gehe telefonieren!"

Apollo rieb sich nachdenklich das Kinn; seine Augen glühten förmlich vor Ideen oder vielleicht Planungen für etwas Unausweichliches: "Wo genau sind sie hingefahren?"

"Stadtauswärts, ...habe sie am Feld verloren. Mein Akku vom Telefon war auch leer".

So beschlossen wir gemeinsam, einen Plan zu schmieden – für Lyanna, unsere verlorene Liebe, deren Rückkehr uns alle mit Hoffnung erfüllte. Ein vielsagender Blickwechsel zwischen uns war alles, was es brauchte, um unsere unausgesprochene Entscheidung zu festigen. "In Ordnung," flüsterte Apollo schließlich mit fester Stimme. "Lass uns aufbrechen."

Lyanna

Ich erwachte mit einem stechenden Druck hinter meinen Augen und einem bitteren Geschmack der Angst auf der Zunge. Der Raum, in dem ich mich befand, war düster und bedrückend. An den Wänden klebte der Putz, teilweise abgeblättert und fleckig, als ob er schon seit Ewigkeiten nicht mehr berührt worden war. Nur ein schmaler Lichtstrahl fiel durch einen schmutzigen Spalt unter der Tür, ein schwaches Licht, das den Raum in ein gespenstisches, beinahe geisterhaftes Schattenlicht tauchte.

Ich lag auf einem kalten, harten Bett, das aus einem alten Gestell bestand, dessen Metallteile rostig und träge wirkten. Die Bettwäsche war abgenutzt, die Farben blass und fleckig, als würde sie die Qualen und Schrecken, die in diesem Raum stattgefunden hatten, still miterleben. Vielleicht war sie früher einmal weiß oder hellblau gewesen, doch jetzt war sie eine unansehnliche Mischung aus Braun und Grau, durchsetzt mit verwischten Flecken, die Geschichten von Entbehrung und Verzweiflung erzählten.

Um mich herum schien die Stille fast greifbar, als ob sie mit meiner Angst verwoben wäre. Der Geruch von schimmeligem Holz und abgestandener Raumluft lag in der Luft und verstärkte das ungute Gefühl in meinem Magen. Das einzige Geräusch, das ich wahrnehmen konnte, war das leise Murmeln von Frauen, die in einer Ecke des Raumes kauerten. Der Boden war kalt und hart, aus Beton gegossen wie der Rest der Umgebung. Gelegentlich sickerte ein leises Stöhnen durch die Stille, und ich fühlte, wie eine Welle von Mitgefühl und Trauer mich durchströmte. Es war eine bedrückende, hilflose Lage, in der jeder Atemzug schwer in der angespannten Atmosphäre hing.

Als ich mich aufsetzte, erblickte ich die anderen Frauen, die mir fremd waren. Einige hatten verletzte Gesichter, ihre Augen blickten gläsern und verloren, während andere in ein gespenstisches Schweigen gefallen waren. Ich spürte, wie sich mein Herz zusammenzog; diese Frauen und ich waren durch etwas unvorstellbar Bedrohliches verbunden.

Dumpfe Stimmen drangen aus dem Flur herüber, und ich konnte einige Worte auffangen: „vermutlich", „Druck", „Raphael". Ein Schauer lief mir über den Rücken. Raphael, der Anführer des Ferragosto-Clans. Die Brüder hatten mir von ihm erzählt, von seinen gefährlichen Geschäften und die Boshaftigkeit die ihn umgab. Doch jetzt war ich nicht mehr nur eine Hörerin der Geschichten; ich war Teil dieser grausamen Realität.

Ein leises Flüstern riss mich aus meinen Gedanken. „Hast du auch diese Droge bekommen?" Eine der Frauen sprach zu mir, ihre Stimme zitterte. Sie wirkte bleich und ängstlich. „Sie haben uns gefangen genommen, um für sie zu arbeiten. Sie sagten, es sei zu unserem besten Wohl. Aber das stimmt nicht!"

Ich konnte kaum glauben, was ich hörte. Ich schüttelte den Kopf, von der schrecklichen Vorstellung übermannt. Das Bild, das sich in meinem Kopf formte, war schlimm. Die Geschichten über die Ferragostos schwirrten in meinem Geist; es waren keine leeren Worte, sondern eine nüchterne Wahrheit.

Eine andere Frau, etwas älter, trat auf mich zu. Ihre durchdringenden Augen funkelten vor Entschlossenheit und einem tiefen Mitgefühl, das mir sofort ein Gefühl von Trost vermittelte. Ihr Gesicht war von den Spuren zahlreicher Kämpfe gezeichnet, mit feinen Linien um den Mund und an den Augen, die von einer Stärke erzählten, die man nur durch das Überstehen großer Herausforderungen erlangen konnte. Ihr dunkles Haar fiel in sanften Wellen über ihre Schultern, und trotz der düsteren Umgebung, in der wir uns befanden, schien sie eine innere Glut auszustrahlen. „Ich heiße Sienna. Du bist nicht allein, verstehst du? Du musst stark sein. Wir müssen hier raus!"

Ich nickte, und ein Funke des Mutes begann in mir zu glühen. Aber ich musste mehr wissen. „Was haben sie mit uns vor?"

Sienna zuckte zusammen, ihre Augen weiteten sich wie die einer Wildtierfängerin. „Sie handeln mit uns, mit unseren Körpern. Sie setzen uns unter Drogen – so vergisst man schnell, wer man ist und wo man ist. Wir müssen arbeiten, für ihre Geschäfte, für ihre Partner. Die Männer... sie sind grausam, und die Drogen machen uns gefügig. Aber wir dürfen nicht aufgeben. Wir müssen einen Plan schmieden. Einige der Frauen haben bereits aufgegeben, andere haben wir verloren."

Als Siennas Worte wie ein erdrückender Schatten über mich fielen, wurde mir klar, dass ich in einer Hölle gefangen war. Der Ferragosto-Clan war weit mehr als ein Machtspiel; er war ein Netzwerk aus Unterdrückung und Missbrauch, aus dem es kein Entkommen zu geben schien.

Plötzlich hörte ich Schritte vor der Tür. Ein Schlüssel drehte sich im Schloss, und die Tür öffnete sich mit einem quälenden Knarren. Raphael, der gefürchtete Anführer, trat in den Raum. Sein Blick durchbohrte uns, während sich sein Gesicht in einer Maske aus Arroganz und Macht verhärtete.

„Ah, meine neuen Schätze", sprach er mit einem tiefen, wohlklingenden Tonfall, der gleichzeitig eine grausame Kälte ausstrahlte. „Willkommen in eurem neuen Leben."

Erst jetzt sah ich mir ihn genauer an, nicht mehr durch einen Schleier. Raphael war ein Mann, der in jeder Hinsicht Präsenz zeigte. Er war groß, mit einer athletischen Statur, die sowohl Kraft als auch Geschmeidigkeit vermittelte. Sein Blick war durchdringend, die Augen hell und kalt, wie zwei schimmernde Edelsteine, die jeden noch so kleinen Widerspruch sofort erfassten. Es war ein Blick, der nicht nur über die Menschen die ihn umgaben hinwegglitt, sondern sie regelrecht durchdrang, ihre tiefsten Ängste und Geheimnisse entblößte.

Sein dunkles Haar war kurz geschnitten und stets perfekt frisiert, als würde er nie einen Moment der Nachlässigkeit dulden. Die Gesichtszüge waren scharf und kantig, mit hohen Wangenknochen und einem Kinn, das Entschlossenheit ausstrahlte. Seine Lippen waren schmal, oft zu einem selbstgefälligen Grinsen verzogen, das sowohl Charme als auch Bedrohung ausstrahlte. Wenn er sprach, klang seine Stimme tief und hypnotisierend, jeder Satz sorgfältig gewählt. Es war die Art von Stimme, die sowohl begeistern als auch befehlen konnte.

Die Kleidung, die Raphael wählte, war maßgeschneidert und von exquisiter Qualität, oft dunkle Farben, die ihm eine geheimnisvolle Aura verliehen. Er wusste, wie man sich kleidet um

Macht auszustrahlen, und strahlte in jedem Schritt Selbstbewusstsein aus. An seinem linken Handgelenk trug er stets eine auffällige Uhr – ein Zeichen seines Reichtums und seines Sinns für Stil, das gleichzeitig fast wie eine Trophäe wirkte.

Doch hinter dieser glanzvollen Fassade verbarg sich der Teufel persönlich. Raphael war jemand, der sich seiner Macht und seines Einflusses sehr wohl bewusst war und das ließ ihn gefährlich werden. In seinen Bewegungen und Gesten schwang immer eine subtile Drohung mit; er hatte die Fähigkeit, in einem Raum sofort die Kontrolle zu übernehmen, allein durch seine Präsenz.

Sein Ruf war gefürchtet, nicht nur wegen seiner Illegalität, sondern auch wegen der kalten Berechnung, mit der er seine Ziele verfolgte. Die Menschen in seiner Nähe waren sich stets bewusst, dass er bereit war, alles für seine eigenen Interessen zu tun, ohne Rücksicht auf andere. Raphael war ein Meister darin, Emotionen zu manipulieren und seine Mitmenschen in seine Spielchen zu verwickeln.

Im Gesamten war Raphael eine komplexe Mischung aus Charisma und Bedrohung, und die Angst, die er verbreitete, war oft nur ein weiterer Bestandteil seines faszinierenden und zugleich furchteinflößenden Wesens.

Im Grunde stand Raphael Apollo im nichts nach. Nur ein entscheidender Unterschied hatten die Beiden. Apollo hatte Ehre. Er wusste was Respekt und ein Versprechen bedeutete.

Bei dieser Erkenntnis kroch ein Zittern in mir hoch, als ich ihn ansah. Der Drang zu fliehen war stark, aber ich wusste, dass ich mich nicht einfach in dem Schatten verlieren durfte. Die anderen Frauen starrten ihn mit einer Mischung aus Furcht und Abneigung an. Während Raphael uns musterte, erkannte ich, dass die Zeit drängte. Ich musste hier raus.

„Wir sind hier, um zu bleiben, nicht wahr?", sagte Raphael mit einem gehässig-anmaßenden Lächeln, das mir Übelkeit bereitet. „Ich verspreche euch, es wird ein aufregendes Leben, solange ihr brav seid."

In der Dunkelheit des Raumes spürte ich, wie sich die Wut in mir aufstaute. Niemals würde ich mich ohne Kampf ergeben. Ich musste herausfinden, wie ich meine Umgebung zu meinem Vorteil nutzen konnte und musste lernen, meine Worte zu schärfen und die anderen Frauen dazu zu bringen, an einen Ausweg zu glauben.

Ich würde fliehen, das war der Plan – und ich würde kein Gespenst in dieser Hölle werden.

Ich trat in den Raum meiner neuen Errungenschaften, meine Aura durchdrang die bedrückende Stille wie ein Schatten, der über das Licht schleicht. Die Frauen vor mir hatten die Gesichter voller Angst, aber das provokante Funkeln in ihren Augen war mir nicht unbemerkt geblieben. „Ihr seid ganz besondere Frauen", begann ich und ließ die Worte in der Luft hängen, als wäre es ein Sakrileg, dass sie hier standen. „Ihr werdet mir viel Freude und viel Gewinn bringen – vorausgesetzt, ihr gehorcht."

Ich schritt durch den Raum, spürte die Spannung in der Luft, die ihre Furcht wie ein schleichendes Gift durchdrang. Körpersprache war alles, und ich war das Raubtier in diesem Spiel. Ihre schutzlosen Seelen waren meine Beute, und ich genoss das Spiel.

Plötzlich durchbrach ein Kampfgeist die Stille. „Wir sind keine Objekte für dein Vergnügen, Raphael!", schrie Lyanna, ihre Stimme zitterte, aber an den Worten haftete eine zornige Entschlossenheit. Ich sah sie an und erkannte, dass sie mir trotzen wollte. Oh, süßes Ignorieren meiner Macht. Wie erfrischend.

Ich war überrascht, nicht von ihrer Stimme, sondern von der plötzlichen Provokation. Doch schnell wich meine Fassungslosigkeit einem gefährlichen Funkeln in meinen Augen. „Die kleine Wildblume zeigt Mut. Wie süß", murmelte ich, und ich spürte, wie die Worte wie scharfe Klingen durch die Luft schnitten. Es war berauschend, so nah am Feuer des Widerstands zu stehen, doch ich erinnerte sie daran, dass ich derjenige war, der die Fäden zog. „Vergiss nicht, dass ich derjenige bin, der das Spiel kontrolliert. Es gibt einen Preis für diese Frechheit, und ich könnte ihn nach Belieben unendlich steigern."

Der Raum verstummte, die Spannung war greifbar. Ich ließ meinen Blick über die anderen Frauen wandern, die nervös zwischen uns hin- und herschauten. Sie waren wie Schafe, die den Wolf erblickten. Ich konnte ihr zitterndes Herz in der Luft spüren, und das gab mir eine dunkle Freude.

„Wir sind Menschen, keine Ware!", schrie sie erneut – ihre Worte waren scharf, doch sie drangen nicht in mein Herz, sondern trafen die Wände meiner Macht mit einem schwachen Echo. „Wir werden uns nicht beugen!"

Ich spürte, wie meine Miene sich verfinsterte und kalt wurde, ein maskenhaftes Lächeln blieb mir jedoch nicht verwehrt. Als ich mich abwandte, war es der klare Beweis meiner Unbarmherzigkeit. „Schau, wie du und deine Mitgefangenen euch verhaltet, wenn ich dir zeige, was passiert, wenn du nicht gehorchst", rief ich mit fester Stimme, während ich einen Soldaten an der Tür ansprach.

Sein Blick war auf die Frauen gerichtet, die jetzt in sich zusammenfielen. Hoffnung war ein schwacher Schatten, der ihnen entschwunden war. Ich konnte das spürbare Angstgefühl in der Luft schmecken, dass mich gleichzeitig erregte und erfüllte. Ein schauerliches Vergnügen überkam mich, während ich die Verzweiflung in ihren Augen beobachtete. Sie hatten noch nicht begriffen, mit wem sie es zu tun hatten. Sie hatten noch nicht genug Angst. Ich war der Meister dieses Spiels, und ich konnte die Regeln nach Belieben ändern.

Die Wut, die von der aufmüpfigen Frau ausging, war eine glühende Flamme, die unter der Oberfläche schwelte. Aber in mir brannte ein tieferes Feuer – ein Feuer, das darauf wartete, entfesselt zu werden. Und ich würde nicht eher ruhen, bis ich jede dieser Frauen zu dem gemacht hatte, was ich wollte.

Ich trat einen Schritt zurück und betrachtete die Frauen in meiner Gefangenschaft, die vor Angst und Verzweiflung zitterten. Es war an der Zeit, ein kleines Beispiel zu setzen. „Vittorio!!!", rief ich mit fester Stimme, und meine Augen suchten den brutalen Soldaten in der Menge. Er trat schnell vor, bereit, meinen Befehlen Folge zu leisten.

Ein selbstzufriedenes Lächeln umspielte meine Lippen, als ich die unglücklichen Seelen vor mir musterte. „Diese Frauen glauben, dass sie mein Wort ignorieren könnten. Es ist an der Zeit, dass sie lernen, wer hier das Sagen hat." Mein Blick fiel auf eine besonders demütige Frau, deren Gesicht die Spuren von Trauer und Angst zeigte. Perfekt. Sie wird ein hervorragendes Beispiel abgeben.

„Nimm sie, Vittorio", wies ich ihn an, während mein Grinsen kälter wurde. „Lass uns zeigen, was passiert, wenn man gegen meine Befehle aufbegehrt. Du weißt was zu tun ist, erinnere sie und die anderen daran, dass auch der kleinste Widerstand Konsequenzen hat." In Vittorios Augen blitzte eine gefährliche Vorfreude auf. „Verstanden, Boss", antwortete er, und ich sah wie er sich der Frau näherte, während sie ängstlich zurückwich. Das war der Moment, in dem der Schrecken beginnen würde.

„Und Lyanna!", wandte ich mich an diejenige, die kürzlich gewagt hatte, mir zu trotzen. Ihre Augen waren weit aufgerissen, als ich zu ihr sprach. „Du wirst zuschauen! Dein Widerstand wird nicht ungestraft bleiben. Lass es dir eine Lehre sein!" Ich beobachtete sie, wie sich der Kloß in ihrer Kehle bildete. Ihr Herzschlag hatte sich beschleunigt, und die Angst in ihren Augen war ein Genuss für mich. Sie würde nicht entkommen, und ich wollte, dass sie all die Schrecken hautnah erlebte.

„Die Freiheit hat ihren Preis, und ich bin derjenige, der die Rechnungen ausstellt", fügte ich hinzu, während ich Vittorio beobachtete, der bereits die Frau gepackt hatte. „Nichts, auch nicht dein lächerlicher Mangel an Respekt, wird ungestraft bleiben. Du wirst erleben, was das bedeutet, Lyanna. Und ab heute gibt es kein Mitgefühl mehr."

Ich stand im Zentrum des düsteren Raumes, meine Augen glühten vor autoritärer Kälte, während ich die nervösen Frauen um mich herum musterte. Sie waren verängstigt, und das war genau das, was ich wollte. Ich wandte mich an meine beiden Soldaten, die loyal an meiner Seite standen. „Kommt her", befahl ich mit einer Stimme, die so schneidend war wie eine Klinge. „Haltet Lyanna fest. Sie muss sehen, was passiert, wenn man sich mir widersetzt."

Die Soldaten schauten sich an, ein feuriger Entschluss blitzte in ihren Augen, und sie nickten bereitwillig. „Sorgt dafür, dass sie nicht wegsieht", fügte ich hinzu, während ich Lyanna direkt ins Gesicht sah, ihr innerer Kampf sichtbar war. „Und wenn ihr ihre Augen fixiert. Sie soll die Konsequenzen ihres Mutes miterleben. Das soll ihr eine Lehre sein."

Ich trat näher an Lyanna heran, mein Gesichtsausdruck unergründlich, doch in meinen Augen loderte eine unheilvolle Vorfreude. Ich wollte, dass sie die Kontrolle, die ich über sie alle hatte spürte. „Er wird ihr und den anderen deutlich machen, dass ich die Macht besitze", murmelte ich, ein grausames Lächeln entfloh meine Lippen. „Und diese Macht wird sich nicht abschwächen, egal wie stark euer Widerstand ist."

Die Soldaten kamen näher an Lyanna heran, bereit sie zu fassen und festzuhalten. Ich genoss den Anblick der Ohnmacht, der über ihr Gesicht zog, während ich meinen Blick über die anderen Frauen im Raum gleiten ließ. Das, was gleich geschehen würde, konnte sie alle in die Furcht treiben – und genau das war es, was ich wollte. „Sorgt dafür, dass sie alles sieht", rief ich den Soldaten zu, während ich den Raum mit einer lauernden Dunkelheit überzog. „Nichts wird ihr entgehen, nicht einmal der letzte Schrei."

Währenddessen ging Vittorio auf die Gruppe der Frauen zu. Er war groß und bedrohlich, der Mann bewegte sich geschmeidig wie ein Raubtier. Ich konnte mich schon immer auf ihn verlassen. Sein Blick war fest und gnadenlos, als er die kleine Hure ergriff. Wellen voller Panik durchzuckten sie.

„Nein! Nein!! Hau ab! Lass mich!" schrie sie, während sie verzweifelt versuchte, sich zu befreien. Ihre kleine Statur war im Vergleich zu seiner massiven Körperlichkeit machtlos, und sie sah aus wie ein hilfloser Schmetterling in der Umklammerung einer Hand.

Vittorio lächelte kalt. „Keine Angst, kleine Maus. Das wird schnell vorbei sein." Mit einem Ruck zog er sie näher. Ihre Hände schlugen trommelnd gegen seinen Oberkörper, doch es war wie das Schlagen gegen eine Mauer. Seine muskulösen Arme waren wie Schraubstöcke, die sie festhielten.

Er begann ihr die Kleider vom Leib zu reißen, und ich spürte, wie sich die Atmosphäre im Raum veränderte. Die Frauen hielten den Atem an, verkrochen sich an den Wänden, wandten ihre Blicke verängstigt ab – die Stille war greifbar, und ich wusste, dass bald die ersten Schreie das Gedränge brechen würden. Die Macht, die ich hatte, das Spiel, das ich kontrollierte, begeisterte mich. Macht war ein köstliches Gefühl, und ich hatte vor, es bis zur letzten Konsequenz auszukosten.

Ich ließ den Blick über die zugrunde gerichteten Frauen schweifen und ließ mich von ihrer Furcht mitreißen. Es war ein tiefes, düsteres Vergnügen, sie in völliger Unterwerfung zu sehen. Sie mussten lernen, dass ich die unbestrittene Autorität war, dass ich der Teufel war, denn sie hatten kommen sehen. Sie würden sich an mich erinnern – und jeder weitere Widerstand würde die Brutalität erfahren, die meiner Macht innewohnte.

Ich lehnte mich an die Wand, zog eine Zigarette aus der Schachtel und zündete sie an. Es war ein Wohlgenuss, das mit anzusehen. Wie hilflos und erbärmlich sie alle sind. Leise flüsterte ich zu Luciano, dass es Zeit wäre fürs Branding. Mit einem Zeichen gingen zwei weitere Soldaten Vittorio zur Hand. Sie fesselten die Kleine und hoben sie auf den alten Holztisch in der Ecke. Mit kurzen geübten Griffen wurde sie bäuchlings an den Tisch gebunden.

Vittorio positionierte sich zwischen den Beinen der nackten Hure. Ihr Schreien waren nur noch ein Wimmern. Die Tränen liefen ihr wie Wasser an ihren Wangen herunter.

Wenn die hier nur wüssten wie sehr mich das anmacht, das würden sie weniger Widerstand leisten. Obwohl... mein Blick glitt zu Lyanna. In ihren Augen spiegelte sich die blanke Wut und pure Verachtung. Gut so Kleines. Mein Ehrgeiz dich zu bezwingen befeuerst du damit nur. Noch hat keine Frau nach einer drei monatigen Kerkerhaft bei Wasser und Brot solch eine Kampfbereitschaft gezeigt. Ich muss zugeben, ein wenig Achtung vor ihr zu haben.

Vielleicht habe ich meine Herausforderung gefunden? Auf jeden Fall wird es mir gefallen dich zu Fall zu bringen und demütig vor mir sitzen zu sehen. Bettelnd um meine Gunst. Ein schmieriges Grinsen in ihre Richtung konnte ich mir nicht verkneifen. Mit kurzen Griffen zog Vittorio seine Hose herunter. Ohne nur einen Funken des Erbarmens brachte er sein Glied zwischen die

Schenkel der Kleinen. Mit einem Ruck drückte er sich in das Fleisch und besorgte ihr einen kleinen Fick der besonderen Art. Mit ein paar schnellen, tiefen Stößen und einem zufriedenen Stöhnen zog er sich zurück, schlug mit der Hand auf ihren nackten Arsch.

„Hey kleine Maus, du bist eng. Das war gut....hast Glück", lachte Vittorio, während er sich umdrehte und seine Hose schloss. Bereit das Metall entgegen zu nehmen.

Das scharfe Klirren des Metalls hallte durch den Raum. Ihr Atem spiegelte sich in der kalten Luft, während sie sich auf ihre grausame Aufgabe vorbereiteten. Das glühende Eisen pulsierte in einem intensiven, rotglühenden Glanz in der einen Hand von Luciano, die Hitze flimmerte und erzeugte eine unheimliche, drohende Atmosphäre. Die Augen der Frauen waren weit aufgerissen und erfüllt von panischer Angst. Sie spürten die bedrohliche Gefahr und wären am liebsten geflohen. Aber die restlichen Soldaten im Raum ließen ihnen keinen Raum zur Flucht. Sie zeigten keine Gnade gegenüber dem hilflosen Geschöpf, das in einem Zustand völliger Panik auf dem Tisch gefangen war.

„Halt sie fest!", brüllte Vittorio mit rauer Stimme, während der andere sich näherte. Der erste Mann packte die Frau am Kopf. Sie brüllte laut auf und versuchte verzweifelt, sich zu befreien. Ihre

Muskeln spannten sich an, aber die erfahrenen Soldaten hatten die Kontrolle über die Situation.

Ein zischendes Geräusch durchbrach die Stille, als das glühende Eisen bedrohlich näher an ihre Seite geführt wurde. Mit einem unbarmherzigen Druck presste Vittorio das glühende Eisen gegen die empfindliche Haut auf ihrem Hintern. Der stechende Geruch von verbrannter Haut mischte sich mit dem metallischen Duft der Angst. Der Schmerz war sofort und unmissverständlich, als das Metall eindrang und eine furchtbare Marke hinterließ. Ein erbarmungsloser Schrei des Schmerzes hallte durch den Raum. Dieser Schrei war mehr als nur ein Ausdruck des Leidens; er war eine erniedrigende Manifestation der Macht. Der zweite Soldat beobachtete das Geschehen mit einem vergnügten Grinsen, während das glühende Eisen erneut auf der Rückseite der jungen Frau gesetzt wurde und die Marke noch tiefer in die Haut auf dem Schulterblatt eindrang.

Die Soldaten waren kalt und gefühllos, ihre Augen funkelten vor Triumph bei jedem erlittenen Schmerz. Die Markierung war nicht nur ein Zeichen; sie wurde zum Symbol der Kontrolle, der Unterwerfung und eines brutalen Machtspiels. Die Frau war für immer gezeichnet. Während der Rauch aufstieg und sich in die Dämmerung des Lichtes verflüchtigte, schienen selbst die Mauern ihren Atem anzuhalten.

Lyanna

„Nein! Nein! Hört auf!", schrie ich die Soldaten an. Das Bild von der Frau, deren Schreie durch den Raum hallten, ließ mein Herz in tausend Stücke zerspringen. Es war nicht nur der Schrecken dieser Geräusche, der mich erfasste, sondern das grausame Schicksal, das ihr widerfahren war. Das Alles nur, weil ich Raphael gereizt habe. Ich war Schuld für das was sie mit ihr gemacht hatten.

Als ich sie erblickte, war sie ein gebrochener Schatten, ihre Augen weit aufgerissen und voller Angst. In einem kurzen Moment der Stille trafen sich unsere Blicke, und für einen flüchtigen Augenblick verspürte ich eine tiefe Verbindung. Doch als ich realisierte, was ihr angetan worden war, überkam mich ein eiskalter Schauer. Wie konnten Menschen anderen solch unvorstellbare Qualen aussetzen? Wie konnten sie mit so viel Grausamkeit zueinander sein?

Der Anblick der verwundeten Frau ließ mich erbleichen. Ich fühlte mich wie gelähmt, gefangen in einem Albtraum, der niemals enden wollte. Wenn ich an ihre Schreie dachte, überkam mich die Ohnmacht, die in mir aufstieg, begleitet von einer schmerzlichen Angst.

Mein Herz brannte vor Zorn, und ich wusste, dass ich nicht zulassen durfte, dass ihr Leiden vergeblich war.

Mit geschmeidigen Bewegungen trat Raphael näher an die Frau heran, und eine unheilvolle Stille breitete sich im Raum aus. Die Soldaten hinter ihm waren jederzeit bereit seinen Befehlen zu folgen. Ich spürte die angespannte Atmosphäre in der Luft, als Raphael leise sprach – seine Stimme klang sehr bedrohlich „Du gehörst mir. Stell nie wieder eine meiner Entscheidungen in Frage."

Die Worte schallten in der Stille wieder und ich konnte kaum fassen was geschah. Raphael griff nach den Fesseln die sie gefangen hielten und löste sie mit einem geschickten Handgriff. Ein überraschter Ausruf der Erleichterung entfloh ihren Lippen, als die Fesseln von ihren Handgelenken rutschten. Doch der Ausdruck in ihren Augen schlug rasch in Skepsis um. Ich wollte aufstehen und sie ermutigen, aber meine eigene Gefangenschaft von den Männern hielt mich zurück.

„Komm mit mir", murmelte er, und als sie sich erhob, schimmerte auf seinem Gesicht eine gefährliche Macht. Ich ahnte, dass diese Geste der Freiheit nicht aus Mitleid geschah, sondern verborgene Motive hatte. Die Dunkelheit um ihn herum schien fast zu pulsieren, und mein Herz schlug schneller. Hatte er tatsächlich einen Funken

Mitgefühl oder war dies nur eine geschickte List, um sie an sich zu binden?

Bevor sie den Raum verließ, drehte er sich zu mir um, und sein kaltes Lächeln ließ mir das Blut in den Adern gefrieren. „Du willst also weiterhin kämpfen, Lyanna? ...Das wird amüsant." Seine Stimme war ein bedrohliches Flüstern und ich fühlte einen Schauer über meinen Rücken kriechen. „Aber vergiss nicht: Jeder, der sich mir entgegenstellt, wird die Konsequenzen spüren. Oder besser gesagt, jeder deiner Fehlentscheidungen wird einer dieser Frauen zu spüren bekommen. Du hast noch lange nicht gesehen, wozu ich fähig bin."

Mit diesen Worten wandte er sich wieder der Frau zu, die sowohl unsicher als auch verwirrt einen Schritt hinter ihm machte. Ich wollte sie aufhalten, sie warnen, doch meine Stimme versagte. Raphael drehte sich erneut zu mir, und sein Blick war so kalt wie ein eisiger Wind, der mich bis ins Mark fröstelte.

„Du bist in ein Netz aus Verrat und Dunkelheit geraten, Lyanna," sprach er leise, wobei jedes Wort eine subtile Drohung enthielt. „Sei vorsichtig, dass du nicht selbst zum Spielball wirst." Seine Handbewegung wirkte einladend, als wolle er mir die Freiheit des Handelns geben, doch ich wusste, dass es sich um eine Illusion handelte. In seiner

Welt gab es nichts, was man Freiheit nennen konnte.

Kaum hatten sie die Schelle überquert, als seine Soldaten hinter ihm den Raum verließen und die Tür mit einem endgültigen Knall zuschlugen.

Ich saß allein im Schatten, während meine Gedanken in einem Sturm aus Angst und Wut wirbelten. Was war das Schicksal der Frau? Was bedeuteten seine Worte für mich und meine brüchigen Hoffnungen? Ich spürte, wie die anderen Frauen mich musterten und sich von mir abwendeten. Die Dunkelheit um mich herum verdichtete sich, während ich über die Konsequenzen der Entscheidungen nachdachte, die ich getroffen hatten. Eines war mir klar: Aufgeben war keine Option. Ich musste geschickter vorgehen.

Langsam machte sich die Müdigkeit in meinen Knochen breit. Ein Schleier von Erinnerungen an mein früheres Leben zog an mir vorbei: die unbeschwerten Tage in den Wäldern, das Lachen mit meinen Freunden und das wärmende Gefühl von Geborgenheit, das heute so fern schien.

Ich sah mich selbst, ein fröhliches Kind, das unbeschwert in den Wiesen und Wäldern herumtollte, umgeben von lachenden Freunden. Diese unbeschwerten Tage waren geprägt von endlosen Abenteuern – geheimen Verstecken im

Unterholz, aufregenden Schatzsuchen und ausgelassenen Picknicks unter dem schattigen Blätterdach. In diesen Momenten fühlte ich eine tiefe Geborgenheit, als könnte nichts und niemand unsere Freundschaft jemals erschüttern.

Doch die Idylle der Kindheit hatte eine dunkle Kehrseite. Plötzlich schalteten sich schmerzhafte Erinnerungen ein – die Missglückte Entführung, das Ausgrenzen in der Schule, das quälende Gefühl, nie wirklich dazu zu gehören. Verrat von Freundinnen, die mir die Treue schworen und mich im entscheidenden Moment im Stich ließen, ihre verletzenden Worte schnitten tief in meine Seele und nahmen mir die Freude an der Welt. Lehrer, die ich einst bewunderte, sprachen mich fälschlicherweise schuldig und machten aus mir einen Schatten, der nicht verstanden wurde. Freunde, denen man vertraute, die mir zu nah kamen und ein Nein nicht akzeptieren wollten. Diese andauernde Erfahrung des Andersseins ließ mich häufig klein und bedeutungslos erscheinen.

Mein Leben war ein ständiger Kampf, ein Überlebensspiel, in dem ich immer wieder Rückschläge einstecken musste. Ich wusste, dass ich einen Neuanfang benötigte – einen Platz, wo ich die Schatten meiner Vergangenheit hinter mir lassen konnte. Genau deshalb zog ich in diese neue Stadt, mit der Hoffnung auf einen besseren Start, auf der Suche nach einem Ort der Geborgenheit. Ich sehnte mich danach, die verletzliche, fröhliche

Version meiner selbst zurückzugewinnen, und versuchte, die über mich lastenden Vergangenheit abzuschütteln. Doch jetzt, inmitten der drohenden Dunkelheit, erschien der Weg dorthin wie eine nahezu unmögliche Herausforderung.

Die schönen Erinnerungen, die mich einst durch die Wälder getragen hatten, standen in starkem Kontrast zu meinen schmerzhaften Erfahrungen. Dennoch wusste ich tief in meinem Inneren, dass ich den Glauben an die Hoffnung nicht aufgeben durfte, egal wie herausfordernd der Kampf auch sein mochte. Nur so könnte ich wieder die Lyanna finden, die voller Unschuld und Lebensfreude strahlte.

Apollo

Die ersten Sonnenstrahlen brachen durch die Wolken, und die Welt außerhalb des versteckten Quartiers erwachte langsam zum Leben. Doch in mir brodelte nur die Unruhe, die mich seit Tagen nicht losließ. Wir hatten so viel Zeit verloren, Zeit, die wir uns eigentlich nicht leisten konnten. Die Müdigkeit lastete schwer auf meinen Schultern, aber es war die Sorge um Lyanna, die mich wach hielt – die Sorge, dass jeder weitere Tag, den sie in den Händen ihrer Entführer verbrachte, sie uns weiter entglitt.

Ich blickte zu Aiden und Aurel hinüber. Beide waren genauso angespannt wie ich, ihre Gesichter gezeichnet von den vielen Nächten, die wir ohne Schlaf verbracht hatten, um jede Spur zu verfolgen, jede Route zu überprüfen. Und doch war da diese unerschütterliche Entschlossenheit in ihren Augen – dieselbe Entschlossenheit, die auch mich antrieb.

„Acht Flugzeuge," murmelte ich erneut, als ich versuchte, den Nebel der Unsicherheit zu durchdringen, der sich um meinen Verstand legte. Die Dokumente vor mir, die Flugpläne, die Karten – sie alle waren Teil eines Puzzles, das ich verzweifelt versuchte, zusammenzusetzen. „Einer dieser Flüge hat sie weggebracht. Aber welcher?"

Aiden richtete sich auf und tippte ein paar Befehle in den Computer. Die Bildschirme zeigten erneut die Routen, die wir schon unzählige Male überprüft hatten. „Die meisten dieser Flüge scheinen regulär verlaufen zu sein. Aber es gibt ein paar, die Abweichungen hatten. Genau diese müssen wir uns genauer ansehen."

Aurel trat an meine Seite, sein Blick blieb auf einer den Linien haften. „Es ist, als hätten sie geahnt, dass wir ihnen folgen würden. Diese Routenänderungen – sie sind zu auffällig, um Zufall zu sein. Aber wir können es uns nicht leisten, irgendetwas zu übersehen." Ich nickte und spürte, wie die Frustration in mir wuchs. „Sie haben alles drangesetzt, uns zu verwirren. Und es scheint, als wären sie erfolgreich gewesen. Aber wir dürfen nicht aufgeben. Wenn wir auch nur eine Spur übersehen, könnte das alles bedeuten."

„Was ist mit den Daten von den Kontrolltürmen?" fragte ich Aiden, der bereits vertieft in seine Arbeit war. „Haben sie etwas Auffälliges gefunden?"

„Einige der Flüge haben ungewöhnliche Routenänderungen vorgenommen," antwortete er, während er die Daten durchging. „Einer davon nach Nordosten – eigentlich auf dem Weg nach Oslo. Aber er hat eine seltsame Kurve nach Süden gemacht. Es könnte nichts sein, aber es ist definitiv ungewöhnlich." Ich trat näher und studierte die Flugroute, die Aiden uns zeigte. „Das könnte ein Hinweis sein. Aber wie können wir sicher sein, dass sie Lyanna an Bord hatten?" Aurel runzelte die Stirn, während er die Daten durchging. „Wir können nicht sicher sein. Aber wir können auch nicht warten. Wir müssen jede Möglichkeit in Betracht ziehen." Ich sah meinen Brüdern. „Wir haben keine Zeit, um uns zu irren. Jeder falsche Schritt könnte uns Tage kosten – Tage, die Lyanna vielleicht nicht hat." Aiden nickte, während er weiter die Flugdaten analysierte. „Ich werde die Satellitenbilder durchsehen, vielleicht finden wir etwas, das uns hilft." Die Minuten verstrichen quälend langsam, während wir auf Hinweise warteten, die uns einen Schritt näher zu Lyanna bringen könnten. Meine Gedanken waren nur bei ihr – was sie gerade durchmachte, wie viel Schmerz und Angst sie ertragen musste. Und ich wusste, dass wir nicht länger warten konnten.

„Ich habe etwas," sagte Aurel plötzlich und hob den Kopf. „Ein Flugzeug, das außerhalb des Plans auf einer kleinen Landebahn in der Nähe der Küste gelandet ist." Meine Augen verengten sich, als ich die Informationen auf dem Bildschirm betrachtete. „Das könnte es sein. Wenn sie sie dort versteckt gehalten haben, bevor sie sie weitertransportiert haben..." Aiden stand bereits auf, bereit, die nächsten Schritte einzuleiten. „Wir müssen los."

Ich legte meine Hand auf seine Schulter und sah ihm fest in die Augen. „Wir dürfen keine Spur unbeachtet lassen. Wir müssen sie finden, egal wo sie ist." „Und das werden wir," erwiderte Aurel, seine Stimme fest und voller Entschlossenheit. „Wir werden sie zurückholen, egal wie lange es dauert." Die Luft knisterte vor Spannung, als wir uns vorbereiteten, die Suche fortzusetzen. Die Dunkelheit, die draußen der Morgendämmerung wich, war nichts im Vergleich zu der, die in meinem Herzen lauerte. Aber ich würde sie nicht zulassen. Nicht jetzt. Nicht, solange Lyanna irgendwo da draußen auf uns wartete.

„Lasst uns gehen," sagte ich schließlich, meine Stimme fest, meine Entschlossenheit unerschütterlich. „Wir haben eine Spur, und wir werden ihr folgen, bis wir sie finden."

Raphael

Ich trat am nächsten Morgen in das düstere Verlies ein, mein Blick fiel sofort auf Lyanna. Selbst hier, in diesem trostlosen Raum, strahlte sie eine unerklärliche Anziehungskraft aus. Ihre Augen, tief und verletzbar, funkelten leise in der Dunkelheit – ein Licht, das ich mir zunutze machen wollte. Die Frau, die die Fähigkeit besaß, Menschen zu heilen und sich vor der Dunkelheit zu schützen, war in meinen Händen gefangen und doch so unberechenbar. Ich wusste, dass sie eine wertvolle Errungenschaft für meinen Clan war, aber ihre Rebellion war bemerkenswert.

„Du bist so wertvoll, Lyanna", sagte ich leise, während ich mich ihr näherte. Ihr Ausdruck war ein faszinierendes Spiel zwischen Angst und Entschlossenheit. „Deine Fähigkeiten sind ein Geschenk – und sie gehören mir." Ihre aufkeimende Wut war fast süß, und ich spürte ein Lächeln auf meinem Gesicht, das sie nur noch mehr herausforderte.

„Ich werde niemals dir gehören", entgegnete sie, ihre Stimme fest, doch ich nahm das Zögern dahinter wahr. Wie schuldig sie sich fühlte, nicht gebrochen zu sein und trotzdem gegen mich zu kämpfen. Das brachte mein Blut zum Kochen. Ich genoss es, sie herauszufordern, sie in die Enge zu treiben, und ich wusste, dass ich am Ende als Sieger hervorgehen würde.

„Oh, Lyanna. Du verstehst nicht. Ich bin geduldig", murmelte ich, während ich mich an die Zellenwand lehnte, als wäre es mein Reich. „Ich werde die Ketten, die dich halten, irgendwann selbst herstellen. Du wirst dich mir fügen, und dann wirst du erkennen, wie mächtig du sein kannst, wenn du die Dunkelheit, die in dir schlummert, annehmen würdest." Ich sah ihr ins Gesicht und beobachtete, wie sie die Wut unterdrückte. Ihre inneren Kämpfe waren offensichtlich, aber gleichzeitig war da auch eine unbändige Stärke, die ich faszinierend fand. Doch ich wusste, dass ich sie manipulieren konnte. Sie würde mir vertrauen, wenn ich es richtig anstellte.

„Was hast du in deinem Herzen, Lyanna? Wo ist die Frau, die ich einst kannte?", fragte ich und genoss jeden Moment dieser verbalen Manipulation. Sie war an einem Punkt, an dem sie mich vielleicht sogar hassen würde, aber das war mir egal. Ich wird sie zu meiner Verbündeten in der meiner Welt machen.

„Ich bin hier, um zu gehorchen. Ihr müsst mir nichts erklären", erklärte sie kalt und ich musste schmunzeln. Sie war gut darin, ihre Emotionen zu verbergen, aber ich konnte die Kluft zwischen dem, was sie sagte, und dem, was sie fühlte, deutlich spüren. Diese Performanz würde ihr helfen, den Schein zu wahren, aber ich wusste, dass ich sie letztlich durch meine Geduld brechen konnte.

„Das ist gut", murmelte ich und ließ mein Lächeln erlöschen, um eine bedrohliche Aura zu projizieren. „Apollo hat ein Artefakt, das ich haben will. Es wird mir helfen, Menschen nach meinem Willen zu formen, wie eine Knetmasse." Ihr Gesichtsausdruck war sofort aufgeschlossen, und ich wusste, es war der richtige Weg, um sie an mich zu binden. „Aber vielleicht bist du nicht bereit dafür. Ganze Seelen zu manipulieren, ist eine Verantwortung, die du noch nicht verstehen kannst.... Ach, und bevor ich es vergesse. Die Caelus haben dich bereits ersetzt. Es gibt eine neue Frau an ihrer Seite."

Die Dunkelheit in ihren Augen war sowohl eine Herausforderung als auch eine Versuchung. Ich wollte, dass sie meine Macht spürte, dass sie verstand, dass ich derjenige war, der über ihr Schicksal entscheiden konnte. Bevor sie die Vorstellung verwirren konnte – diese Unmittelbarkeit der Freiheit – musste ich sicherstellen, dass sie mir gehorchte.

„Du hast noch die Wahl, Lyanna. Entweder stehst du an meiner Seite oder du stellst dich zu den Huren da drüben.", sprach ich leise, jedes Wort war eine drohende Warnung. „Sei vorsichtig, dass du die richtige Entscheidung triffst. Diese Wahl bekommst du nur einmal." Es war ein Spiel, und ich war der Spieler, der die Fäden in der Hand hatte. Ich könnte sie beobachten, wie sie versuchte, mein Spiel zu durchschauen, und gleichzeitig nicht wissen, dass ich die Regeln festlegte.

Sie war nicht wie die anderen; ich sah es in ihren Augen. Sie ist eine Kämpferin und ich würde es aus ihr heraus kitzeln. Sie war meine! Sehr bald würde sie es verstanden haben. In diesem Moment war ich fest entschlossen, sie in das Spiel der Schatten zu ziehen – um endlich die volle Kontrolle über die sie zu erlangen, die tief in mir eine unstillbare Sehnsucht weckte.

Ich beobachtete, wie sich die Anspannung in Lyanna aufbaute. Ihre Augen verengten sich, als sie meine Worte verarbeitete, und ich konnte beinahe die Gedanken in ihrem Kopf hören: die Abwägung, die Unsicherheit, der ständige Kampf zwischen Hoffnung und Verzweiflung. Es war erfrischend zu sehen, dass sie sich nicht einfach in ihr Schicksal fügte. Ihre Stärke machte sie zu einer interessanten Herausforderung, und ich war bereit, das Spiel fortzusetzen.

„Du solltest wissen, dass die Frauen dort drüben nicht die besten Aussichten haben", fügte ich hinzu und deutete vage in die Dunkelheit des Raumes. „Ich behandle sie mit der gleichen Gleichgültigkeit, wie jeden der mir egal ist. Du musst kein weiteres Opfer werden. Du bist schließlich besser als das."

Ein Funke von Zorn flammte in ihren Augen auf, und ich wusste, dass ich sie erreichte. Sie war verletzbar, aber ihr Stolz war eine Waffe, und ich würde die Waffe gegen sie einsetzen, um sie in meine Richtung zu lenken. „Wenn du zu mir kommst, wirst du an der Seite der Mächtigsten stehen. Du kannst Freund und Feind manipulieren, wie es dir gefällt."

„Apollo wird mich nicht ersetzen. Ich werde mich nicht für deine schmutzigen Spiele prostituieren, Raphael", erwiderte sie mit einer Vehemenz, die ich bewunderte. Doch selbst in ihrem Widerstand spürte ich eine unterschwellige Unsicherheit. Es war, als würde sie auf dem schmalen Grat zwischen Mut und Angst balancieren.

„Schmutzige Spiele?", wiederholte ich, während ich ihr näherkam, bis ich fast an der Kante ihrer Zelle stand. „Es geht um das Überleben – das Überleben in dieser Brutalität, da es keine Regeln gibt, nur die von mir gesetzten. Schau dich um, Lyanna. Du bist gefangen und weißt es." Ich ließ meine Stimme sanft erklingen, fast einladend, und schaute sie tief in die Augen. „Die Frage ist, möchtest du die Dunkelheit als deinen Feind oder deinen Verbündeten akzeptieren?"

Sie schwieg, das Zögern war unüberhörbar. Ich wusste, dass ich sie an einem Wendepunkt erwischt hatte, und ich war bereit, den Druck zu erhöhen. „Die Wahl ist einfach: Entweder du stellst dich mir zur Verfügung oder du wirst vergessen, an einem Ort, an dem Erinnerungen schmerzhafter sind als der Tod."

Eine Spiegelscherbe - ein winziger Teil ihrer positiven Natur - brach in ihrem Inneren, als ich ihre Emotionen wahrnahm. Aber ich hielt meine Fassade aufrecht, während ich ihre Reaktionen studierte. „Ich kann dir Macht geben, eine Einflussnahme, die du noch nie zuvor kanntest. Du könntest Menschen heilen, und sie könnten dir folgen, aber nur, wenn du unbeirrt bleibst und bereit bist, ihre Seelen zu führen."

Ich wusste, dass ich die richtigen Worte wählte, um sie zu überzeugen. Und der Glanz der Verlockung würde wie ein Sirenenruf in ihr weiterhallen. „Es liegt ganz bei dir, Lyanna", sagte ich leise und mit einem Hauch von Melancholie. „Wirst du die Dunkelheit nutzen, die du fürchtest, um sie zu deinem Vorteil zu machen? Oder wirst du sie weiter meiden und dich in einem Netz von Schwäche verstricken lassen?"

Sie blickte weg, ihre Anspannung entlud sich in einem tiefen Atemzug. Ich sah die Gedanken in ihrem Kopf ringen, während ich in der Stille wartete, gefangen zwischen Hoffnung und

Rückzug. Ich wusste, dass ich sie bald hören würde. Wäre es das schmachtende Verlangen nach Freiheit, das sie antreiben würde, oder der Drang, gegen mich anzukämpfen, um ihr eigenes Licht zu bewahren?

„Du vergisst, Raphael, dass ich das Licht bin, keine Dunkelheit. Ich werde niemals für das stehen, was du bist!" Ihre Stimme war fast schneidend, und ich konnte das Stärkefeld um sie herum spüren.

„Und ich vergesse auch nicht, dass du in dieser Dunkelheit gefangen bist", entgegnete ich und lächelte. „Bis du bereit bist, dein wahres Potenzial zu erkennen, wirst du immer verloren sein. Du bist ein Licht in einem Raum voller Schatten. Aber das Licht allein kann dich nicht retten. Es braucht die Dunkelheit, um zu wachsen."

Ich wollte, dass sie es verstand – dass ich der Schlüssel zu ihrer Freiheit war, auch wenn ich der Teufel selbst war. In diesem Winkel der Finsternis hatten wir alle unsere Engel und Dämonen. Und ich hatte noch längst nicht aufgegeben, sie dazu zu bringen, an meiner Seite zu kämpfen. In einem Spiel, in dem Seelen manipuliert wurden und Versprechen zerbrochen werden konnten, war es mein Ziel, sie in die tiefsten Abgründe der Dunkelheit zu ziehen, nur um sie dann in die Höhen der Macht zu führen, in der ich ihr unwiderstehlicher Anführer werden würde.

Und auch wenn sie gegen mich kämpfte, wusste ich, dass ich nicht nur mit ihren Fähigkeiten, sondern auch mit ihrer Seele spielte.

Ein Schatten des Vertrauens glitt über ihre Augen, als sie meine Worte verarbeitete. Es war ein Schlag ins Gesicht, doch sie blieb standhaft. Ihr Widerstand war bewundernswert, aber zugleich auch gefährlich. Ich lächelte düster und wusste: Der Kampf um ihre Seele hatte gerade erst begonnen.

Lyanna

Ich richtete mich auf, straffte die Schultern und hielt Raphaels Blick direkt stand. In mir brannte eine Wut, die ich selbst noch nie so stark gespürt hatte. Ich war keine gewöhnliche Gefangene, das wusste ich. Ich war eine Kämpferin – auch wenn die Zweifel in mir wucherten und ich ständig gegen meine eigenen Ängste ankämpfen musste.

„Du kannst versuchen, mich zu brechen, Raphael", sagte ich leise, doch meine Stimme schnitt wie ein Messer durch die Stille. „Aber du wirst scheitern. Du kennst meine Ängste, doch du unterschätzt meine Stärke."

Er lehnte sich lässig gegen die kalten, feuchten Steine der Zellenwand und musterte mich mit einem Ausdruck, der mich irritierte. Seine Augen verfolgten jede meiner Bewegungen, als ob er nach Schwächen suchte, nach etwas, das er gegen mich verwenden konnte. „Deine Stärke", begann er mit dieser überheblichen Ruhe, „ist beeindruckend, aber was nützt sie dir hier, in dieser Dunkelheit? Stärke ohne Zweck ist nichts weiter als ein sinnloses Echo."

Ich kniff die Augen zusammen und ließ seine Worte auf mich wirken. Er wollte mich verunsichern, das war offensichtlich. Aber ich würde nicht zulassen, dass er die Oberhand gewann. Ich spürte, wie ich innerlich abwog, wie ich jedes Wort von ihm analysierte und nach einer Möglichkeit suchte, mich zu schützen. Ich war nicht bereit, mich seinem Willen zu beugen.

„Ich bin kein Echo", antwortete ich schließlich und zwang mich, ruhig zu bleiben. „Ich bin mehr als das. Und du weißt das. Deswegen bist du so besessen von mir." Ein leises Lachen entglitt ihm, und er schüttelte leicht den Kopf. „Besessen? Vielleicht. Aber nicht so, wie du es denkst. Ich sehe in dir etwas, das du selbst noch nicht erkannt hast. Und wenn du das Potential endlich siehst, wirst du verstehen, warum ich nicht zulassen kann, dass du es verschwendest."

Die Stille, die daraufhin eintrat, war fast erdrückend. Die Spannung zwischen uns war fast greifbar, wie ein unsichtbares Netz, das sich immer enger um uns legte. Doch ich ließ mich nicht einschüchtern. Meine Stimme war kaum mehr als ein Flüstern, aber sie trug die gesamte Entschlossenheit, die in mir loderte: „Du kannst mir alles nehmen, Raphael. Aber du wirst niemals meine Seele besitzen."

Er trat einen Schritt zurück, und für einen Moment glaubte ich, ihn überrascht zu haben. Ein kleiner Triumph, der mir die Kraft gab, weiterzumachen. Aber... „Wir werden sehen, Lyanna", unterbrach er meine Gedanken, seine Stimme sanft, fast zärtlich. „Wir werden sehen."

Als er die Zelle verließ, spürte ich, dass dies kein Ende war, sondern der Anfang eines gefährlichen Spiels. Ein Spiel um Macht, Kontrolle und letztendlich um meine Seele. Der Klang des verschließenden Schlosses hallte nach, ein dumpfer Klang, das die Stille der Zelle nur noch verstärkte. Ich atmete tief durch, meine Hände zitterten leicht, aber ich ballte sie zu Fäusten und zwang mich, ruhig zu bleiben. Raphael glaubte, mich zu kennen, mich durchschauen zu können, aber er hatte keine Ahnung, was wirklich in mir vorging. Ja, ich war gefangen, umgeben von Wänden, die keine Gnade kannten, aber mein Geist war es nicht. Er mochte denken, dass er mich in die Enge treiben könnte, dass er meine Ängste gegen mich verwenden könnte, aber ich würde nicht brechen. Meine Gedanken wanderten zu dem, was er gesagt hatte, zu den Versprechen und Drohungen, die er mit so beunruhigender Leichtigkeit ausgesprochen hatte. Er wollte, dass ich mich der Dunkelheit hingab, sie als Werkzeug nutzte, um seine Pläne zu unterstützen. Aber er verstand nicht, dass meine Stärke nicht allein aus dem Widerstand gegen ihn kam. Es war die Stärke, trotz der Dunkelheit, die mich umgab, mein eigenes Licht zu bewahren.

Ich ließ mich langsam auf den harten Boden der Zelle sinken und lehnte den Rücken an die kalte Wand. Die Erschöpfung, die ich so lange verdrängt hatte, setzte sich in meine Knochen. Aber ich durfte nicht nachlassen. Raphael hatte recht in einer Sache: Dies war ein Spiel, und ich war eine Spielerin. Aber was er nicht wusste, war, dass ich meinen eigenen Plan verfolgte. Ich dachte an die anderen Frauen, die Raphael erwähnt hatte, die Frauen „dort drüben", wie er es ausgedrückt hatte. Seine Worte hatten einen schalen Nachgeschmack hinterlassen, als ob er ihre Schicksale bereits besiegelt hätte, als wären sie nichts weiter als Bauern in seinem Spiel. Aber wenn ich eines wusste, dann, dass es immer eine Möglichkeit gab, die Regeln zu brechen, selbst die, die von Männern wie Raphael aufgestellt wurden.

„Ich werde nicht zulassen, dass du mich kontrollierst", flüsterte ich leise, mehr zu mir selbst als zu irgendjemandem sonst. Die Worte gaben mir Halt, waren ein Mantra, das mich daran erinnerte, warum ich kämpfen musste. Ich würde die Dunkelheit nicht fürchten, aber ich würde mich auch nicht von ihr verschlingen lassen. Es gab einen Weg hier heraus, ich musste ihn nur finden. Und wenn ich es tat, würde ich nicht allein entkommen. Raphael mochte sich als den Puppenspieler sehen, der alle Fäden in der Hand hielt, aber auch Marionetten können ihre Stränge durchschneiden. Ich würde nicht zulassen, dass er mich oder irgendjemanden sonst zu seiner

Marionette machte. Mit neuem Entschluss stand ich auf und begann, die Zelle erneut zu untersuchen. Es gab immer eine Schwachstelle, immer einen Weg, den der Gegner übersehen hatte. Und während Raphael sich in seiner Macht sicher fühlte, würde ich in der Dunkelheit suchen, bis ich den Schlüssel zu meiner Freiheit gefunden hatte.

Ich saß in meinem düsteren Büro, das nur von einem schwach flackernden Licht erleuchtet wurde. Mein Schreibtisch war übersät mit Akten, verblassten Fotografien und einigen unscheinbaren Gegenständen, die eine abweisende Aura ausstrahlten — ein stilvoller, aber unbenutzter Brieföffner mit einer Klinge, die äußerst vielversprechend wirkte, wenn man den Blickwinkel änderte. Die Fenster waren mit schweren, schwarzen Vorhängen verhangen, die das spärliche Licht draußen fernhielten und das Gefühl von Isolation und Geheimnissen verstärkten. Ein leichter Hauch von Zigarre war in der Luft geblieben, vermischt mit dem Geruch alter Bücher und dem muffigen Duft feuchten Holzes. Die Wände waren mit tiefen Schattierungen in Grau und Schwarz gestrichen, und der Putz bröckelte an manchen Stellen. An ihnen hingen einige schlichte, aber eindrucksvolle Bilder, die ausdrucksvolle, düstere Szenen aus einer anderen Zeit darstellten; jedes einzelne schien eine Geschichte zu erzählen, die nur darauf wartete, enthüllt zu werden.

Im hinteren Teil des Raumes befand sich ein kleiner, schummriger Barwagen, bestückt mit edlen Spirituosen, deren Flaschen im Halbdunkel schimmerten. Die Luft war durchdrungen von einer bedrückenden Stille, die nur beim gelegentlichen Geräusch von Tropfen, die vom Dach oder einer undichten Stelle auf den harten Boden fielen, durchbrochen wurde. Diese Kälte, sie war nicht nur atmosphärisch, sie war greifbar und unvermeidlich. Jeder Aspekt meines Raumes war sorgfältig durchdacht, um eine Aura der Kontrolle und des Machtspiels zu schaffen, die mich als unerschütterlichen, manipulativen Meister in dieser finsteren Welt präsentiert.

Vor mir stand Vittorio, seine kräftigen Arme verschränkt, seine Augen kalt und berechnend. Wir hatten bereits viel besprochen, doch das Gespräch nahm nun eine düstere Wendung.

„Und was ist mit den Frauen?" fragte er mit einer rauen Stimme, als ob er bereits die Schwere des Themas spürte. Direkt und ohne Umschweife, so kannte ich ihn. Ich lehnte mich gelassen in meinem Stuhl zurück, als ob das Gewicht dieser Unterhaltung mich nicht im Geringsten belastete. Ich nahm einen Schluck von dem dunklen, fast schwarzen Wein, der vor mir stand, und ließ die bittere Flüssigkeit über meine Zunge gleiten. Behutsam stellte ich das Glas ab und beobachtete, wie mein Blick in der Dämmerung funkelte.

„Die Frauen", begann ich langsam, „sind Schachfiguren, nicht mehr und nicht weniger. Einige sind bereits gebrochen, andere benötigen noch unsere besondere Aufmerksamkeit." Ein düsteres Lächeln schlich sich auf meine Lippen, während ich überlegte, wie weit ich Vittorio in meine Gedankenwelt einweihen sollte. „Lyanna", fuhr ich fort, „ist von besonderem Interesse. Sie ist stark und widerstandsfähig. Ein seltener Fund. Aber jeder hat einen Punkt, an dem er zerbricht. Sie wird nützlich sein, sobald sie versteht, wo ihr Platz ist." Vittorio nickte, sein Gesicht blieb ausdruckslos. Er kannte die Dynamik dieser Gespräche gut und wusste, dass ich es genoss, Menschen wie Marionetten zu kontrollieren. Gleichzeitig war ihm jedoch bewusst, dass es gefährlich war, zu viel Macht in die Hände einer einzigen Frau zu legen, selbst wenn sie anfänglich gefangen war.

„Und wenn sie nicht gehorcht?" fragte Vittorio mit einer Stimme, die tonlos, aber scharf wie eine Klinge war. Ich lehnte mich zurück, meine Finger spielten mit dem Rand meines Glases. „Dann wird sie lernen, was es heißt, zu leiden. Wir haben Methoden, die selbst den stärksten Geist brechen können. Und wenn sie sich als unbrauchbar erweist... nun, es gibt immer Wege, um das zu bereinigen." Meine Augen verengten sich, als meine Gedanken in düstere Gefilde drifteten. „Die anderen Frauen werden ebenfalls ihre Lektion lernen – durch sie oder wegen ihr. Der Wert von Angst ist unermesslich, Vittorio. Manchmal genügt ein Beispiel wie gestern, um eine ganze Gruppe gefügig zu machen."

Vittorio hob eine Augenbraue, da er wusste, dass ich nie davor zurückschreckte, selbst die grausamsten Foltermethoden zu ergreifen, wenn es meinen Zwecken diente. „Und was, wenn Lyanna sich als Anführerin der Rebellion entpuppt? Sie scheint gefährlicher, als du es zunächst angenommen hast."

Ich schüttelte langsam den Kopf, ein dunkles Lachen rollte aus meiner Kehle. „Eine Anführerin? Sie ist widerspenstig, das ist wahr, aber sie hat noch nicht den Mut, mich wirklich herauszufordern. Nicht auf Dauer. Sollte sie jedoch versuchen, eine Rebellion anzuzetteln, wird sie feststellen, dass ich in dieser Arena der Einzige bin der die Regel aufstellt." Ich stand auf, trat ans Fenster und blickte hinaus in die finstere Nacht. „Wenn der Zeitpunkt kommt, an dem ich ihre Flamme löschen muss, werde ich es ohne Zögern tun. Bis dahin lasse ich sie in der Illusion ihrer Stärke leben. Es wird ihr umso mehr schaden, wenn ich es ihr nehme."

Vittorio nickte erneut, diesmal mit einem Hauch von Zufriedenheit. Er wusste, dass ich gnadenlos sein konnte, wenn es darauf ankam. In dieser Welt überlebten nur die, die bereit waren, alles und jeden zu opfern. „Dann soll es so sein," sagte er leise mit einem teuflischen Grinsen, während ein düsteres Einvernehmen zwischen uns aufstieg.

Ich wandte mich vom Fenster ab, meine Augen blitzen kalt und entschlossen. „Die Frauen werden verstehen, dass ihre einzige Hoffnung in der Unterwerfung liegt. Und Lyanna wird lernen, dass ihre Rebellion nichts weiter als ein vorübergehender Anflug von Torheit ist. Wir werden sie alle in die Knie zwingen, Vittorio. Und wenn sie fallen, werden sie für immer in der Dunkelheit bleiben." Vittorio nickte schweigend, ließ den Raum jedoch nicht aus den Augen, während ich weiterhin in die Dunkelheit hinausblickte, als würde ich darin die Zukunft lesen. Eine Kälte lag in der Luft, die weit mehr als nur die Temperatur zu betreffen schien. Es war die Kälte von Absicht, von geplanten Grausamkeiten, die in diesem Raum Gestalt annahmen und wuchsen.

„Lyanna ist nicht die Erste, die glaubt, sie könne mir trotzen," murmelte ich nach einer Weile, meine Stimme leise, aber von einer Schärfe durchzogen, die selbst den mutigsten Menschen das Blut in den Adern gefrieren lassen würde. „Doch was sie nicht versteht, ist, dass jede Handlung, jede Entscheidung, die sie trifft, mich nur mehr in die Lage versetzt, sie zu brechen." Ich drehte mich um, meine Augen funkelten gefährlich. „Es gibt etwas in ihr, das sich von den anderen unterscheidet. Ein Feuer, das versucht, dem Würgegriff der Dunkelheit zu entkommen. Aber Feuer kann gelöscht werden, und Rauch... Rauch zerstreut sich im Wind."

Vittorio ließ den Schatten eines Lächelns über seine Lippen gleiten, als er seine Arme lockerte und in eine entspannte Haltung überging. „Und was ist dein nächster Schritt?", fragte er, als ob er das Drehbuch für ein bevorstehendes Stück lesen wollte.

Ein Lächeln, das nichts von Freundlichkeit an sich hatte, schlich sich auf meine Lippen. „Wir lassen sie weiter hoffen, lassen sie glauben, dass sie stark ist. Denn das größte Vergnügen liegt nicht im plötzlichen Brechen, sondern im langsamen Zermürben, bis sie an dem Punkt ist, an dem sie die Dunkelheit selbst umarmt, nur um dem Schmerz zu entkommen." Ich ging zu einem Tisch in der Mitte des Raumes und griff nach einer kleinen, in Leder gebundenen Kiste. Mit einem leisen Klicken öffnete ich sie und enthüllte eine Reihe fein gearbeiteter Instrumente, die eher an Werkzeuge der Folter als an Werkzeuge des Handwerks erinnerten. Ich hob einen schlanken Dolch heraus, dessen Klinge im schwachen Licht bedrohlich glänzte.

„Das hier", hielt ich die Klinge hoch, sodass das Licht darauf schimmerte, „ist nicht für sie. Es ist für diejenigen, die denken, sie könnten ihren Mut teilen, ihre Rebellion nähren. Ich werde ihnen zeigen, dass das Leiden, das sie erwartet, weit schlimmer ist als jede Fessel oder jeder Käfig. Sie werden mit ansehen, wie Lyanna, die sie als Symbol sehen, langsam in das wird, was sie am meisten fürchten: eine von mir geformte, gebrochene Seele."

Vittorio trat näher und betrachtete den Dolch mit einer Mischung aus Respekt und kühler Kalkulation. „Und die anderen Frauen?"

Ich legte den Dolch zurück und schloss die Kiste. „Sie werden zuschauen. Ihre Verzweiflung wird Nahrung für meine Pläne sein. Jeder Schrei, jede Träne wird sie mehr und mehr in meine Hände treiben. Und wenn sie verstehen, dass es keinen Ausweg gibt, keinen Erlöser, der ihnen beistehen wird... dann werden sie endlich das tun, was ich von ihnen will." Ich ging zurück zum Fenster, die Dunkelheit schien mich zu umarmen, als wäre sie eine alte Geliebte. „Der wahre Sieg, Vittorio, liegt nicht im Zerstören, sondern im Formen. Ich werde sie alle haben, aber ich werde sie auch neu formen – in etwas, das mir nützt, das mir dient. Sie werden kämpfen, bis sie nicht mehr können, und dann... dann werden sie kapitulieren." Die Stille, die darauffolgte, war wie die Ruhe vor einem Sturm, die Vorahnung von etwas Unvermeidlichem und Gefährlichem. Vittorio wusste, dass ich einen Plan hatte, der weit über einfache Gewalt hinausging. Es war die sorgfältige Kunst der Manipulation, des psychologischen Krieges, in dem ich ein Meister war.

„Wenn sie erst einmal gebrochen ist, wird sie die anderen in ihre Dunkelheit ziehen," murmelte

Vittorio, als ob er die Einzelheiten eines komplexen Schachspiels analysierte.

Ich nickte. „Genau. Und dann wird das, was sie einmal als Schwäche betrachteten, zu ihrer Stärke werden. Sie werden keine andere Wahl haben, als das zu akzeptieren, was sie geworden sind. Und ich... ich werde derjenige sein, der sie führt. Nicht als Tyrann, sondern als derjenige, der sie gerettet hat – in der einzigen Weise, die in dieser Welt zählt."

Vittorio trat zurück, sein Blick fest auf mich gerichtet. „Und wenn sie nicht bricht?" Ein dunkler Schatten legte sich über mein Gesicht, und meine Augen funkelten kalt. „Jeder bricht, Vittorio! Jeder! Es ist nur eine Frage der Zeit und der richtigen Methode." Mit diesen Worten war klar, dass ich keinen Zweifel daran hatte, wie dieses Spiel enden würde. Und in der Dunkelheit, die uns beide umgab, hallte bereits das Echo von Schreien – Schreie, die noch nicht verklungen waren, und Schreie, die noch kommen würden.

Vittorio

Der Morgen dämmerte düster über dem Anwesen, als ich die feuchte Kälte spürte, die durch die langen, steinernen Gänge kroch. Ein fahles Licht kämpfte sich über den Horizont, doch es konnte die allgegenwärtige Dunkelheit, die sich in den Ecken des Verlieses festgesetzt hatte, nicht vertreiben. Die Dunkelheit war mein ständiger Begleiter, und in ihrer Kälte fand ich die Ruhe, die mir die Welt da draußen nicht bieten konnte.

Meine Schritte hallten durch die stillen Flure, als ich mich den schweren Eisentüren näherte. Die Soldaten hatten ihre Befehle erhalten und warteten bereits. Sie waren wie gut geölte Maschinen, kalt und präzise. Keine Gnade, keine Zierlichkeit. Diese Frauen wussten, was sie erwartete, und doch war es jedes Mal dasselbe – dieser Moment der Erkenntnis, dass es keinen Ausweg gab, dass jeder neue Morgen nur weiteres Leid brachte.

Ich trat an eine der Zellen heran, spürte die vertraute Befriedigung, als die schwere Tür mit einem Quietschen aufgestoßen wurde. Die Frauen, die dort lagen, rissen die Augen auf, von der plötzlichen Störung aus ihren Albträumen gerissen. Ich genoss diesen Anblick. Die Angst, die in ihren

Gesichtern aufstieg, war wie ein dunkler Wein, den ich in tiefen Zügen in mich aufnahm.

Eine der Frauen, blass und abgemagert, versuchte schwach, sich zu wehren, als die Männer sie packten. Es war fast lächerlich – dieser jämmerliche Versuch, sich gegen das Unvermeidliche zu stemmen. Ich beobachtete, wie ihre Schwäche nur mit weiteren Schlägen beantwortet wurde, bis sie schließlich verstummte. Der Klang ihrer erstickten Schreie verschmolz mit dem Echo meiner Schritte, als ich weiterging.

Ich betrat den kalten Raum, in den die Frauen gebracht wurden. Ein Raum, der für einen einzigen Zweck geschaffen worden war: zu brechen, was noch intakt war. Die Wände waren Zeugen unzähliger solcher Momente gewesen, und ich konnte fast die Schreie und das Flehen hören, die in diesen Steinen gefangen waren. Jeder Stein, jede Kette, jedes Werkzeug war Teil des Prozesses, der aus diesen Frauen das machen sollte, was Raphael von ihnen verlangte. Ich musterte sie, wie man Ware begutachtet, und in ihren Augen konnte ich sehen, wie weit sie bereits gefallen waren. Einige hatten bereits resigniert, ihre Augen waren leer, ihre Seelen zerbrochen. Doch es waren die, die noch kämpften, die mich am meisten faszinierten. Lyanna war eine von ihnen. Sie hatte noch diesen Funken, der tief in ihr brannte, und ich wusste, dass es nur eine Frage der Zeit war, bis auch dieser verlöschen würde.

"Heute beginnt eure Ausbildung," sagte ich mit einer Stimme, die nichts von dem Eis preisgab, das in meinem Inneren herrschte. „Ihr werdet lernen, zu gehorchen, zu dienen. Widerstand wird nicht geduldet."

Eine der jüngeren Frauen hob den Kopf, ihre Augen weiteten sich in einem letzten verzweifelten Versuch, sich zu wehren. „Bitte... ich will das nicht..." Ihre Stimme war nichts weiter als ein Zittern, ein armseliger Rest von Widerstand, der mich nur noch mehr belustigte. Ich trat zu ihr, packte sie brutal am Kinn und zwang sie, mir in die Augen zu sehen. „Wollen?" Meine Stimme tropfte vor Spott. „Hier gibt es kein Wollen. Hier gibt es nur das, was dir gesagt wird." Ich ließ meine Worte auf sie einwirken, bevor ich zuschlug. Das Knacken ihrer Nase war ein befriedigendes Geräusch, und ich genoss den Anblick des Blutes, das über ihr Gesicht strömte, als sie zu Boden sank. Ich sah nicht mehr zu ihr hinab, mein Interesse war bereits erloschen. Stattdessen hob ich den Blick und ließ ihn über die übrigen Frauen schweifen. „Erinnert euch daran, was ihr gerade gesehen habt," sagte ich ruhig, fast sanft. „Es wird nicht das letzte Mal sein, dass ihr hier Leid erlebt. Aber je schneller ihr lernt, desto weniger werdet ihr leiden."

In Lyannas Augen sah ich etwas, das mich einen Moment innehalten ließ – nicht nur Angst, sondern Hass. Ein Hass, der tief und gefährlich war, der mich jedoch nicht erschreckte. Nein, er faszinierte mich nur noch mehr. Denn dieser Hass würde sie nicht retten. Er würde sie nur tiefer stürzen lassen, bis sie nichts weiter war als ein gebrochener Schatten ihres ehemaligen Selbst, bereit, zu tun, was immer ich verlangte. Ich ließ meinen Blick über die versammelten Frauen schweifen, die in den schweren Eisenfesseln aneinander gekettet waren. Ihr Angstschweiß glitzerten auf ihren verängstigten Gesichtern. Ich nahm mir Zeit, jede Einzelne zu mustern, dabei immer wieder zu Lyanna zurückzukehren. Ihre Haltung war trotzig, ihre Augen funkelten noch vor Widerstand, auch wenn ihre Handgelenke in den Fesseln schmerzen mussten.

„Nun, da ihr eure erste Lektion erhalten habt," begann ich, während ich langsam um die Frauen herumging, „möchte ich, dass ihr versteht, wie der Rest dieses Spiels aussieht." Meine Stimme war ruhig, aber durchdringend, als ob ich sie in ein Netz aus Angst und Ungewissheit einspannen wollte. „Das Ziel ist es nicht nur, zu überleben, sondern zu lernen, wie man in dieser Welt lebt. Ihr könnt euch nicht auf euren Widerstand verlassen – Widerstand wird nur dazu führen, dass der Schmerz verlängert wird."

Ich hielt vor einem großen Tisch an, der mit verschiedenen Werkzeugen bedeckt war, die ihren eigenen, düsteren Glanz hatten. Ich griff nach einem Werkzeug, das wie ein grausames Spielzeug aus dem Mittelalter aussah. Die Frauen starrten entsetzt auf die verschiedenen Instrumente.

„Seht euch diese Werkzeuge an," sagte ich, während ich das Instrument in die Luft hielt und das Licht darauf schimmerte. „Sie sind nicht nur Objekte der Folter, sondern auch Symbole der Kontrolle. Ihr werdet lernen, sie zu verstehen, zu respektieren. Euer Überleben hängt davon ab, wie schnell ihr euch anpasst." Eine weitere Frau, ihre Stimme gebrochen und leise, begann zu weinen. „Bitte... wir sind doch Menschen, keine Tiere," schluchzte sie, ihre Stimme durch den Kummer kaum zu verstehen.

„Menschen?" Ich ließ ein kaltes Lachen ertönen und trat näher. „Das ist genau der Fehler, den ihr gemacht habt. In diesem Raum sind wir alle etwas anderes. Hier gibt es keine Menschlichkeit, hier herrscht der Teufel. Macht und Gehorsam sind die Zauberwörter."

Während ich mich weiter umsah, beobachtete ich die Frauen, die sich immer mehr zusammenkauerten, ihre Körper in eine schützende Haltung gezwungen. Die Atmosphäre war dick von Angst, die durch das schwache Licht und Kälte noch verstärkt wurde. Plötzlich hörte ich eine leise Bewegung, ein kaum hörbares Rascheln, und ich bemerkte, dass Lyanna sich bewegte. Ihr Gesicht war immer noch von Entschlossenheit gezeichnet, aber es gab einen neuen Glanz in ihren

Augen – einen Glanz, der mir sagte, dass sie sich nicht so leicht anpassen würde. Es faszinierte mich, wie hartnäckig sie noch war, und ich wusste, dass es noch eine Weile dauern würde, bis sie vollständig eine von uns wäre.

„Lyanna," sagte ich und trat direkt vor sie, „du scheinst dich gegen unser kleines Spiel zu sträuben. Glaub nicht, dass du die Ausnahme bist. Du wirst lernen, dich anzupassen, oder du wirst lernen, was es bedeutet, in dieser Dunkelheit verloren zu sein."

Ihre Augen funkelten vor einem unterdrückten Sturm, und ich konnte die Wut und den verzweifelten Widerstand spüren, der in ihr tobte. „Ich werde mich dir niemals unterwerfen," erwiderte sie fest, trotz der Ketten, die ihre Bewegungen einschränkten. Ich trat zurück und lächelte kalt. „Das werden wir noch sehen, Lyanna. Der Prozess hat gerade erst begonnen. Und ich habe alle Zeit der Welt, um dich zu lehren, was es bedeutet, in unserer Welt zu leben." Mit diesen Worten machte ich mich an mein Werk der Ausbildung. Jeder Schnitt, jeder Schlag war ein blanker Genuss für mich. Das Messer glitt wie durch Butter gezogen in das Fleisch jeder einzelnen. Die Schreie hallten wie Echo von den Wänden.

Nach einigen Stunden und vielen Lektionen wurde die Tür zum Raum aufgerissen. Ein Soldat trat ein, seine Gesichtszüge hart und müde. „Die Frauen sollen zurückgebracht werden", meldete er kurz und prägnant. Mein Blick verfinsterte sich. „Zurückgebracht? Wohin?"

„Zurück ins Verlies. Es gibt immer noch einige, die nicht gehorsam sind."

Ein schadenfrohes Lächeln breitet sich auf meinem Gesicht aus, und ich wandte mich langsam den Frauen zu. „Es scheint, dass ihr keine Wahl habt", sagte ich mit einem ironischen Ton. „Wir machen eine kleine Pause in der Lektion. Aber ich verspreche euch, das Spiel ist noch lange nicht zu Ende." Die Soldaten begannen, die Frauen zu packen und sie aus dem Raum zu ziehen. Ihre Körper waren bewegungslos und ich bemerkte, wie Lyanna mit jedem Schritt tiefer in sich zusammensackte. Ihr Gesicht war eine Maske des Hasses und der Entschlossenheit. Doch die Ketten, die sie trug, waren stark, und das Licht, das sie noch strahlte, begann allmählich zu verblassen.

„Denkt daran, was ihr heute gelernt habt", rief ich ihnen mit einem lachen nach, während sie aus dem Raum herausgeführt wurden. „Euer Überleben hängt von der Fähigkeit ab, euch anzupassen. Und glaubt mir, ich werde die Zeit nutzen, um euch beizubringen, was es bedeutet, in dieser Welt wirklich zu leben."

Mit diesem letzten, abschließenden Wort sah ich zu, wie sie in den Gängen verschwanden, und ein Gefühl der Vorfreude durchflutete mich. Ihr Leiden war nur der Anfang, eine Vorstufe zu dem, was noch kommen würde. Der Prozess der Unterwerfung, der Zerstörung ihrer Identitäten hatte gerade erst begonnen – und ich war fest entschlossen, keinen Moment davon zu verschwenden. Der Weg, den sie vor sich hatten, war hart und unerbittlich, und ich würde nicht ruhen, bis jede von ihnen ihren Platz in unserem System gefunden hatte – entweder als gehorsame Marionette oder als zerbrochene Seele. Der Schmerz war nur der Anfang.

Apollo

Die Brise des frühen Morgens hatte sich inzwischen in eine drückende Hitze verwandelt, als meine Brüder und ich die staubige Landebahn entlanggingen. Jeder Schritt fühlte sich schwerer an, als ob die Last unserer bisherigen Misserfolge uns hinunterzog. Aiden hielt einen Ausdruck in der Hand, seine Miene war dunkel, von grimmiger Enttäuschung gezeichnet.

„Nichts", murmelte er und warf das Papier in den Wind, der es sofort davontrug. „Der Flug nach Nordosten war eine Sackgasse. Keine Spur von Lyanna, keine Hinweise, keine verdächtigen Bewegungen. Es war alles eine Täuschung."

Ich blieb stehen und schirmte meine Augen mit der Hand gegen die gleißende Sonne ab, während ich in die Ferne starrte. „Wir haben Stunden verschwendet", knurrte ich. „Stundenlang einer falschen Spur hinterhergejagt, während Lyanna irgendwo da draußen festgehalten wird. Jeder Moment, den wir verlieren, könnte ihr letzter sein."

Neben mir ballte Aurel die Fäuste, seine Frustration spiegelte meine eigene wider. „Diese Bastarde sind schlau", sagte er mit zusammengebissenen Zähnen. „Sie haben uns genau dorthin gelockt, wo sie uns haben wollten – auf einen Pfad voller Sackgassen. Sie wussten, dass wir nach den offensichtlichsten Anzeichen suchen würden." Wir hatten keinen Raum mehr für Fehler. Jeder Irrweg bedeutete, dass wir einen Schritt weiter von Lyanna entfernt waren – und näher an einem Punkt, an dem es vielleicht kein Zurück mehr gab.

„Was jetzt?" fragte Aurel schließlich, seine Stimme schwach und voller Zweifel. Er war immer derjenige, der nie aufgab, der uns antrieb, weiterzumachen, selbst wenn die Aussicht hoffnungslos erschien. Doch jetzt schien sogar er zu wanken. Ich drehte mich zu ihm um, fest entschlossen, eine Lösung zu finden. „Wir müssen eine andere Methode finden. Wir können nicht weiterhin blind im Dunkeln tappen. Es gibt noch eine Person, die uns helfen könnte – eine letzte Möglichkeit." Aiden sah mich mit gerunzelter Stirn an. „Du meinst Sonia."

„Ja", bestätigte ich, meine Stimme fester, als ich mich fühlte. „Sonia hat eine Gabe, die uns jetzt helfen könnte. Eine astrale Verbindung könnte der Schlüssel sein, um Lyanna zu finden. Wir haben bereits zu viel Zeit verloren, um uns auf das Naheliegende zu verlassen. Wir brauchen etwas... Übernatürliches."

Aurel biss sich auf die Lippe, als er überlegte. „Sonia... sie hat uns damals geholfen, als Vater verschwand. Aber das Risiko, jemanden wie sie ins Spiel zu bringen..." Ich unterbrach ihn mit einem knappen Nicken. „Ich weiß, es ist riskant. Eine astrale Verbindung ist keine Garantie, und es könnte kein Zurück geben. Aber was bleibt uns anderes übrig? Wir müssen jeden Strohhalm ergreifen, den wir finden können." Aiden ließ meine Worte auf sich wirken, bevor er schließlich nickte. „Wir haben nichts zu verlieren. Wenn es eine Möglichkeit gibt, Lyanna aufzuspüren, dann müssen wir es versuchen."

„Dann ist es entschieden", sagte ich und setzte mich in Bewegung. „Wir werden zu Sonia fahren. Vielleicht kann sie uns den Weg weisen, den wir selbst nicht finden konnten."

Wir stiegen in unseren Wagen, und die Motoren brüllten auf, als wir losfuhren. Die Straße vor uns dehnte sich endlos aus, eine graue Linie, die uns in die Ungewissheit führte. Die Sonne stand nun hoch am Himmel, ihr Licht brannte auf der Welt wie ein unerbittlicher Richter, der die Zeit weiter verrinnen ließ. Je näher wir Sonia kamen, desto größer wurde die Anspannung in meiner Brust. Sonia war keine gewöhnliche Frau. Ihre Fähigkeiten reichten weit über das hinaus, was die meisten Menschen begreifen konnten. Doch mit dieser Macht kam auch ein Preis – einer, den wir nur zu gut kannten.

„Was auch immer passiert", warnte ich meine Brüder, als wir den staubigen Weg entlangfuhren, der zu Sonias abgeschiedenem Anwesen führte. „Wir müssen stark bleiben. Ich hoffe wir erreichen sie." Aurel fragte leise: „Und wenn sie uns nicht helfen kann?" Ich hielt einen Moment inne, bevor ich antwortete, die Worte schwer auf meiner Zunge liegend. „Dann... dann wird es vielleicht niemand können."

Als wir nach Stunden vor dem alten, verfallenen Haus hielten, in dem Sonia lebte, stiegen wir aus und gingen zur Tür. Es war bereits sehr spät. Die Sterne leuchteten bereits um die Wette. Das Gebäude strahlte eine bedrohliche Ruhe aus, die Luft schien hier dicker, schwerer zu sein. Mit einem tiefen Atemzug klopfte ich dreimal an die alte Holztür. Es dauerte eine Ewigkeit, bis sich etwas regte. Schließlich öffnete sich die Tür langsam, und Sonia, mit ihrem langen, silbernen Haar und den unergründlichen Augen, stand vor uns. Ein Lächeln, das die Grenze zwischen Freundlichkeit und Furcht überschritt, spielte um ihre Lippen.

„Ich habe euch erwartet", sagte sie leise, ihre Stimme ein sanftes Echo in der stillen Luft. „Kommt herein. Wir haben viel zu besprechen... und noch mehr zu sehen." Ich wusste, dass dies unser letzter Hoffnungsschimmer war. Was auch immer vor uns lag, wir würden es durchstehen – um Lyanna zu finden, mussten wir es durchstehen.

Lyanna

Wir wurden wieder in unsere Zelle gebracht, die Eisentür schloss sich mit einem ohrenbetäubenden Geräusch, das wie ein Urteil über unsere Seelen wirkte. Die Frauen um mich herum schienen still und verloren, und ich konnte fast das Flüstern ihrer Gedanken hören – eine Mischung aus Verzweiflung, Angst und der schleichenden Erkenntnis, dass es keinen Ausweg gab.

„Lyanna, was wirst du tun?" fragte Rea leise, als sie sich näher zu mir beugte. Ihre Augen waren voller Angst, und ich wusste, dass sie auf meine Antwort wartete. Es war essenziell, jetzt nicht den Anschein von Schwäche zu zeigen.

„Wir müssen definitiv was tun", antwortete ich mit fester Stimme, auch wenn ich selbst nicht genau wusste, wie ich das erreichen sollte. „Wir dürfen nicht zulassen, dass sie uns brechen. Wir sind mehr als das, was sie aus uns machen wollen." Ein Teil der anderen Frauen nickten zustimmend, und ein kurzer Moment des Zusammenhalts schien uns zu umhüllen. Mein Zorn wuchs nicht nur für mich selbst, sondern für all die Frauen, die hier gefangen waren. Wir setzten uns auf den kalten Steinboden und schufen eine kleine Gemeinschaft.

„Was wir brauchen, ist ein Plan", erklärte ich und spürte, wie ich die Entschlossenheit mit jedem Wort fand. „Wir müssen herausfinden, wie wir unbemerkt kommunizieren können. Es kann nicht sein, dass Raphael unweigerlich gewinnt. Wir müssen ihn mit seinen eigenen Waffen schlagen."

Einige schauten mich skeptisch an, andere nickten zustimmend. Es war wichtig, sie mit meiner Entschlossenheit mitzureißen. „Wir dürfen keine Angst empfinden. Sie denken, sie können uns brechen, aber wir sind stark. Wenn wir zusammenhalten, können wir es schaffen!" Ich konnte die Müdigkeit und Verzweiflung in den Gesichtern der Frauen um mich herum sehen, doch ich wusste, dass dies der Moment war, in dem wir uns entscheiden mussten: Aufgeben oder kämpfen.

„Wir müssen uns zusammenschließen, wenn wir hier jemals rauskommen wollen," begann ich leise, aber entschlossen. Die Worte kamen wie eine Welle der Klarheit, die durch die Dunkelheit schnitt. „Der Ferragosto-Clan mag denken, dass sie uns besitzen, aber sie unterschätzen unsere Fähigkeit, uns zu wehren." Maria, die älteste unter uns, hob den Kopf, ihre Augen schwer von Jahren des Leidens. „Und was sollen wir tun? Sie sind bewaffnet, stark, und wir... wir sind nur Frauen, die sie wie Vieh behandeln." Ich spürte, wie sich meine Entschlossenheit verhärtete, als ich ihr in die Augen sah. „Das ist genau das, was sie denken sollen. Sie glauben, wir sind gebrochen, dass wir keine Bedrohung darstellen. Aber das ist unser Vorteil. Wir müssen sie in falscher Sicherheit wiegen. Wir sind die Schauspielerinnen."

Alina, noch so jung und zart, sprach mit zitternder Stimme: „Aber wie sollen wir das schaffen? Was können wir tun, um den Clan von innen heraus zu zerstören?" Ich lächelte, wenn auch nur schwach, und spürte, wie das Feuer in mir wuchs. „Wir können Informationen sammeln. Sie reden vor uns, weil sie denken, wir hören nicht zu oder verstehen nicht. Aber wir können jedes Wort, jeden Plan, den sie besprechen, für uns nutzen. Und wenn die Zeit kommt, können wir die Informationen gegen Sie verwenden."

Clara, die bisher gezögert hatte, sich zu äußern, warf mir einen skeptischen Blick zu. „Und selbst wenn wir diese Informationen haben, was dann? Wie bringen wir sie nach draußen? Wir sind hier gefangen." Ein leises Seufzen entwich mir, doch ich hielt ihren Blick fest. „Es gibt immer Wege. Raphael und seine Männer haben oft Geschäfte mit Außenstehenden. Wir müssen jemanden finden, der uns unterstützt. Einen Verbündeten unter den Gästen, jemanden, der genug Macht hat, um uns zu helfen. Aber bis dahin müssen wir ruhig und unauffällig bleiben."

Maria nickte langsam, die Linien ihres Gesichts vertieften sich. „Du sprichst von Geduld und Täuschung. Das wird nicht einfach, Lyanna. Viele von uns sind müde, so zu tun, als ob wir gebrochen sind."

„Das weiß ich," antwortete ich sanft, meine Stimme fest, obwohl ich innerlich zerrissen war. „Aber wir dürfen uns nicht erlauben, wirklich zu brechen. Sie sind es, die arrogant und übermütig sind, weil sie denken, sie haben uns besiegt. Doch wir sind stark. Jeder Moment, den wir in ihrem System überleben, ist ein Moment, den wir gegen sie nutzen können."

Alina, ihre Augen voller Angst, sah mich an. „Ich habe Angst, Lyanna. Was, wenn sie herausfinden, was wir tun? Was, wenn sie uns... bestrafen?" Ich griff nach Alinas Hand, drückte sie fest, als wollte ich ihr meine eigene Kraft übertragen. „Angst ist normal, Alina. Aber wir dürfen nicht zulassen, dass sie uns lähmt. Wir tun das nicht nur für uns, sondern für jede Frau, die nach uns kommt. Wir sind vielleicht nicht stark genug, um sie in einem offenen Kampf zu besiegen, aber wir können sie von innen heraus zerstören."

Clara sah mich lange an, bevor sie langsam nickte. „Vielleicht hast du recht, Lyanna. Vielleicht ist das unsere einzige Chance. Aber wir müssen sehr vorsichtig sein. Wenn einer von uns fällt, könnten wir alle mitgezogen werden."

Ich erwiderte ihr Nicken, dankbar für ihr Vertrauen. „Genau deshalb müssen wir einander vertrauen. Wir müssen bereit sein, einander zu schützen, egal was passiert. Wenn wir zusammenhalten, können wir das schaffen." Die Frauen um mich herum sahen sich an, eine stumme Übereinkunft. Wir hatten ein Ziel, einen Plan – und das war der erste Schritt auf unserem Weg zur Freiheit.

In den folgenden Tagen arbeiteten wir heimlich an unserem Plan. Wir versuchten, Informationen über den Aufenthaltsort der Soldaten und die Abläufe im Verlies zu sammeln, während wir den Schmerz der Folter versuchten soweit es geht zu ertragen. Wir suchten Momente des Lächelns und schürten ein Licht in unseren Herzen. Nach den brutalen Trainingsverhältnissen zogen einige Frauen sich in die dunklen Ecken der Zelle zurück, während ich oft lange wach blieb, um zu planen und Wege zu finden. Als die Tage im kargen Verlies verstrichen, spürte ich die unheilvolle Veränderung unter den Frauen. Während ich versuchte, den Funken des Widerstands zu entfachen, wurde mir schnell klar, dass nicht alle bereit waren, sich gegen Raphael und seine Männer zu erheben. Eine kleine Gruppe hat sich mit ihrer Lage abgefunden, Sie haben keinen Mut mehr sich gegen die Tyrannei aufzubegehren.

Es begann mit leisem Flüstern in den Ecken unserer Zelle, abweisenden Blicken und einem unauffälligen Schütteln des Kopfes, wenn ich meine Ideen über einen möglichen Fluchtplan äußerte.

Diese Frauen, verängstigt und gebrochen, schienen mehr Angst vor dem Unbekannten zu haben als vor der Gewissheit des Schmerzes, den uns Raphael und seine Soldaten zufügten.

„Lyanna", begann Rea eines Abends „Denkst du, dass wir wirklich eine Chance haben? Einige unter uns... sie glauben, dass Widerstand nur zu noch mehr Leid führt. Sie sind davon überzeugt, dass es besser ist, zu gehorchen und darauf zu hoffen, dass wir in der Gunst derer steigen, die hier die Kontrolle haben." Ich war erstaunt über ihre Worte und erkannte die Unsicherheit in den Gesichtern der Frauen. „Vielleicht hast du recht, Rea, aber wir dürfen nicht aufgeben!", rief ich mit Nachdruck. „Was wir erleben müssen, ist eine Schande, und es liegt an uns, die Veränderung herbeizuführen. Wenn wir uns nicht zusammentun, werden wir nie unser Leben zurückbekommen!" Ein kühles Murmeln ging durch die Versammlung, und ich spürte die Kluft zwischen denen, die an meiner Seite stehen wollten, und den Frauen, die sich lieber ihrem Schicksal ergeben hatten. Sarah, eine von den Frauen, die vor der Gefangenschaft voller Lebensfreude gewesen war, blickte nervös zu mir herüber. „Vielleicht ist es besser, uns nicht zu wehren. Manchmal ist es klüger, einfach zu überleben, um morgen noch hier zu sein."

„Und was bleibt dann von uns?", entgegnete ich mit fester Stimme. „Was bleibt, wenn wir wie Schatten durch das Leben schleichen? Diese

Dunkelheit wird uns immer wieder zurückholen, wenn wir uns erst einmal zurückgezogen haben!"

Widerstand kam nicht nur von mir, sondern auch von Maria, eine starke Frau. Sie hatte uns nach ihrer Ankunft mit ihrer Entschlossenheit ermutigt, stellte sich ebenfalls hinter mich und sprach aus, was ich fühlte. „Wenn wir das akzeptieren, verlieren wir unser Licht. Uns bleibt nur die Möglichkeit, zu kämpfen, für unsere Freiheit!"

Doch es gab auch das leise Flüstern der Desillusionierten. „Lyanna, Maria", mischte sich eine andere Stimme ein. Es war Clara, eine kalt gewordene Seele, die in die Schatten der Resignation getreten war. „Seid vorsichtig, was ihr sagt. Ihr wisst nicht, was sie mit uns machen, wenn sie es herausfinden. Dann sind wir alle in Gefahr!"

Ein gewaltiger Druck lastete auf mir, als ich in die wütenden Gesichter der Frauen schaute, die in mir eine Bedrohung für ihre vermeintliche Sicherheit sahen. Ich spürte, dass ich nicht nur gegen Raphael kämpfte, sondern auch gegen die inneren Dämonen, die jede von uns trug.

„Denkt nach, jede von euch!", bat ich eindringlich und versuchte, meinen Zorn und meine Verzweiflung zu kontrollieren. „Wenn wir jetzt nicht zusammenstehen, werden wir eines Tages nicht nur unsere Freiheit, sondern auch unsere Identität verlieren!" Diese Worte hallten von den Wänden wieder, aber der Raum blieb still, und ich wusste, dass ich nicht alle ermutigen konnte, die Ketten des Schicksals zu sprengen.

In den kommenden Tagen wurde die Kluft zwischen den Frauen immer deutlicher. Während einige mich unterstützten, sah ich andere, die sich heimlich mit den Soldaten unterhielten, als wollten sie eine Bittschrift abgeben und in Schande ihren Frieden suchen. Die Unsicherheit, die aus den abgewandten Blicken kam, nagte an mir und ließ den Funken der Hoffnung, den ich zu entfachen versuchte, blasser erscheinen.

Eines Nachts, während wir im Dunkeln saßen und die kühlen Steine unter uns spürten, hörte ich, wie Clara zu den anderen Frauen sprach. „Es gibt einen Weg, um den Schmerz zu lindern. Vielleicht sollten wir einfach aufgeben und das Unvermeidliche annehmen – sie bevorzugen fügsame Frauen. Wir könnten unser Leiden verringern, wenn wir uns alle fügen."

„Das kann nicht der Weg sein!", rief ich, während meine Worte von Ohren ohne Interesse wahrgenommen wurden. „Wir dürfen nicht aufgeben! Das Licht, das durch unsere Seelen fließt, kann nicht erlöschen!" Trotz meiner Entschlossenheit schien die Resignation über uns zu wachsen. Je mehr ich versuchte, die Hoffnung zu stärken, desto mehr sah ich, dass Clara und ihre

Mitstreiterinnen nicht nur resigniert waren; sie waren aktiv bereit, in versteckter Zusammenarbeit mit den Soldaten zu denken. Inmitten dieser wachsenden Katastrophe fühlte ich, wie mein Herz schwer wurde. Wenn der Konflikt unter den Frauen weiterging, war das ein sicherer Weg zu einem gescheiterten Aufstand. Das Fehlen einer engen Gemeinschaft wurde zur Bedrohung, und ich wusste, dass ich nicht nur ein Kampf im Verlies gewinnen musste, sondern auch die inneren Schatten, die sich in unseren eigenen Herzen gebildet hatten. Ich sehnte mich nach einem weiteren Hoffnungsschimmer, einem Zeichen, dass dieses Leben nicht unser endgültiges Schicksal sein musste. Doch während ich in die Gesichter der Frauen schaute, musste ich mich der schmerzhaften Wahrheit stellen – die Kluft zwischen uns könnte der entscheidende Faktor sein, der darüber entschied, ob wir schließlich in den Abgrund stürzen oder uns befreien könnten. Der Weg war steinig und voller Unsicherheiten, und ich wusste, dass der größte Kampf noch bevorstand.

In den Nächten in diesem Verlies war mein Schlaf nur eine Flucht vor der Realität, ich schlief ständig unruhig. Doch trotz meiner Bemühungen brauchte ich ewig und als ich ihn fand, wurde ich von Albträumen geplagt. Diese Nacht jedoch war anders. Die Schwärze schien sich zu verflüchtigen, als ich in einen anderen Raum übertrat, in dem der

Frost der Realität durch den Glanz eines fernen Traums ersetzt wurde.

In diesem Traum fand ich mich auf einer weiten Wiese wieder, die in ein goldenes Licht getaucht war. Der Himmel darüber war strahlend blau, und ein sanfter Wind strich über das hohe Gras, das wie Wellen im Ozean schimmerte. Die Farben waren lebendig, die Blumen strahlten in intensivem Blau und Purpur. Die Sonne schien warm auf mein Gesicht, und ich fühlte eine unbeschreibliche Freiheit, die mir in der Realität so verwehrt war.

Dort hörte ich die Stimmen die sanft und beruhigend in mein Ohr flüsterten. Die Caelus-Brüder traten vor, ihre Anwesenheit war wie ein Hauch von Eleganz und Autorität. Sie waren nicht die gefürchteten Herrscher oder brutalen Peiniger, die ich aus der Realität kannte, sondern visionäre Figuren, deren Anmut und Stärke eine unübersehbare Ausstrahlung hatten. Sie trugen Gewänder aus silbernem Stoff, der im Sonnenlicht glitzerte, und ihre Gesichter waren von einem ruhigen, fest entschlossenen Ausdruck geprägt.

Apollo trat einen Schritt vor, seine Augen sanft und voller Besorgnis. „Lyanna, wir haben dich gesucht. Unsere Suche nach dir ist unaufhörlich. Wir wissen, dass du in großer Gefahr bist, aber wir glauben an deine Stärke. Lyanna, du bist stärker als du glaubst. Du trägst das Licht in dir, selbst wenn die Dunkelheit dich umhüllt."

„Es gibt einen Weg aus der Finsternis", fügte Aiden hinzu. „Das ist nur eine Astralreise, ein Traum. Wir wollten dir sagen, dass du nicht vergessen bist. Du bist ein Teil von uns, und wir werden dich weiter suchen. Wir versuchen jede Möglichkeit um dich zu finden – auch wenn es nur in diesem Moment die Hoffnung ist. Versuch dich an dein inneres Licht zu erinnern und es gegen die Schatten zu nutzen, die dich umgeben."

Ihre Worte waren wie ein balsamischer Hauch für meine zerrissene Seele. Die Wiese um mich herum wurde lebendiger, als ob die Blumen und Bäume die Hoffnung selbst verkörperten. Die Sanftheit und Klarheit ihrer Stimmen durchbrachen den Schleier der aufkommenden Verzweiflung.

„Ich fühle mich oft so verloren," antwortete ich, meine Stimme klang von der Kälte der Realität durchzogen. „Die Frauen in meiner Nähe sind voller Zweifel und Angst. Es gibt so viel Widerstand gegen den Kampf, den ich führe."

„Du bist nicht allein," sagte Aurel, seine Stimme war wie eine beruhigende Melodie. „Wir vermissen dich, Lyanna. Wir vermissen dein Licht, deinen Mut.... Die Stärke, die du in dir trägst, wird nicht nur dich führen, sondern auch andere inspirieren, die sich allmählich verlieren. Deine Entschlossenheit wird der Funke sein, der das Feuer der Freiheit entzündet." „Du hast mich gelehrt, dass Licht selbst die tiefste Dunkelheit durchdringen kann", sagte Apollo, während ich mich von dem beruhigenden Gefühl der Ruhe in meinem Traum einhüllte.

„Und in dir liegt diese Kraft, auch wenn du sie im Moment nicht spüren kannst. Deine Stärke ist nicht nur körperlich, sondern auch spirituell. In den dunkelsten Momenten findest du oft dein wahres Potenzial." Die Worte der Brüder drangen tief in mich ein und ich fühlte, wie ein Funken von Hoffnung in mir entzündet wurde. „Ich fühle mich so allein hier", gestand ich leise. „Es ist schwer, weiterzukämpfen, wenn alles um mich herum so dunkel und hoffnungslos scheint." Apollo schüttelte sanft den Kopf. „Allein bist du nicht. Auch wenn du physisch getrennt bist, sind unsere Gedanken und unsere Energie immer bei dir. Deine Stärke ist nicht nur dein eigener Besitz – sie ist Teil von uns allen. Wir kämpfen mit dir, egal wie weit die Entfernung ist." Aiden fügte hinzu, seine Stimme eindringlich: „Die Dunkelheit, in der du dich befindest, ist nicht das Ende. Sie ist nur ein Teil deines Weges. Du hast die Kraft, dich zu erheben, und wir werden dir den Weg zeigen, den du gehen musst, wenn du es willst."

„Und wie finde ich den Weg aus dieser Dunkelheit?" fragte ich, während der Schmerz der vergangenen Tage und Nächte tief in meinem Inneren wühlte. „Wie kann ich den Frauen Hoffnung geben, wenn ich selbst kaum welche finde?"

Apollo trat einen Schritt näher, seine Augen fest auf meine gerichtet, als ob er direkt in meine Seele blicken könnte. „Du musst dir klar machen, dass Hoffnung nicht immer ein helles, strahlendes Licht ist, das den Weg vor dir erleuchtet. Manchmal ist es nur ein leises Flüstern, ein Glimmen, das in der Dunkelheit glüht. Und dieser Funken, so klein er auch sein mag, kann sich zu einem Feuer entfalten, wenn du ihn mit deinem Willen und deiner Entschlossenheit nährst." Ich ließ seine Worte in mir nachklingen, versuchte, die Wahrheit darin zu finden, während die Schatten um mich herum dichter wurden. „Ich weiß, dass ihr recht habt", sagte ich, meine Stimme zitterte vor Emotionen. „Aber ich fühle mich so gefangen, so weit weg von allem, was mich einst stark gemacht hat."

„Lyanna, wir sind immer bei dir", sagte Aiden, sein Ton war sanft, aber bestimmt. „Unsere Verbindung reicht über Raum und Zeit hinaus. Du bist nicht wirklich allein, auch wenn es so erscheint. Du musst dich daran erinnern, dass wir mit dir kämpfen, dass wir an deiner Seite sind."

„Wo bist du jetzt, Lyanna?" fragte Aurel, seine Stimme fest, aber voller Besorgnis. „Kannst du uns irgendetwas sagen, das uns helfen könnte, dich zu finden? Irgendein Detail, das uns den Weg weist?" Ich schloss die Augen und versuchte, mich zu erinnern, meine Umgebung zu erfassen, obwohl die Dunkelheit und die Verzweiflung mich immer wieder überwältigten. „Es ist schwer, genaue

Hinweise zu geben", gestand ich schließlich. „Der Ort, an dem ich festgehalten werde, ist wie ein Labyrinth. Es gibt keine Fenster, nur Mauern, die mich einschließen. Die Luft ist stickig, und es gibt immer diesen leisen, dröhnenden Klang, als ob irgendwo in der Ferne Maschinen arbeiten." Apollo nickte nachdenklich. „Das ist ein Anfang, Lyanna. Alles, was du uns geben kannst, ist wertvoll. Wir werden jede Möglichkeit untersuchen, jeden Hinweis verfolgen, bis wir dich gefunden haben."

„Und was ist mit den Frauen?" fragte ich, die Sorge in meiner Stimme deutlich hörbar. „Sie haben Angst, und ich weiß nicht, wie lange ich sie noch motivieren kann, weiterzukämpfen." Aiden lächelte leicht. „Zeige ihnen deine Entschlossenheit. Lass sie sehen, dass du nicht aufgibst, dass du weiterkämpfst, auch wenn alles aussichtslos erscheint. Deine Stärke wird ihre eigene erwecken. Und wenn du an dich selbst glaubst, wird auch ihre Hoffnung wieder aufleben."

„Sieh dich um, Lyanna", sagte Aurel und breitete seine Arme aus, als wolle er die ganze Welt umarmen. „Du bist stark genug, diesen Weg zu gehen, stark genug, die Dunkelheit zu besiegen, die dich umgibt. Wir werden den Rest übernehmen. Konzentriere dich auf deine Aufgabe – halte durch, halte an deiner Hoffnung fest und erinnere die Frauen daran, dass sie in dir ein Symbol für ihre eigene Freiheit haben." Mit einem letzten Blick in ihre entschlossenen Gesichter fühlte ich, wie eine

Welle der Stärke durch meinen Körper strömte. „Ich werde nicht aufgeben", versprach ich ihnen und mir selbst. „Ich werde weiterkämpfen, für mich, für die Frauen... und für uns alle."

„Das ist alles, was wir uns von dir wünschen", sagte Apollo, sein Blick sanft, aber fest. „Glaube an dich, und wir werden dich finden. Und dann, zusammen, werden wir diese Dunkelheit für immer vertreiben."

Aurel trat näher und sah mir direkt in die Augen. „Dein Mut hat uns immer inspiriert. Gib nicht auf. Deine Situation mag überwältigend erscheinen, aber du hast Alles in dir für die Veränderung. Wir suchen weiter nach dir, und wir werden dich finden. Halte an deiner Hoffnung fest, denn wir glauben an dich – heute, morgen und immer." Als ich ihre Worte aufnahm, begann ich, die Szenen des Verlieses aus einem neuen Blickwinkel zu sehen. Die Wiese in meinem Traum wurde zu einem Symbol für das, was möglich war, wenn ich den Mut fand, meine innere Stärke zu erkennen und anzuwenden. Die Blumen und Bäume standen nicht nur für Hoffnung, sondern auch für die unaufhörliche Widerstandskraft, die in mir schlummerte.

„Ich werde nicht aufgeben", sagte ich leise, „so lange ihr an mich glaubt, werde ich den Kampf fortsetzen."

„Die Dunkelheit kann lähmend sein", fuhr Aiden fort, „aber du musst dich nicht von ihr überwältigen lassen. Hoffnung, ist eine Waffe. Nutze sie, um dich und andere zu führen."

„Wie kann ich die anderen dazu bringen, sich diesem Kampf anzuschließen?" fragte ich, während ich die Hoffnung in meinen Augen reflektierte. „Wie kann ich die Zweifel und die Resignation überwinden, die uns zersplittern?"

„Indem du an dich glaubst und es anderen zeigst," erwiderte Apollo, der sich langsam von den anderen abwandte. „Die Stärke eines Einzelnen kann die Dunkelheit vertreiben, wenn sie auf das Herz und die Seele derjenigen trifft, die bereit sind, zu sehen und zu glauben. Deine Entschlossenheit wird zu ihrem Licht werden und gemeinsam werdet ihr die Dunkelheit durchbrechen." Als ich den Rat der Brüder in mir aufnahm, wurde mir klar, dass ich nicht nur gegen die physischen Ketten des Verlieses kämpfte, sondern auch gegen die Ketten der Verzweiflung und der Resignation in den Herzen meiner Gefährtinnen. Ihre Worte hallten in mir wider, wie ein schwacher, aber stetiger Puls, der mich daran erinnerte, dass selbst in den dunkelsten Zeiten Hoffnung existieren konnte. Als ich schließlich aufwachte, war die Kälte des Verlieses wieder allgegenwärtig, aber ich fühlte mich erfrischt und gestärkt. Die Bilder des Gartens und die Stimmen der Drei hatten mir neue Kraft gegeben. Ich wusste, dass ich unsere Situation nicht nur ertragen, sondern auch nutzen konnte, um meine Freiheit zu erkämpfen und die Frauen um mich herum zu inspirieren.

Der kommende Tag würde ein harter Test für meinen Willen sein. Doch ich war bereit. Die Vision des Gartens und die Botschaft der Brüder waren meine Waffe und mein Schild. Mit neuem Mut und Entschlossenheit erhob ich mich aus dem kalten, harten Boden und bereitete mich darauf vor, die Herausforderungen, die vor mir lagen, mit einer Stärke zu begegnen, die ich mir zuvor nicht hätte vorstellen können.

Raphael

Der dichte Rauch meiner Zigarre schwebte träge durch den Raum, während ich mich in meinem Sessel zurücklehnte, die Augen halb geschlossen, den letzten Zug genießend. Warmes, gedämpftes Licht tauchte den Raum in eine beruhigende Dämmerung, die schweren Vorhänge schirmten uns von der kalten Nachtluft draußen ab. Vittorio stand in der Nähe, die Arme hinter dem Rücken verschränkt, sein Gesicht kühl und berechnend. So hatte ich ihn trainiert, so bevorzugte ich es.

„Wie steht es um die Frauen?" Meine Stimme durchschnitt die Stille, ruhig und doch messerscharf. Vittorio neigte leicht den Kopf, richtete seinen Blick zunächst auf den Boden, bevor er mir direkt in die Augen sah. „Die meisten sind auf dem richtigen Weg. Sie haben verstanden, was Unterwerfung bedeutet. Die Schwächeren unter ihnen sind bereits vollständig gefügig und tun, was von ihnen verlangt wird." Ich nickte langsam, ein schmales Lächeln zog über mein Gesicht. „Und die anderen? Gibt es noch Widerstand?"

„Einige wenige sind hartnäckiger," gestand Vittorio mit einem Hauch von Missbilligung in der

Stimme. „Lyanna ist besonders stur. Sie hat eine Art, die anderen zu beeinflussen, ihnen zu erinnern, wer sie einst waren. Es scheint, als würde sie es genießen, Unruhe zu stiften." Ein leises Lachen entkam mir, tief und dunkel, es erfüllte den Raum wie ein Echo. „Lyanna... Sie ist ein faszinierendes Stück Arbeit. Das habe ich nicht erwartet. Vielleicht habe ich sie unterschätzt." Vittorio zuckte mit den Schultern, seine Miene unverändert. „Sie ist eine Herausforderung, ja. Aber Herausforderungen sind dazu da, überwunden zu werden. Es ist nur eine Frage der Zeit, bis auch sie sich beugt. Wir haben Mittel, die selbst den stärksten Willen brechen können."

Ich beugte mich vor, legte die Zigarre in den Aschenbecher und stützte mich mit den Ellbogen auf die Knie. „Ich frage mich, ob es klug ist, sie zu brechen, Vittorio. Manche Frauen verlieren ihren Wert, wenn sie vollständig zerstört werden. Vielleicht ist es besser, ihre Stärke zu kanalisieren, sie dazu zu bringen, für uns zu kämpfen, anstatt gegen uns."

Vittorio zögerte einen Moment, dann nickte er langsam. „Das könnte funktionieren, aber es ist ein riskantes Spiel. Wenn wir sie nicht vollständig kontrollieren, könnte sie zu einer Gefahr werden." Ich lehnte mich zurück, das schmale Lächeln kehrte auf mein Gesicht zurück. „Ich mag Risiken, Vittorio. Sie machen das Spiel interessanter. Aber ich überlasse es dir, zu entscheiden, wann der

Punkt erreicht ist, an dem wir sie endgültig brechen. Bis dahin... lass sie ruhig weiter rebellieren. Es ist unterhaltsam."

„Wie du wünschst, Raphael." Vittorio verneigte sich leicht, sein Gesicht so ausdruckslos wie immer. „Ich werde weiterhin ein Auge auf sie haben und dir berichten, sobald sich etwas ändert."

„Vittorio," begann ich, „ich habe eine Idee."

Er hob eine Augenbraue, neugierig. „Und was genau schwebt dir vor?" Ein leichtes Lächeln spielte um meine Lippen, mein Blick ruhte auf dem Glas in meiner Hand. „Lyanna ist nicht wie die anderen. Sie hat einen Willen, den ich nicht verschwenden möchte. Statt sie vollständig zu unterwerfen, könnten wir ihre Stärke für uns nutzen. Biete ihr an, als Oberhure zu dienen. Sie soll besondere Freiheiten haben, aber nur, solange sie sich an unsere Regeln hält. Immer an unserer Seite, entweder bei dir oder bei mir."

Vittorio runzelte die Stirn, zögerte. „Du möchtest ihr Freiraum geben? Meinst du, sie wird dieses Angebot annehmen?"

„Das wird sich zeigen", erwiderte ich ruhig. „Wir geben ihr die Illusion von Macht und Kontrolle, während sie in Wirklichkeit immer noch unsere Marionette bleibt. Mit diesen Freiheiten wird sie denken, sie hätte etwas gewonnen, während wir sie weiterhin kontrollieren." Vittorio nickte langsam, begann die Logik hinter meinem Plan zu verstehen. „Und wenn sie ablehnt?" Ein kaltes Lächeln erschien auf meinem Gesicht. „Dann wissen wir, dass sie gebrochen werden muss, und das werden wir tun. Aber ich glaube, der Gedanke an besondere Freiheiten wird sie reizen. Sie ist klug, und sie weiß, dass Widerstand allein sie nirgendwohin führt." Vittorio trat näher, seine Stimme leiser. „Wann soll ich ihr dieses Angebot unterbreiten?"

„Morgen," entschied ich, während ich mich wieder setzte und das Glas in die Hand nahm. „Lass sie eine Nacht darüber nachdenken. Und erinnere sie daran, dass dies ihre einzige Chance ist, ihr Schicksal in die eigenen Hände zu nehmen – zumindest in dem Maße, wie wir es zulassen." Vittorio nickte, seine Gedanken bereits dabei, das Gespräch mit Lyanna zu planen. „Verstanden. Ich werde dafür sorgen, dass sie das Angebot versteht... und seine Bedeutung erkennt." Mit einer lässigen Geste entließ ich Vittorio. „Tu das. Und sorge dafür, dass die anderen Frauen weiterhin in der Linie bleiben. Wir können es uns nicht leisten, dass Lyannas Geist sich auf sie überträgt."

„Verlass dich darauf. Die meisten von ihnen wissen bereits, was es bedeutet, uns zu trotzen. Es wird nicht lange dauern, bis auch die letzten Reste von Widerstand erloschen sind." Ich hob das Glas, als ob ich auf den Erfolg dieses Plans anstoßen würde. „Gut. Ich erwarte deinen Bericht."

Mit einem letzten Nicken verließ Vittorio den Raum. Lyanna würde bald vor eine Entscheidung gestellt werden, die nicht nur über ihr eigenes Schicksal, sondern auch über den Verlauf der Machtspiele entscheiden könnte, die ich so meisterhaft inszeniere.

Lyanna

Die Wände des Verlieses schienen sich enger zusammenzuziehen, als die Soldaten mich riefen. Mein Herz schlug schneller, während ich den klapprigen Gang hinunterging. Die Hoffnung, die ich mir und den anderen Frauen gewahrt hatte, wurde von einer nagenden Ungewissheit begleitet. Wo würde man mich hinbringen? Was würde wieder geschehen?

Ein Soldat, der mich führte, öffnete die Tür zu einem Raum, der sich stark von dem Verlies unterschied: Vittorios Büro. Das Licht war hier überraschend warm und einladend, doch das Gefühl des Unbehagens blieb. Als ich eintrat, fiel mein Blick auf Vittorio, der hinter einem massiven Schreibtisch saß, seine braunen Augen musterten mich mit einer Mischung aus Neugier und Berechnung.

„Lyanna" begann er, die Stimme tief und geschmeidig wie der Klang eines Baches. „Setz dich." Ich verschränkte die Arme, zog eine Augenbraue hoch und hielt seinem Blick stand. „Ein Angebot? Ich kann es kaum erwarten zu hören, was er von mir will."

Zögernd trat ich vor und ließ mich auf einen der eleganten Stühle nieder, die dem Raum einen Hauch von Luxus verliehen. Vittorio schien das Machtspiel zu lieben; das wusste ich aus den Lebenserfahrungen, die ich in diesem Verlies gemacht hatte.

„Uns ist dein Widerstand und dein Kampfgeist nicht entgangen. Raphael weiß um die Unruhe unter den Frauen. Das bringt uns zu dem, warum ich dich hierher gerufen habe," sagte Vittorio mit einem Lächeln, das nicht in seinen Augen ankam. Vittorio beobachtete mich genau, als ob er jede meiner Reaktionen analysierte. „Du hast Aufmerksamkeit erregt. Raphael sieht in dir etwas Besonderes, etwas, das er nicht verschwenden möchte." Ich konnte mir ein bitteres Lachen nicht verkneifen. „Etwas Besonderes? Das Einzige, was Raphael in mir sieht, ist eine Herausforderung, die er brechen will."

„Es geht nicht darum, dich zu brechen," sagte Vittorio mit einem Anflug von Geduld. „Es geht darum, deine Stärke zu nutzen. Raphael bietet dir an, als Oberhure zu dienen. Du würdest besondere Freiheiten genießen, mehr als jede andere Frau hier. Du würdest an seiner oder meiner Seite bleiben, in gewisser Weise eine Position der Macht innehaben." Seine Worte trafen mich wie ein Schlag ins Gesicht. Eine Position der Macht? Das war nichts weiter als eine Illusion, eine Lüge, um mich zu kontrollieren. „Ihr glaubt wirklich, dass ich mich euch fügen werde? Dass ich mich kaufen lasse, nur weil ihr mir ein paar Privilegien anbietet?" Vittorio neigte leicht den Kopf, als ob er meinen Zorn erwartet hätte. „Du bist klug, Lyanna. Du weißt, dass Widerstand dich nur zerstören wird. Nimm dieses Angebot an, und du könntest zumindest einen Teil deiner Freiheit bewahren. Du hättest Einfluss, könntest das Schicksal der anderen Frauen mitbestimmen." Wieder spürte ich das bittere Lachen in mir aufsteigen, doch diesmal unterdrückte ich es. „Das ist keine Freiheit, Vittorio. Das ist nichts anderes als eine weitere Form der Unterwerfung. Ihr wollt mich zu eurer Marionette machen."

„Vielleicht," gab er ruhig zu, seine Augen auf mich gerichtet. „Aber es ist eine Marionette mit mehr Fäden in der Hand als jede andere hier. Denk daran: Dies ist deine einzige Chance, dein Schicksal in irgendeiner Weise selbst zu bestimmen."

„Und was würde das für mich und die anderen Frauen bedeuten?", fragte ich und versuchte, meine aufkeimende Angst in den Griff zu bekommen. In meinem Inneren tobte ein Kampf – die Vorstellung, mit unseren Unterdrückern zu verhandeln, tönte wie ein verzehrendes Feuer.

„Du hättest Einfluss, Lyanna. Daran scheitern viele Frauen, die zu stumm sind, um zu reden. Du kannst einen Dialog einleiten, unsere Interessen vertreten und gleichzeitig hast Du mehr

Bewegungsfreiheit. Würdest du lieber für das Wohl von vielen arbeiten oder unter der Peitsche der Furcht leben?" Ich dachte an die Frauen, die auf meine Führung warteten, an die Hoffnung, die ich in ihren Augen gesehen hatte. „Und was ist mit dem Preis? Was verlangt Raphael für diesen Pakt?" Vittorio lehnte sich zurück, ein Lächeln auf seinen Lippen. „Wie viel wert bist du, Lyanna? Raphael ist nicht gierig, er verlangt nur deine Loyalität. Du würdest ein Teil deiner Freiheit zurückgewinnen und dabei die Möglichkeit haben, das Verlies von innen heraus zu verändern." Ich hatte in meinem Herzen schon eine Antwort, als ich Vittorios Worte hörte. Aber es gab keine Entscheidung, die ich alleine treffen konnte. Das Wohl der anderen lag mir am Herzen.

„Ich weiß, dass es sich um ein gefährliches Spiel handelt. Doch ich könnte die Frauen in die Irre führen, ihnen versprechen, dass ich die Erleichterung bringe, die sie suchen", murmelte ich, während ich nachdachte.

„Du würdest sie nicht in die Irre führen, Lyanna. Du würdest sie beschützen, indem du ihre Situation verbesserst," versicherte Vittorio. „Die Wahl liegt bei dir. Arbeite mit uns, und die anderen könnten von monatelanger Folter befreit werden." Es hörte sich zu gut an, wo war der Haken? Raphael würde mir niemals ohne irgendwelche Hintergedanken solch ein Angebot unterbreiten. „Ich muss darüber nachdenken…"

„Natürlich. Ich gebe dir 24 Stunden, aber bedenke dies gut. Wenn du dich entscheidest, uns den Rücken zuzukehren, wird Raphael keine Gnade zeigen. Die Frauen im Verlies könnten unter dem Preis deiner Entscheidung leiden." Mit diesen Worten stand Vittorio auf und wandte mir den Rücken zu, um sich an seine Papiere zu setzen. Ein Zeichen, dass die Diskussion für ihn beendet war. Im Raum hinterließ er eine bedrückende Stille, während ich versuchte, mein chaotisches Denken zu ordnen. Ich fühlte mich in eine Falle gelockt, umspielt von der Möglichkeit, Freiheit und Verantwortung in einem zu finden. Doch die Frage blieb: Sollte ich das Risiko eingehen und mit dem Feind paktieren, nur um die anderen Frauen zu schützen? Was war der Preis der Freiheit, wenn man sie auf dem Rücken anderer errichtete? Mit einem letzten Blick auf Vittorio und den feinen Raum, in dem er sich aufhielt, wusste ich, dass meine Entscheidung weitreichende Konsequenzen haben würde. Und in der Dunkelheit des Verlieses zuneigende Hoffnung wartete auf den richtigen Moment, zu erblühen.

Die schweren Türflügel des Büros schlossen sich mit einem dumpfen Knarren hinter mir, während die Soldaten mich zurück in das dunkle Herz des Verlieses führten. Jeder Schritt hallte in den kalten, steinernen Korridoren wider, und mein Herz schlug wie ein Trommelwirbel, der die wachsende Unruhe in mir widerspiegelte. Vittorios Angebot, das mir wie eine vergiftete Frucht in den Schoß gefallen war, geisterte durch meinen Kopf. Es war verlockend, ja, aber ebenso trügerisch. Als ich schließlich in die Zelle zurückkehrte, in der die anderen Frauen bereits auf mich warteten, konnte ich die Spannung förmlich spüren. Sie sammelten sich um mich, ihre Gesichter maskierten Besorgnis, ihre Augen suchten nach Antworten.

„Lyanna! Was ist passiert?" Reas Stimme, sonst so stark, war jetzt von einer besorgten Nervosität durchzogen. „Wir haben uns solche Sorgen gemacht." Ich atmete tief durch und zwang mich, die aufsteigende Panik zu unterdrücken. „Sie wollten mit mir sprechen. Es... es ist kompliziert."

„Was wollten sie von dir?", drängte Sarah, ihre Augen vor Anspannung weit aufgerissen. Ich ließ die Worte nur zögerlich über meine Lippen kommen, als ob sie mich jeden Moment verraten könnten. „Vittorio hat mir ein Angebot gemacht." Meine Stimme zitterte kaum merklich, als ich fortfuhr. „Raphael will, dass ich für sie arbeite. Sie glauben, ich könnte Unruhe stiften und die Frauen beeinflussen, wenn ich ihre Worte verbreite. Raphael will, dass ich ihre Macht festige." Ein Aufschrei ging durch die Gruppe. „Wie kannst du mit ihnen verhandeln?", rief Clara empört, ihre Augen funkelten vor unterdrücktem Zorn. „Sie sind unsere Peiniger! Wie kannst du ihnen vertrauen?"

114

Ich hob eine Hand, um sie zum Schweigen zu bringen, bevor die Diskussion außer Kontrolle geriet. „Bitte, hört mir zu!" Meine Stimme war eindringlich, flehend. „Ich weiß, dass sie uns manipulieren wollen. Aber sie haben mir etwas versprochen – eine Art Freiheit, die Möglichkeit, die Situation hier wirklich zu verbessern. Wenn ich für sie arbeite, könnte ich zumindest einen Teil unserer Sicherheit gewährleisten. Es ist ein schmaler Grat, auf dem wir uns bewegen, zwischen Verrat und einem notwendigen Bündnis." Ein unbehagliches Murmeln zog durch den Raum, während einige Frauen ungläubig den Kopf schüttelten, während andere nachdenklich wurden.

„Und was ist der Preis?" Maria fragte leise, ihre Stimme kaum mehr als ein Flüstern. „Was müssen wir dafür opfern?"

„Unsere, meine Loyalität", sagte ich, und die Schwere dieser Wahrheit legte sich wie ein Stein auf mein Herz. „Vittorio will, dass ich Raphael gegenüber treu bin. Wenn ich mich entscheide, könnte ich die Frauen hier drinnen beeinflussen, aber... ich habe Angst, dass ich dann selbst zu einem Werkzeug des Feindes werde." Rea trat vor und legte beruhigend eine Hand auf meinen Arm. „Wir wissen, dass du stark bist, Lyanna. Du musst herausfinden, was das Beste für uns alle ist. Wenn du zustimmst, müssen wir einen Plan haben. Und wenn du ablehnst, müssen wir stärker denn je zusammenhalten."

„Aber wie kann ich sicher sein, was richtig ist?" Meine Stimme brach fast, als der Sturm der Zweifel in mir tobte. „Wenn ich ablehne, könnten wir alle dafür büßen – wir haben schon so viel durchgemacht. Doch wenn ich zustimme, riskiere ich, ein Teil von ihnen zu werden, gegen die wir kämpfen." Clara sprach mit sanfter Entschlossenheit, ihre Worte wie ein Flüstern, das die Schatten durchdrang. „Wir müssen im Verborgenen bleiben, Lyanna. Wenn deine Entscheidung uns gefährdet, könnte das alles, wofür wir gekämpft haben, zunichtemachen. Aber ich werde dir nicht vorschreiben, was du tun sollst. Wir werden dich unterstützen, egal welchen Weg du wählst." Maria nickte zustimmend. „Lasst uns gemeinsam überlegen, was der beste Weg ist. Wenn Vielleicht könnten wir eine kleine Gruppe in die Clans schicken, während du verhandelst. So könnten wir Informationen sammeln und gleichzeitig ihre Versammlungen und Strategien unterwandern."

„Lyanna," begann Maria, ihre Stimme leise, aber eindringlich, „wir müssen das wirklich genau durchdenken. Dieses Angebot... es ist nicht einfach eine Entscheidung, die du nur für dich triffst. Es betrifft uns alle." Ich nickte, meine Gedanken waren schwer wie Blei. „Ich weiß, Maria. Und genau das macht es so schwierig. Wenn ich das Angebot annehme, könnten wir vielleicht ein paar Vorteile daraus ziehen... Aber die Risiken..."

Maria lehnte sich etwas näher zu mir, ihre Augen ernst. „Lass uns die Vorteile und Nachteile abwägen. Zuerst, die Vorteile: Wenn du ihre 'Oberhure' wirst, bekommst du Freiheiten, die keiner von uns je hatte. Du könntest uns Informationen beschaffen, Strategien entwickeln und vielleicht sogar verhindern, dass sie uns noch härter bestrafen." Ich sah sie an, meine Stirn in Falten gelegt. „Ja, das ist wahr. Wenn ich ihre Gunst gewinne, könnte ich zumindest einen Teil unserer Leiden lindern. Aber Maria, das klingt, als würde ich meine Seele verkaufen. Wäre ich dann noch dieselbe Person?" Maria seufzte und senkte den Blick. „Das ist die andere Seite, Lyanna. Der Preis ist hoch. Du müsstest ihnen gegenüber loyal sein, selbst wenn es gegen deine Überzeugungen geht. Du müsstest vielleicht Dinge tun, die du dir niemals vorstellen könntest. Und am Ende... könnten sie dich trotzdem brechen." Ich spürte, wie mir ein kalter Schauer den Rücken hinunterlief. „Und was, wenn sie mich wirklich brechen? Was, wenn ich die Kontrolle verliere und nur noch das werde, was sie wollen?"

„Das ist die größte Gefahr," gab Maria zu, „Wenn du dich auf ihr Spiel einlässt, riskierst du, dass sie dich vollständig in ihre Gewalt bringen. Und was, wenn sie irgendwann merken, dass du gegen sie arbeitest? Sie könnten dich auslöschen, Lyanna. Und uns alle mit dir."

Ich schloss die Augen, versuchte, die Flut von Gedanken zu ordnen, die durch meinen Kopf raste. „Aber wenn ich ablehne, riskieren wir auch alles. Sie könnten uns alle bestrafen, noch mehr Leid über uns bringen. Und vielleicht verlieren wir die einzige Chance, die wir haben, etwas zu verändern." Maria legte eine Hand auf meine. „Es gibt keine leichte Antwort, Lyanna. Das Angebot anzunehmen bedeutet, dass du dich selbst in eine gefährliche Position bringst, vielleicht sogar eine, aus der es keinen Rückweg gibt. Aber es ist auch eine Gelegenheit – eine, die wir vielleicht nie wieder bekommen." Ich atmete tief durch, das Gewicht dieser Entscheidung drückte schwer auf meine Schultern. „Und was, wenn ich zustimme? Wie sollen wir dann weitermachen?"

„Wenn du zustimmst," sagte Maria leise, „müssen wir einen klaren Plan haben. Wir müssten alles überwachen, jede Information nutzen, um uns einen Vorteil zu verschaffen. Und vor allem, wir müssen zusammenhalten. Du bist stark, Lyanna, aber du wirst unsere Unterstützung brauchen. Immer." Ich nickte, in mir wuchs das Bewusstsein, dass diese Entscheidung mein Leben und das Leben der anderen unwiderruflich verändern könnte. „Es ist ein riskantes Spiel, Maria."

„Das ist es," stimmte sie zu, ihre Stimme jetzt voller Ernst. „Aber manchmal... muss man ein Risiko eingehen, um etwas zu gewinnen."

Ein Gefühl des Zusammenhaltes durchströmte mich, wärmte mein kaltes Herz und ließ den Nebel der Zweifel etwas lichten. „Ja, wir müssen zusammenhalten. Das Wohl aller muss an erster Stelle stehen. Ich werde diesen Weg nicht allein gehen." Die Frauen nickten, eine stille Übereinkunft, die unsere Bande stärkte. Rea sprach schließlich das aus, was alle dachten: „Wir stehen zusammen, egal was kommt. Du bist nicht allein, Lyanna. Wir werden an deiner Seite kämpfen, egal für welche Entscheidung du dich entscheidest." Auch wenn ich an einem Scheideweg stand, war ich mir sicher, dass ich die Frauen nicht im Stich lassen würde.

Raphael

Ein schwacher Lichtschein, der durch die Fenster fiel, schimmerte auf den dunklen Möbeln, als ich in das Büro von Vittorio betrat.

„Vittorio", begann ich, während ich die Tür hinter mir schloss. „Ich hoffe, du hast Neuigkeiten über Lyanna." Er nickte und sah mir direkt in die Augen. „Ja, ich habe mit ihr gesprochen. Sie hat unser Angebot gehört. Aber es ist klar, dass sie zwischen dem Wunsch nach Freiheit und ihrer Loyalität zu den anderen Frauen hin- und hergerissen ist. Sie ist klug und versteht die Komplexität der Situation, aber ich bin mir nicht sicher, wie weit sie bereit ist zu gehen." Wut und Frustration überkamen mich. „Das geht nicht. Es darf keine andere Möglichkeit geben, außer das sie sich für uns entscheidet. Ihre Einflussnahme könnte die gesamte Dynamik in diesem Aktion ändern." Vittorio lehnte sich in seinem Stuhl zurück. „Ich habe auch Informationen über die Caelus. Es gibt Gerüchte, dass sie an Macht gewinnen und viele Verbündeten dazu gewonnen haben. Wenn sie Lyanna finden und sie überzeugen mit ihnen zu gehen, wird das eine ernsthafte Bedrohung für uns sein." Ich schnaubte verächtlich. „Die Caelus sind nichts weiter als Schatten, die in der Dunkelheit lauern.

Ich habe verlässliche Berichte von zu Hause erhalten, die bestätigen, dass sie versuchen, die Kontrolle über weitere Stadtteile im Norden zu erlangen. Sie werden Lyanna nicht in ihre Fänge bekommen. Niemals!" Vittorio nickte nachdenklich. „Wir wäre es, wenn wir Lyanna dazu bringen, uns die Treue zu schwören. Auch sie brandmarken?"

„Dafür haben wir keine Zeit zu verlieren", entgegnete ich mit Nachdruck. „Ich habe große Pläne für unser Geschäft hier in Südamerika. Wir müssen unsere Präsenz ausbauen, insbesondere bei den Drogen und den Politikern. Die Konkurrenz schwächelt und das ist unsere Chance zuzuschlagen." Mit einem interessierten Blick fragte Vittorio: „Wie willst du weiter vorgehen?" „Ich arbeite gerade an Verhandlungen mit einigen wichtigen lokalen Politiker, um unsere Marke zu stärken und unsere Reichweite zu erhöhen", erklärte ich und spürte die Aufregung in mir steigen. „Wenn wir das Kapital sichern, könnten wir auch gegen die Bedrohungen der Caelus und die Unruhen im Verlies gewappnet sein."

„Das ist sehr gut", kommentierte Vittorio. „Wenn die Expansion erfolgreich ist, können wir nicht nur unser Gebiet sichern, sondern auch unsere neuen Ressourcen nutzen, um den Caelus-Clan endgültig zu zerstören."

Ich nickte zustimmend. „Außerdem habe ich an eine andere Strategie gedacht. Wir könnten Apollo erpressen, indem wir einige ihrer Schwächen ausnutzen. Ohne seine Schatten ist er nichts mehr." Vittorio lächelte, und ein Gefühl der Zuversicht durchströmte mich. „Das klingt nach einer überzeugenden Strategie. Erpressen wir ihn mit Lyanna. Dem Täubchen kann er doch gar nicht widerstehen." Als ich zur Tür ging, wusste ich, dass wir uns beeilen mussten und schnell die Geschäfte vorantreiben sollten. Würde Apollo Wind davon bekommen würde, könnte er tatsächlich mein ganzes Vorhaben mit einem entscheidenden Anruf gefährden.

Apollo

Die Morgensonne stand bereits hoch am Himmel, als mein Handy in meiner Hosentasche vibrierte. Ich war gerade dabei, die letzten Vorbereitungen für unsere Reise zu treffen, als der Name auf dem Display auftauchte: Antonio Vitalis. Mein Herzschlag beschleunigte sich. Antonio rief nicht ohne Grund an – und schon gar nicht zu solch einer ungewöhnlichen Stunde. Ich nahm den Anruf an, während ich mich vom Rest der Gruppe entfernte. „Antonio," sagte ich in einem Ton, der mehr Anspannung verbarg, als ich zugeben wollte.

„Apollo," begann Antonio, seine Stimme klang genauso dunkel und rau wie immer, aber ich konnte etwas in seinem Tonfall erkennen, dass mir Unbehagen bereitete. „Wir haben ein Problem." Ich zog tief die Luft ein und lehnte mich gegen die steinige Wand des Quartiers, während ich versuchte, meinen Herzschlag unter Kontrolle zu bringen. „Was ist los?"

„Die Ferragostos," begann er und machte eine kurze Pause, als würde er die Worte sorgfältig wählen, „sind dabei, sich in Südamerika einzukaufen. Und zwar großflächig. Sie scheinen in mehreren Städten Fuß zu fassen, darunter Rio de

Janeiro, Buenos Aires, Lima und Bogotá. Ich habe zuverlässige Quellen, die mir bestätigt haben, dass sie ihre Operationen massiv ausbauen." Meine Hand krampfte sich um das Telefon. Die Ferragostos – diese verdammte Familie, die uns seit Jahren wie ein Schatten verfolgt. „Was genau planen sie dort?"

„Drogen, Waffen, Menschenhandel – alles, was sie brauchen, um ihre Macht zu stärken. Und sie haben die Mittel, um es durchzuziehen. Sie haben bereits einige der einflussreichsten Politiker in diesen Städten auf ihre Seite gezogen. Wenn sie dort erst einmal ihre Basis etabliert haben, wird es fast unmöglich sein, sie wieder zu vertreiben." Ich biss die Zähne zusammen, die Wut stieg in mir auf. „Und was ist mit Lyanna? Könnte das etwas mit ihr zu tun haben?" Antonio zögerte einen Moment, bevor er antwortete. „Das ist schwer zu sagen. Aber wenn die Ferragostos wirklich so tief in Südamerika involviert sind, dann könnte es sein, dass sie sie dorthin gebracht haben. Es wäre ein perfekter Ort, um sie zu verstecken – mitten in einem chaotischen Netzwerk, wo niemand Fragen stellt." Mein Geist raste, während ich versuchte, all die Informationen zu verarbeiten. „Also, sie benutzen Lyanna vielleicht als Druckmittel oder planen, sie dort zu verstecken, bis sie bereit sind, zuzuschlagen. Verdammt, Antonio, das wäre katastrophal."

„Genau das befürchte ich auch," erwiderte er. „Ich habe alles getan, um mehr herauszufinden, aber sie sind schlau. Sie wissen, wie man Spuren verwischt. Wenn wir sie dort ausfindig machen wollen, müssen wir schnell handeln. Ihre Pläne sind in vollem Gange, und wir können uns keinen Fehler leisten." Ich schaute zum Himmel hinauf, wo die Sonne langsam ihre Hitze über das Land verteilte. Die Brise, die durch die Berge strich, brachte mir keine Erleichterung. „Antonio, wir sind schon auf der Suche nach ihr. Wir hatten eine Spur, aber wenn das wahr ist, was du sagst..."

„Dann müsst ihr euren Kurs ändern," beendete er meinen Gedanken. „Die Ferragostos werden nicht zögern, wenn sie erst einmal merken, dass ihr ihnen zu nah kommt. Südamerika ist riesig, aber ich kenne einige Leute, die uns helfen könnten, ihre Operationen genauer unter die Lupe zu nehmen. Es ist ein riskantes Spiel, Apollo. Aber es ist das Einzige, das wir spielen können." Meine Gedanken waren bei Lyanna – irgendwo in den Weiten eines fremden Kontinents, vielleicht in den Händen derer, die sie nie wieder freigeben wollten. „Wir werden das Risiko eingehen," sagte ich fest. „Ich werde meine Brüder informieren. Wir sehen uns in Kürze. Danke, Antonio. Ohne dich wären wir blind."

„Sei vorsichtig, Apollo," warnte er mich, seine Stimme war jetzt so leise, dass sie kaum mehr als ein Flüstern war. „Die Ferragostos sind skrupellos, und sie haben nichts zu verlieren. Aber das bedeutet auch, dass sie Fehler machen könnten. Nutze das zu deinem Vorteil."

„Ich werde," versprach ich, bevor ich das Gespräch beendete und tief durchatmete. Ich wusste, dass ich mich jetzt beeilen musste. Diese neuen Informationen konnten uns einen entscheidenden Vorteil verschaffen – oder uns endgültig ins Aus stürzen. Ich ging zurück zu Aiden und Aurel, die immer noch über den Plänen brüteten. „Wir haben ein neues Ziel," sagte ich und zog sofort ihre Aufmerksamkeit auf mich. „Südamerika. Die Ferragostos sind dabei, sich dort einzukaufen, und sie könnten Lyanna dorthin gebracht haben. Es ist riskant, aber es ist unsere beste Chance." Aurel nickte, ohne zu zögern. „Dann sollten wir keine Zeit verlieren." Aiden sah mich an, seine Augen funkelten mit der gleichen Entschlossenheit, die in mir brannte. „Wir sollten telefonieren!"

Aiden

Die Entscheidung war gefallen. Wir würden unsere Suche in Südamerika fortsetzen. Sofort stand ich Schreibtisch , mit meiner hochmodifizierte Anlage, die ich selbst entwickelt hatte. Die Technologie war präzise und unsichtbar, genau wie ich es brauchte.

In den dunklen Ecken Südamerikas hatten die Ferragostos ihre Wurzeln geschlagen, aber auch ich hatte meine Verbindungen – Kontakte, die tief in den Schatten operierten, wo das Gesetz längst kein Einfluss mehr hatte.

„Carlos wird als Erstes kontaktiert," sagte ich leise zu Apollo, während meine Finger über die Frequenzen glitten. Carlos war ein ehemaliger Geheimdienstoffizier, ein Mann, der in vielen Schatten wandelte und dabei selten Spuren hinterließ. Seine Loyalität war so flüchtig wie der Wind, aber seine Informationen waren oft entscheidend. Wenn jemand wusste, wo die Ferragostos ihre schmutzigen Geschäfte abwickelten, dann war es Carlos. Die Anspannung im Raum war fast greifbar, wie ein unsichtbares Band, das uns alle umschloss und festzog. Jede Sekunde, die verging, war eine Sekunde, in der

Lyanna weiter von uns entfernt wurde. Doch ich wusste, dass ich jetzt einen kühlen Kopf bewahren musste. Emotionen waren in dieser Welt eine Schwäche, und ich konnte mir keine Schwäche leisten. Das Gesicht von Carlos flackerte schließlich auf dem Bildschirm auf, verpixelt und von der schlechten Verbindung verzerrt, aber seine Augen waren klar – wachsam, neugierig. „Aiden," sagte er, und ich konnte das Lächeln in seiner Stimme hören. „Was führt dich nach Südamerika?"

„Geschäfte," entgegnete ich kühl und direkt, die Worte sorgfältig gewählt. „Es geht um die Ferragostos. Ich weiß, dass sie dort aktiv sind. Ich brauche Informationen, Carlos. Alles, was du hast." Er lachte leise, doch sein Lachen klang hohl, als wüsste er bereits, worauf er sich einlassen würde.

„Du wagst dich in ein Wespennest, mein Freund. Du kennst die Ferragosto. Sie sind keine gewöhnlichen Kriminellen, Asien sind absolut unberechenbar. Sie haben sich tief eingegraben und ihre Macht hier fest verankert. Bist du sicher, dass du dich mit ihnen anlegen willst?" Ich hielt seinem Blick stand, unbeirrt und fokussiert.

„Es geht nicht um wollen. Es geht um müssen. Lyanna, eine Freundin, könnte dort sein. Ich brauche jede Information – Bewegungen, Transaktionen, Namen. Kein Detail ist zu klein." Carlos zögerte, als könnte er den Ernst der Lage in meinen Augen erkennen. Schließlich nickte er, wenn auch widerwillig. „Sie schmuggeln Waffen durch den Hafen von Rio de Janeiro. Ein Lagerhaus dort wurde kürzlich von ihnen übernommen, natürlich unter falschem Namen. Die Lieferungen dorthin sind untypisch groß, selbst für ihre Verhältnisse."

„Waffen," murmelte ich, während ich mir Notizen machte. „Was ist mit Menschenhandel? Gibt es Hinweise, dass sie ihre Operationen in diese Richtung ausweiten?" Er zuckte mit den Schultern, seine Miene blieb undurchdringlich. „Gerüchte, mehr nicht. Es wird gemunkelt, dass sie mit den lokalen Kartellen kooperieren, um neue Routen zu etablieren. Aber wenn sie wirklich jemanden so Wertvolles wie deine Freundin in ihren Händen haben, dann verstecken sie sie gut. Sie sind keine Dummköpfe, Aiden." Meine Stirn legte sich in Falten, als ich über die Informationen nachdachte. „Ich brauche Namen, Carlos. Wer hilft ihnen? Wer ermöglicht diese Operationen?"

Er sah mich an, als wolle er abwägen, wie weit er gehen könnte. „Namen kosten, Aiden. Und die Leute, die du suchst, sind nicht billig. Du wirst tief in die Tasche greifen müssen – entweder in bar oder in Gefallen." Ich nickte, meine Entschlossenheit ungebrochen. „Geld ist kein Problem. Aber die Zeit drängt. Ich brauche diese Informationen so schnell wie möglich." Er atmete tief durch und nickte schließlich. „Gib mir ein paar Stunden. Ich werde sehen, was ich finden kann. Aber sei vorsichtig. Die

Ferragostos sind skrupellos und rücksichtslos. Wenn du in ihre Angelegenheiten eingreifst, wirst du schnell feststellen, dass sie keinen Unterschied zwischen Freund und Feind machen."

„Das Risiko gehe ich ein," erwiderte ich ohne zu zögern. „Ich warte auf deine Nachricht."

„Du wirst sie bekommen," versprach er, bevor der Bildschirm schwarz wurde. Ich lehnte mich in meinem Stuhl zurück, schloss kurz die Augen und versuchte, die Anspannung loszuwerden, die sich in meinem Körper aufbaute. Doch der Druck drückte schwer auf meine Brust. „Das ist ein Anfang," murmelte ich, mehr zu mir selbst als zu Apollo, der neben mir stand. „Besser als nichts," antwortete er und legte eine Hand auf meine Schulter. „Carlos wird liefern. Und dann werden wir sehen, wie weit die Ferragostos ihr Netz ausgebreitet haben."

„Wir müssen auf alles vorbereitet sein," sagte ich und griff wieder nach dem Gerät, um die Verbindung zu einem weiteren Kontakt herzustellen. „Dieser Weg wird nicht leicht, aber wir haben keine andere Wahl. Wenn Lyanna in ihrer Gewalt ist, werden wir sie finden. Und die Ferragostos werden den Tag verfluchen, an dem sie es wagten, uns herauszufordern." Apollo nickte, die Entschlossenheit in seinen Augen spiegelte die meine wieder.

„Das werden sie," stimmte er zu. „Wir werden sie finden. Und dann werden wir sie zur Rechenschaft ziehen." Ich wusste, dass dies mehr war als nur ein Rettungsversuch. Es war ein Krieg, und ich würde ihn bis zum bitteren Ende führen. Die Ferragostos dachten vielleicht, sie hätten die Oberhand, aber sie hatten die Macht unserer Familie und der Entschlossenheit unterschätzt. Und das würde ihr Untergang sein!

Apollo

Während Aiden damit beschäftigt war, die nächste Verbindung herzustellen, konnte ich nicht verhindern, dass sich eine beunruhigende Frage in meinen Gedanken festsetzte. Warum hatten wir bisher keine Informationen über diese Ausweitung der Ferragostos in Südamerika erhalten? Unsere Netzwerke waren gut etabliert, unsere Verbindungen weitreichend und zuverlässig. Es war ungewöhnlich, dass eine so signifikante Bewegung der Ferragostos unbemerkt geblieben war.

Ich stand auf und begann, im Raum auf und ab zu gehen, während ich versuchte, diese Unklarheit zu analysieren. Die Ferragostos waren nie unauffällig, wenn sie ihre Macht erweiterten. Sie hinterließen Spuren – sichtbare und unsichtbare, die wir üblicherweise aufspüren konnten. Doch diesmal war es anders. Es war, als ob sie unter dem Radar geblieben wären, absichtlich und mit außergewöhnlicher Sorgfalt.

„Aiden," sagte ich schließlich, als er gerade dabei war, eine Verbindung zu einem seiner nächsten Kontakte herzustellen. Er sah zu mir auf, seine Augen ruhig, aber aufmerksam. „Etwas stimmt nicht. Warum haben wir keine Informationen über diese Expansion der Ferragostos bekommen? Unsere Informanten hätten uns zumindest einen Hinweis geben müssen. Irgendetwas läuft hier im Hintergrund, und ich möchte wissen, was es ist!"

Aiden hielt kurz inne, bevor er nickte. „Das habe ich mich auch gefragt. Es ist nicht ihre Art, so still und heimlich vorzugehen, besonders nicht bei etwas in dieser Größenordnung. Ich werde meine Kontakte fragen, ob sie etwas wissen – vielleicht gibt es jemanden, der uns absichtlich im Dunkeln lässt."

„Genau das befürchte ich," sagte ich und ließ meinen Blick über die Monitore schweifen, die jetzt voller Daten und Karten waren, die wir bereits durchgesehen hatten. „Wenn jemand die Informationen zurückhält, dann könnte das bedeuten, dass sie mehr Einfluss haben, als wir dachten. Oder schlimmer – dass jemand in unseren eigenen Reihen involviert ist." Aiden tippte ein paar Befehle ein, bevor er die Verbindung zu einem weiteren Informanten herstellte. „Ich werde es herausfinden. Wenn jemand versucht, uns blind zu machen, dann werde ich die Fäden aufdecken. Wir werden bald wissen wer dahinter steckt."

Ich nickte und verschränkte die Arme vor der Brust, während ich ihm zusah, wie er sich wieder auf den Bildschirm konzentrierte. Die Möglichkeit, dass jemand uns bewusst täuschen könnte, nagte an mir. Es war eine Sache, gegen einen Feind zu kämpfen, den man sehen konnte – aber eine ganz andere, wenn dieser Feind möglicherweise direkt unter uns war.

„Bleib wachsam, Aiden," sagte ich leise, mehr zu mir selbst als zu ihm. „Wenn jemand ein doppeltes Spiel spielt, werden wir es bald herausfinden. Und dann werden wir handeln müssen, schneller als je zuvor. "

Er sah mich kurz an, ein scharfes, zustimmendes Nicken, bevor er sich wieder der Arbeit widmete. „Ich werde jede Spur verfolgen, Apollo. Niemand wird unbemerkt bleiben. Wir werden diejenigen entlarven, die uns in den Rücken gefallen sind."

Die Schwere seiner Worte hing in der Luft, als er weiterarbeitete, die digitalen Verbindungen durchsuchte und jedes Detail analysierte. Wir hatten es hier nicht nur mit einer Rettungsmission zu tun, sondern vielleicht auch mit einem Verrat, der in unseren eigenen Reihen lauerte.

Aiden

Ich saß angespannt vor meinem Bildschirm, während die digitale Verbindung zu meinen vertrauten Kontakten in Südamerika herstellt wurde. Das Gesicht von Elías erschien, ein Mann mittleren Alters, der tief in den dunklen Netzwerken der Unterwelt verwurzelt war. Seine Augen waren ausdrucksstark, sein Tonfall stets zurückhaltend, als ob jedes Wort mit Bedacht gewählt wurde.

„Elías, wir müssen über die Ferragostos reden," begann ich direkt, meine Stimme ruhig, aber drängend. „Wir haben Hinweise, dass sie ihre Operationen in Südamerika massiv ausweiten. Ich brauche Informationen über ihre Bewegungen und Kontakte."

Elías nickte langsam. „Sie werden in der Region aktiver, das ist sicher. Sie sichern sich neue Territorien, handeln mit den Kartellen und erweitern ihre Geschäfte. Aber da ist noch etwas, Aiden – etwas, das du wissen solltest." Ich runzelte die Stirn. „Was genau meinst du?"

„Jemand ist wieder aufgetaucht," fuhr Elías fort, seine Stimme ein wenig leiser. „Jemand, von dem wir dachten, er sei Tot. Marco – Raphaels Cousin.

Man hat ihn hier gesehen, und es scheint, als ob er für die Ferragostos arbeitet." Das Blut in meinen Adern gefror. „Marco? Bist du sicher, dass es der Marco ist?"

Elías nickte ernst. „Ja, es gibt keinen Zweifel. Aber das ist nicht das Schlimmste, Aiden. Ich habe einige Nachforschungen angestellt. Es sieht so aus, als ob Marco sich vor Jahren absichtlich bei euch eingeschleust hat. Er hatte schon früher für die Ferragostos gearbeitet. Ich denke er hat nie aufgehört." Die Worte trafen mich wie ein Schlag in die Magengrube. „Er hat sich eingeschleust? Das kann nicht sein... Marco war einer von uns. Er hat jahrelang für die uns gearbeitet, Seite an Seite. Wir hatten ihn zwar paar Jahre nicht gesehen, wussten aber das er existiert, naja, bis zu dem großen Brand."

Elías' Blick blieb unerbittlich. „Es war ein ausgeklügelter Plan, Aiden. Marco hatte nach dem Anschlag einige Brandwunden. So auch im Gesicht. Er ließ sich operieren, somit konnte er sich euer Vertrauen erschleichen, Informationen sammeln und euer Kartell von innen heraus beobachten. Als die Zeit reif war, ist er wieder zurück. Die Ferragostos haben ihn reichlich belohnt. Jetzt ist er wieder da, um Raphael im Background zu unterstützen." Meine Wut war kaum zurückzuhalten. „Dieser Verräter... er hat uns jahrelang in die Augen gesehen und uns belogen.

Wir haben ihm vertraut, ihn gefördert... und die ganze Zeit über hat er uns verraten."

Elías nickte langsam. „Die Ferragostos spielen ein gefährliches Spiel, Aiden. Marco war nur ein Teil davon, aber ein entscheidender. Wenn er wieder aufgetaucht ist, dann planen sie etwas Großes."

Als ich die Verbindung zu Elías beendete, war mir sofort klar, dass sich die Situation verschärft hatte. Marco, Raphaels totgeglaubter Cousin, war nicht nur wieder aufgetaucht, sondern hatte sich auch hoch in die Reihen der Ferragostos eingereiht. Diese Nachricht traf mich wie ein Schlag – Marco war bei uns ein Vertrauter gewesen, jemand, dem wir die ganze Zeit bei uns gefördert hatten.

Der Gedanke, dass er uns verraten hatte, schmerzte mehr als jede körperliche Wunde. Marco war nie jemand gewesen, den wir als Bedrohung gesehen hatten. Er war klug, loyal – oder zumindest dachten wir das. Die Vorstellung an all die Jahre ließ mich fast ersticken.

Ich wusste, dass ich Apollo sofort informieren musste. „Danke Elías, halt mich auf dem Laufenden. Bis dann", ich verabschiedete mich von ihm und ging nebenan in den Kontrollraum. Apollo stand über eine Karte gebeugt, seine Augen suchten unermüdlich nach Hinweisen und Mustern. Ich atmete tief durch und versuchte, meine aufgewühlten Gedanken zu ordnen, bevor ich ihn ansprach.

„Apollo," begann ich, meine Stimme war rau vor Anspannung. „Wir haben ein ernsthaftes Problem. Raphaels Cousin Marco ist wieder aufgetaucht."

Er hob den Kopf, und ich konnte die Veränderung in seinem Gesicht sehen – eine Mischung aus Überraschung, Wut und Entschlossenheit. „Marco? Dachte der sei Tod?"

„Ja", antworte ich nur. Apollo blickte mich mit einem Ausdruck an, der zwischen Erstaunen und Misstrauen schwankte. „Aiden, sprich Klartext. Das kann nicht sein. Ist es wirklich der Marco, der vor Jahren bei diesem Brand ums Leben gekommen sein soll?"

„Ja," bestätigte ich, „es ist der gleiche Marco. Der Cousin von Raphael, der vor Jahren als tot geglaubt galt. Damals hieß es, dass er bei dem Brand umgekommen sei, aber anscheinend war das nur eine Tarnung". Apollo starrte mich ungläubig an. „Das kann nicht sein. Wir haben den Brand untersucht. Es gab keine Hinweise, dass jemand überlebt hat, geschweige denn, dass Marco noch am Leben ist. Wie ist das möglich?"

„Es scheint, dass wir irgendwo Leichtsinnig waren," antwortete ich. „Er hat sich operieren lassen und anschließend geschickt versteckt. Die

Informationen, die wir über ihn hatten, waren schlichtweg falsch oder manipuliert. Die Ferragostos haben ihn möglicherweise wiederbelebt oder ihm geholfen, unterzutauchen, um ihn als Werkzeug in ihren eigenen Plänen zu nutzen. Elías hat bestätigt, dass Marco von den Ferragostos geschickt wurde, um uns zu infiltrieren," erklärte ich. „Er hat sich in unser Vertrauen eingeschlichen, unsere Operationen ausspioniert und Informationen weiter gegeben. Jetzt ist er wieder da, um seinem Cousin bei der Erweiterung ihrer Macht in Südamerika zu helfen." Apollo schüttelte unglaubwürdig den Kopf. „Das ändert alles. Wenn Marco sich bei den Ferragostos versteckt hat, dann hat er Zugang zu Informationen, die wir dringend benötigen. Und wir müssen herausfinden, wie viel er über uns weiß und was er gegen uns einsetzen könnte."

„Genau," sagte ich.

„Marco kennt unsere Operationen, unsere Schwächen und unsere Stärken. Wenn er wieder aufgetaucht ist, bedeutet das, dass die Ferragostos ihn strategisch platziert haben. Wir dürfen ihn nicht unterschätzen."

„Ich stimme dir zu," sagte ich und ging wieder zu meiner Anlage. „Wir sollten sofort Erol instruieren, Marco zu suchen und seine Spur aufzunehmen. Jeder Tag, den wir warten, gibt Marco und den Ferragostos einen Vorteil, den wir uns nicht leisten können." Apollo nickte zustimmend. „Mach das. Und während du das arrangierst, werde ich sicherstellen, dass wir alle verfügbaren Ressourcen mobilisieren. Ich will ihn so schnell wie möglich in die Finger bekommen."

„In Ordnung," sagte ich, als ich begann, die notwendigen Kontakte zu aktivieren. Der Raum um uns war erfüllt von einer angespannten Stille, während wir beide über mögliche Strategien nachdachten. Ich musste sicherstellen, dass niemand Zugang zu den geschützten Informationen erhielt – jeder Verdächtige müsste zuerst untersucht werden.

„Sende sofort Anweisungen an alle Teams," befahl Apollo schließlich. „Niemand darf über Marcos Rückkehr informiert werden – noch nicht. Wir müssen wissen, wie weit sein Wissen über unsere Aktivitäten reicht und ob es weitere Verräter unter uns gibt." Anders als zuvor war ich mir jetzt bewusst, dass Vertrauen ein gefährliches Gut war – besonders in unserer Branche. Wer wusste schon, wie viele andere Unsicherheiten noch verborgen waren? Der Gedanke brachte mich zur nächsten Frage: War Marco wirklich alleine? Die Ferragostos waren berüchtigt dafür, ihre Pläne strategisch einzufädeln und Multiple-Agenten in verschiedenen Organisationen unterzubringen.

„Ich will auch überprüfen lassen," fügte ich hinzu, „ob jemand anderes aus unserer Gruppe in den letzten Monaten auffällige Bewegungen gemacht hat." „Ja, mach das" antwortete Apollo mit fester Stimme. „Und wir sollten auch unsere eigenen Informationen überprüfen, um sicherzustellen, dass wir keine weiteren Überraschungen erleben. Wer weiß wie viele Fehlinformationen wir bislang erhalten haben."

Apollo wandte sich von mir ab, seine Gedanken schienen bereits in Bewegung zu sein. „Wir müssen herausfinden, wo er sich gerade aufhält. Jeder Hinweis, den wir von ihm bekommen können, könnte wichtig sein." Ich nickte, als ich die ersten Anweisungen an Erol gab. Die Situation war kompliziert, und die Entdeckung von Marcos Überleben hatte das Spiel verändert. Doch trotz der drohenden Gefahr fühlte ich einen neuen Schub an Entschlossenheit in mir. Wenn wir Marco finden und die Wahrheit aufdecken konnten, würden wir nicht nur Lyanna wieder finden, sondern auch die Ferragostos in ihre eigenen Schatten zurückdrängen.

„Wir werden es herausfinden," murmelte Apollo entschlossen. „Und wir werden sicherstellen, dass wir nicht nur Marco erwischen, sondern auch Raphael. Sie haben uns lange genug belogen und manipuliert. Es ist an der Zeit, dass sie für ihre Taten bezahlen. Keiner wird von ihnen überleben."

Marco, ein Verräter, ... Den hatte ich niemals auf dem Schirm ....

Lyanna

Ich hockte in einer dunklen Ecke des feuchten Raumes, umgeben von anderen Frauen, die mittlerweile größtenteils zu Freundinnen geworden waren. Seit Ewigkeiten saßen wir dort, ab und zu wurden einige von uns heraus gezerrt und kamen gebrochen und teilnahmslos zurück. Ihre Gesichter waren blass, ausdruckslos und gezeichnet von der Entbehrung, die wir alle erlitten hatten. Das gedämpfte Licht der wenigen Lampen warf lange Schatten, und die Stille wurde nur durch das gelegentliche Geräusch von Ketten unterbrochen, die ein metallisches Klirren erzeugten. Hier war die Luft schwer von Angst und der drückenden Gewissheit, dass niemand von uns jemals wieder das Tageslicht sehen würde.

Ich hatte gelernt, Mauern zu bauen, um mich von den Emotionen der anderen abzuschotten. Ich konnte die Tränen in ihren Augen sehen, das verzweifelte Flüstern und das stumme Starren gegen die Wand, aber ich wollte nicht die gleiche Verzweiflung spüren. Immer wieder überkam mich ein Gefühl von Ohnmacht und Trauer, das an das Gedächtnis meiner Freiheit klammerte.

An diesem speziellen Tag lag eine Spannung in der Luft, die ich nicht ignorieren konnte. Die schwere Tür wurde mit einem ohrenbetäubenden Geräusch aufgestoßen, und ich spürte, wie ein Schauer über mein Rückgrat lief. Zwei Soldaten betraten den Raum, ihre Gesichter verhüllt von dunklen Masken, als wären sie stolz darauf, die Dunkelheit zu verbergen, die ihre Taten umgab. Mein Herz begann schneller zu schlagen, als ich instinktiv erkannte, dass sie nicht hier waren, um uns zu befreien. Eher das Gegenteil.

„Lyanna", brüllte einer der Wachen, während er unbarmherzig auf mich zutrat. „Komm mit uns."

Ein Frösteln der Vorahnung überkam mich. Ich hatte Geschichten gehört von Frauen, die ausgewählt worden waren, um die abartigsten Vorstellungen einer männlichen Kreatur zu vollziehen. Was würde mit mir geschehen? Ich wusste, dass ich nicht gerade die gehorsamste der Frauen war. „Wohin bringt ihr mich?"

„Das wirst du gleich sehen", erwiderte der Soldat mit einem Hauch von Überlegenheit in der Stimme. Er packte mich grob am Arm; ich protestierte, doch gegen die Gewalt und Dominanz der Männer gab es keinen Widerstand.

Ein Blick zurück, und ich sah ihre ängstlichen Augen, die mir still sagten, dass sie nicht wussten, was mit mir geschehen würde. Als wir den Keller verließen, wurde mir klar, dass ich diese Gewölbe nie wieder betreten würde. Ich blinzelte gegen das grelle Licht, als wir die Treppen hinaufstiegen, und mein Herz hämmerte wild in meiner Brust. Schließlich standen wir vor einer massiven Tür, die sich öffnete, und wir traten in Raphaels Büro ein. Und dort stand er: Raphael, majestätisch und mit einem charmanten, betrügerischen Lächeln.

„Lyanna", sagte er und kam auf mich zu. Sein süßer Ton hatte eine magnetische Anziehungskraft. Und doch wusste ich, dass hinter dieser Anziehung eine Gefahr lauerte. „Endlich bist du hier." Ich spürte, wie Gänsehaut über meinen Körper zog. „Was willst du?" fragte ich, während ich versuchte, einen unbeugsamen Ausdruck auf meinem Gesicht zu bewahren. Mein innerer Sturm der Angst und der Wut wurde mit jedem Moment stärker.

„Es wird Zeit, dir zu zeigen, was das Leben dir bieten kann, wenn du das richtige Spiel, mit den richtigen Spielern spielst. Du bist hier, weil ich es will", antwortete er, und seine Worte zogen wie ein unheilvolles Versprechen in mein Bewusstsein. „Hast du dich entschieden und über mein Angebot nachgedacht?"

Ich zwang mich dazu, ihm nicht in die Augen zu sehen. Die Realität, in die ich geworfen worden war, wurde mit jeder Sekunde erdrückender. Die Frauen im Keller waren zurückgelassen worden, während ich vor dem Mann stand, der es sich zur Aufgabe gemacht hatte, meinen Willen zu brechen.

„Ich habe eine Bedingung", sagte ich und versuchte, meine Stimme fest und emotionslos zu halten, auch wenn das Kribbeln der Anziehung in mir aufstieg. Raphael lächelte, und es war ein Ausdruck, der sowohl Macht als auch Verführung versprach. „Du bist kaum in der Position, Bedingungen zu stellen. Aber ich will mal gnädig sein, weil heute ein guter Tag ist. Wie lautet deine Bedingung?"

„Alle Frauen kommen aus dem Keller in eine vernünftige, menschenwürdige Unterkunft. Tageslicht, fließendes Wasser, Heizung, eine Toilette und regelmäßige Mahlzeiten."

„So lautet deine Bedingung??", belustigt schaute er mich an. Sein Lächeln, verschmitzt und doch erniedrigend, ließ mich meine Entschlossenheit hinterfragen. Ich spürte, wie mein Herz schneller schlug und die Angst mich für einen Moment überwältigte. Hatte ich wirklich erwartet, dass er ernsthaft in Erwägung zog, meinen Vorschlag zu akzeptieren?

„Ja", antwortete ich, mein Mut schien sich für einen Moment zu sammeln, während ich versuchte, die Furcht in meiner Stimme zu unterdrücken. „Wenn ich hier bin, dann sollen die anderen Frauen ebenfalls die Chance auf ein menschenwürdiges

Leben bekommen. Es gibt keine Freiheit im Käfig. Ich kann nicht annehmen, was du mir anbietest, solange sie dort unten leiden."

Raphaels Gesichtsausdruck veränderte sich nicht, aber ich bemerkte, wie seine Augen für einen flüchtigen Moment aufblitzten, in einer Mischung aus Überraschung und Belustigung. „Du bist unerschrocken, Lyanna. Das muss ich dir lassen. Doch die Frage ist, bist du bereit, die Konsequenzen deines Mutes zu tragen?" Ich wusste nicht, was ich antworten sollte. In meinem Kopf rasten Gedanken hin und her, und ich überlegte, ob mein Plan richtig war. Aber in mir glommen die Wurzeln meiner Empathie. Ich hatte die anderen Frauen im Keller nicht einfach vergessen können, nicht die verzweifelten Gesichter, die in der Dunkelheit verloren gingen. Ich wollte sie retten, selbst zu einem Preis, den ich nicht kannte.

„Ich werde alles tun, was du verlangst, aber ich will, dass die anderen auch eine Chance bekommen. Wenn ich deine erste Dame werden soll, dann hast auch du die Verantwortung gegenüber denen, die du gefangen hältst", erklärte ich mit einer Entschlossenheit, die mich selbst überraschte. Raphael schüttelte den Kopf, als könnte er die Vorstellung nicht fassen. „So viel Idealismus in einem so gebrochenen Wesen. Es ist fast bewundernswert", sagte er. Aber in seiner Stimme lag eine stechende Kälte, die mich daran erinnerte, wie gefährlich das Spiel war, in das ich mich begeben hatte.

„Du spielst mit Feuer, Lyanna. Aber ich nehme deine Bedingung an", fügte er überraschend hinzu, und ich erstarrte. „Ich kann die Frauen aus dem Keller holen und ihnen ein angemessenes Leben bieten – allerdings unter einer Bedingung." Mein Herz warf einen Satz. „Und welche ist das?"

„Dass du mir treu ergeben bist. Du wirst mein Gesicht nach außen sein, während ich die Fäden im Hintergrund ziehe. Du bist meine erste Dame, und du wirst mir dienen, wie ich es will. Du wirst lernen, was es bedeutet, Macht zu haben. In meinen Augen wird das dein Preis sein." Ich spürte, wie ich kurz vor der Kippe stand – auf der einen Seite die Hoffnung, die anderen Frauen zu retten, und auf der anderen Seite die Möglichkeit, selbst in einen noch dunkleren Abgrund zu fallen. So viel Herz und Vernunft waren in meinen Worten; ich hatte nicht die Absicht, mich ihm zu unterwerfen.

„Und wie soll ich dir dienen?", fragte ich, und ich konnte spüren, wie mein Herz in meiner Brust hämmerte.

„Indem du dich an meine Regeln hältst. Indem du lernst, mit der Dunkelheit umzugehen", erklärte er und trat näher. „Indem du das akzeptierst, was ich dir anbiete. Du bist meine erste Dame, und ich werde dir alles geben, was du willst. Aber du musst auch bereit sein, alles zu geben, Lyanna."

Sein Blick bohrte sich durch mich hindurch, als er näher trat. Ich spürte das Kribbeln, das mich in seinen Bann zog, und gleichzeitig verlangten meine Emotionen einen Ausweg. Ein Teil von mir wollte fliehen, doch der andere Teil, der so bereit war, zu kämpfen, wollte bleiben und die Herausforderung annehmen. Baute ich hier ein Stockholm Syndrom auf?

„Was ist, wenn ich es nicht kann?", fragte ich, und meine Stimme drohte zu brechen. „Wenn ich nicht der Person entsprechen kann, die du willst?"

„Dann wird es Konsequenzen geben, die du dir jetzt nicht ausmalen kannst", erwiderte Raphael, und ich spürte, wie sich eine Schicht kalter Realität über das warme Glück legte, das ich mir erhofft hatte. „Aber lass uns nicht auf das Negative eingehen. Denk an die Hoffnung für die anderen Frauen, Lyanna. Du hast die Möglichkeit, etwas zu bewirken." Die Tür öffnete sich mit einem Ruck, und Raphaels Schatten Vittorio trat ein. Seine schmalen Augen verliehen mir einen Ausdruck, der mir Gänsehaut über den Rücken jagte. „Es ist wichtig, dass du verstehst, dass dies kein einfaches Spiel ist, Lyanna", warnte er, während Raphael die Tür hinter ihm schloss.

„Kümmere dich um deine eigenen Angelegenheiten", schnitt Raphael ihm sofort das Wort ab. „Lyanna muss ihre Entscheidung selbst treffen. Sollen wir ihr also loben oder drohen?" Ich beobachtete die gespannte Auseinandersetzung zwischen den beiden Männern, dem Geduldeten und dem Befehlshabenden. Ich war gefangen zwischen zwei Kräften, die ich nicht ganz verstand, und ich wusste, dass meine Entscheidung nicht nur mein Leben, sondern auch das Schicksal der anderen beeinflussen würde. Ein Gedanke erschien in meinem Kopf: Was, wenn ich einem schrecklichen Drachen begegnete und die einzige Zutat für mein Überleben die Akzeptanz der Dunkelheit sein würde? Ich kannte diese Welt nicht, verstand nicht ihre Regeln, und das machte mir Angst. Doch die andere Seite, ein etwas besseres Leben für uns, die Frauen– sie waren es wert, dass ich es versuchte.

„Ich akzeptiere das Angebot", antwortete ich schließlich, und ich hoffte, dass meine Stimme nicht zitterte. „Ich will, dass die anderen Frauen zusammen mit mir in eine vernünftige Unterkunft kommen." Ein zufriedenes Lächeln umspielte seine Lippen. „Das wird geschehen, meine Liebe. Wir werden dich lehren, wie man die Schatten meistert und die Dunkelheit umarmt. Sei dir der Verantwortung bewusst, die du jetzt auf dich laden wirst. Es gibt keinen Ausweg mehr."

Während ich in seine eindringlichen Augen sah, begriff ich, dass ich nicht nur mein Schicksal akzeptierte, sondern auch das der anderen in meiner Hand lag. In diesem Moment fiel das Licht des Wohlstands strahlend auf mich nieder, auch wenn ich wusste, dass hinter den Pforten der Macht eine Welt auf mich wartete, die ich nicht vollständig begreifen konnte. Aber ich war bereit, einzutauchen, und die Dunkelheit würde mein einziges Zuhause sein.

So stand ich also, verankert in der Entscheidung, und fühlte, dass ich bereit war, den Preis zu zahlen, selbst wenn es mich war.

Die Zeit verging in einem seltsamen Nebel, und ich fand mich in der neuen Realität, die Raphael für mich geschaffen hatte. Ich war seine erste Dame, ein Titel, der sowohl Macht als auch Furcht in mir weckte. Die ersten Tage nach meiner Zustimmung waren von ungewisser Anspannung geprägt. Raphael hatte seine Versprechen gehalten und uns Frauen in das nebenstehende Gebäude gebracht. Das Licht der Freiheit strömte durch die Fenster, und ich konnte in ihren Gesichtern die Erleichterung und Verwirrung sehen. Die Männer von Raphael sorgten dafür, dass sie versorgt wurden – fließendes Wasser, tägliche Mahlzeiten und eine Unterkunft, die mehr als nur den

Anschein von Sicherheit vermittelte. Es war fast surreal, die Frauen, die so lange im Dunkeln vegetiert hatten, in einem hellen Raum zu sehen.

Eines Abends, als ich durch die Gänge schlenderte, hörte ich das Lachen einer der Frauen, das herzliche Gelächter, das ich in dem Keller nur in Erinnerungen kannte. Es hatte so lange gedauert, diese Klänge wiederzuhören. Neugier treibt mich voran, und ich öffnete die Tür zu einem der Räume, woher ich das Gelächter vernahm.

„Lyanna! Du bist zurück", rief Rea, eine der Frauen, die mir während der Zeit im Keller besonders ans Herz gewachsen war. In ihrem Blick lag eine Mischung aus Freude und Erstaunen, und ich spürte einen Ansturm von Erleichterung.

„Ja, ich bin hier", antwortete ich und lächelte, auch wenn mein Herz schwer war. „Und es wird uns besser gehen." Die Frauen schauten mich mit einer Mischung aus Dankbarkeit und Zweifeln an, und ich wusste, dass sie möglicherweise an meinen Worten zweifelten. „Was hat sich geändert?", fragte eine andere Stimme, die von Maria kam, einer schüchternen, sanften Seele, die sich in den vielen Monaten des Schmerzes durch ihre Traurigkeit geschützt hatte. „Warum sollten wir dir glauben?"

„Weil ich es so gewollt habe", antwortete ich und trat näher. „Ich habe Bedingungen gestellt und Raphael hat sie erfüllt. Wir sind nun unter besseren

Bedingungen. Ich wollte euch nicht allein lassen, und ich werde auch nicht wegsehen, während ihr leidet." Die Frauen kamen näher, und ich konnte die Skepsis in ihren Augen sehen. „Was ist das mit Raphael? Wie können wir ihm oder dir trauen?", fragte Alina, und ich fühlte, wie ihre Angst meine eigene zu berühren schien.

„Ich verstehe eure Zweifel", erwiderte ich. „Raphael ist nicht die Person, die wir uns wünschen würden, aber ich habe ihm eine klare Botschaft gegeben: Wenn er mich will, muss er auch für euch sorgen. Und er hat es getan. Wir haben jetzt ausreichend Nahrung, Wasser, Licht... unser Leben." Einige der Frauen schüttelten den Kopf, andere schienen mir aufmerksamer zuzuhören. „Du hast die Seiten gewechselt Lyanna", sagte Clara eindringlich. „Aber glauben wir wirklich, dass das Böse uns jemals etwas Gutes bringen wird?" Ich konnte ihre Sorge verstehen, nur war ich die einzige Hoffnung die wir hatten. „Wir haben keine andere Wahl", erklärte ich. „Wir können nicht länger im Keller bleiben. Wenn wir eine Chance wollen, müssen wir nicht nur überleben, sondern auch lernen, es im Moment zu akzeptieren. Raphael gibt uns eine Chance, unser Leben hier zu verändern. Mein Plan ist weiterhin zu fliehen, daher wir müssen auch bereit sein, jederzeit fliehen zu können." Die Frauen sahen sich an, und es schien mir, als wollten sie mir glauben. In diesem Augenblick war es, als könnte ich die Funken der Hoffnung in ihren Augen sehen. Ich wusste, dass der Weg nicht einfach sein würde, und ich war mir auch bewusst, dass meine Entscheidung, mit Raphael zu gehen, sie in eine komplizierte Situation gebracht hatte.

In den folgenden Tagen lernte ich, meine Rolle als seine erste Dame anzunehmen. Raphael hatte mir eine eigene Räumlichkeit im obersten Stockwerk des Hauses gegeben, ausgestattet mit allem, was ich brauchte. Doch selbst mit all den Annehmlichkeiten, die mir angeboten wurden, blieb ein Unbehagen in mir. Ich beobachtete, wie Raphael mit seinen Männern sprach, immer mit einem dominierenden, gleichgültigen Tonfall. Die Männer um ihn herum, darunter auch Marco, waren loyal, aber ich konnte die Kälte in ihren Augen erkennen. Es war nie weit weg von der Oberfläche, die Dunkelheit, die sie ausstrahlten.

„Hast du viel nachgedacht über unsere Vereinbarung?", fragte Raphael eines Abends, als ich ihm beim Abendessen gegenüber saß. Der Tisch war festlich gedeckt, doch der Genuss blieb mir im Halse stecken. Es fühlte sich merkwürdig an, in dieser luxuriösen Umgebung zu sein, während ich genau genug über die Welt wusste, die sich draußen abspielte. „Ja," sagte ich, entschlossen, ihm in die Augen zu sehen.

Er lächelte, aber es war kein freundliches Lächeln. „Sie gehören mir und nichts ist umsonst", antwortete er. „Und du, meine Liebe, bist diejenige, die ihnen einen Grund geben sollte, mir zu vertrauen. Du hast Platz in meinen Plänen, aber auch die Verantwortung, das Haus zu führen."

Ich spürte, wie die Schlingpflanzen von Machtanforderungen um mich wirbelten, während ich gleichzeitig die Verantwortung abwiegte, die ich gegenüber den Frauen hatte. Diese neue Ordnung war komplex, und ich musste lernen, darin Fuß zu fassen.

In den nächsten Tagen konzentrierte ich mich darauf, die anderen Frauen in ihre neuen Rollen einzuweisen. Jede von uns hatte eine Aufgabe – einige kümmerten sich um die Essenszubereitung, andere um die Reinigung, und ich versuchte, die verschiedenen Anweisungen von Raphael mit ihren Bedürfnissen in Einklang zu bringen um den emotionalen und physische Schaden so gering wie möglich zu halten. Raphael beobachtete mich oft, seine Augen blitzen mit einem scharfen Interesse, das ich nicht ganz deuten konnte. Manchmal spürte ich seinen Blick wie einen schmerzhaften Stich auf meinem Rücken, wenn ich durch die Räume ging. Es war kein Gefühl von Schutz, sondern eher das Gefühl, dass er mir immer näher auf der Spur war als ich zugeben wollte. Und so lebte ich in diesem neuen Gleichgewicht zwischen Loyalität und Entschlossenheit, zwischen Verantwortung und Flucht. Doch während ich mich bemühte, die Dunkelheit in meinem Herzen zu akzeptieren, wusste ich, dass ich die Grenzen, die ich mir gesetzt hatte, immer weiter verschwanden.

Ich war die erste Dame, aber wie lange würde ich diese Rolle wirklich spielen können, ohne selbst ein Schatten zu werden?

Raphael

Marco saß in meinem Büro, die Beine lässig übereinandergeschlagen und ein zufriedenes Lächeln auf den Lippen. Auf dem Tisch zwischen uns lagen die Unterlagen für den letzten Geschäftsdeal, der überraschend gut verlaufen war. Ich hätte mir keinen besseren Ausgang wünschen können. Die Verhandlungen waren hart geführt worden, und die wahrscheinlichen Auswirkungen auf unser Netzwerk würden uns in den kommenden Monaten enormen Vorteil verschaffen.

„Das war ein Meisterwerk, Raphael", sagte Marco und lehnte sich zurück, während er einen Schluck von seinem Whisky nahm. „Die Partner waren beeindruckt. Das wird die nächsten Schritte für uns entscheidend gestalten – glaubt man den Tratsch, überlegen bereits weitere Plantagenbesitzer ihren Beitz an uns abzutreten."

Ich nickte und betrachtete die Dokumente auf dem Tisch. „Genau das brauchten wir, Marco. Ein stärkeres Fundament für die Expansionen. Es stehen noch einige neue Bündnisse vor uns. Es war an der Zeit, ein Zeichen zu setzen", antwortete ich und spürte das vertraute Kribbeln des Erfolgs in meinen Adern. In diesem Geschäftszweig bedeutete jeder gewonnene Vertrag einen Schritt näher an der Kontrolle.

Marco hob sein Glas und prostete mir zu. „Auf unsere Erfolge! Und auf viele weitere Deals, die uns noch bevorstehen", sagte er und trank einen weiteren Schluck. Es war selten, dass wir solche Momente hatten, die wie eine erfrischende Brise nach den fordernden und oft nervenaufreibenden Verhandlungen fühlten.

Doch bevor ich etwas erwidern konnte, klopfte es an der Tür, und ich wusste, dass der Moment gekommen war, über den ich nachgedacht hatte. Sie trat ein – Lyanna. Ihre Anwesenheit füllte den Raum, und ein Hauch von Nervosität umgab sie, während sie sich in der für sie neuen Umgebung umsah. Ihre Augen suchten mich und den Platz, den sie einnehmen sollte.

„Raphael", begann sie unsicher. „Lyanna, komm herein", forderte ich sie auf und stellte das Glas ab. Ich hatte große Erwartungen an ihr Potenzial, und ich wollte, dass sie sich in dieser Welt behauptete. Der bevorstehende Abend war entscheidend für uns beide, und ich musste sicherstellen, dass sie sich nicht von ihrer Nervosität überwältigen ließ.

„Du wolltest mich sprechen", sagte sie und trat einen Schritt näher. Ich bemerkte, wie sie sich bemühte, stark zu wirken, auch wenn der Schweiß auf ihrer Stirn was anderes sagte.

Ein zufriedenes Lächeln breitete sich auf meinem Gesicht aus, als ich ihre Ambitionen bemerkte. „Wir haben in drei Tagen ein wichtiges Geschäftsessen mit hochrangigen Politikern. Du wirst an meiner Seite sein, Lyanna. Es ist eine Gelegenheit für uns, unseren Einfluss weiter auszubauen und deinem Potenzial eine Bühne zu geben."

Ich beobachtete, wie ihre Augen sich weiteten, und ich konnte den Nervenkitzel in ihrem hastigen Atem spüren. Der Gedanke, sich in so illustriertem Kreise zu bewegen, schüchterte sie offenkundig ein. „Was... was sind meine Aufgaben bei diesem Essen?", stammelte sie. Ihre Unsicherheit war offensichtlich, und ich wusste, dass es an mir lag, ihr die Richtung zu weisen.

„Es ist wichtig, dass du dich entsprechend verhältst. Du bist an meiner Seite, und das Signal, das wir senden, muss klar und unmissverständlich sein", erklärte ich, während ich mich langsam um den Tisch bewegte und mir die Zeit nahm, sie zu betrachten. „Du solltest dich benehmen, als ob du eine bemerkenswerte Frau bist, die eine wichtige Rolle spielt. Das Bild, das wir bei diesen Politikern abgeben, wird über zukünftige Geschäfte und unsere Position entscheiden."

Ihre Antwort kam zögerlich, aber ich konnte erkennen, dass sie sich bemühte, ihre inneren Dämonen zu überwinden. „Verstehe", sagte sie, und ich war zufrieden damit, wie sie sich bemühte, die Furcht zu verbergen. Doch ich wusste, dass es nicht ausreichen würde.

„Lyanna, lass mich klarstellen: Du darfst nicht an Flucht oder Ähnliches denken", fuhr ich fort und trat näher an sie heran. Ich musste sicherstellen, dass sie verstand, was auf dem Spiel stand. Solltest du nur einen kleinen Hinweis in diese Richtung unternehmen, so war es das. Dann wirst du die Konsequenzen für dich und deine neuen Freundinnen tragen. Falls dann noch jemand existiert. Du wirst dich in dieser Welt behaupten müssen. Es gibt keine Auswege. Du bist jetzt Teil meines Spiels und musst lernen, wie es funktioniert."

Ein kurzes Zucken in ihren Augen verriet mir, dass sie zu spüren begann, wie ernst die Situation war. „Ja", antwortete sie knapp, und ich konnte fast spüren, wie ihr Herz unter dem Druck dieser neuen Realität pochend gegen ihre Brust schlug.

Ich ließ mich wieder hinter meinem Schreibtisch nieder, und in diesem Moment setzte sich Marco wieder in seine gewohnt autoritären Haltung. Während ich mit Lyanna sprach, spürte ich, dass sein Dasein sofort einen scharfen Ton herbeibrachte. Er war loyal und übertrieben vorsichtig – Eigenschaften, die für meine Geschäfte wertvoll waren, aber manchmal auch hinderlich werden konnten.

„Ich mache mir Sorgen", begann Marco, und ich sah, wie sich sein Gesicht verfinsterte. „Über ihre Fähigkeit, dich zu repräsentieren und vor allem über ihre Loyalität. Die letzten Monate hat sie sich immer wieder hin- und hergerissen gefühlt. Ich denke, sie hat sich noch nicht genug unter Kontrolle. Wir wissen, dass in der Welt, in der wir uns bewegen, jeder einen Fehler nutzen kann, um uns zu Fall zu bringen."

Unwillkürlich erkenne ich, dass seine Besorgnis für mich nicht irrelevant ist. Lyanna war neu in dieser Welt, und ich wusste, dass die politische Arena nicht sanft mit Blüten umgehen würde, die sie in meiner Nähe wie eine Rose blühen ließen.

Mit jedem Wort, das Marco sprach, wurde meine Geduld auf die Probe gestellt. Ich bemerkte, wie ich das Bedürfnis verspürte, Lyanna zu verteidigen. „Ich bin hier, um zu lernen", hörte ich sie schüchtern einwerfen. Es war eine mutige Aussage, aber ich wusste, dass sie noch einen langen Weg vor sich hatte.

„Lernen ist das eine. Aber Vertrauen ist etwas ganz anderes", entgegnete Marco, und ich sah, wie Lyanna mühsam versuchte, nicht zu reagieren. „Es reicht nicht, sich hinzusetzen und zu schweigen.

Julio wird dich eiskalt behandeln, wenn sie dir nicht gehorcht. Ich stimme für meine und für deine Sicherheit – du musst besser vorbereitet sein."

Es war schwer zu ertragen, wie Marco sich anmaßt, über Lyanna zu urteilen.

„Ich kann dir nur dringend empfehlen, sie enger zu überwachen", sagte Marco und sah mich eindringlich an. „Wenn das, was wir vom Abend erwarten, gelungen ist, ist es besser, sicherzustellen, dass sie nichts als ideal ausstrahlt."

Ich war mir der Gefahren bewusst, die in unserer Welt herrschten, und obwohl ich nicht an Marcos Bedenken zweifelte, wusste ich, dass es an der Zeit war, meinem eigenen Instinkt zu folgen. „Ich verstehe deine Bedenken, Marco, aber zuzuhören ist der erste Schritt zu lernen", sagte ich und richtete meinen Blick wieder auf Lyanna. „Sie bekommt die nötigen Aufgaben und Anweisungen um sich zu bewähren. Sollte sie scheitern, ist es ihr Problem."

Marco schien seinen eigenen Gedanken nachzuhängen, während er mich ansah und Aufstand. Nachdem Marco den Raum verlassen hatte, sah ich Lyanna an und konnte die Anspannung in ihrer Haltung spüren. „Du wirst lernen, Lyanna", sagte ich leise, mit einem Hauch von Ernsthaftigkeit, der die Luft durchdrang. „Was auf dem Spiel steht ist sehr wichtig und dies könnte dein Sprungbrett sein. Und nun geh. Wir sehen uns später."

Ich ließ sie nicht entkommen. Ihre Unsicherheiten fesselten mich, und ich wollte das unendliche Potenzial in ihr wecken, auch wenn ich selbst die Risiken kannte. Es irritierte mich, aber ich wusste, dass wir beide die Essenz der Kontrolle und des Einflusses beherrschen mussten. Es war ein Spiel der Mächte, und nur die Stärkeren konnten überleben.

Die Tage vergingen, als ich mich auf das bevorstehende Geschäftsessen vorbereitete. Ich musste die Anwesenden, die Politiker, die ich aufgrund von Gabe und Verstand in meine geschäftlichen Auseinandersetzungen einbeziehen wollte, gut im Auge behalten. Der Erfolg dieses Abends könnte unser Standing in der Welt verändern.

Aber mit jedem aufkeimenden Plan wuchs mein Drang Lyanna zu kontrollieren. Es war eine unterschwellige Kraft, die sie unbewusst ausstrahlte und die ich nicht ignorieren konnte. Ich spürte, dass ich das Licht in ihr fesseln musste was mit der Zähmung ihres feurigen Geistes mit einbezog.

Ich hatte den Glauben in sie, aber ich musste sicherstellen, dass es keine Lücken gab, die die

Gegner ausnutzen könnte. Während ich durch die Gänge ging, ruhten meine Gedanken auf dem bevorstehenden Abend und auf der Frage, ob ich Lyanna tatsächlich die Chance geben sollte, sich zu beweisen – und ob ich bereit war, die Kontrolle zu teilen.

Lyanna musste alles lernen: Wie man sich verhält, was man sagt und wie man das richtige Gefühl für den Raum entwickelt. Ich war entschlossen, ihr das Handwerk beizubringen, das ich mir über Jahre angeeignet hatte. Es durfte keine Fehler geben, und ich würde nicht zulassen, dass sie nicht-so-tief hineinzugehen bereit war.

Es war nicht nur mein Name, der auf dem Spiel stand, sondern auch das, wofür ich arbeitete, die Struktur meiner Welt. Mir fehlt nur noch das Artefakt von Apollo um anderen zu manipulieren, um die Macht, die wir besaßen, zu verfestigen.

Dieses verdammte Artefakt, das die Menschen hypnotisierte wie Schafe, die einem brutalen Hirten folgen. Ich wollte sie, ich brauchte sie! Jeder Mensch, der sie trug, wurde zum Werkzeug, zur Marionette meiner Wünsche. Der Gedanke daran brodelte wie ein Vulkan in mir.

Die Caelus, diese Pappnasen – sie waren nichts. Sie hatten weder das Talent noch die Hingabe, um die wahre Macht zu verstehen, die in dieser Maske lag. Sie flirteten mit Ideen, während ich mit dem

Teufel selbst tanzte. Ich könnte sie alle kontrollieren, sie zu meinen Dienern machen, während ich auf dem Thron der Kreativität saß. Das Bild davon, wie ich die Menschen um mich herum nach meinem Willen formen würde, ließ meine Klauen vor Erregung kratzen.

Ich musste dieses Artefakt in meine Hände bekommen. Die Geschichten über die Maske erzählten von Rätseln und Fallen, doch das schüchterte mich nicht ein. Im Gegenteil. Sie entfesselten den Psychopathen in mir, der nur auf die Gelegenheit wartete, zuzuschlagen und zu zeigen, dass ich der wahre Meister bin. Es war nur eine Frage der Zeit, bis ich die Kontrolle erlangen würde, die mir gebührte.

Andere in meine Pläne einzuweihen? Niemals! Die Vorstellung, dass sie mir meinen Triumph streitig machen könnten, ließ mein Blut kochen.

Ich verfluchte die Zeit, die zwischen mir und diesem göttlichen Artefakt stand. Doch ich war geduldig. Ich würde als erstes Apollo zu Fall bringen, ihre Schwächen ausnutzen, jeden von ihnen – selbst ihren Stolz und ihre Eitelkeit. Es würde mir ein Vergnügen sein, sie wie Puppen zu manipulieren, ihre Willensstärke zu brechen, während sie hilflos zusehen, wie ich die Maske trage.

Und wenn ich das tat, würde ich nicht nur ein Künstler sein; ich würde der Gott der Manipulation, der Herrscher über den Geist werden! Das ganze Gesocks würde vor mir niederknien, und ich würde das absolute Chaos in ihren Leben entfachen. Letztendlich würde ich der sein, der die Fäden zog, der sie aus dem Licht in die Dunkelheit führen würde – ganz nach meinem Willen, ganz nach meinem Plan. Ein wirklich boshaftes Lachen entwich mir wie ich nur daran dachte.

Der Abend kam näher, und ich wusste, dass die Zeit des Wartens bald ablaufen würde. Wie immer in meinem Leben war die Leidenschaft, die ich für das Spiel hatte, der Motor hinter meiner Entschlossenheit. Und wie viel von Lyanna ich bereit war zu investieren, würde die Antwort auf die Frage sein, ob ich die Kontrolle über sie und die Zukunft der Geschäfte behalten konnte oder ob ich eines Tages wieder alles verlieren würde, was ich erreicht hatte.

*

Während ich mich im Spiegel betrachtete und mich für das Geschäftsessen vorbereitete, spürte ich das Adrenalin in meinen Adern pulsieren. An meiner Seite würde Lyanna sein, und während ich mich gleichzeitig aufgeregt und nervös fühlte, wusste ich, dass ich alles daransetzen musste, um diesen Abend erfolgreich zu gestalten.

Ich schlüpfte in meinen dunkelblauen Anzug, der perfekt saß. Als ich das Jackett schloss, wurde mir bewusst, ich war bereit. Ich war Raphael. Ein Meister, der das Spiel beherrschte. Ich machte mich auf den Weg zu Lyanna um sie abzuholen.

Als ich die Tür zu ihrem Zimmer öffnete, traf mich ihre Schönheit, wie ein Blitz. Lyanna stand da, gekleidet in ein elegantes, himmelblaues Abendkleid, das sie atemberaubend aussehen ließ. Der Stoff umschmeichelte ihre leichten Kurven und verleihte ihr eine Aura von Eleganz und Anmut, die ich so noch nie zuvor gesehen hatte. Ihr Haar fiel in lockeren Wellen über ihre Schultern und der sanfte Glanz ihrer Haut strahlte im Kerzenlicht beinahe magisch.

„Wow", entfuhr es mir unfreiwillig, und ich war überwältigt von der Anziehungskraft, die sie ausstrahlte. „Du siehst... einfach umwerfend aus." Als sich ein schüchternes Lächeln auf ihrem Gesicht ausbreitete, spürte ich, wie meine Atmung für einen kurzen Moment ins Stocken geriet. Diese Frau war mehr als ich je erwartet hatte.

„Danke, Raphael", sagte sie, als sie einige Schritte näher trat. „Ich hoffe, dass ich dir nicht die Schande bereite."

„Du wirst der Grund sein, warum wir bewundert werden", erwiderte ich und holte eine kleine Schmuckschatulle aus meinem Jacket. „Warte, ich habe etwas für dich." Ich nahm das feine, silberne Armband, das ich für diesen besonderen Abend ausgewählt hatte, und legte es vorsichtig um ihr Handgelenk. Sie betrachtete das Armband mit leuchtenden Augen. „Es ist wunderschön!"

„So wie du", murmelte ich, und ich konnte nicht anders, als mich in diesem Moment zu freuen, dass ich sie an meiner Seite hatte. Wir machten uns auf den Weg zum Auto, und während wir fuhren, spürte ich eine seltsame Mischung aus Aufregung und Ehrfurcht in mir.

Die Fahrt zur Veranstaltung war kurz. Als wir am glamourösen Hotel ankamen, war ich schon sehr aufgeregt und wandte meinen Blick auf sie.

Die Fassade des Hotels funkelt im Licht der untergehenden Sonne aus schimmerndem Marmor, jedes Detail ist ein Hauch von Extravaganz. Die hohen, mit goldverziertem Glas behangenen Fenster reflektieren die Farben des Himmels, als wären sie mit einem Meisterpinsel bemalt worden. Diese Opulenz, diese Statue des Reichtums, ließ mein Gier nach Macht nur noch stärker werden. In diesem luxuriösen Ambiente war es wichtig, dass sie sich sowohl stark als auch selbstbewusst fühlte.

Ich nahm ihre Hand, und wir gingen zum Eingang. Die doppelten Eingangstüren aus edlem Mahagoni öffneten sich behutsam und gaben den

Blick frei auf die imposante Lobby. Ich blickte zu Lyanna und sah, wie sie die lebhafte Atmosphäre der Reichen und Einflussreichen aufsog.

Ein riesiger Kristalllüster hing majestätisch über dem Empfangstresen, und sein Licht warf funkelnde Reflexionen an die Wände – ein hypnotisierendes Spiel, das die Anwesenden in seinen Bann zog, beraubt von jeglichem Willen. Ich konnte es fast fühlen: hier, in diesem Raum, konnte ich die Menschen wie Wachsfiguren formen.

Die Lobby war mit weichem Teppich ausgelegt, der bei jedem Schritt unter meinen Füßen nachgab und mich wie auf einer Wolke schwebend fühlen ließ. An den Seiten standen stilvolle Sitzgruppen, bestehend aus tiefen Sesseln und eleganten Sofas, die einladend wirken und doch so kalt und unnahbar sind. Hier saßen sie, die Gäste, die sich hinter ihren feinen Masken versteckten – wie Marionetten in einem Theater voller Illusionen.

Die Wände waren in sanften Tönen gehalten, geschmückt mit Kunstwerken, die ich nur bewundernd betrachten konnte – Werke, die möglicherweise von anderen handwerklich begabten Künstlern geschaffen wurden. Ich überlegte, wie es wäre, die Menschen zu regieren, die dorthin strömten, zum Lachen und Feiern, während ich der Schatten in ihrem Hintergrund bliebe – der wahre Meister, der ihre Sinne manipulierte.

Der Duft von Luxus, einer Mischung aus teuren Parfums und frisch gebrühtem Kaffee, lag in der Luft und umschmeichelte mich wie ein verführerisches Versprechen. Ich betrachtete die Kellner in ihren weißen Handschuhen, die elegant durch den Raum schwebten, bereit, jedem Wunsch der Gäste zu dienen. Jeder Teil des Hotels strahlte eine unverschämte Selbstverständlichkeit aus, die es mir nicht erlaubte, mich nicht für einen Augenblick zu verlieren. Ja, genau hier wollte ich sein – mitten in diesem Spiel um Macht und Kontrolle.

Ich konnte die Menschen sehen, wie sie ihre Reichtümer zur Schau trugen, wie das Licht der untergehenden Sonne in den Kristallen tanze. Und in diesem Moment verspürte ich ein unstillbares Verlangen, in ihre Gedanken einzudringen, sie dazu zu bringen, meine Fantasien zu leben. Dieses Hotel – dieser Ort, dieser Traum von Prestige – war nur ein weiteres Werkzeug in meinem Streben nach Herrschaft. Und ich würde nicht ruhen, bis ich die Maske von Apollo in meinen Händen hielt.

„Ich hoffe, du bist bereit für das, was kommt", sagte ich leise, während ich sie durch die Menge in einen Saal führte. „Lass uns gemeinsam glänzen."

Wir setzten uns an unsren Tisch, an dem bereits zwei rauflustige Politiker mit ihren Begleitungen saßen, die sich schon sichtlich durch den Alkohol erwärmt hatten.

Die ersten Stunden des Abends vergingen im Flug. Wir hielten angeregte Gespräche. Ich war beeindruckt von Lyannas Fähigkeit, sich zu behaupten. Sie strahlte mit ihrer Eleganz und ihrem Charme. Die richtige Balance zwischen Professionalität und Persönlichkeit war entscheidend, und sie meisterte es mit einer Leichtigkeit, die ich nicht erwartet hatte.

Die Gläser klirrten, das Lachen hallte wider, und für einen kurzen Moment schien alles in Ordnung zu sein. Doch wie es in dieser Welt oft der Fall war, begann ich, die Veränderung der Unanständigkeit zu spüren, die sich am Tische tummelte.

Ich begann, die Stimmung aufzulockern, um Lyanna zu zeigen, dass wir hier waren, um Spaß zu haben und gleichzeitig Geschäfte zu machen. „Also, wie sieht es aus?", fragte ich die beiden Männer. „Wollen wir die Nacht mit einigen guten Geschichten beginnen?"

Der blonde Politiker beugte sich vor, und seine Augen funkelten schlüpfrig, als er Lyanna ansprach. „Und was sagst du, schönste Dame des Abends? Bist du bereit, mit uns an einem Tisch zu sitzen?"

Ein stämmiger Mann mit einer blassen Hautfarbe, dessen Zunge offenbar schon etwas lockerer war, grinste mich an. „Ja, lass uns etwas mehr Schwung in den Abend bringen! Lyanna, du bist eine Augenweide – wie wäre es mit einem kleinen Aufwärmprogramm?"

„Wir sollten sie in die nächste Runde einladen – vielleicht können wir ihr ja von ihren Ängsten befreien", fügte der blonde Politiker hinzu, der offenkundig von der Atmosphäre des Abends berauscht war.

Ich beobachtete die Reaktion von Lyanna. Zunächst lachte sie nervös mit, unsicher, ob sie das ernsthaft beantworten sollte oder nicht. In diesem Moment beschloss ich, weiterzumachen, um zu sehen, wie sie reagiert. Schließlich war es wichtig, dass sie ihre Stellung behauptete.

Ich grinste, half ihr über die ersten Hürden hinweg und wollte wissen, wie sie mit der Situation umgehen konnte. Doch je weiter sich das Gespräch entwickelte, desto deutlicher zeigte sich, dass es nicht nur bei Worten blieb. Beide Männer begannen, Lyanna immer wieder anzufassen; ein unangebrachter Arm um ihre Schultern hier, ein seltener Streich über ihren Handrücken dort. Mit jedem weiteren unzüchtigen Kommentar stand sie unter Druck. Am Anfang hatte ich die anzüglichen Bemerkungen vielleicht als harmlos erachtet, doch jetzt wurde die Grenze eindeutig überschritten. Sie gehörte mir.

„Genug", sagte ich mit fester Stimme. „Ich denke, wir sollten die Unterhaltungen etwas respektvoller führen, Gentleman-like sozusagen."

Die zwei Männer schauten mich überrascht an. Der stämmige Politiker versuchte es mit einem unbehaglichen Lächeln. „Ruhig, mein Freund", sagte er und erhob sein Glas. „Wir haben doch nur Spaß. Ist das nicht das, was wir hier tun?"

Ich durchdrang ihn mit einem stechenden Blick, der die Ernsthaftigkeit der Lage unterstrich. „Gentlemen", begann ich, meine Stimme war klar und eindringlich. „Wir sind hier, um Geschäfte zu machen, und ich bitte sie, die Anstandsregeln zu beachten. Spaß können wir anschließend sicherlich noch genug haben, aber nicht mir meiner Begleitung. Die gehört allein mir."

Der stämmige Mann sah mich mit einem schiefen Lächeln an. „Ach, komm schon, Raphael! Ein wenig Humor sollte uns doch gestattet sein, nicht wahr?"

„Es gibt Grenzen, die man respektieren sollte", entgegnete ich scharf. Ich wusste, dass ich einen klaren Strich ziehen musste, bevor Lyanna denkt das sie mir nicht vertrauen konnte. Wenn ich nicht handelte, würde ich schwach erscheinen und ihre Sicherheit gefährden.

„Nun, ich bin sicher, Lyanna wäre eine unterhaltsame Begleitung", rief der Blonde und grinste unverschämt.

Ein Moment der Stille folgte. Die anderen Gäste waren gespannt und schauten auf uns, als der stämmige Politiker mit einem übertriebenen Lachen versuchte, die Spannung zu lösen. „Das ist doch alles nur Spaß!"

Ich ließ mein Lächeln wegfallen, und der Raum wurde plötzlich stiller, als mein Blick sich auf seinen verengte. „Spaß, Gentlemen? Lassen Sie mich Ihnen klarmachen, was Ihnen blüht, wenn Sie diese Grenze übertreten." Mein Tonfall war so niedrig, dass man mich fast hätte flüstern müssen – doch jedes Wort war durchdrungen von unausgesprochener Bedrohung.

„Ich bin kein Freund von Unvorsicht. Ich kann entscheiden, ob Ihre Geschäfte blühen oder im Schatten vergehen. Wenn Sie weiter auf diesem Weg der Respektlosigkeit wandeln, riskieren Sie nicht nur den Verlust meines Vertrauens, sondern auch den Zusammenbruch Ihrer karrieristischen Träume."

Ich ließ jeden Satz in der Luft hängen, so dass die Schwere meiner Worte auf sie niederflog. „Ich kann die Fäden ziehen, die Ihre Dämonen an die Oberfläche bringen – und ich bin mehr als bereit, das zu tun."

Der stämmige Mann rappelte sich auf, und für einen Moment schien die Fassade seines schüchternen Lächelns zu bröckeln. „Du kannst uns nicht einfach erpressen, Raphael!"

Ich lehnte mich näher, mein Gesicht ein kaltes, unverrückbares Porträt von Entschlossenheit. „Ich erpressen? Nein. Ich warne. Fataler Fehler, meine Herren, denn die Konsequenzen treffen nicht nur Sie, sondern auch Ihre Familien, Ihre Karrieren. Sie alle könnten in der Dunkelheit verschwinden, während ich im Licht stehe."

Ich beobachtete, wie sich ihre Gesichter verhärteten, die Bedeutung meiner Worte durchdrang sie wie ein kalter Hauch. Es war das Gefühl von Kontrolle, das ich gesucht hatte; der Augenblick der Macht, in dem ich sie dazu brachte, ihre eigenen Ängste zu reflektieren. „Denken Sie darüber nach, bevor Sie sich entscheiden, ob Sie weiterhin die Grenzen ignorieren wollen", flüsterte ich, meine Stimme wie zischendes Gift. „Denn ich werde keine zweite Warnung aussprechen."

Ich durchdrang ihn mit einem stechenden Blick, der die Ernsthaftigkeit der Lage unterstrich. „Gentlemen", begann ich, meine Stimme war klar und eindringlich. „Wir sind hier, um Geschäfte zu machen, und ich bitte Sie, die Anstandsregeln zu beachten. Spaß können wir anschließend sicherlich noch genug haben, aber nicht mit meiner Begleitung. Die gehört allein mir."

Der stämmige Mann sah mich mit einem schiefen Lächeln an. „Ach, komm schon, Raphael! Ein wenig Humor sollte uns doch gestattet sein, nicht wahr?"

Aber ich war nicht hier, um Scherze zu machen. „Es gibt Grenzen, die man respektieren sollte", entgegnete ich scharf. Ich wusste, dass ich einen klaren Strich ziehen musste, bevor Lyanna denkt, dass sie mir nicht vertrauen konnte. Wenn ich nicht handelte, würde ich schwach erscheinen und ihre Sicherheit gefährden.

„Nun, ich bin sicher, Lyanna wäre eine unterhaltsame Begleitung", rief der Blonde und grinste unverschämt, doch dieser letzte Kommentar kroch mir wie ein Parasit unter die Haut.

„Es ist nicht okay, wie Sie sich verhalten haben. Wir sind hier, um Geschäfte zu machen, nicht für Ihre persönlichen Spielchen", meldete sich Lyanna energisch zu Wort.

Ein Moment der Stille folgte. Die anderen Gäste waren gespannt und schauten auf uns, als der stämmige Politiker mit einem übertriebenen Lachen versuchte, die Spannung zu lösen. „Das ist doch alles nur Spaß!"

Ich ließ mein Lächeln wegfallen, und der Raum wurde plötzlich stiller, als mein Blick sich auf seinen verengte. „Spaß, Gentlemen? Lassen Sie mich Ihnen klarmachen, was Ihnen blüht, wenn Sie diese Grenze übertreten." Mein Tonfall war so niedrig, dass man mich fast hätte flüstern müssen – doch jedes Wort war durchdrungen von unausgesprochener Bedrohung.

„Es gibt eine Macht, die in dieser Stadt unheimlich wirkt, und ich bin kein Freund von Unvorsicht. Ich kann entscheiden, ob Ihre Geschäfte blühen oder im Schatten vergehen. Wenn Sie weiter auf diesem Weg der Respektlosigkeit wandeln, riskieren Sie nicht nur den Verlust meines Vertrauens, sondern auch den Zusammenbruch Ihrer karrieristischen Träume."

Ich ließ jeden Satz in der Luft hängen, so dass die Schwere meiner Worte auf sie niederflog. „Sie sind nicht mehr die Ungefähren, die Sie glauben zu sein. Ich kann die Fäden ziehen, die Ihre Dämonen an die Oberfläche bringen – und ich bin mehr als bereit, das zu tun."

Der stämmige Mann rappelte sich auf, und für einen Moment schien die Fassade seines schüchternen Lächelns zu bröckeln. „Du kannst uns nicht einfach erpressen, Raphael!"

Ich lehnte mich näher, mein Gesicht ein kaltes, unverrückbares Porträt von Entschlossenheit. „Ich erpressen? Nein. Ich warne. Fataler Fehler, meine Herren, denn die Konsequenzen treffen nicht nur Sie, sondern auch Ihre Familien, Ihre Karrieren. Sie alle könnten in der Dunkelheit verschwinden, während ich im Licht stehe."

Ich beobachtete, wie sich ihre Gesichter verhärteten, die Bedeutung meiner Worte durchdrang sie wie ein kalter Hauch. Es war das Gefühl von Kontrolle, das ich gesucht hatte; der Augenblick der Macht, in dem ich sie dazu brachte, ihre eigenen Ängste zu reflektieren. „Denken Sie darüber nach, bevor Sie sich entscheiden, ob Sie weiterhin die Grenzen ignorieren wollen", flüsterte ich, meine Stimme wie zischendes Gift. „Denn ich werde keine zweite Warnung aussprechen."

Der Abend setzte sich fort und wir führten erfolgreich Gespräche, die immer wieder von der Euphorie des Abends durchzogen waren. Wir schwenkten zwischen tiefgründigen Gesprächen und humorvollen Anekdoten hin und her. Jeder genoss den Moment des Erfolgs, den wir selbst aus der prekären Situation herausgeholt hatten.

Lyanna und ich spielten das Spiel mit Intuition und geschickten Antworten, und ich wusste, dass dieser Abend sowohl für sie als auch für mich ein Schritt in eine neue Richtung war. Durch jeden Austausch, durch jede Interaktion, die wir hatten, erlebte ich, wie sie sich weiterentwickelte. Je mehr der Abend voranschritt, desto klarer wurde mir, dass es nicht nur um geschäftliche Transaktionen ging, sondern um Beziehungen, die wir aufbauen mussten. Es war ein Netz von Möglichkeiten, das genauso gefährlich wie aufregend war.

In diesem Moment schloss ich die Augen und vergaß die Unannehmlichkeiten, die uns umgeben hatten. Unsere Energie war unbesiegbar und die Verbindung, die wir hatten, war stärker als alles, was ich je erhofft hatte. Es war der Beginn eines ungeschriebenen Kapitels – und ich war gespannt, wohin dieser Weg noch führen würde.

Elias

Der große Abend war endlich gekommen, und meine Frau und ich hatten uns auf dieses Abendessen gefreut. Zusammen mit einem guten Freund und seiner Frau hatten wir uns an einen Tisch gesetzt, der gut beleuchtet war und eine angenehme Atmosphäre ausstrahlte. Der Festsaal war voll mit Menschen, und das Gemurmel von angeregten Gesprächen erfüllte den Raum.

Die Stimme meiner Frau riss mich aus meinen Gedanken. „Siehst du das am Tisch da drüben?", fragte sie mit einem besorgten Blick. Ich folgte ihrem Blick und sah Raphael und eine junge Dame in einem ansprechenden, himmelblauen Kleid. Sofort bemerkte ich die angespannte Stimmung um sie herum. Zwei Männer, die anscheinend von Alkohol berauscht waren, schienen die Frau auf unangemessene Weise zu belästigen.

„Das ist ja unglaublich! Es ist nicht nur unhöflich, sondern so respektlos!", raunte meine Frau empört, und ich konnte der offensichtlichen Anspannung in ihrer Stimme nicht entkommen.

„So behandelt man keine Frauen", stimmte die Frau meines Freundes zu. Es war klar, dass die beiden Damen sich um die Situation sorgten und von dem unangebrachten Verhalten der beiden Herren irritiert waren.

Ich beobachtete die Szene aus der Ferne und spürte, wie mein Magen sich vor Verärgerung zusammenzog. „Wir sollten uns da nicht einmischen", murmelte ich, während ich den beiden Männern zusah, die sich in ihren Peinlichkeiten nicht zurückhielten. „Das sind mächtige Leute, ich kenne sie. Es könnte gefährlich werden, wenn wir versuchen, uns einzumischen."

Ich fühlte, dass wir nicht einfach weiterhin essen und zuschauen konnten. Die beiden Männer an unserem Nachbartisch schauten ebenfalls mit besorgten Blicken zu Raphael und seiner Begleitung hinüber.

„Ja, aber das geht einfach zu weit", erwiderte mein Freund, während auch er den Blick nicht von dem Tisch abwenden konnte. „Sieht aus, als bräuchte die Dame dringend Hilfe."

Während ich weiter zusah, bemerkte ich, dass der stämmige Mann seine Hand immer wieder an die Dame legte. Ein Zorn und eine Art Ohnmacht stieg in mir auf. Was dachte er sich, dass er sich so ungeniert verhalten konnte?

Ich fokussierte mich weiter auf die Szene, als mein Freund und ich uns fragend anschauten und überlegten, was wir tun konnten. Die beiden Politiker erinnerten mich an einen Dschungel voller Raubtiere, die glauben, sie könnten sich nehmen, was sie wollten. Die junge Dame drehte kurz ihren Kopf in unsere Richtung – und ich hielt den Atem an.

„Warte mal, das ist sie!", rief ich aufgeregt aus, während ich hastig in meiner Tasche nach dem Bild kramte, das Aiden mir geschickt hatte. „Das ist Lyanna! Die Frau, von der Aiden mir erzählt hat!"

Meine Frau und die Frau meines Freundes beugten sich näher und schauten auf das Bild, das ich schließlich herausgezogen hatte. „Unfassbar! Du hast recht!", antwortete meine Frau mit einem ermutigenden Lächeln.

Leider war ich gefangen in dieser inneren Zerrissenheit: Auf der einen Seite wollte ich nicht einfach nur zusehen, auf der anderen Seite war ich mir der möglichen Konsequenzen bewusst, wenn ich jetzt einschreiten würde.

Ich schickte das Bild an Aiden mit der Nachricht: „Schau dir das an! Lyanna ist hier. Mal sehen was er sagt."

Ungeduldig wartete ich auf eine Antwort, während ich weiter den Blick auf den Tisch von Raphael und Lyanna richtete. Die beiden Politiker schienen sich nicht zurückzuhalten, und ich konnte sehen, wie Lyanna von Minute zu Minute unbehaglicher wurde. Es war frustrierend, in einem Raum voller Menschen zu sein, ohne etwas unternehmen zu können.

Immer wieder sah ich zu meinem Freund und meiner Frau, die ebenfalls besorgt auf die Szene starrten. „Können wir nichts tun?", murmelte meine Frau, und ich fühlte mich von ihrer Dringlichkeit angesprochen.

Ich schüttelte den Kopf. „Was können wir tun? Willst du dich wirklich mit denen anlegen? Es könnte weitaus schlimmer werden."

Als ich beobachtete, dass die Situation am Tisch von Raphael sich weiter zuspitzte, spürte ich, wie sich mein Herz zusammenzog. Die Anspannung zwischen den beiden Politikern, Lyanna und Raphael war greifbar geworden.

Ich blieb an meinem Platz und schaute zu, während sich die Szene entfaltete. Das Gefühl des Versagens und der Machtlosigkeit nagte an mir, während ich versuchte, meinen inneren Konflikt in den Griff zu bekommen. Ich wusste, dass Raphael und Lyanna nicht alleine waren. Ich wusste, dass Aiden sicherlich eine gute Lösung hätte– aber was würde es anrichten, wenn wir selbst eingreifen würden? Wie würden die Männer reagieren? Wo hatte Raphael seine Männer? Er war nie allein unterwegs.

Die einzigen Dinge, die ich tun konnte, waren Beobachten und Hoffen, dass die Situation nicht eskalierte. Der Abend hatte so vielversprechend begonnen, und jetzt schien er sich in eine unerträgliche Richtung zu bewegen. Und während mein Handy in meiner Tasche vibrierte, wusste ich, dass ich dafür bezahlen würde, nicht gehandelt zu haben.

Mit klopfendem Herzen starrte ich auf mein Handy. Ich zog es heraus und sah die Nachricht von Aiden: „Wo bist du? Sie sieht schlecht aus. Was ist da los?"

Es war als würde der Druck auf meinem Herzen sich verstärken. Ich tippte hastig: „Lyanna wird belästigt. Die Typen sind einfach ekelhaft. Ich weiß nicht, was wir tun sollen."

Während ich auf eine Antwort wartete, konnte ich nicht umhin, auf den Tisch von Raphael und Lyanna zu blicken. Der stämmige Mann beugte sich noch näher zu ihr, und ich sah, wie sie sich unbehaglich zurücklehnte, ihre Augen wahrhaftig um Hilfe flehten. Die andere Dame am Tisch war offenbar ebenfalls besorgt, doch Raphael wirkte entschlossen, endlich etwas zu unternehmen.

„Komm schon, Aiden, antworte mir!", murmelte ich ungeduldig, mein Blick fest auf dem todesmutigen Versuch von Raphael gerichtet, die Situation zu beruhigen. Doch es machte den

Anschein, als würden die beiden Männer ihn ignorieren und weiterhin versuchen, Lyanna in unangemessener Weise zu bevormunden. Der blonde Politiker grinste schief, als wäre dies lediglich ein Spiel, bei dem er unbedingt gewinnen wollte.

Ich fühlte mich hin- und hergerissen. Einerseits nagte die moralische Pflicht an mir, einzugreifen und anderen zu helfen, andererseits wollte ich nicht die Verantwortung für eine Eskalation übernehmen, die in diesem Hilfsbedürfnis enden könnte. Vielleicht war es nicht genug, nur ein Genießer des Abends zu sein – vielleicht musste ich jetzt auch einmal mutig sein.

Inmitten meiner Überlegungen erreichte mir endlich ein Ping von Aiden: „Wir kommen! Halt dich zurück und beobachte weiter! Sollte Lyanna angegriffen werden, greif ein. Pass auf dich auf."

Seine Nachricht schickte mir einen Schauer über den Rücken. Ich habe Raphael und auch Aiden schon in Aktion erlebt. Aiden war derjenige, der nicht zögerte, wenn seine Freunde in Gefahr waren. Sein Kommen würde die Situation wahrscheinlich kippen, aber bis dahin hieß es aufpassen.

„Wir können nicht länger warten", murmelte meine Frau erneut, und ihre Augen strahlten Entschlossenheit aus. „Das ist nicht normal, Elias.

Wenn wir nichts tun, werden wir uns selbst hassen."

Mein Freund nickte ihr zu und sah mich an, als würde er nach einer Bestätigung suchen. Das Gefühl der Machtlosigkeit, das mir so lange zu schaffen gemacht hatte, begann, sich in eine Welle des Antriebs zu verwandeln. Ich wusste, dass ich nicht ewig tatenlos zusehen konnte.

„Ich habe genug mit solchen Menschen zu tun. Raphael ist einer der schlimmsten Sorte und die mit an seinem Tisch sitzen, sind die einflussreichsten und korruptesten Politiker aus diesem Bezirk.", sagte ich. „Aiden weiß Bescheid. Sie sind unterwegs. Wir sollen zurückbleiben und beobachten."

In diesem Moment stieß ich meine Hand in die Tasche meines Anzugs, wo ich ein kleines Stück Papier hatte. Ich kritzelte hastig ein paar Worte auf die Notiz: „Sie wissen Bescheid. Er ist unterwegs."

In diesem Moment lehnte sich Raphael nach vorn. Wir konnten zwar nicht hören was gesagt wurde. Nur kurze Zeit später schien sich die ganze Situation zu entspannen. Erleichtert atmete ich auf. Wir könnten das Essen trotz des Zwischenfalls genießen. Im Laufe des späteren Abends verschwamm das gesellige Geplänkel um mich herum, während ich meinen Blick wiederholt auf den Tisch von Raphael und Lyanna richtete. Nach einer gefühlten Ewigkeit, bemerkte ich schließlich, dass Raphael und Lyanna aufgestanden waren. Ich hielt den Atem an, als sie auf uns zukamen. Es war, als würde sich der Raum um sie herum plötzlich verengen – hatte Raphael bemerkt das wir ihn beobachteten?

Als sie an unserem Tisch vorbeikamen, spürte ich den Drang, etwas zu sagen, doch die Worte blieben mir im Hals stecken. Ich wollte sie nicht gefährden, aber gleichzeitig fühlte ich mich, als würde ich die Gelegenheit verpassen, ihr zu helfen.

Mit einem kurzen Blick auf meine Frau, die ebenfalls die Situation beobachtete, schnappte ich mir meine Notiz und steckte sie Lyanna zu, während sie an uns vorbeischritt. Ihre Augen weiteten sich überrascht, und im Bruchteil einer Sekunde trafen unsere Blicke aufeinander.

Sie nickte leicht, kaum merklich, aber ich konnte es in ihrem Blick sehen. Es war ein Augenblick, der sich für mich wie eine kleine Ewigkeit anfühlte. Sie hatte verstanden, dass ich in diesem Moment an ihrer Seite stand, auch wenn ich physisch nicht eingreifen konnte.

Raphael

Der Aufzug schloss sich mit einem leisen Ping hinter mir und Lyanna, während wir in die Tiefgarage des glitzernden Hotels fuhren. Der Abend hatte sich als viel aufregender und anstrengender herausgestellt, als ich es mir vorgestellt hatte.

Die letzten Stunden waren für mich eine Achterbahnfahrt der Emotionen gewesen. Lyanna war zu einer unerwarteten Quelle der Inspiration und Stärke geworden. Kaum hatte ich meine Hand auf ihren Rücken gelegt, um sie zu beschützen, so sah ich, wie sie erst zögerlich, dann voller Entschlossenheit ihre Stimme erhob. „Es ist nicht okay, wie Sie sich verhalten haben. Wir sind hier, um Geschäfte zu machen, nicht für Ihre persönlichen Spielchen." Diese Worte waren für mich nicht nur ein Zeichen von Mut; sie waren der Wendepunkt des Abends.

Jetzt sah ich sie an, während wir in die Tiefgarage einbogen. „Weißt du, das war wirklich beeindruckend, was du da gesagt hast", bemerkte ich, als ich sie anblickte. „So hat wohl noch keine Frau mit den beiden Herren gesprochen."

Sie lächelte schüchtern und sah zu Boden. „Ich war mir unsicher ob ich das sagen durfte ohne dein Geschäft zu gefährden."

„Aber du hast das richtig gut gemacht. Du hast deinen Standpunkt klar gemacht", sagte ich, während mein Chauffeur die Wagentür öffnete. Mit einem kurzen Blick stellte ich fest, dass sie erstaunt über meine Worte war. Wir stiegen auf den Rücksitz ein und fuhren los. Die Lichter der Stadt blinkten und zogen an uns vorbei, während wir auf die Autobahn fuhren. Für mich verging der Abend viel zu schnell, und ich wollte die Gedanken, die mir durch den Kopf schossen, verarbeiten.

„Ich wollte echt bleiben und dir zeigen, dass ich das kann." Ihre Stimme wurde leiser, und ich konnte erkennen, dass die Erfahrung sie innerlich verändert hatte.

„Du hast gezeigt, dass du das kannst – und noch viel mehr. Ich bin wirklich überrascht. Du warst der Lichtblick in einem Raum voller selbstgefälliger Männer", erwiderte ich und warf einen neugierigen Blick in ihre Richtung. In diesem Moment hatte ich das Gefühl, dass wir uns auf einer tieferen Ebene verbunden hatten. Was passiert hier? Das bin nicht ich. Seit wann bin ich so ein Schmeichler??

Ein Lächeln breitete sich auf ihrem Gesicht aus. „Danke." Sie schien zu entspannen, und ich spürte, dass meine Unterstützung ihr Selbstbewusstsein fütterte.

Die Gedanken drifteten in die Zukunft, während wir über die Möglichkeiten sprachen, die uns bevorstanden. Ich wusste, dass wir am kommenden Wochenende zu einer Gartenfeier eines befreundeten Geschäftspartners eingeladen waren. Diese Veranstaltung würde eine großartige Gelegenheit sein, uns in einem entspannenden Umfeld zu treffen – keine Anspannung aus der Geschäftswelt und vielleicht die Chance, Einfluss zu gewinnen.

„Am Wochenende gehen wir zu einer Gartenfeier. Ich will, dass du mich begleitest", sagte ich, während der Chauffeur die Ausfahrt ansteuerte.

„Gartenparty?", antwortete sie mit einem Hauch von Vorfreude in der Stimme. „Was für eine Art von Feier ist das?"

Ich überlegte kurz, wie ich es am besten erklären könnte. „Es ist eine gesellige Runde von Geschäftsleuten, die normalerweise eine angenehme Atmosphäre schaffen. Es gibt die Möglichkcit, neue Ideen auszutauschen und sich einfach mal vom Alltag zu erholen. Du musst dich jedoch auf deine Umgebung vorbereiten, denn man weiß nie, wann sich eine Gelegenheit ergibt, die richtige Verbindung zu knüpfen."

Die Fahrt verlief ruhig, während der Klang der Autoreifen auf dem Asphalt das Einzige war, was die Stille durchbrach. Ich sah Lyanna an, während sie gedankenverloren aus dem Fenster schaute. In diesem Moment fiel mir auf, wie schön sie war.

Als wir schließlich das Grundstück erreichten, stellte ich den Wagen ab und als wir ausstiegen, umhüllte uns der Duft des frischen Grases und die kühle Nachtluft. „Komm, lass uns eine kleine Runde um den Garten machen. Ich brauche nach solch einem Abend ein wenig Bewegung", schlug ich vor und Lyanna nickte begeistert.

Wir gingen in den Garten, der von der Nacht erleuchtet war und von zarten Blumen und schützenden Bäumen umgeben war. Das Mondlicht fiel sanft auf den Rasen, und die Kühle der Nacht umhüllte uns beide.

Lyanna atmete tief ein und schloss für einen Moment die Augen. „Das fühlt sich gut an", bemerkte sie und streckte die Arme aus, als ob sie die Freiheit der Nacht aufsaugen wollte. „Es gibt nichts Schöneres, als inmitten der Natur zu sein."

Ich nickte zustimmend. „Genau, es gibt einerseits das geschäftliche Umfeld, und andererseits diese Momente, die wir miteinander genießen sollten. Es ist eine Balance, die wir finden müssen."

Wir schlenderten eine Weile und sprachen über alles Mögliche. Über die Herausforderungen, die wir hinter uns gelassen hatten, und die Möglichkeiten, die noch vor uns lagen. Der Austausch war erfrischend, und es gab mir die Bestätigung, dass ich sie nie wieder hergeben wollte.

„Lyanna", erwiderte ich und deutete auf die Bank vor uns. „Setz dich doch. Es gibt ein paar Dinge, über die ich mit dir sprechen möchte."

Sie nahm Platz, und ich spürte, wie der Moment wichtig wurde. Ich wollte, dass sie wusste, wie sehr ich sie schätzte und wie ernst ich ihre Sicherheit nahm. „Ich weiß, dass du in den letzten Monaten viel durchgemacht hast", begann ich, und mein Blick ruhte auf ihrem Gesicht. „Es war nicht leicht für dich, und ich habe gesehen, dass du gekämpft hast, um nicht unter den ganzen Herausforderungen zu zerbrechen."

Lyanna senkte den Blick, und ich konnte sehen, dass meine Worte sie bewegten. „Lyanna. Ich möchte, dass du an meiner Seite stehst, dass wir gemeinsam durch diese Zeiten gehen." Sie sah zu mir auf, überrascht und doch neugierig. „Was meinst du damit?"

„Ich weiß, dass das Leben hier gefährlich ist. Es gibt Situationen, die du nicht vorhersehen kannst, und ich möchte, dass du in der Lage bist, dich selbst zu verteidigen", erklärte ich und spürte, wie die Worte in der Luft zwischen uns schwebten. „Du solltest lernen, dich zu verteidigen – mit allem drum und dran."

Ein kurzer Schauer überlief sie, und ich konnte spüren, dass meine Worte bei ihr einen bestimmten Klang erzeugten. „Raphael", begann sie und zögerte. „Ich weiß, aber..."

„Ich verstehe, dass es viel verlangt ist", schnitt ich ihr das Wort ab. „Aber durch meinen Job als Oberhaupt habe ich eine besondere Position. Die ist nicht gerade ungefährlich. Ich stehe im Fadenkreuz von vielen Leuten. Du wärst ein wunder Punkt in meinem Leben. Wenn ich nicht hier bin oder jemand auf dich aufpassen kann, wenn etwas passiert, musst du auf dich selbst aufpassen können. Niemand kann versprechen, dass es immer sicher bleibt."

Sie senkte den Kopf und schien nach den richtigen Worten zu suchen. „Ich will mich nicht in diese... Welt hineinziehen lassen, in der ich das lernen muss."

„Es ist nicht nur das", fügte ich hinzu und beugte mich vor, um meine Ernsthaftigkeit zu unterstreichen. „Du wirst durch das Training lernen, dich selbst zu verteidigen und nicht, um Macht über andere zu haben. Es soll dir eine Stärke geben, damit du niemals in die Situation kommst, dass du auf jemanden angewiesen bist, um dich zu retten."

Nach einem Moment der Stille wandte sie den Blick wieder ab und sah in die Ferne, als würde sie die Worte durch den Wind fliegen lassen. „OK, Raphael, aber ich habe Angst. Angst, zwischen Fronten zu geraten an denen ich gar nicht sein will. Angst, in dieser Welt einen Platz zu haben, den ich nicht will, wo ich nicht hingehöre und nie wieder raus kann."

Ein leises Lächeln huschte über mein Gesicht, während ich die Gedanken über die weiteren Schritte festhielt.

„Komm, lass uns gehen. Ich bringe dich noch in dein Zimmer."

Lyanna

Der Abend hatte mich so viele Gedanken und Emotionen durchlaufen lassen, dass ich kaum Formulierungen finden konnte, um all das zu verarbeiten. Vor meiner Zimmertür verweilten wir für einen kurzen Augenblick.

„Lyanna, gute Nacht. Wir sehen uns morgen beim Training".

„Gute Nacht, Raphael", sagte ich leise, während ich mich von ihm abwandte. Diese simple Verabschiedung fühlte sich größer an als es den Anschein hatte. Ich schloss die Tür hinter mir und atmete tief durch.

Sobald die Tür zuschloss, brachen die Wellen der Anspannung, die sich in mir gesammelt hatten, über mich herein. Ich fühlte mich wie ein Luftballon, der entleert wurde. Einfach angewidert von den Männern aus dem Hotel und auch von Raphael. Ich hoffte das er mein Schauspiel nicht durchschaut hatte. Die Emotionen der letzten Stunden, die sich so stark in mir aufgestaut hatten, schienen überwältigend zu sein. Ich wusste, dass ich etwas für mich selbst tun musste, um mich von all dem zu lösen.

Eine Dusche würde mir guttun, das war genau das, was ich jetzt brauchte. Ich trat ins Badezimmer und stellte das Wasser an, ließ es warm werden. Während die Dampfkuppel den Raum hüllte, dachte ich an meine Reflexion über den Abend und all die Geschehnisse.

Ich wollte mich nicht Hilflos fühlen. Ich wollte mich in meiner Haut wohlfühlen, während ich das Wasser über mich rinnen ließ. Erst, als ich unter dem Wasser stand, ließ ich all die Gedanken strömen, die ich in mir trug. Die Erleichterung kam mit jedem Tropfen, der mich berührte, und ich schloss die Augen, um den Moment aufzusaugen.

Aber auch während ich mich entspannte, spielte eine andere Erinnerung in meinem Kopf – der Zettel, der mir während des Geschäftssens zugesteckt worden war, kam mir in den Sinn. Ich hatte ihn in meinen BH gesteckt, weil ich nicht wollte, dass jemand als Zeuge meiner Neugierde damit konfrontiert wird. Es war schockierend, dass ich inmitten all dieser gesellschaftlichen Spiele einen Zettel erhalten hatte, als ob ich ein Geheimnis bewahrte, das kaum jemand wusste.

Während ich noch unter der warmen Dusche stand, umhüllt von dampfendem Wasser und dem süßen Geruch des Duschgels, drifteten meine Gedanken zurück zu dem Abend im Hotel. Der Zettel, den ich während des Essens erhalten hatte, blitzte wie ein unerwarteter Lichtstrahl in meinem

Gedächtnis auf. Plötzlich fühlte ich den Drang, ihn zu finden und zu lesen.

Ich schaltete das Wasser ab, trat aus der Dusche und wickelte ein Handtuch um meinen Körper. Meine Hände waren noch feucht und zitterten leicht, als ich in mein Zimmer ging. Mit einer schnellen Handbewegung griff ich meinen BH und angelte mit den Fingern nach dem Zettel.

Langsam entfaltete ich das Papier, meine Neugierde und Spannung wuchsen mit jedem Augenblick. Ich wollte einfach nur wissen, was darauf stand. Ein kleiner Schauer überlief mich, als ich zu lesen begann:

„Sie wissen Bescheid. Er ist unterwegs."

Wie ein Blitzschlag durchfuhr die Botschaft meinen Körper. Mein Herz machte einen freudigen Sprung, und ließ mir für einen Moment den Atem stocken. Wer wusste Bescheid? Wer war „er"? Und warum spürte ich dieses unerklärliche Gefühl der Vorfreude in meiner Brust? Woher kannte der unbekannte Mann mich und meine Situation?

Schnell durchflogen meine Gedanken verschiedene Szenarien, während ich den Zettel fest in meinen Händen hielt. Hatte Raphael etwas damit zu tun? War die Nachricht vielleicht mit unserem Gespräch über meine Stärke und Selbstverteidigung verbunden? Die Möglichkeit, dass jemand in meinem Leben die Dinge bemerkte und bereit war, mir zu helfen, ließ mein Herz schneller schlagen.

Ich setzte mich auf die Bettkante und überlegte, was diese Nachricht bedeutete. Er war unterwegs – wer auch immer „er" war. Aber in dem Moment löste die Botschaft meinetwegen eine Kettenreaktion in meinem Inneren aus. Das Gefühl, nicht einfach hilflos und eingeschlossen zu sein, sondern dass mir ein Weg offenstand – jemand war bereit, mich zu finden.

Während ich darüber nachdachte, schlich ein Lächeln über mein Gesicht. Diese Nachricht war eine Ermutigung, die noch mehr Sinn ergab, nachdem ich beschlossen hatte, selbständig und stark zu werden. Innerhalb der nächsten Minuten erkannte ich, dass ich nach mehr streben konnte. Es war nicht nur ein Zettel, der mir zugesteckt wurde – es war eine Möglichkeit, die mir sagte: „Du bist nicht allein. Du wirst nicht nur gesehen, sondern auch unterstützt."

Mit einem entschlossenen Lächeln auf den Lippen faltete ich den Zettel wieder zusammen und steckte ihn in den BH, wo er sicher verborgen war. Diese Botschaft würde ich nicht vergessen. Es war an der Zeit, den nächsten Schritt in meinem Leben zu wagen – hin zu Selbstvertrauen, Unabhängigkeit und einer aufregenderen, mutigeren Zukunft.

In war ich eine Kämpferin; ich glaubte fest daran, dass ich die Kontrolle über meine Umstände zurückerlangen könnte. Das war der Plan, den ich insgeheim verfolgte.

Ich musste mich in eine Rolle begeben, um zu überleben. Manchmal fühlte ich mich wie ein Schauspieler in einem Stück, das ich nicht selbst geschrieben hatte. Ich hatte gelernt, wie ich mich anpassen konnte, um den Erwartungen anderer gerecht zu werden, ganz gleich, wie unbehaglich ich mich dabei fühlte. Doch in den letzten Monaten hatte ich die Rollen, die ich spielte, mehr und mehr hinterfragt. Als ich nun über Raphael nachdachte, musste ich mir eingestehen, dass ich einen Teil von mir existieren ließ, um ihn zu überzeugen, dass ich weiter an seiner Seite stehen kann.

In meinen Gedanken tauchte das Bild von Raphael auf, wie er mir während des Spazierengehens Mut gemacht hatte. Er hatte meine Stärke erkannt und mich ermutigt, mich nicht länger in der Rolle der hilflosen Frau zu verlieren. Ein Teil von mir war dankbar für seine Unterstützung, doch ich wusste, dass ich mehr wollte. Ich wollte nicht der schöne Anhang eines Mafiabosses sein. Ich sollte meinen Fluchtplan überdenken. Warum nicht die Möglichkeit nutzen Raphaels Kartell zu untergraben. So wie es anscheinend Marco getan hatte. Ich hatte ihn früher öfters bei Apollo gesehen. Vor kurzem hat sich das Puzzle zusammen gesetzt. Raphael soll mich als gleichwertige Partnerin annehmen. In meinem Kopf setzte sich ein Bild zusammen: Eine Frau, die durch die schwierigen Gewässer der Geschäftswelt segelt, ohne auf die Unterstützung eines anderen angewiesen zu sein.

Aber um das zu erreichen, musste ich einige Maschen flicken – ich musste lernen, nicht nur an der Seite von Raphael zu stehen, sondern auch für mich selbst einzustehen. Oft hatte ich mich in der Vergangenheit hinter einem lächelnden Gesicht versteckt, während ich innerlich kämpfte. Ich hatte oft den Anschein erweckt, hilflos zu sein, während ich insgeheim jede Interaktion strategisch plante, um meine eigenen Ziele zu erreichen.

Das Bild von Raphael, wie er mich ansah, während ich gegen die Kommentare der anderen Männer einging, schickte mir einen Schauer über den Rücken. Ich erkannte, dass ich ihn nicht täuschen konnte. Er hätte es durchschaut, wenn ich nur die Maske der Stärke getragen hätte, während ich tatsächlich schwach war. Es war eine Erkenntnis, die mir Angst einjagte, aber in diesem Augenblick fühlte ich mich bereit, mich den Herausforderungen zu stellen.

Ein Gedanke kam zögerlich: Was, wenn ich mich tatsächlich entschloss, die Kontrolle über ein Leben als Matriarchin in meine eigenen Hände zu nehmen? Ich wollte keine hilflose Frau mehr sein. Ich wollte den Mut und die Fähigkeiten entwickeln, um zu zeigen, dass ich keine Unterstützung brauchte, um mich in dieser Welt zurechtzufinden. Dass ich die Herausforderungen allein meistern konnte, auch ohne, dass er mir den Rücken stärkte. Vielleicht war es möglich mit dem Caelus Clan eine kraftvolle Allianz zu bilden?

Ich erinnerte mich daran, wie er mir geraten hatte, schießen zu lernen und mich selbst zu verteidigen. In meiner Vorstellung spießte ich diesen Gedanken auf und betrachtete das Bild einer starken Frau, die unabhängig und furchtlos war. Ich mochte, was ich sah – das war ich, das könnte ich sein, und ich war bereit, es zu verwirklichen.

Ich legte mich ins Bett und stellte mir vor, wie ich meine Zeit mit dem Training verbringen würde. Es war ein Schritt, etwas, das ich unbedingt tun wollte. Ich wusste, es würde schwer werden, aber genau das war es, was ich brauchte. Die Vorstellung, in der Lage zu sein, für mich selbst zu kämpfen, zauberte ein Lächeln auf mein Gesicht.

Aber ich musste auch darauf achten, dass ich weiterhin an meinen Plan festhalte und uns alle befreie. Mit dem neuen Mut und Hoffnung driftete ich in meine Traumwelt ein.

Raphael

Der Schlaf hatte mich fest im Griff, als Marco, mich aus dem Traum riss, der mir für einen Augenblick den Frieden gegeben hatte, nach dem ich mich so sehr sehnte. „Raphael! Wach auf! Du musst aufwachen! Es gibt wichtige Neuigkeiten!" Seine Stimme klang angespannt und ich wusste sofort, dass etwas nicht stimmte.

Ich blinzelte, versuchte, die Verwirrung aus meinen Gedanken zu vertreiben, und setzte mich auf. „Was ist los?" fragte ich, während ich den Schock des plötzlichen Erwachens abwischte. Marco trat hastig an mein Bett, seine Augen waren weit geöffnet, und er hielt ein mobiles Gerät in der Hand, als wäre es ein Lebensretter in der stürmischen See.

„Die Caelus sind auf dem Weg nach São Paulo!" verkündete er und es fühlte sich an, als würde ein schwerer Stein in meinem Magen fallen. Ich sprang auf und rieb mir über das Gesicht, um die letzten Reste des Schlafes abzuschütteln.

„Was? Das kann nicht wahr sein! Es ist viel zu früh! Was haben unsere Informanten erfahren?" Mein Geist raste, während ich die Möglichkeiten durchdachte. Die Caelus waren im Untergrund aktiv, und nach den neuesten Berichten, die ich erhalten hatte, war ich mir nicht sicher, wie ich sie aufhalten könnte.

„Es kommt direkt aus der Quelle. In weniger als vier Stunden werden sie in São Paulo sein", antwortete Marco, während er nervös auf dem Platz umherwankte. „Es gibt keine Zeit zu verlieren. Wir müssen alles in Gang setzen – Plan Alpha: die Sicherheitsvorkehrungen für dieses Szenario."

Ich nickte, meine Gedanken rasten wie ein Sturm, als ich mich an die Vergangenheit erinnerte, an die schlechten Entscheidungen, die dazu geführt hatten, dass wir hier standen. „Wir müssen Lyanna sofort in Sicherheit bringen. Sie darf nichts von diesem ganzen Durcheinander erfahren. Ich will nicht, dass sie in die Schusslinie gerät, wenn alles seinen Lauf nimmt."

Marco schaute mich mit einem besorgten Blick an. „Sie wird es früher oder später erfahren, Raphael. Seit wann Schwert es dich? Aber jetzt muss sie es nicht unbedingt wissen, wenn du das wünscht."

„Gut, wir bereiten alles vor. Geh sie wecken. Vittorio soll alles weitere organisieren." Ich atmete tief durch und versuchte, die Gedanken in meinem Kopf zu sammeln. „Wo ist sie gerade?"

„Sie ist noch in ihrem Zimmer", sagte Marco und trat einen Schritt zurück, als ich mich anziehend auf dem Weg zum Bad machte. „Anschließend bin ich beim Briefing, falls du mich brauchst."

„Mach das", erwiderte ich und nahm mir einen Moment, um die kalten Wasserstrahlen über mein Gesicht laufen zu lassen. Der Blick in den Spiegel zeigte mir die Anzeichen von Müdigkeit und Anspannung in meinen Augen. Ich hätte nicht gedacht das der Tag kommen würde, dass ich Platz für Schwäche zeigen könnte. Die Caelus waren wie ein wildes Tier, und ich musste bereit sein, jeden Anlauf zu vereiteln, den sie wagten. Es war ja schließlich kein Wunder, ich hatte ihnen ihr Spielzeug weggenommen.

Zwanzig Minuten später war ich bereit und trat in die kalte Morgenluft und stieg in einen der schwarzen SUVs, der bereits auf uns wartete. Der Motor brummte zu einem dumpfen Lied, während ich nach draußen sah und ein Gefühl der Beklommenheit verspürte. Ich sah Lyanna schlaftrunken die Treppe herunter stolpern mit einem nicht ganz so gut gelaunten Marco im Schlepptau.

„Wie lange braucht ihr denn? Lyanna beeil dich, wir müssen los!", schrie ich den beiden entgegen.

„Raphael? Was ist los?" fragte sie, ihre Stimme war noch von der Last des Schlafes geprägt.

„Vertraue mir einfach. Ich kann dir nicht alles erklären, aber wir haben einen wichtigen Termin. Es kann nicht mehr warten". Als ich das sagte, spürte ich, wie eine Welle der Besorgnis durch ihren Körper zog, während sie sich aufrichtete und den Schock über die plötzliche Ankündigung zu verarbeiten versuchte.

„Was? Ist das ein Scherz?" Ihre Augen weiteten sich, als sie die Dringlichkeit in meiner Stimme erkannte.

„Kein Scherz", erklärte ich und versuchte, meine besten Führungsqualitäten in diesem kritischen Moment zu nutzen.

Nachdem wir uns in Bewegung gesetzt hatten, quälten mich Fragen woher die Caelus so schnell wussten wo wir sind. Zugegeben , Apollo ist nicht dumm, aber wir hatten alles gut geplant. Gab es ein Verräter? Nur Tod oder über meine Leiche bekommt er sie wieder.

„Wir müssen in die Stadt und uns bereit machen, sobald wir dort sind", sagte ich, während wir die Straßen entlang fuhren. „Wenn wir ankommen, wirst du die Gelegenheit haben, das Gelände zu erkunden, aber zuerst müssen sich die Dinge beruhigen."

Ein Teil von mir wünschte sich, dass ich ihr in diesem Moment mehr sagen könnte. Ich wollte sie nicht verlieren. Aber ich wusste, dass sie mir gegenüber nicht loyal war. Sie war gefährlich und stark, und das musste ich zu meinem Vorteil nutzen. Das Adrenalin pulsierte in meinen Venen, während das Auto weiter über die Straßen raste. Die Zeit schien gegen uns zu arbeiten. Endlich am Flughafen angekommen, wurde unser Gepäck verstaut und wir konnten ein wenig durchatmen.

Der Flug war ein ethischer Alptraum, der sich endlos hinzog. Die Minuten dehnten sich zu Stunden, und mein Puls raste wie ein unaufhörlicher Trommler. Endlich kamen wir in Johannisburg an. Die Stadt war ein Chaos aus Geräuschen und Lichtern, und ich musste Lyanna in das Geschehen einführen, während wir in die unberechenbaren Strömungen dieser Welt eintauchten. Eine Wagenkolone stand schon bereit um uns in unseren Unterschlupf zu bringen.

Wir betraten ein sicheres Gebäude, und ich führte sie in ein Zimmer, das für sie hergerichtet worden war. „Hier kannst du dich frisch machen und dich sammeln. Wir sind unten in der Lounge", erklärte ich, während ich merkte, dass sie sich in der neuen Umgebung unwohl fühlte. Als Lyanna ins Badezimmer ging, dachte ich darüber nach, was denn nun kommen würde. Einige Minuten später erschien sie in die Lounge.

Vittorio und ich waren bereits dort und warteten. Die Anspannung in der Luft schien mit jedem

Atemzug zu wachsen. „Lyanna", begrüßte er sie, aber seine Stimme war kalt und alles andere als freundlich. „Ich hoffe, es geht dir gut, nachdem wir wegen dir wieder geflohen sind." Vittorios Stimme war laut, unausweichlich in ihrer beleidigenden Schärfe. Er warf ihr einen verachtenden Blick zu.

„Fliehen? Wegen mir!" warf sie demotiviert zurück, ihre Angst und Unsicherheit wurden in dem erhitzten Moment beinahe greifbar.

„Das ist die dritte Umsiedlung. Ist das nicht genug? Du bringst uns alle in Gefahr!", schrie Vittorio, und ich konnte spüren, wie sich die Spannungen im Raum zu einer explosiven Situation aufbauten. „Und was ist mit den Folgen deiner Nachlässigkeit? Du bringst unsere Männer in Gefahr wegen ihr!" Bellte Vittorio mir entgegen . Er war nicht zu stoppen. Seine Worte schmetterten wie Blitze über die gesamte Bühne der Diskussion, und ich fühlte mich, als wäre ich in den Vordergrund einer unerbittlichen Schlacht geraten.

Mein Zorn über Vittorios Worte, das er zu viel preisgeben könnte, brachten mich dazu, dass ich handeln musste. „Vittorio, das reicht! Das ist nicht der Weg, wie wir zusammenarbeiten! Wir haben hier viel auf dem Spiel stehen. Lass uns die persönlichen Probleme für einen späteren Zeitpunkt beiseitelegen", mahnte ich, meine Stimme fest und autoritär.

Ich setzte mich den beiden gegenüber, um ihnen klarzumachen wer hier das Sagen hat. „Wir müssen uns auf das konzentrieren, was vor uns liegt. Es ist für alle Beteiligten wichtig, den Fokus zu behalten", erklärte ich und wandte mich dann an Lyanna.

„Wir haben einen entscheidenden Termin zu besprechen. Deine Anwesenheit ist nicht nur wünschenswert, sondern notwendig. Wir stehen am Rande eines großen Umbruchs, und du spielst eine Rolle dabei", erklärte ich, die Dringlichkeit in meiner Stimme.

Ihre Augen flogen von Vittorio zu mir und zurück. Ich konnte sehen, dass sie versuchte, alle Informationen zu verarbeiten, die ich ihr gegeben hatte. „Ich verstehe nicht..." begann sie, brach dann aber den Satz mittendrin ab.

„Es gibt viele Dinge, die du nicht wissen musst, aber alles wird zusammenlaufen, wenn wir an dem richtigen Ort sind. Ich hoffe, dass du in der Lage bist, die Umgebung mit einem Soldaten zu erkunden. Wegrennen ist keine Option", fügte ich hinzu.

Der kurze Moment der Anspannung wurde unterbrochen, als Vittorio ungeduldig auf seinen Zettel sah. „Wir müssen uns beeilen. Die Zeit drängt", schnitt er in die Stille.

Lyanna sah mich besorgt an, während ich alle Informationen in mir zusammen setzten, die ich bislang hatte und ich versuchte, sie mit einem Lächeln zu beruhigen. Aber ich wusste, dass in der Dunkelheit jeder Schatten auf sie gieren würde. Und ich würde alles tun, um sie bei mir zu behalten.

Ich musste die Kontrolle behalten, nicht nur über die Situation, sondern auch über die Empfindungen, die ich für Lyanna hegte. Es war nur eine Frage der Zeit, bis alles offenbart werden würde. Ich musste stark bleiben. Das Spiel hatte gerade erst begonnen.

Aiden

Ich saß an meinem Schreibtisch, umgeben von Unterlagen und Notizen, die wie ein zerstreutes Sammlerstück meiner Gedanken und Sorgen ins Chaos geraten waren. Die Dämmerung schlich sich leise in mein Zimmer und verwandelte die vertrauten Schatten in unbekannte Gestalten. In letzter Zeit hatte ich versucht, mich auf die Dinge zu konzentrieren, die wir kontrollieren konnten, während mein Geist von der ständigen Sorge um Lyanna zerfressen wurde.

Plötzlich durchbrach der scharfe Ton meines Handys die bedrückende Stille. Der Name, der auf dem Bildschirm aufblitzte, ließ mein Herz für einen Moment aussetzen: Elias. Es war selten, dass Elias mich von sich aus kontaktierte, und allein die Tatsache, dass er es tat, ließ mich aufmerken.

„Aiden, Lyanna ist hier mit Raphael und einigen lokalen Politikern im Hotelrestaurant."

Ich konnte kaum fassen, was ich gerade gelesen hatte. Lyanna war für uns das Licht in der Dunkelheit – die Verbindung, die Apollo, menschlich machte. Ich schaute mir das Foto genauer an, welches er mir geschickte hatte. Tatsächlich, es war Lyanna.

Das Foto auf meinem Bildschirm ließ mein Herz schmerzen. Lyanna saß an einem Tisch in einem schummrigen Restaurant, offensichtlich nervös und fehl am Platz. Ihr Gesicht war blass, und ihre Augen, die einst lebhaft und strahlend waren, schienen jetzt von Kummer und Angst gequält. Neben ihr saß Raphael. Sein Platz allein ließ Alarmglocken in meinem Kopf läuten – er war der letzte Mensch, mit dem ich wollte, dass Lyanna in irgendeiner Form verbunden war.

Ich hatte nie viel Wert auf diese Art an Politik gelegt, aber in der Unterwelt war es entscheidend, die richtigen Verbindungen zu haben. Raphael war geschickt und manipulativ, und die Idee, dass er Lyanna unter Kontrolle hatte, ließ mich rasend werden. Was hatte er vor? Warum war sie in seiner Nähe? Fragen überschlugen sich in meinem Kopf, während ich um die richtige Antwort rang. Ohne zu zögern, griff ich nach meinem Handy und begann, Apollo zu kontaktieren. Ich wusste, dass die Situation ernst war – wir hatten nicht viel Zeit. Der Anruf ging schnell durch, und ich hörte seine vertraute Stimme am anderen Ende. „Aiden? Was gibt's?"

„Apollo, es ist Lyanna. Sie ist in einem Restaurant mit Raphael und einigen Aasgeiern.

Elias hat mir ein Bild geschickt. Du musst sofort hierher kommen!"

„Was?", brüllte er in den Hörer, und ich konnte die Besorgnis in seiner Stimme spüren. „Ich mache mich sofort auf den Weg!" In diesem Moment öffnete sich die Tür, und Aurel trat ein. „Aiden hat du die Mappe mit den Transfergeldern?". Als ich nicht gleich antwortete, schaute er auf. „Aiden, was ist los?".

„Es geht um Lyanna. Sie ist mit Raphael in einem Restaurant. Wir müssen sofort dorthin!" Während ich sprach, hatte ich bereits die wichtigsten Unterlagen und Waffen zusammengesucht, die wir brauchten.

„Alles klar! Lass mich das Auto starten und ein paar unserer Leute zusammen rufen", antwortete Aurel, während er hastig zum Ausgang eilte. „Apollo trifft in wenigen Minuten ein. Es ist besser, wenn wir gemeinsam gehen."

Ich nickte und folgte ihm. Die Räumlichkeiten waren kahl, und jeder Schritt fühlte sich an wie eine Minute, die wir verloren hatten. In meinem Kopf schwirrten Gedanken über die Möglichkeit, dass Raphael etwas mit ihr anstellen könnte. Wir hatten in letzter Zeit nicht locker gelassen, und ich wollte nicht riskieren, dass sie die Kontrolle über Lyanna erlangten.

Als wir nach draußen traten, wurde ich von der kühlen Nachtluft empfangen. Im Dunkeln wartete bereits unsere schwarzen SUVs auf uns, und Aurel sprang sofort hinter das Steuer. „Wo müssen wir hin?"

„Elias hat mir die Adresse geschickt. Ab zum Flughafen und dann nach Sao Paulo! Wir treffen Apollo und Erol am Flughafen", erklärte ich, während ich die Nachricht von Elias nochmal durchging.

Wir brausten durch die Straßen der Stadt, und ich beobachtete jede Abbiegung und jede Ampel. In meinen Gedanken fing ich an einen Schlachtplan zu entwickeln. Verzweiflung brodelte in mir zu spät zu kommen, während ich Aurel bat, schneller zu fahren.

„Aurel, wir können uns keine Verzögerungen leisten. Jeder Moment zählt!" sagte ich, als wir an einer roten Ampel hielten. Sein Blick fiel auf mich, und ich spürte, wie er sich voll und ganz auf die Situation konzentrierte.

„Ich gebe mein Bestes, Aiden. Ich kann die Ampeln nicht beeinflussen. Aber wir sollten darüber nachdenken, was unsere Strategie ist, wenn wir bei Lyanna ankommen. Raphael ist nicht zu unterschätzen", erwiderte Aurel bestimmt.

Ich nickte, auch wenn mein Magen sich zusammenzog. „Ich weiß. Wir müssen klug handeln. Wir müssen zuerst herausfinden, was Raphael vorhat, bevor wir direkt eingreifen. Wenn wir ihm die Kontrolle überlassen, könnte er Lyanna töten."

Während wir durch die Straßen rasten, dachte ich an die Möglichkeiten, die uns bevorstanden. Was, wenn sie in einen Raum zurückgezogen waren, von dem wir nichts wussten? Wieviel Männer hatte er bereits um sich versammelt, die bereit waren gegen uns zu kämpfen? Ich wusste, Raphaels Drahtzieher waren immer in der Nähe und ihm bei seinen Machenschaften zu helfen.

„Wir sollten versuchen, in der Nähe einen Bericht zu erhalten, bevor wir die Konfrontation suchen", meinte Aurel, während er einen scharfen Bogen machte. Die Lichter der Stadt flogen an uns vorbei, während wir uns dem Flughafen näherten.

Ich öffnete eine Gruppe im Telegramm auf meinem Handy und schickte eine Nachricht an Erol. „Wir sind unterwegs! Lyanna ist mit Raphael im Restaurant. Halte die Augen offen und sei bereit, wenn wir eintreffen. Wir wissen nicht, was geplant ist!"

Sekunden später erhielt ich eine Antwort: „Verstanden. Wir halten alles im Auge. Seid vorsichtig – ich werde alle Informationen sammeln, die ich bekommen kann."

Kaum hatten wir den Flughafen erreicht, war ich erleichtert zu sehen, dass Apollo und Erol bereits auf uns warteten. Apollo war in seinen besten Anzug gekleidet, mit einem Gesicht, das Entschlossenheit ausstrahlte. „Wo ist Lyanna? Was wissen wir?"

„Sie ist im Restaurant in Sao Paulo. Raphael ist bei ihr. Wir warten noch auf Rückruf, was sein Plan ist", erklärte ich und trat an seinen Tisch.

Erol klopfte mir auf die Schulter, sah mir in die Augen, die mir sagten, dass er alles um uns herum beobachtete. „Ich habe ein paar Männer geschickt, die das Restaurant im Auge behalten. Sie melden sich sofort, wenn sie etwas sehen. Keine Sorge, das sind die Besten."

„Das ist gut", sagte Aurel. „Wir müssen Lyanna irgendwie das raus kriegen. Wenn Raphael denkt, dass er das Oberhaupt in der Situation ist, könnte er sie als Druckmittel benutzen."

„Stimmt!", setzte Apollo hinzu. „von hier aus können wir nicht viel tun. Wir sollten los. Der Flieger ist gleich startklar."

Ich spürte, wie die Anspannung zunahm. Wir hatten einen Plan, wir hatten Informationen und vor allem – wir hatten ein Ziel, Sao Paulo. Aber die Dunkelheit dieser Nacht war wie ein bedrohliches Tuch, das uns umhüllte und mich vermuten ließ, dass Raphael jede Bewegung voraussehen würde.

„Aiden, rufst du deinen Kontakt vor Ort an,, ob es schon Neuigkeiten gibt? Und Erol organisierst du weiteres?" fragte Apollo, während ich nach einer Lösung suchte.

„Schon in Arbeit Boss", erwiderte Erol und zog sein Handy heraus.

Die Minuten dehnten sich, während wir warteten, um in unseren Flieger steigen zu können.

„Wir müssen uns auf jede Situation vorbereiten. Sobald Raphael erfährt das wir kommen, wird er Lyanna versuchen wieder weg zubringen. Er hat nichts mehr zu verlieren, und wir können das nicht riskieren", sagte Apollo schlussendlich.

Und gerade als Apollo das Wort „riskieren" ausgesprochen hatte, vibrierte mein Handy erneut. Es war eine Nachricht von einem weiteren Kontakt vor Ort: „Wir haben einen weiteren Weg gefunden. Es ist eine schmale Gasse hinter dem Restaurant. Raphael hat nicht viele Männer hier. Ich empfehle, dass wir die Ablenkung verwenden, um unsere Möglichkeit zu nutzen."

Apollo nickte. „Sie sollen Raphael weiter beobachten und uns jede Veränderung mitteilen. Nicht eingreifen, das wäre eventuell Selbstmord. Wir wissen zuwenig. Es geht los, wir können starten!"

Noch während wir ins Flugzeug stiegen, hatte ich eine weitere Nachricht von Elias auf Telegramm erhalten. „Ich habe Neuigkeiten. In fünf Tagen soll ein großer Deal in einem alten Lagerhaus in São Paulo durchgezogen werden. Leider habe ich nur Wortfetzen mitbekommen, aber der Name Lyanna ist auch gefallen."

Ein Schauer durchfuhr mich; das war nicht die Art von Information, auf die wir gehofft hatten. „Wir müssen sofort dorthin!" rief ich aufgeregt.

Ich steckte mein Handy ein und wandte mich zu meinen Brüdern. „Wir haben nicht viel Zeit. Lass uns los!"

„Erol, hast du alles organisiert?" fragte Apollo, während ich spürte, wie der Drang, sofort zu handeln, in mir aufstieg. „Ja, das Fahrzeug vor Ort ist bereit, und die Leute stehen in den Startlöchern."

Der Flug zog sich wie Kaugummi. Wir besprachen zig Varianten, wie es vor Ort sein könnte, aber es gab noch so viele offene Fragen.

Die Dunkelheit, die über Sao Paulo lag, wurde spürbarer, als wir uns auf den Weg vom Flugzeug zum Auto machten. Wir schlüpften in das bereitgestellte Fahrzeug, und ich fühlte, wie meine Anspannung stieg. Apollo war nicht nur mein Bruder, sondern auch der mächtige Boss eines Syndikats, dessen Name ehrfurchtsvoll in der Unterwelt geflüstert wurde. Doch in diesem Augenblick war er auch der verängstigte Bruder, der um seine Liebe kämpfte.

„Wir müssen auf der Hut sein! Wenn die Ferragostos wirklich planen, Lyanna bei dem Deal mitzunehmen, hat er was größeres im Sinn", warnte Apollo.

„Wir haben nicht all unsere Männer mit. Wir sind hier auf die Unterstützung unser Freunde angewiesen!", fügte ich hinzu, als er uns durch die nächtlichen Straßen von São Paulo lenkte.

Jede Kurve, die wir nahmen, war von Panik und Vorfreude durchzogen. Die Gedanken an Lyanna schossen mir durch den Kopf – was würde mit ihr geschehen, wenn wir nicht rechtzeitig kamen?

Nach einer quälend langen Fahrt erreichten wir das Lagerhaus. Es war in der Dunkelheit kaum zu erkennen, doch ich wusste, dass Raphael schrecklich gut darin war, sich zu verstecken. „Schaut euch um! Seid vorsichtig! Wir dürfen sie nicht unterschätzen", flüsterte ich, als wir aus dem Fahrzeug stiegen.

Apollo war an der Spitze, seine Augen fest entschlossen. Es waren nicht nur seine Fähigkeiten als Syndikatsboss, die uns vorantrieben, sondern auch seine innige Verbindung zu Lyanna. Diese Verbindung war etwas besonderes. Man konnte selbst als Außenstehender förmlich in Liebe ertrinken beim Anblick, wenn beide zusammen waren. Sie strahlten so eine tiefe Verbundenheit und Liebe aus. Mein Bruder schien endlich vollkommen zu sein. Angekommen. Wir müssen Lyanna einfach finden und nach Hause holen.

Die Luft war angespannt, während wir uns dem Lagerhaus näherten. In der Dunkelheit versammelten sich alle Feinde um uns herum und wir würden nicht zögern, alles zu bekämpfen, um sie zu befreien.

Die Wände des Lagerhauses ragten hoch und schüchtern in die Nacht, während die Schwärze unser Vorankommen umhüllte. Wir bewegten uns wie Schatten. Mein Herz pochte.

„Halt!" flüsterte Aurel, als wir uns dem Lagerhaus näherten. Ein schwaches Licht schimmerte durch die schmutzigen Fenster, und die Stimmen von Wachen drangen zu uns herüber. „Wir müssen herausfinden, was Raphael plant und wie viele Männer er um sich hat", murmelte Aurel.

„Genau! Wir haben nur fünf Tage Zeit", erwiderte Apollo. „In dieser Zeit müssen wir alles über die Sicherheitsvorkehrungen und die Bewegungen im Lagerhaus wissen. Wir haben nur eine Chance."

Wir zogen uns in den Schatten zurück und schlossen uns zusammen, während wir unsere Strategie entwickelten. Es war klar, dass ein direkter Angriff jetzt nicht klug war; wir mussten die Umgebung beobachten und unsere Informationen sammeln.

„Aiden, du übernimmst die Überwachung von der Nordseite des Gebäudes. Aurel, du schaust nach möglichen Fluchtwegen. Ich gehe zur Westseite und halte Ausschau nach Wachen. Erol, ihr übernehmt den Süden", ordnete Apollo an, und wir nickten.

Wir begaben uns zügig an die verschiedenen Positionen. Ich schlich mich zur Nordseite und duckte mich hinter einigen großen Kisten, die vor dem Lagerhaus lagen. Aus dieser Perspektive konnte ich das Geschehen gut im Blick behalten.

Die Minuten vergingen schleichend, während ich die Bewegungen der Wachen beobachtete und genau notierte, wie oft sie ihre Runden drehten. Die Männer um Raphael waren gut organisiert, das musste ich ihm lassen.

Nachdem ich einige Zeit die Wachen beobachtet hatte, schnappte ich mir mein Handy und schrieb eine Nachricht an Apollo: „Die Wachen rotieren alle 15 Minuten. Ich sehe mindestens vier, aber ich kann keinen Zugang zu Lagerhaus erkennen."

Kurze Zeit später kam eine Antwort: „Aurel hat einen Hinterausgang gefunden, aber der wird gut bewacht." Wir trafen uns schließlich wieder an einem vereinbarten Punkt. „Was wissen wir?" fragte Apollo, als wir uns umdrehten.

„Die Wachen sind gut vorbereitet, und Raphael hat den Türen elektronische Schlösser. Wir brauchen mehr als einen detaillierten Plan", erklärte ich.

„Ich habe auch etwas herausgefunden", fügte Aurel hinzu. „Es gibt einen schmalen Zugang an der Ostseite. Wir könnten ihn nutzen, aber wir müssen die Wachen ablenken."

Apollo überlegte kurz und nickte dann. „In den nächsten fünf Tagen müssen wir alles zusammen tragen und uns den Grundriss vom Gebäude besorgen. Das bedeutet auch, dass wir regelmäßig zur Überwachung zurückkehren. Wir müssen, die Mitarbeiter herauszufinden, die für Raphael arbeiten. Wenn wir sein Vorhaben und Plan kennen, könnten wir das notwendige Chaos erzeugen, um Lyanna zu retten."

„Was willst du als nächstes machen?", fragte ich.

Apollo lächelte entschlossen. „Wir beginnen mit Informationen. Lass uns telefonieren, wer von unseren Freunden in der Nähe ist und Zeit hat. Außerdem müssen wir herausfinden, welche anderen Kontakte direkt in Raphaels Umfeld vertraut sind. Wir müssen auch einen Plan zur Ablenkung entwickeln. Vielleicht eine Fälschung oder eine kleine Explosion – egal was, aber wir brauchen diese Wachen abgelenkt."

In den folgenden Tagen begannen wir, unser Netzwerk zu aktivieren und Informationen zu sammeln. Wir infiltrierten Bars, schlossen uns mit ein paar Insidern zusammen und hörten uns Gerüchte und Geschichten über die Ferrogostos an. Während dieser Zeit lernten wir, wie die Wachen patrouillieren oder bei besonderen Treffen hin- und herwechseln.

Fünf Tage vergingen mit einer teuflischen Kombination aus Verbissenheit und Anspannung. Wir könnten nur die Freiheit von Lyanna erlangen, wenn wir die Kontrolle über den Moment und die Ereignisse erlangten.

Am letzten Tag vor der geplanten Aktion saßen wir alle zusammen in einem verlassenen Lagerhaus außerhalb der Stadt. Der Raum war durchdrungen von der Anspannung der bevorstehenden Operation. „Okay, Jungs, das ist der Plan", begann Apollo und entrollte einen grafischen Entwurf des Lagerhauses auf dem Tisch. „Wir wissen, dass die

Wachen alle fünfzehn Minuten an der Ostseite patrouillieren. Aurel hat den versteckten Zugang gefunden. Wir organisieren die Ablenkung im Westen, während wir uns in den Hinterausgang schleichen."

„Wir müssen alle Wegabzweigungen im Hinterkopf behalten. Wenn etwas schiefgeht, müssen wir Plan B haben", fügte ich hinzu.

Aurel nickte. „Ich werde die Ablenkung koordinieren und dafür sorgen, dass sie von hier abziehen, während ihr euch um Lyanna kümmert."

„Und ich werde paar Anrufe machen und Plan B setzten, dass keine weiteren Überraschungen auftreten", erklärte Apollo mit einem festen Blick.

Die lastende Dunkelheit vor uns hatte ihren Schrecken verloren; jetzt war sie lediglich die Kulisse für den Plan, den wir schmiedeten. Wir waren bereit, unser Leben für Lyanna zu riskieren. Zusammen würden wir die Dunkelheit durchbrechen und das Licht zurückbringen, das sie in unser Leben gebracht hatte.

Apollo

Der Tag des großen Deals war endlich gekommen, und ich spürte die Anspannung in der Luft, als ich mit Aurel und Aiden an der Seite am Lagerhaus ankam. Die Dämmerung hüllte das Lagerhaus in einen geheimnisvollen Schleier, und wir lauerten wie hungrige Raubtiere, die auf ihre Beute warteten. Unsere Männer bewegten sich leise, ihre Schritte gedämpft auf dem kalten Beton, während unsere Augen die Umgebung absuchten.

Raphael, war davon überzeugt, dass er mit diesem Deal die Karten in der Hand hielt, doch ich wusste, dass er ein Spiel spielte, das er nicht gewinnen konnte. Aiden warf mir einen vielsagenden Blick zu, und ich nickte zustimmend – wir waren bereit, ihm das Handwerk zu legen. Aurel war an meiner Seite, sein Gesicht eine Maske aus Entschlossenheit, und ich konnte die brennende Sorge um Lyanna kaum ertragen, die mich wie ein Gewitter durchzog.

Wir schlossen die Distanz zum Lagerhaus und duckten uns hinter einem der alten Lieferwagen, um nicht entdeckt zu werden. Die Stimmen drangen gedämpft zu uns durch, und ich lauschte dem Geschwätz von Raphaels Männern, die nichtsahnend in das Unheil liefen, das wir für sie bereithielten. Mein Herz schlug wie ein Trommelschlag im Rhythmus der Vorfreude; es war an der Zeit, den Täuschungen ein Ende zu bereiten und Raphael zu zeigen, dass er nicht der einzige war, der mit Macht spielte.

„Halt!" flüsterte Aurel, als wir uns dem Hintereingang näherten. Ein schwaches Licht schimmerte durch das schmutzige Glas der Fenster, und die Stimme eines Wachmannes drang zu uns herüber. „Ist alles ruhig, oder was?" fragte er, während er seine Waffe locker in der Hand hielt.

„Ich sehe zwei Wachen dort drüben", murmelte Apollo. „Wir müssen sie beseitigen, bevor wir weitergehen können. Aurel, du nimmst den Linken, ich kümmere mich um den Rechten. Aiden, bleib in der Nähe, falls etwas schiefgeht."

Kopfnickend zogen wir uns in unsere Positionen zurück. Ich konnte die Aufregung in Aurel und Aiden spüren, als sie sich mit schleichenden Bewegungen dem Lagerhaus näherten. Es war der Moment, dem wir all die Zeit entgegen gefiebert hatten, die Vorahnung, dass wir Lyanna bald an unserer Seite haben könnten, ließ alles andere im Hintergrund verblassen.

Aurel verschwand in den Schatten, und ich sah, wie Aiden über den Rand des Fensters lugte.

„Bereit, wenn du es bist!" Er nickte und drückte die Klinke der Hintertür. „Jetzt!", murmelte ich. Mit einem einzigen Ruck öffnete Aurel die Tür und wir stürmten in den Raum, die Waffe fest im Anschlag.

Das Innere des Lagerhauses war ein Chaos aus Kisten und Paletten die überall verstreut lagen. Sofort eröffneten wir das Feuer auf die Wachen, die uns überrascht entgegenblickten. Schüsse hallten durch den Raum, und der Geruch von Schießpulver vermischte sich mit der dumpfen Luft der Nacht.

Ich sprintete weiter durch das Lagerhaus, und hielt meine Waffe bereit. Der Geruch von verrostetem Metall und schimmeligem Holz war erdrückend.

Körper fielen zu Boden, während das Echo der Schüsse an den Wänden wiederhallte. Ich fühlte den Adrenalinstoß, aber auch die drängende Furcht, dass Lyanna möglicherweise in der Schusslinie sein könnte.

„Sichert die Ecken!", rief ich, während Aurel einen weiteren Wachmann niederstreckte. Er hielt sich dicht an meiner Seite und wir sicherten Quadrat für Quadrat, während wir uns weiter im Raum bewegten.

Die ersten Minuten des Angriffs liefen gut – wir hatten die Wachen weitgehend in Schach gehalten und waren dem Zentrum des Lagerhauses näher gekommen. Doch je weiter wir vordrangen, desto mehr spürten wir, dass etwas nicht stimmte. Wo ist Lyanna?

„Wir müssen ins Büro!", rief ich, als ich den Eindruck hatte, dass wir alle möglichen Fluchtwege abschnitten. „Dort findet sich sicher mehr Information!"

Ein Leben nach dem anderen fiel, und der Kampf wurde intensiver. Wir waren voller Entschlossenheit, doch mit jedem Schlag, den wir landeten, spürten wir die Schwere der Verluste. „Da! Weiter dort!" rief Aurel und deutete auf eine Tür, die ins Innere führte.

Wir drückten uns gegen die Wand, und ich hielt an, um noch einen letzten Blick auf die Umgebung zu werfen. Doch die Stille, die sich nach dem letzten Schuss ausbreitete, ließ mich frösteln. „Wo sind alle?", murmelte ich, meine Stimme durchbrochen von der aufkommenden Sorge.

Wir stürmten ins Büro. Drinnen waren wir in ein Chaos aus Stimmen geraten. Ich hielt nach Lyanna Ausschau. Doch was ich sah, ließ mein Herz sinken: Mehrere Männer standen um einen Tisch herum, und in der Mitte saß, gefesselt und verängstigt, eine Frau. Es dauerte einen Moment bis ich erkannte das es nicht Lyanna war. Ihr Blick war tief in den Boden gesenkt.

Die Männer grinsten uns an. Einer von ihnen hob seine Waffe und richtete sie auf die Stirn der Frau. Ein dumpfer Hall ertönte und die Frau fiel wie ein nasser Sack auf den Tisch. Sofort eröffneten meine Soldaten das Feuer auf die Männer.

Im sekundentakt fielen sie um wie die Fliegen. Alle tot. Ich ging näher zu der Frau um sie mir anzuschauen. Vielleicht würde ihre Leiche mir etwas verraten. Das hat sie nicht verdient.

„Erol, lass sie anständig begraben", wies ich an.

Der Rest des Büros und der Halle war leer bis auf den Staub und die verlassenen Papiere, die im Wind wehten. „Verdammtes Mistkerl! Wo ist sie?", rief ich frustriert.

„Das macht keinen Sinn!", sagte Aiden, während er die Wände abtastete, nach einem versteckten Raum suchte. „Sie müssen hier irgendwo sein!"

Doch als ich nach einem weiteren Raum suchte, wurde mir klar, dass Raphael und Lyanna nicht mehr hier waren. Die Lichter in den Fenstern zeigten, dass sie möglicherweise in der Zeit zuvor geflohen waren, und ein eisiger Schauer lief mir den Rücken hinunter. „Sie waren hier..."

Plötzlich vibrierte mein Handy mit einer Nachricht. Es war Erol: „Ich habe was aus einem

Wachmann herausquetschen können. Raphael hat
mit Lyanna die Stadt verlassen. Sie ist weg!"

„Jetzt ist keine Zeit für Unentschlossenheit",
knurrte Aurel, während er das Büro durchsuchte.
„Wir müssen herausfinden, wo sie sind."

„Aiden, Aurel! Ruft alle zusammen. Das wird er
mir büßen. Ich will sie zurück!", schrie ich um
mich. Er spielt mit mir. Katz und Maus. Das war
eine Ablenkung. Im Moment ist er immer einen
Schritt voraus. Das muss sich ändern. Ich brauche
Hilfe.

Raphael

Die Sonne brannte gnadenlos auf die Straßen von Johannesburg, und ich spürte die unbändige Energie, die in der Luft lag, während ich im schwarzen SUV durch die Stadt fuhr. Lyanna saß neben mir – gefesselt, verwundbar, aber auch voller Potenzial. Es lag einige Zeit zurück, seit wir hastig aus Sao Paulo geflohen waren und somit erfolgreich den Caelus-Brüdern entkommen waren. Niemand hätte ahnen können, dass ich die Machtverhältnisse dieser Stadt für meine eigenen Interessen neuausrichten musste.

Die vergangenen Wochen waren ein Balanceakt aus Strategie und Kontrolle gewesen. Ich wusste, dass ich Lyanna eine neue Rolle geben musste. Sie war nicht nur ein Spielstein in meinem Plan, sondern eine essentielle Verbündete, um meine Autorität in Johannesburg zu festigen.

Nach unserer Ankunft stellte ich sicher, dass jedes Detail ihres Trainings genauestens überwacht wurde. Die moderne Villa, in dem wir untergekommen waren, diente als unsere Hauptzentrale.

Die Herausforderung, ihre Verletzlichkeit in Stärke zu verwandeln, stellte ein Ziel dar, das ich mir steckte. Ich wollte, dass sie sich anpasste, nicht nur an meine Praktiken, sondern auch an die ungeschriebenen Regeln, die hier herrschten. So begann ihr intensives Training: Schießübungen, Selbstverteidigung, alles unter meiner strengen Aufsicht.

Eines Morgens war die Sonne gerade über Johannesburg aufgegangen, als ich im schattigen Kellerraum stand und Lyanna bei ihrem Training beobachtete. Der Geruch von Schießpulver und Schweiß lag in der Luft, und das gedämpfte Echo unserer Schritte hallte auf dem kalten Betonboden wieder. Marco bereitete sich darauf vor, sie im Umgang mit Waffen zu schulen, während Luciano, unser Experte für Selbstverteidigung, lässig an die Wand gelehnt war.

„Okay, Lyanna! Lass uns sehen, was du kannst", rief Marco und deutete auf die Zielscheibe, die an der Wand hing. „Vergiss nicht, was ich dir beigebracht habe. Es ist nicht nur wichtig zu treffen, sondern auch ins Schwarze zu gelangen!"

Ich sah zu, wie sie die Glock aufnahm. Ihre Hände zitterten leicht, und ich konnte das Zögern in ihren Augen spüren. Es war einer dieser Momente, in denen ich mich fragte, ob ich sie vielleicht zu sehr drängte. „Mach dir keine Sorgen.

Das ist ganz normal", versuchte Marco, ihr Mut zuzusprechen.

Ein tiefes Schweigen breitete sich im Raum aus, als sie den Abzug betätigte. Der Schuss hallte wieder, und ich bemerkte, wie sie zusammenzuckte. Als ich auf die Trefferanzeige sah, stellte ich fest, dass sie den Rand der Scheibe nur gestreift hatte.

„Nicht schlecht für den Anfang", sagte Marco, doch ich konnte die Skepsis in seinem Blick lesen. „Aber du musst lernen, deine Angst abzubauen."

Ich trat näher, meine Stimme war kühl und bestimmt. „Lyanna", begann ich, „glaub nicht, dass du hier sein kannst, ohne einen klaren Kopf zu bewahren. Deine Emotionen werden dich im entscheidenden Moment behindern. Diese Waffe ist kein Spielzeug; sie kann über Leben und Tod entscheiden."

Lyanna sah mich an, ihre Entschlossenheit wuchs sichtbar. „Ich weiß, Raphael. Aber ich bin bereit zu lernen und mich nicht zurückhalten zu lassen."

Luciano, der die Selbstverteidigungseinheiten leitete, trat vor und legte eine Hand auf ihre Schulter. „Die richtige Einstellung ist entscheidend. Du musst dir selbst vertrauen und die Angst in den Hintergrund drängen", erklärte er, und ich wusste, dass er recht hatte. Es war unerlässlich, dass sie ihre Unsicherheiten überwand.

Ich beobachtete, wie sie tief durchatmete, um ihre Gedanken zu sammeln. Als sie schließlich wieder den Blick auf die Zielscheibe richtete und abdrückte, traf der Schuss ins Schwarze. Für einen kurzen Moment schien die Zeit stillzustehen, und ich spürte, wie Stolz in mir aufstieg.

„Das ist es! Du hast es geschafft!" rief Marco begeistert und klopfte ihr auf den Rücken.

Doch ich blieb ernst. „Das war gut, aber du musst sicherstellen, dass das nicht nur ein einmaliger Erfolg bleibt", sagte ich und trat zurück, um ihr die Bedeutung meiner Worte klar zu machen. „Ich erwarte mehr als das. Hier geht es um dein Überleben. Und auf der Straße gibt es keine Gefangenen."

Lyanna nickte, und ich spürte, wie ein Funken der Willenstärke in ihr aufblitzte. Nachdem wir mit dem Schießen fertig waren, wechselten wir zu den praktischen Übungen der Selbstverteidigung. Marco demonstrierte verschiedene Techniken, und ich beobachtete, wie er sie anleitete.

„Es ist wichtig, dass du im Notfall nicht nur schießen, sondern auch kämpfen kannst. Du musst bereit sein, durchzuhalten", erklärte Marco und zeigte ihr verschiedene Bewegungen.

„Stell dir vor, du bist in einer Situation, in der dein Leben auf dem Spiel steht. Nutze dein Körpergewicht, um deinen Gegner zu überwältigen", fügte Luciano hinzu und demonstrierte die Technik eindrucksvoll. Ich wusste, dass es hier nicht nur um körperliche Fähigkeiten ging.

Ich sah Lyanna zu, wie sie sich konzentrierte und die Techniken mit wachsender Vertrautheit gegen Marco anwandte. Ihre Fortschritte waren ermutigend, obwohl sie manchmal in ihrem Zögern zurückfiel. Doch in ihren Augen entdeckte ich das Feuer einer Kämpferin, und ich wusste, dass sie diese Herausforderung ernst nahm.

„Du hast das Talent", bemerkte ich schließlich und ließ meine Stimme über den Raum hallen. „Doch es geht nicht nur darum, gut schießen oder kämpfen zu können. Du musst auch mental stark sein. Die beste Waffe ist ein klarer und scharfer Verstand."

In diesem Moment begriff ich, dass ich nicht nur einen Schützling ausbildete. Ich formte eine Verbündete, eine Partnerin, die in der Dunkelheit unserer Geschäfte überleben konnte.

„Gut gemacht für heute, Lyanna", schloss Marco das Training ab. „Aber denke daran – das ist erst der Anfang. Die Straße da draußen ist gnadenlos."

Lyanna atmete tief durch und lächelte, als sie die Waffe ablegte. „Ich bin bereit, zu lernen. Was auch immer kommt, ich werde mich nicht zurückhalten."

„Sei wie das Wasser", sagte ich oft, während ich sie anleitete und sie daran erinnerte, ihre Emotionen zu zügeln. Zunächst war es schwer zu ertragen, die Unsicherheit in ihren Augen zu sehen, das Zögern, das für diese Welt nicht tragbar war. Doch mit jeder Trainingseinheit begann ich einen Wandel zu erkennen. Ich konnte den markanten Unterschied zwischen dem naiven Mädchen, das ich entführt hatte, und der jungen Frau, die vor mir stand, spüren. Es war, als würde ich die Entfaltung einer Blume beobachten, deren Blütenblätter sich nach und nach öffneten. Sie wurde stärker, härter, und ich sah, wie die Emotionen, die sie einst geprägt hatten, langsam schmolzen und einer Kämpfermentalität Platz machten.

Nach mehreren Wochen intensiven Trainings hatte Lyanna bemerkenswerte Fortschritte gemacht. Sie war nicht mehr das schüchterne Mädchen; jetzt hielt sie die Pistole mit einer Vertrautheit, die mir zeigte, dass sie die Lektionen verinnerlicht hatte. Je mehr sie lernte, desto deutlicher wurde mir, dass ich sie gefügig gemacht hatte, ohne ihren ursprünglichen Charakter aufzugeben.

Die Abende, die wir in geschlossenen Kreisen mit meinen Geschäftspartnern verbrachten, waren der Prüfstand für alles, was sie gelernt hatte. Zunächst hielt ich sie von diesen Gesprächen fern, um sie zu schützen. Doch bald war mir klar, dass sie in der Lage war, sich in der rauen Unterwelt der Geschäfte zu behaupten. Ich stellte sie vor, machte sie zum Teil meiner Welt. Sie war nicht mehr nur an meiner Seite – sie war ein integraler Bestandteil meiner Strategien.

An einem bestimmten Abend, während einer besonders kritischen Verhandlung in einem exklusiven Club, war die Spannung im Raum greifbar. Ich saß am Kopf des Tisches, während meine Geschäftspartner und Rivalen sich in ihren luxuriösen Anzügen um mich scharten. Italiener, Afrikaner, ein paar Europäer – alle waren hier, um zu verhandeln, aber auch, um zu dominieren. Ich beobachtete, wie Lyanna zwischen den Verhandlungspartnern saß, die über die Machenschaften der Stadt debattierten. Ein Anruf unterbrach unser Treffen – eine unerwartete Wendung, die mir deutlich machte, dass ich auf alles gefasst sein musste.

„Das könnte ernst werden", murmelte ich, während ich auf das Gespräch am Telefon lauschte. In meinem Kopf tickten die Uhren – ich wusste, dass ich alle Möglichkeiten für mein Spiel offenhalten musste.

„Wir wissen, dass die Geschäftslage in der Stadt angespannt ist", begann Giovanni, ein massiger Mann mit scharfen Zügen und einem noch schärferen Blick. „Die Caelus-Brüder haben ihre Einflussbereiche ausgeweitet. Ich halte es für unverantwortlich, hier einzugreifen."

„Die Caelus werden nicht einfach weiterwüten, auf Apollo Wort ist verlass", erwiderte Luca, ein schlanker Mann mit einem selbstsicheren Lächeln. „Aber da wir hier über Abhängigkeiten und neue Gebietsaufteilung sprechen, sollten wir uns auf die Anteilsverteilung einigen und sehen, wo wir Gewinne erzielen können."

Ich nickte und hielt meine Stimme ruhig. „Genau darum sind wir hier. Nicht um Machtspiele zu spielen, sondern um profitabel zu bleiben. Wir müssen uns zusammenschließen, um unsere Stärken zu bündeln."

„Spricht der kleine Prinz nun über Frieden und Profit?" spottete Giovanni und lehnte sich lässig auf den Tisch. „Du redest, als hättest du nichts verstanden. In dieser Stadt hat Langsamkeit keinen Platz. Die Märkte stecken voller Intrigen, und wir sollten durchaus mit Entschlossenheit vorgehen."

Die Spannung im Raum schien sich zu zuspitzen. Ich konnte das unbehagliche Gefühl bei den anderen Männern um mich herum deutlich wahrnehmen. „Du sprichst von Entschlossenheit, Giovanni, aber auch von Übermut. Zu hastige Entscheidungen führen oft zu Chaos. Hast du je daran gedacht, dass wir gemeinsam stärker sind?"

„Stärker? Ist das dein Plan? In dieser weißen Weste des Anstands?" Giovanni sah mich verächtlich an. „Hör auf, wie ein Schuljunge zu reden, Raphael! Hier geht es um Geschäfte, nicht um Freundschaften!"

Die Anspannung im Raum war spürbar. Ich fühlte, wie Lyanna neben mir stockte, ihr Blick fixierte sich angespannt auf die Männer. „Lyanna, bleib bei mir", flüsterte ich, während ich Giovanni fixierte.

In diesem Moment hob Giovanni den Finger und richtete sich auf. „Wenn du so weitermachst, Raphael, werde ich sicherstellen, dass du keinen Cent bekommst – nicht einmal ein Stück vom Kuchen."

Seine Worte hingen wie eine drohende Wolke über mir; die Bedrohung, die er ausstrahlte, schauderte durch die Atmosphäre. „Du kannst uns nicht gegeneinander ausspielen. Wir sind alle hier, um große Geschäfte zu machen. Aber wenn du weiterhin mit deinem Idealismus glänzen willst, wird das nicht gut enden!"

Und dann sprach Lyanna, wie ein Lichtstrahl in dieser Dunkelheit. Sie schaute resolut auf, ihre Stimme war klar und fest: „Sprechen Sie nicht so über Raphael. Er ist kein gewöhnlicher Geschäftspartner. Er bietet Ihnen die Chance, zu wachsen – und Sie scheinen diese Gelegenheit nicht zu schätzen."

Der Raum erstarrte in einem Moment des Unverständnisses. Ich war überrascht, dass sie den Mut fand, sich einzumischen. Giovanni musterte sie mit einer Mischung aus Belustigung und Verwirrung. „Wer bist du, dass du uns so ansprichst, kleine Frau?"

Lyanna schaute ihn direkt an, die Augen blitzen. „Ich bin kein Mädchen, das im Schatten steht. Ich kann für mich selbst sprechen. Es ist an der Zeit, dass Sie lernen, das zu respektieren. Jeder von uns hat seinen eigenen Wert, und wenn wir uns gegenseitig anfeinden, verlieren wir alle."

„Eine kleine Frau kann nicht in diese Geschäfte einsteigen!", höhnte er.

In diesem entscheidenden Moment sah ich, wie ein Funke in Lyanna aufblühte. Ihre Augen wurden für einen kurzen Moment weich, dann verhärtete sie sich. Sie trat vor, und mit fester Stimme erklärte sie, dass sie nicht länger unterschätzt werden würde. Ihre Rhetorik war stark, und ich fühlte einen Stolz in mir aufsteigen, als sie die Kontrolle zurückeroberte.

Sie zog das kleine Messer, das ich ihr anvertraut hatte, und ich beobachtete, wie sich das Chaos im Raum entfaltete. Der Mann war unvorbereitet; sein Gesicht wechselte von Überheblichkeit zu schockierter Überraschung. Die Stille hatte das Geschehen eingefangen, als Lyanna ihm das Messer in den Arm stieß. Sein ersticktes Keuchen fiel in die erdrückende Stille der Blicke, die nun auf uns gerichtet waren.

Im Moment der akuten Aufmerksamkeit drehte sie sich schnell zu mir um, und ich spürte, wie ein Gefühl von Stolz in mir aufstieg. Sie war nicht mehr die Unschuldige, die ich entführt hatte; sie war eine unaufhaltsame Kraft an meiner Seite. Während die Menge schockiert erstarrte, wusste ich, dass ich nicht zurückweichen konnte. Sie war jetzt ein Teil von mir, und dieser Vorfall würde unsere Position in dieser Welt nur stärken.

Ich trat vor und übernahm die Kontrolle wieder über das Geschehen. „Wir sind nicht hier für Unzulänglichkeiten", erklärte ich, während ich den Raum mit einem selbstbewussten Blick musterte. „Wir sind hier, um zu zeigen, dass wir die Kontrolle haben."

Die Reaktionen der Anwesenden waren gemischt: Einige waren schockiert, andere schienen ihren Schock in Faszination umgewandelt zu haben. Diese Pattsituation bot eine Gelegenheit, die ich nutzen konnte. Ich wusste, das war der Beweis, dass sie in dieser Welt überleben konnte, dass sie die Verantwortung und die Konsequenzen tragen konnte.

In der Dunkelheit von Johannesburg, inmitten von Machtspielen und unbarmherzigen Geschäften, hatte Lyanna eine neue Identität angenommen. Sie war nicht länger das verletzliche Mädchen, die sich hinter den Beschützern versteckte. Sie war bereit sich in einer Welt zu behaupten, die kein Erbarmen kannte.

Ich wusste, dass es kein Zurück mehr gab. Die Kälte in ihrem Wesen wurde ihre Stärke, und ich wollte, dass sie in dieser Welt bestand, egal wie grausam sie auch sein mochte. Wir waren in das Spiel der Schatten eingetaucht, und ich war bereit, mit Lyanna zusammen alle Karten auszuspielen.

Apollo

Lyanna war verschwunden. Wo hatte er sie diesmal hin verschleppt? Die ganze Nacht über hatte ich mich mit Gedanken gequält, die sich wild in meinem Kopf drehten. Um etwas Klarheit zu gewinnen, beschloss ich, in den frühen Morgenstunden joggen zu gehen. Vielleicht würde die frische Luft mir helfen, meinen Kopf freizubekommen. Doch jedes Szenario, das mir durch den Kopf schoss, führte zu dem gleichen Schluss: Um Lyanna zu finden, musste ich tiefer in meine dunkle Seite eintauchen.

Als ich schließlich wieder in meinem Zimmer ankam, schnappte ich mir das Telefon und begann, meine Kontakte abzuklappern. Ich brauchte Freiwillige für das Ritual, spezielle Kräuter, bestimmte Gegenstände und ... ein Opfer.

Am späten Abend war der Himmel voller Sterne, doch die Dunkelheit, die in mir lauerte, schien es kaum noch erwarten zu können auszubrechen. In einem kleinen Café in einer abgelegenen Seitenstraße von Sao Paulo hatte ich meine Freunde versammelt – Menschen, die tief in die speziellen Praktiken und magischen Ritualen verwurzelt waren. Ich wusste, dass ich Hilfe benötigte, um meine innere Dunkelheit zu vertiefen und zu nutzen um Lyanna zu finden.

Am runden Tisch, umgeben von flackernden Kerzen, die eine mystische Atmosphäre schufen, saß ich und beobachtete die Schatten, die an den Wänden tanzten. Salvador, ein enger Freund und Schamane, saß mir gegenüber. Er hatte eine tiefe Verbindung zu dieser Welt und wusste um die Kräfte, die in den dunklen Ecken des menschlichen Geistes schlummerten.

„Apollo, du musst verstehen, dass deine dunkle Seite schon sehr stark ist", begann Salvador mit einer ernsten Stimme. „Sie birgt zwar Potenzial, das dir helfen kann, die Antworten zu finden, die du suchst. Aber du musst den Mut haben, dich ihr zu stellen."

„Wie? Wie kann ich das tun, ohne mich selbst zu verlieren? Ich bin gerade erst auf dem Rückweg", fragte ich, besorgt und skeptisch.

Lucia, eine erfahrene Heilerin und ebenfalls gute Freundin, die am anderen Ende des Tisches saß, mischte sich ein. „Durch ein begleitendes Ritual, Apollo. Das Rituale kann dir helfen, dich mit der Energie deiner Dunkelheit zu verbinden, ohne in ihrem Sog zu versinken. Wir können dich dabei unterstützen", erklärte sie sanft und mitfühlend.

„Ich habe vor Jahren mal ein Ritual durchgeführt, das den Schatten in dir beschwört und dir erlaubt, mit ihm zu kommunizieren", intonierte Salvador. „Es erfordert allerdings Hingabe und die Bereitschaft, deine Ängste loszulassen."

Ich lehnte mich in meinem Stuhl zurück und schloss kurz die Augen, um mir vorzustellen, was auf dem Spiel stand. „Was muss ich tun?"

„Zuerst musst du dich mit deiner Dunkelheit verbinden", sagte Salvador. „Wir werden ein zweitägiges Ritual durchführen, während dessen du in einen meditativen Zustand eintauchen und dich mit deinen innersten Ängsten auseinandersetzen musst. Kein fliehen."

„Und was ist mit den Konsequenzen?", fragte ich skeptisch. „Was passiert, wenn ich nicht zurückkomme?"

„Das Risiko ist Teil des Prozesses", antwortete Lucia, während sie meine Hand beruhigend berührte. „Aber du bist nicht allein. Wir werden bei dir sein, einen Schutzkreis bilden, während du in die tiefsten Bereiche deiner Psyche eintauchst."

Ich sah von Salvador zu Lucia und dann zu den anderen Freunden, die ihrer Aufmerksamkeit an unseren Tisch gerückt hatten. Die Vertrautheit zwischen uns war spürbar, und ich wusste, dass sie die Schwere meines Anliegens verstanden. „Ich vertraue euch", sagte ich schließlich, entschlossen, den ersten Schritt zu wagen.

„Es gibt noch einiges Vorzubereiten, Apollo", begann Salvador erneut. „Wir sollten auch die Kraft der Natur und der Elemente in unser Ritual einbeziehen. Du wirst diese Energie nutzen können, um die Dunkelheit zu navigieren und sie für deine Suche nach Lyanna zu lenken."

Lucia nickte zustimmend. „Denke an das Feuer – es symbolisiert Transformation. Es kann sowohl zerstören als auch erneuern. Du musst lernen, es zu bändigen und in deinem Ritual zu verwenden. Denke immer an das Positive, das was du erreichen willst. Lass dich auf keinen Fall von der Zerstörung, Macht oder deinem Ego verleiten anderen Schaden zu zufügen. Dann schadest du dir selbst!"

Die Gespräche drehten sich weiter um die Details des Rituals. Wir diskutierten über verschiedene Techniken: den Einsatz von Kräutern, Kristallen und die Beschwörung der alten Götter, um die Energie der Dunkelheit zu kanalisieren.

In mir regte sich eine Mischung aus Angst und Aufregung. Ich wusste, dass ich einen Schritt in die unbekannte und gefährliche Welt meiner eigenen Dunkelheit wagen musste, die ich noch nicht kannte, um Lyanna zu finden. Ich konnte mich nicht von der Vision abhalten lassen, die sich vor mir entfaltete.

Als der Abend in die Nacht überging, fühlte ich ein wachsendes Bewusstsein für die Tragweite meiner Entscheidungen. Ich wusste, dass ich in der Dunkelheit nach Lyanna suchen musste, und dass ich dabei nicht blindlings vorgehen konnte. Es war unerlässlich, meine innere Dunkelheit nicht nur zu erkennen, sondern sie zu akzeptieren.

„Bald wird es Zeit sein", flüsterte ich, während ich den Ring aus Kerzenlicht betrachtete, den wir um unseren Tisch gebildet hatten. „Es ist an der Zeit, die Schatten zu konfrontieren und sie für das zu nutzen, was mir am Herzen liegt."

Lucia sah mich an, als hätte sie meine Gedanken erfasst. „Das ist der richtige Weg, Apollo. Verbinde dich mit deinen inneren Kräften, und du wirst deine Lyanna wiederfinden. Wir sind hier, um dich zu unterstützen."

Fokussiert und entschlossen dachte ich darüber nach was passieren würde, wenn mein Ego mich übermannt einen leichten, verführerischen Weg zu gehen. Macht und Kontrolle im Überfluss zu wählen? Das Herz auszuschalten und die Seele zu verkaufen. Es ist ein schmaler Grat von Willensstärke und absoluter Kontrollverlust. Ich weiss das wir durch das Artefakt schon immer an der Grenze marschieren, aber ich bin durch Lyanna gerade erst wieder meinem Herzen gefolgt. Was weitaus ein schöneres und erfüllteres Gefühl mit sich bringt.

„Also gut, jeder hat nun einen Zettel mit den Utensilien die er in 2 Tagen mit bringt. Wir treffen uns zum Ritual an der Quelle, am Ritualplatz auf der Lichtung", erklärte Salvador.

Wir nickten einstimmig und genossen noch den Rest des Abends die Gesellschaft und das Wiedersehen.

Salvador

Ich stand in meinem kleinen, chaotischen Arbeitszimmer, umgeben von Regalen voller Kräuter, Kristalle und ritueller Gegenstände. Ein schwacher Lichtschein fiel durch das einzige Fenster und beleuchtete die Mischung aus Farben und Texturen, die das Zimmer prägten. All das was ich benötigten würde, packte ich ein und fuhr bereits eine Stunde vorher zum Treffpunkt um alles vorzubereiten.

An der Quelle angekommen legte ich als erstes einen Kreis aus weißen Steinen aus. Die Kräuter, Kerzen und weitere Gegenstände wurden verteilt. Der Geruch von getrocknetem Salbei hing in der Luft, und ich spürte die angesammelte Energie, die mich umgab.

Während ich letzte Hand an die Vorbereitungen legte, dachte ich an Apollo. Er war in einem emotionalen Sturm gefangen, und ich wusste genau, dass er für das Ritual bereit war, aber es lag an mir, ihn in den richtigen Zustand zu versetzen. Ich hörte, wie die Steine auf den Weg knirschten. Es waren die anderen, gut gelaunt mit positiven Esprit.

„Wie gehen wir vor, Salvador?", fragte Mateo, der mit entschlossenen Schritten auf mich zukam. Sein ernster Blick verriet mir, dass auch er die Dringlichkeit der Situation erkannte. Mateo war ein wissbegieriger junger Mann. Mit seinen tiefbraunen Augen, die unaufhörlich zu blitzen schienen, als würde jeder Gedanke in ihm einen neuen Funken der Entdeckung entfachen, strahlte er eine bemerkenswerte Intensität aus. Er war gut gebaut, mit sportlichen Schultern und einem strahlend hellen Lächeln, das oft seine Lippen umspielte, geradezu ansteckend für alle, die ihn umgaben.

Sein Interesse an den geheimnisvollen rituellen Praktiken des Schamanismus war nicht nur eine flüchtige Phase; es war eine tiefsitzende Leidenschaft, die den Drang verspürte, die Verbindung zwischen Mensch und Natur, zwischen Geist und Materie zu erforschen. Er verbrachte Stunden in alten Büchern, die die Mysterien der Traditionen und Rituale beschrieben, die von Generation zu Generation weitergegeben wurden. Mateo wusste, dass wahres Wissen nicht nur in den geschriebenen Wörtern zu finden war, sondern auch in der Erfahrung – und genau darum wollte er von Salvador lernen, einem erfahrenen Schamanen, der ihm die geheimen Pfade der spirituellen Praktiken offenbaren konnte.

Sein Herz klopfte schneller, wenn er an die bevorstehenden Lektionen dachte. Die Vorstellung, sich von Salvador führen zu lassen, begeisterte ihn und erfüllte ihn mit einem Gefühl des Zwecks.

„Wir müssen Apollo zuerst in einen tranceartigen Zustand versetzen", erklärte ich und deutete auf die Kissen, die ich für ihn vorbereitet hatte. „Dann werden wir ihn mit den Kräutern und der Energie des Rituals umgeben. Es ist wichtig, dass wir alle unsere Absichten bündeln und ihn leiten."

Lucia, die bereits einige der Kräuter in den Händen hielt, nickte zustimmend. „Wir müssen das richtige Maß finden, ohne ihn zu verlieren. Es ist eine feine Balance", sagte sie. Ihre Stimme war ruhig und beruhigend.

Ich atmete tief ein. „Richtig. Um seine dunkle Seite zu nutzen, muss er sich zuerst mit ihr verbinden. Wir müssen ihn daran erinnern, dass die Schatten nicht nur Zerstörung, sondern auch Kraft und Klarheit bringen können."

Als die Caelus-Brüder endlich ankam, war Apollo sichtbar angespannt. Sein Blick war durchdrungen von Sorge und Zerrissenheit. „Ich bin bereit", sagte er, obwohl ich die Nervosität in seiner Stimme spüren konnte.

Ich nickte und forderte ihn auf, sich in den vorbereiteten Kreis zu setzen. Nachdem er es getan hatte, schloss ich den Kreis und zündete die Kerzen an, die wir um den Steinring herum aufgestellt hatten. Das flackernde Licht schuf eine ruhige Atmosphäre, die den Kreis umarmte.

„Konzentriere dich auf deinen Atem, Apollo", sagte ich sanft, während ich mich neben ihn kniete. „Atme tief ein ... und aus. Lass jede Anspannung mit dem Atem entweichen."

Er schloss die Augen und begann, in tiefen, gleichmäßigen Zügen zu atmen. Ich spürte die Schwingungen, während sie sich um uns gruppierten. Mateo und Lucia hatten die Hände erhoben und murmelten leise Beschwörungen, um die Energie zu bündeln und die Verbindung zu stärken.

Ich holte ein kleines Silbertäschchen hervor, das mit verschiedenen Kräutern gefüllt war, und streute eine Mischung aus Beifuß, Lavendel und Bergkräutern um Apollo herum. „Diese Kräuter werden dich erden und gleichzeitig den Zugang zu deinen inneren Quellen erleichtern", erklärte ich.

Die Luft vibrierte von der intensivierten Energie, während ich meine Hände über seinen Kopf erhob und leise die Worte des Beschwörungszaubers murmelte, die ich lange einstudiert hatte. „Möge der Schatten dich führen. Möge die Dunkelheit dir Klarheit bringen."

Langsam überkam ihn ein entschlossener Ausdruck, und ich bemerkte, dass sich sein Puls beruhigte, als er tiefer in die Trance abrutschte.

„Jetzt ist der Moment", flüsterte ich an die anderen gewandt. „Haltet eure Köpfe und Herzen rein. Wir arbeiten gemeinsam, um seine Dunkelheit zu bändigen und ihn in die richtige Richtung zu lenken."

Ich spürte, wie die Grenzen zwischen unserer Realität und der spirituellen Welt verschwommen. Apollo begann zu zucken, und ich sah seine Gesichtszüge sich verändern, während die Energien um uns herum pulsieren. Die Stimmen der anderen verwandelten sich in ein harmonisches Murmeln.

„Sieh dich um, Apollo", flüsterte ich ein weiteres Mal. „Lass den Schatten dich umarmen. Er wird dir zeigen, was du suchst."

In diesem Moment war die Dunkelheit nicht mehr einfach etwas, vor dem wir uns fürchteten. Sie war eine Quelle der Stärke, ein Raum voller Geheimnisse und Möglichkeiten, die darauf warteten, enthüllt zu werden. Die Energie erhob sich in einem synchronen Rhythmus, und ich konnte fühlen, wie Apollo tiefer in seinen Geist eintauchte, auf der Suche nach Lyanna.

Apollo

Die Welt um mich herum begann zu verschwommen, als ich in die düstere Trance eintauchte. Das Flüstern der anderen verblasste, und das flackernde Licht der Kerzen transformierte sich in Schatten, die wie schleichende Kreaturen an den Wänden krochen. Mein Atem beschleunigte sich und ein lähmender Druck breitete sich in meiner Brust aus, als ich die Schwelle zu diesem unbekannten Reich überschritt.

Vor mir öffnete sich ein Portal in einen endlosen Abgrund aus Nebel und Dunkelheit. Hier gab es keine Form, keine Struktur – nur ein Gefühl der Kälte, das mir wie Eisenhände ins Gesicht schlug. Die Schatten schienen zu pulsieren, schichtig und unaufhörlich, murmelnd und sich unruhig bewegend. Ich spürte sie um mich herum, als ob sie auf einen Befehl warteten, und ich fühlte in meinem Inneren, dass die Dunkelheit mich nicht nur umhüllte, sondern mich festhielt, als wäre sie ein Teil von mir.

„Lyanna!", rief ich verzweifelt in die Leere. „Wo bist du?"

Die Schatten schienen über meine Worte nachzudenken, zögerten, bevor eine Gestalt aus dem Nebel trat. Es war ein verzerrtes Abbild meiner selbst – ein Schatten, der meine Züge trug. Das Wesen war grausam und neblig, sein Gesicht verzerrt und mit einem hämisch-grinsenden Ausdruck versehen.

„Was suchst du, Apollo?", fragte der Schatten, dessen Stimme tief und durchdringend wie das Echo einer verlorenen Seele klang.

„Ich suche Lyanna!", antwortete ich mit einem packenden Gefühl von Entschlossenheit, selbst als mein Herz schwer in meiner Brust schlug. „Wo ist sie? Was hat Raphael mit ihr gemacht?"

Der Schatten lachte, ein schauriges Geräusch, das sich wie ein eiskalter Hauch anfühlte. „Was ist Gefahr für dich? Du bist Teil dieser Dunkelheit, so wie ich. Die Schatten verschlingen die Wahrheit. Die Wahrheit ist ein gefährliches Spiel, und du bist der Hauptakteur."

„Ich bin nicht wie du!" rief ich, während ich gegen die erstickende Oppressivität ankämpfte, die sich wie ein dunkler Schleier über mich legte. „Ich kämpfe für das Licht! Ich kämpfe für Lyanna!"

„Kämpfen?", der Schatten schien belustigt und gleichzeitig bedrohlich. „Das ist dein größter Fehler – du hast nicht die Kraft, etwas zu ändern. Du bist verdammt, und vielleicht ist ihr Schicksal das Ergebnis deiner Schwäche."

„Ich lass dich nicht über meine Zukunft entscheiden!", brüllte ich und ließ den Zorn in mir auflodern, nur um in der Vorstellung einer unausweichlichen Zukunft gefangen zu werden. Das letzte Flüstern meiner Hoffnung ebbten wie die Flamme einer Kerze in einem Sturm.

„Ich muss Lyanna finden!", beharrte ich. „Wenn du nichts weißt, lass mich weiterziehen!"

Der Schatten grinste und verschwand dann in den Nebelschwaden. "Finde sie", wisperte er. „Aber sei gewarnt. Die Schatten geben, was sie wollen, und verlangen dafür einen Preis."

Das Herz hämmerte in meiner Brust, und ich konnte den Druck auf meinem Brustkorb nicht ignorieren. War ich stark genug, um zurückzukehren? Ging ich in die Dunkelheit, um Lyanna zu finden, oder war ich dabei, mich selbst zu verlieren?

Der Nebel begann sich um mich zu verdichten, und ich fand mich in einem anderen Abschnitt dieser dunklen Welt wieder. Die Luft war schwer, und die Düsternis um mich wirbelte wie ein hypnotisierender Strudel. Figuren schauten aus den Schatten hervor – Einflüsse meiner eigenen inneren Dämonen. Jede Gestalt war wie ein grimmiger Spiegel, der mein Versagen reflektierte.

Eine dieser Gestalten trat vor. Es war das Bild von mir selbst, wie ich zu einem entscheidenden Moment in meinem Leben war. Er trug den Anzug, den ich bei meiner letzten großen Präsentation angezogen hatte, aber sein Gesicht war von einem tiefen Ausdruck der Verzweiflung geprägt. „Du hast versagt", sagte er, die Worte drangen wie scharfe Klingen in mein Ohr. „Du wirst immer versagen."

„Das bin nicht ich!", protestierte ich. „Ich habe nicht versagt!"

„Du denkst, du bist ein Held, aber schau nur, wie oft du sie im Stich gelassen hast. Wie oft zuvor hast du deine Ängste über deine Verantwortung gestellt?" Seine Stimme krächzte, und ich konnte die Wut spüren, die aus ihm emporstieg.

„So wie ich sie jetzt im Stich lasse?", fragte ich, während ich auf mein Abbild der Enttäuschung starrte. „Ich werde nicht zulassen, dass die Dunkelheit mich beeinflusst!"

Die Gestalt begann sich aufzulösen und wirbelte zu einem Strudel aus Nebel. „Die Dunkelheit wird siegen, Apollo. Sie ist ein Teil von dir. Du fliehst davor, aber eines Tages musst du dich ihr stellen."

Eine weitere Gestalt trat vor. Es war mein jüngeres Ich, gefangen in den Ketten meiner gescheiterten Entscheidungen. „Du bist hierhergekommen, um deine Heldentaten zu feiern?", fragte es, während das Lächeln, das einst bewahrt geblieben war, nun von tiefster Traurigkeit durchzogen war. „Die Helden haben keine Angst, aber du bist nicht mehr als ein Schatten deiner selbst. Glaubst du ernsthaft, dass du sie vor einer Gefahr retten kannst?"

Ich schüttelte den Kopf und versuchte, die Umarmung dieser Dunkelheit zu brechen. „Das bin nicht ich! Ich bin hier, um Lyanna zu finden! Ich bin gut, so wie ich bin."

„Aber du stehst dir selbst im Weg!", der Schatten von mir verspottete mich. „Wie kannst du sie befreien, wenn du nicht einmal dich selbst retten kannst?"

Die Frustration brodelte in mir. „Ich bin nicht hier, um zu verlieren oder mich manipulieren zu lassen!"

„So redest du, aber tief in deinem Inneren weißt du, dass die Dunkelheit dich in ihren Fängen hält", wisperte der Schatten, und ich fühlte, wie ich die Kontrolle über meinen Verstand zu verlieren drohte. „Du bist nichts anderes als diese Schatten, wenn du nicht aufpasst."

In diesem Moment wurde mir klar, dass ich an einem Wendepunkt stand. Ich musste mich meinen wahrhaftigen Ängsten stellen. War ich bereit, alles zu riskieren?

„Ja! Ich bin bereit!", schrie ich, während ich die Wände um mich mit meinem eigenen Schmerz durchbrach. „Ich lasse die Dunkelheit nicht gewinnen, aber ich werde die Wahrheit in all ihrer Grausamkeit akzeptieren!"

Plötzlich kam ein Strom von Energie über mich, und ich spürte, wie sich die Schatten um mich herum zusammenzogen. „Schau nach innen, Apollo!", rief der Schatten erneut. „Schau dir die Narben der Vergangenheit an!"

Als ich versuchte, meine Augen zu öffnen, wurde ich von Erinnerungen überflutet – Stimmen, die mich verspotteten, jede Entscheidung, die ich falsch getroffen hatte. Sie drohten mich zu überwältigen, und ich fühlte, wie ich in die Tiefe stürzte.

„Finde deine Furcht!", rief ich mir selbst zu. „ich vertraue mir!"

Endlich fand ich meine inneren Dämon, die ich so lange unterdrückt hatte. Sie waren schrecklich, aber sie waren auch Macht. In diesem bewegten Moment wurde die Dunkelheit nicht länger mein

Feind. Sie war ein Teil von mir, ein kostbares Werkzeug, das ich nutzen konnte.

Plötzlich begannen sich die Nebel zu lichten, und ich sah am Horizont eine Gestalt – eine Frau, die ich sofort erkannte. Es war Lyanna, und sie strahlte inmitten der Dunkelheit.

„Lyanna!", rief ich, während ich auf sie zu rannte. Doch je näher ich kam, desto mehr verwandelte sich ihr Bild in eine korruptierte Form. „Warte! Was passiert hier?"

„Apollo, komm zu mir", flüsterte sie, aber ihre Stimme war schmerzhaft. „Komm zu mir und befreie mich."

Aber ich spürte, wie sich Schatten um sie herum zogen, wie ein Labyrinth, das unüberwindbar erschienen war. Ich spürte die Verbindung zwischen uns, aber es schien, als wäre eine unsichtbare Barriere zwischen uns. „Ich komme!", rief ich verzweifelt. „Ich werde dich befreien!"

„Der Preis, Apollo!", schrie der Schatten von zuvor, der wieder aus der Dunkelheit trat. „Um sie zu befreien, musst du deinen inneren Dämonen ins Gesicht sehen. Was bist du bereit zu opfern?"

Ich konnte den Stress nicht ignorieren. Was war ich bereit zu opfern? War ich bereit, mich meiner größten Angst zu konfrontieren und meine Seele aufs Spiel zu setzen?

Ich fühlte, wie mein Geist zerbrach und die Dunkelheit, die mich umhüllte, drohte, jede Spur meines Seins zu verschlingen. Was war ich bereit loszulassen? Was war der Preis, den ich zahlen musste, um Lyanna zu befreien und selbst zu überleben?

„Ich bin bereit!", schrie ich, aber die Worte klangen schwach und waren bedrückt von der Schwere der Situation. „Ich werde nicht aufgeben!"

„Gut, Apollo", flüsterte der Schatten, während er tief in die Dunkelheit schlich und mich allein mit meiner Entscheidung zurückließ.

Die Dunkelheit um die schimmernde Gestalt flackerte und flimmerte, als ich die ganze Kraft meines Willens bündelte. „Ich werde die Dunkelheit akzeptieren!", schrie ich, während ich an die tiefsten Ängste und die Probleme meiner Vergangenheit zurückdachte.

Der Nebel um Lyanna schien sich aufzulösen, und ich fühlte eine neue Kraft in mir. „Ich komme, Lyanna!", rief ich erneut und begann, mich der Barriere zu nähern.

Aber jetzt trat eine andere Gestalt vor mich – mein jüngeres Ich aus einer anderen Zeit, dass in den Schatten meiner Vergangenheit festsaß. „Warum suchst du sie? Du hast deine eigenen Probleme! Deine Unsicherheit, dein Mangel an Vertrauen. Glaubst du wirklich, dass du in der Lage bist, jemanden zu retten, wenn du dich selbst nicht retten kannst?"

„Du bist nicht real!", schrie ich. „Du bist nur eine Illusion, eine Manifestation meiner Ängste!"

„Aber du trägst mich in dir, und du weißt es", entgegnete die Gestalt mit einem harten, aber traurigen Ausdruck. „Wie kannst du sie retten, wenn du nicht einmal die Traurigkeit in dir selbst anerkannt hast?"

Ich fühlte einen Stich in meiner Brust, als die Worte wirkten. War ich wirklich nur ein Schatten meiner selbst, unfähig zu lieben oder zu kämpfen?

„Du bist stark, Apollo", hörte ich Lucias Stimme in meinem Kopf. „Erinnere dich daran. Du musst dir selbst erlauben, Schwäche zu zeigen. Hab vertrauen."

In diesem Moment spürte ich, wie die Dunkelheit um mich herum begann zu wanken. „Ich bin verwundbar!", rief ich und ließ meinen inneren Schmerz frei. „Ich habe Zweifel und Ängste, aber ich bin bereit, sie zu akzeptieren!". Mit den Worten nahm ich mein kleines Ich in den Arm. „Du musst nicht mehr traurig sein, schau Mal, vielleicht hab ich hier was für dich". Ich griff in meine Hosentasche und zog ein leuchtendes Spielzeugauto hinaus. „Wie wär es hiermit, ein Friedensangebot?". „Ohh das ist schön! Du kennst die Regeln der Vergebung? ....Vielen Dank Apollo!".

Die Schatten um uns begannen sich zu verflüchtigen, und ich spürte, wie sich die Barriere zwischen Lyanna und mir weitete. „Komm, Apollo!", rief sie, und der Ausdruck in ihren Augen strahlte vor Hoffnung.

„Es ist Zeit, die Dunkelheit zu umarmen", flüsterte ich, während ich die Schatten in mein Herz ließ. „Ich gebe meine Ängste auf! Ich gebe alles auf, um dich zu retten!", rief ich ihr entgegen.

So als ob die ganze Dunkelheit auf meine Bereitwilligkeit reagierte, brach die Barriere durch meinen Ausruf zusammen. Ein blitzendes Licht füllte den Raum und hüllte uns beide in ein erhellendes Strahlen. Ich rannte auf sie zu, fühlte mich unaufhaltsam, berührte sie und hörte die Dunkelheit hinter mir zurückschnellen.

„Lyanna, ich bin hier!" rief ich und umarmte sie fest. „Wir weichen dieser Dunkelheit nicht länger. Gemeinsam sind wir stärker!"

Die Schatten um uns begannen zu schwinden, und ich wusste, dass ich den ersten Schritt in die tiefsten Geheimnisse meiner eigenen Schwächen gewagt hatte. Es war gefährlich, schmerzhaft und erlangte die Essenz dessen, was es bedeutete, Mensch zu sein.

Doch als ich Lyanna in den Armen hielt, wusste ich, dass ich bereit war, alles zu riskieren.

Ich hielt sie fest, die Wärme ihres Körpers war ein beruhigender Anker in dem Paket der kalten Dunkelheit, die uns umgab. Doch als ich in ihr Gesicht sah, gefüllt mit einer Mischung aus Sorge und Stolz, überkam mich das Gefühl, dass wir gerade erst an der Oberfläche dessen gekratzt hatten, was uns erwartete.

„Lyanna", sagte ich mit leiser Stimme, während ich mich zurückzog, um in ihre Augen zu sehen, „Wie geht es dir? Wo bist du? Was ist mit dir geschehen?"

Sie zögerte einen Moment, als ob sie über die Worte nachdenken müsste, die ihr über die Lippen kommen sollten. „Es... es ist schwer zu erklären", murmelte sie, ihre Stimme war schwach, aber in ihren Augen glühte ein Funke der Hoffnung. „Ich bin hier, festgehalten in einem Netz aus Finsternis und Ängsten. Es fühlte sich an, als würden sie versuchen, mich zu brechen, mich in die Dunkelheit zu zwingen."

Mein Herz zog sich zusammen. „Haben sie dir wehgetan? Hast du Schmerzen?"

„Nein, nicht auf eine physische Weise",
antwortete sie, und ich spürte, wie sie meine Hand
ergriff. Ihre Berührung war warm und kräftigend.
„Es war mehr die Angst, die an mir nagte. Diese
ständige Bedrohung, die Stimme der Zweifel, die
mir ins Ohr flüsterte, dass ich es nicht wert bin,
gerettet zu werden."

Der Zorn in mir wallte hoch, als ich darüber
nachdachte, was sie durchgemacht hatte. „Das ist
nicht wahr! Du bist stark, Lyanna! Du bist keine
von ihnen. Ich werde nicht zulassen, dass sie dich
weiter in ihre Fänge ziehen!"

„Ich weiß", sagte sie mit einem sanften Lächeln,
das einen Teil meiner Wut beruhigte. „Die Tatsache,
dass du gekommen bist, hat mir Hoffnung gegeben.
Aber diese Schatten... sie sind nicht nur Bewahrer
der Dunkelheit. Sie sind auch die Manifestationen
unserer inseparablen Erfahrungen und Ängste."

Ich nickte, die Erinnerung an meine innere
Konfrontation kam mir wieder in den Sinn. „Ich
weiß, ich habe es auch erlebt. Diese Schatten sind
Überbleibsel meiner eigenen Zweifel und Fehler.
Aber ich habe gelernt, dass wir die Dunkelheit nicht
nur bekämpfen müssen. Wir müssen sie verstehen
und annehmen, um zu wachsen."

Lyanna schaute mich an, als ob sie diesen
Gedanken abwogen und die Tiefe meiner Worte

spüren wollte. „Und was ist mit dir, Apollo? Wie hast du es geschafft, hierher zu kommen?"

Ich atmete tief ein, während die Erinnerungen an meinen eigenen inneren Kampf lebendig wurden. „Ich hatte das Gefühl, die Dunkelheit würde mich verschlingen, und ich war kurz davor, meine Hoffnung aufzugeben. Aber ich wollte dich nicht verlieren. Deine Abwesenheit ist wie ein ständiger, schmerzhafter Nagel in meinem Herzen."

„Ich bin so froh, dass du hier bist", flüsterte sie, „aber du musst auch aufpassen, Apollo. Diese Schatten sind listig. Sie wissen, wie sie dich schwächen können."

„Ich weiß", erwiderte ich. "Aber ich habe nichts mehr zu verlieren. Ich werde dich nicht alleine lassen!"

In diesem Moment spürte ich eine Veränderung in der Luft um uns herum. Die Schatten begannen sich erneut zu bewegen, drohten uns zu umhüllen. Es war ein unheilvolles Zeichen, dass der Kampf noch nicht vorüber war, und ich konnte fühlen, wie die Dunkelheit auf uns zuging.

„Wir müssen einen Weg finden, um zu entkommen", sagte ich und sah mich um. „Es ist nicht sicher hier. Die Schatten werden durch die Unruhe zwischen uns stärker. Wohin führt dieser Weg, Lyanna?"

„Ich... ich weiß es nicht", antwortete sie, und ihre Stimme zitterte leise. „Aber ich glaube, wir müssen zuerst die Quelle dieser Dunkelheit finden. Irgendwo hier muss es einen Punkt geben, der unsere Ängste speist und sie mit Macht versorgt. Vielleicht, wenn wir ihn entdecken, können wir die Kontrolle zurückgewinnen."

„Ja!", bestätigte sie, und ich spürte, wie ihre Kraft in mir wuchs, während sie sich dehnte und bereit war, zu kämpfen. „Wir müssen unsere Gefühle annehmen und mit Licht konfrontieren!"

Plötzlich hörte ich das Raunen der Schatten um uns herum, ein lautes, drohendes Rauschen, das wie ein Sturm durch die Luft fegte. „Ihr seid verloren!", rief eine verzerrte Stimme, die aus dem Nebel drang. „Die Dunkelheit wird euch nie loslassen!"

„Wir sind nicht hier, um uns zu verstecken!", antwortete ich mit fester Stimme, als ich meine Tapferkeit spürte. „Wir sind hier, um zu kämpfen, und wir werden uns nicht beugen!"

„Ihr glaubt, das Licht könnte uns besiegen?", zischte die Stimme und schien sich über mich lustig zu machen. „Die Dunkelheit ist ewig!"

„Die Dunkelheit hat keine Macht über uns, denn wir tragen das Licht in uns", sagte Lyanna und zog mich nach vorne. „Das Licht der Hoffnung, dass selbst die tiefsten Abgründe durchdringen kann!"

Mit jedem Schritt, den wir machten, wurden die Schatten um uns herum immer wütender. Äste aus Dunkelheit reckten sich nach uns, aber ich spürte die Stärke der Verbindung zwischen uns, die wie ein schimmernder Lichtstrahl in der Finsternis leuchtete.

„Wir sind nicht alleine!", rief ich, und die Kraft, die durch unsere Hände floss, wurde zu einem Schild, einer Barriere, die die Schatten in ihrer Bewegung bremste.

„Apollo, wir sind ein Team. Gemeinsam mit allen Twinflames können wir all jenen helfen die in der Dunkelheit gefangen sind." rief sie und drängte mich an. „Gemeinsam!"

Ich nickte, und gemeinsam erhoben wir unsere Stimmen, um das Licht zu beschwören. Die Schatten um uns schienen zu schreien, während die Dunkelheit begann, sich zurückzuziehen – nicht ohne Widerstand, aber sie war frustriert über die Stärke, die wir in uns trugen.

Mit jedem Schritt verschwand der dunkle Nebel in unserer Nähe, aber wir gingen mit voller Mut voran. Wir würden diese Wesen in die Schranken weisen, ich würde Lyanna retten, und vielleicht, nur vielleicht, würden wir auch die Dunkelheit innerhalb unserer selbst verstehen und in Kraft umwandeln. Die Reise war noch lange nicht vorbei, aber ich wusste, dass ich nicht aufgeben würde. Wir würden siegreich durch diese Dunkelheit schreiten, Seite an Seite und Hand in Hand.

Die Energie, die zwischen Lyanna und mir fließend pulsiert, schien die Zeit in diesem dunklen Reich zu dehnen. Sie war wie ein strahlendes Licht in der Umarmung eines wütenden Sturms. Wir standen Seite an Seite, unser Wille vereint, und während wir durch die Schatten gingen, schien der Kampf gegen die Dunkelheit eine gefühlte Ewigkeit zu dauern. Jeder Schritt, den wir machten, war eine Herausforderung, und doch war ich nie zuvor so lebendig gewesen.

Die Dunkelheit um uns herum verdrängte die Einsamkeit, die ich zuvor gespürt hatte. Unsere Stimmen verstärkten sich, als wir am Rand der Schatten kämpften. Doch während wir voranschritten, spürte ich plötzlich eine Veränderung in Lyannas Präsenz. Es war, als würde das Licht, das uns verbunden hatte, beginnen, zu flackern.

„Lyanna?", rief ich und drehte mich zu ihr um. Die Sorge überkam mich, als ich sah, dass sich ihr Gesicht leicht verzog, und die Farbe in ihren Wangen zu verblassen schien. „Was ist los? Geht es dir gut?"

„Apollo...", flüsterte sie, und in ihrer Stimme lag eine Melancholie, die ich nicht verstehen konnte. „Ich... ich muss gehen. Ich glaube, die Schatten versuchen, mich wieder zu fangen."

„Nein! Das darf nicht geschehen!", rief ich und streckte die Hand aus, um sie zu ergreifen, doch als ich ihre Finger berührte, spürte ich, wie sie mir langsam weiter entglitt. „Lyanna, bleib bei mir! Ich kann nicht ohne dich sein!"

„Ich muss gehen...", sagte sie mit einer Stimme, die fast wie ein wehmütiges Echo klang. Ihr Bild begann zu verschwimmen, als wäre sie aus Licht und Dunkelheit zugleich gewebt. „Aber du kannst mich finden, Apollo. Du musst nur dem Licht folgen, das wir zusammen geschaffen haben. Die Dunkelheit kann dich nicht aufhalten, wenn du daran glaubst."

„Wo bist du? Wo kann ich dich finden?", fragte ich verzweifelt, während ich versuchte den Moment festzuhalten. „Ich kann dich nicht verlieren!"

„Du bist stärker, als du denkst, Apollo. Du bist der Schlüssel zu deiner eigenen Freiheit und zu meiner. Finde den Ort, an dem die Schatten ihre Wurzeln geschlagen haben. Dort wirst du mich finden. Wo die Dunkelheit am tiefsten ist, da wird das Licht am hellsten strahlen."

Tränen stiegen mir in die Augen, als ich das Gefühl hatte, sie endgültig zu verlieren. „Lyanna!", rief ich, als ich versuchte, sie festzuhalten, aber der Nebel um uns herum schien unaufhaltsam und ihre Präsenz verwand immer mehr.

„Es ist... noch nicht das Ende", flüsterte sie, ihre Stimme war nur noch ein Hauch im Wind. „Du bist stärker, Apollo. Verliere nicht den Glauben an dich selbst. Finde mich! Suche den Ort des Goldes!"

Und dann, in einem letzten Lichtblitz, verschwand sie vollständig in der Dunkelheit, während die Schatten um mich herum nach ihr griffen. Ein tiefes, durchdringendes Gefühl der Leere überkam mich, als ich realisierte, dass ich sie verloren hatte.

„Lyanna!", schrie ich, während ich meine Hände verzweifelt in die Dunkelheit streckte, als könnte ich sie mit einem einzigen Griff zurückholen. „Komm zurück!"

Aber nur das Echo meiner eigenen Stimme antwortete mir. Um mich herum hörte ich nur höhendes Lachen. Der Schmerz und die Trauer, die in mir aufkamen, waren überwältigend. Die Energie, die uns zuvor getragen hatte, schwand allmählich, und ich fühlte mich in einen Abgrund der Verzweiflung gezogen.

Doch dann, mitten in der Dunkelheit, blühte der Erinnerung an ihre Worte wieder auf. Sie schallten durch meinen Kopf. „Folge dem Licht, das wir geschaffen haben. Suche die Wurzeln der Dunkelheit. Suche den Ort des Goldes."

Ich musste stark sein, für sie. Ich konnte sie nicht aufgeben. Die Moment wollte mich überwältigen, aber ich wusste, dass ich dagegen ankämpfen musste, um nicht nur sie, sondern auch mich selbst zu retten.

„Ich werde dich finden, Lyanna", murmelte ich mit festem Willen. „Ich werde das Licht suchen, egal wo es ist. Ich werde die Schatten besiegen und dich befreien!"

Mit diesem Versprechen vor meinem Geist begann ich, mich zu orientieren. Dort muss es einen Weg geben. Ich konzentrierte mich auf die knisternde Energie, die wir geteilt hatten – das Licht, das wie ein Leuchtfeuer in der Nacht schimmerte. Es gab eine Richtung, in die ich gehen musste, und ich fühlte, wie mein Herz sich mit neuer Mut füllte.

Ein neuer Antrieb zog mich vorwärts, während ich mich den bedrohlichen Wesen entgegenstellte. „Ich komme, Lyanna", flüsterte ich mit fester Stimme. „Ich werde dich finden, egal was es kostet."

Das Licht der Kerzen flackerte um mich, und die Dunkelheit begann, sich allmählich zu lichten, als ich zum Bewusstsein zurückkehrte. Vor mir schwebten Schatten, die wie vergessene Geister aus der Nacht schienen. Ich fühlte das Kippen meiner Perspektive, als ich versuchte, das multidimensionale Bild vor mir zu entwirren – ein jähes Erwachen nach dem Kampf gegen die Finsternis.

Mein Herz schlug heftig in meiner Brust, als die Realität um mich herum langsam Gestalt annahm. Ich lag auf dem Waldboden, umgeben von meinen Freunden: meine Brüder, Lucia, Mateo, Salvador und den anderen, deren besorgte Gesichter über mir schwebten. Ihre Augen waren eine Mischung aus Erleichterung und tiefer Besorgnis.

„Apollo!", rief Lucia und streckte ihre Hand in meine Richtung. „Bist du okay?"

Ich blinzelte, um die verschwommene Sicht zu klären. „Wo... wo ist Lyanna?", stammelte ich verwirrt, während ich die Erinnerungen an unseren Kampf durchkämmte. Die Visionen ihrer Strahlkraft, die im Nebel verblasste, schienen in meinen Kopf zu wirbeln wie ein Sturm.

„Sie ist nicht hier", sagte Mateo leise. „Du hast uns alle erschreckt. Du bist während des Rituals in eine tiefere Trance gefallen und hast nicht mehr reagiert."

„Ich... ich wusste nicht, wie lange ich weg war", murmelte ich, während ich mich langsam aufsetzte und den schwindelerregenden Druck in meinem Kopf ignorierte. „Ich... ich habe sie gesehen. Lyanna war dort. Sie war gefangen, und ich konnte nichts tun!"

Lucia legte ihre Hand beruhigend auf meine Schulter. „Du hast nicht versagt, Apollo. Du hast dich den Schatten gestellt, und das ist eine immense Leistung. Dieser Kampf in deinem Inneren war entscheidend."

„Doch ich habe sie verloren!", rief ich und sprang auf, die verärgerte Energie in mir tobte. „Ich konnte sie nicht retten! Die Schatten haben sie mir entzogen!"

„Beruhige dich", sagt Salvador laut, seine Stimme fest. „Du musst dich jetzt fokussieren. Wir sind hier, erzähle uns was du erlebt hast."

Ich atmete tief ein, um meine aufgebrachten Gedanken zu ordnen. Ein zitterndes Gefühl von Unsicherheit nagte in meinem Inneren.

„Ich habe die Dunkelheit erlebt – die tiefsten Ängste und Zweifel, die in mir schlummerten", sagte ich, meine Stimme klang traurig. „Die Schatten, die Lyanna gefangen hielten, waren auch meine eigene Dunkelheit. Ich kann es nicht erklären, aber es war, als ob sie meinen tiefsten Schmerz umarmten."

Lucia nickte. „Es ist nicht ungewöhnlich, dass wir mit solchen Situationen konfrontiert werden. Die Dunkelheit ist nicht nur ein physisches Element. Sie ist in unseren Ängsten und unbewussten Gedanken verankert."

„Ja, aber ich fühlte, dass es lebendig war", rief ich. „Die Schatten sprachen mit mir, sie waren nicht einfach nur bedrohlich, sie waren schlau. Sie kannten meine Schwächen und nutzten sie gegen mich!"

Mateo sah mich intensiv an. „Apollo, das was du erlebt hast ist wichtig."

„Ich weiß", gestand ich und spürte, dass der Druck in meinem Inneren wieder aufstieg. „Ich habe diese Schatten als Teile meiner selbst erkannt. Doch wenn ich weiter gegen sie kämpfe, könnte ich selbst in den Abgrund fallen!"

„Nicht, wenn du bereit bist, deine Ängste zu akzeptieren und anzunehmen", fügte Lucia hinzu. „Du musst dich dem stellen, was du gewesen bist, um zu verstehen, wer du werden kannst."

Es war ihre Art, mir zu versichern, dass ich trotz der Furcht nicht allein war. „In der Dunkelheit fand ich auch etwas: Licht. Und ich spürte, dass ich

Lyanna finden kann, wenn ich den Weg zurück zu meinem inneren Licht finde. Aber wir müssen auch darüber reden, wie wir Lyanna finden können. Das hat sie mir gesagt, bevor sie verschwunden ist. Sie sagte, ich solle den Ursprung der Dunkelheit aufsuchen. Suche den Ort des Goldes."

Salvador nickte. „Das klingt nach einem tiefen, persönlichen Reise in deine Vergangenheit, aber das könnte auch tief verwurzelte Probleme betreffen, die wir gemeinsam angehen müssen. Wir sind hier, um dich zu unterstützen."

„Ich will wissen, was ihr gesehen habt, als ich in der Trance war."

Mühsam setzte ich mich bequem auf den Boden, und meine Freunde folgten meinem Beispiel, während sich ein Kreis um uns bildete.

„Ich kann anfangen", begann Lucia, und ihre Augen funkelten. „Als du die Trance eingegangen bist, sah ich diese Wogen der Energie um dich herum. Einerseits war es eine sehr beruhigende Aura, die eine Verbindung zwischen dir, den anderen und mir schuf. Aber als sich die Schatten um dich schlossen, spürte ich die Bedrohung, so stark und gefährlich, dass ich für einen Moment dachte, dass du dich verlieren könntest."

Mateo fuhr fort: „Ich fühlte, dass du zu den tiefsten Kernen deiner selbst hinabgestiegen bist.

Es war so, als ob du gegen eine unsichtbare Wand kämpfst. Jeder Schritt brachte dich tiefer und ich fürchtete, dass du nie zurückkommst. Es war ein düsterer Ort, durch den ich dich begleiten wollte – aber ich war machtlos. Jedes Mal, wenn ich deinen Kampf gesehen habe, war es fast so, als hätte ich die Schatten selbst in mir gespürt. Ein Teil von mir wollte dich zurückhalten, ich wollte nicht teilnehmen. Aber ich wusste, dass ich nicht weglaufen konnte."

Ich nickte, meine Zweifel wichen einer nagenden Unsicherheit. „Und was ist mit dir, Salvador? Was hast du gesehen?"

Er nahm einen tiefen Atemzug, als ob die Erinnerungen schwer auf seiner Seele lasten würden. „Ihr wisst, ich bin nicht der emotionale Typ. Aber als du mir dort entglitten bist, war ich schockiert, und ich sah Momente meiner eigenen Vergangenheit, wie sie sich in die Schatten einhakten, die dich umhüllten. Es waren Anzeichen von Dankbarkeit und Trauer, die ich erlebt habe, als ich mich von Menschen getrennt habe, die mir nahestanden. Es hat mir auch gezeigt, dass ich oft von der Dunkelheit geblendet wurde und vor dem Schmerz stand, anstatt ihn zu akzeptieren. Aber während ich dich beobachtete, merkte ich, dass die Dunkelheit nicht nur Chaos brachte, sondern auch eine Art von Freiheit."

Ich spürte, wie unser gemeinsamer Schmerz eine unsichtbare Schnur zwischen uns webte und die Wände der Dunkelheit um uns herum durchbrach.

„Wie finden wir nun Lyanna? Wo fangen wir an?", fragte ich und schaute in die gespannten Gesichter meiner Freunde.

„Es beginnt bei dir", sagt Marco. „Du bist der Schlüssel, der das Licht wiederherstellen kann. Was waren nochmal ihre letzten Worte?"

„Suche die Wurzeln der Dunkelheit. Suche den Ort des Goldes."

Mit dieser Unterstützung schloss ich die Augen und konzentrierte mich auf die Verbindung zwischen mir und meinen Freunden. Was bedeuteten ihre Worte? Einen Moment lang gab es eine entspannte Stille, während ich mich auf mein inneres Licht konzentrierte.

Meine Gedanken kreisten um die Dunkelheit, die sich in mir festgesetzt hatte. In der Dunkelheit fand ich auch etwas: Licht. Aber ich weiß nicht, wo ich suchen soll!

Was sind die Wurzeln der Dunkelheit? Vielleicht gibt es dort eine Antwort. Was sind die Bezüge, die mich an die Dunkelheit binden?

Plötzlich flackerte ein Bild in meinem Kopf auf – eine Stadt, die so weit entfernt und gleichzeitig so nah schien. „Johannesburg!" murmelte ich. „Das ist der Ort des Goldes!"

Der Luft um uns herum erstarrte. Meine Freunde und Brüder sahen mich mit gemischten Gefühlen an. „Johannesburg?", fragte Lucia unsicher. „Wie kommst du darauf?"

„Die Stadt, die von reichem Gold geprägt ist. Dort wird das Licht mit dem Schatten kollidieren", erklärte ich aufgeregt, während die Erkenntnis in mir wie Fieber wuchs. „Es ist eine Stadt, die voller Widersprüche ist, aber sie könnte der Schlüssel sein. Wenn ich dort meine eigene Dunkelheit erkenne, könnte ich auch Lyanna finden!"

Mit einem Atemzug spürte ich, wie die Hoffnung wie ein kleiner Samen in mir zu sprießen begann. Doch der Zweifel nagte weiterhin an meinen Gedanken. „Aber wie? Wie können wir Lyanna finden, wenn ich nicht einmal weiß, was tatsächlich geschehen ist?"

„Wir müssen dorthin", sagte Aiden entschieden, aber ich konnte die Unsicherheit in seiner Stimme hören. „Wenn Johannesburg der Ort ist, an dem Lyanna zu finden ist, dann…. Dann müssen wir alle uns unserem Trauma stellen."

Johannesburg. Der Klang des Namens ließ meine Gedanken sofort in die dunkelsten Ecken meiner Erinnerung zurückwandern. Es war nicht nur die Stadt des Lichtes, das hier einst blühte und strahlte; es war auch der Ort meiner größten Trauer, meine tiefsten Wunden. Aiden, Aurel und ich hatten diesen Ort bereits besucht, und die Erinnerungen an jenen Tag waren wie ein schneidendes Messer in meinem Herzen.

Ich schloss die Augen und stellte mir die Straßen vor, die von der Sonne geküsst wurden, und die Geräusche der Stadt, die in der Luft schwebten. Doch selbst diese positiven Bilder waren von einem dunklen Schleier umgeben, der den Reiz der Stadt verdunkelte. An diesen Ort erinnerten wir uns mit einer Mischung aus Sehnsucht und Schmerz.

Es war vor einigen Jahren gewesen – ein scheinbar normaler Tag. Unsere Eltern waren unterwegs, um uns ein besonderes Geschenk zu machen, das sie uns versprochen hatten: Ein Geschenk zu unserem 18. Geburtstag. Wir hatten vor Freude gestrahlt, ohne zu ahnen, dass sich ein unbarmherziges Schicksal zusammenbraute.

Der Verkehrsunfall, bei dem unsere Eltern ums Leben kamen, war ein Rätsel, das uns bis heute verfolgte. Es war ein furchtbarer Tag, als wir die Nachricht erhielten. Aiden und Aurel standen neben mir, beide mit aufgerissenen Augen und blassem Gesicht. Es war, als ob die Welt um uns herum zerbrach, als die Realität langsam durch die unschuldigen Erwartungen drang.

„Ihre Leichen wurden nicht gefunden", hatte der Beamte gesagt, und mit diesen Worten schmälerte sich die ganze Welt für uns drei. „Es scheint, als wären sie aus der Sicht der Zeugen verschwunden, kurz nachdem das Unglück passierte."

Immer wieder fragten wir uns, was wirklich passiert war. Hatten sie wirklich einen Unfall? Oder war es ein Hinterhalt? Der Gedanke, diese Ungewissheit, nagte an uns.

„Vielleicht haben sie etwas gesehen, was sie nicht sehen sollten", flüsterte Aiden eines Nachts, als wir im Bett lagen und die Decke über unsere Köpfe zogen. „Vielleicht sind sie in etwas verwickelt gewesen, von dem wir nichts wissen."

Aurels Augen warfen einen nervösen Blick in die Dunkelheit. „Was, wenn sie noch leben? Was, wenn sie irgendwo in dieser Stadt sind und auf uns warten?"

Diese Fragen schwirrten in unseren Köpfen, während wir versuchten, zu verstehen, was geschehen war. Mit jedem Jahr, das verging, verdichteten sich die Schatten um unsere Erinnerungen. Johannesburg wurde nicht nur zu einer Stadt des Verlustes, sondern auch zu einer

Stadt voller Geheimnisse, die uns niemals losließen.

„Wir müssen die Antworten finden", sagte Aiden entschlossen und warf mir einen herausfordernden Blick zu. „Es ist Zeit, herauszufinden was wirklich passiert ist. Vielleicht liegt der Schlüssel zur Rettung von Lyanna in der Aufklärung unserer eigenen Vergangenheit."

„Ja", bestätigte Aurel, aber seine Stimme war leise. „Die Erinnerungen werden schmerzhaft sein, aber wir dürfen nicht weglaufen."

„Johannesburg", murmelte ich leise, „du wirst uns die Wahrheit zeigen. Wir werden siegen. Aber ......?", fragte ich, und die Traurigkeit machte mich fast ohnmächtig. „Ich habe Angst, dass ich sie nicht besiegen kann... dass ich Lyanna für immer verliere."

Lucia legte ihre Hand auf meine und sah mir direkt in die Augen. „Wir werden das gemeinsam tun. Wir stehen zusammen, egal was passiert. Du bist nicht allein in diesem Kampf, Apollo. Du musst daran glauben, dass es eine Chance gibt."

„Ja", fügte Salvador hinzu, „wenn wir gemeinsam an das Gute glauben, können wir alles schaffen. Wir müssen an unser Ziel glauben und an das, was uns zusammenbringt."

Mit einem letzten Blick auf die Flammen der Kerzen spürte ich, dass ich diesen Weg gehen musste. Ein Weg, der voller Ungewissheit, Angst und Verzweiflung war. Aber ich konnte nicht mehr zurückblicken. Ich war mir absolut sicher, alles zu riskieren um Lyanna zu finden und sie aus der Dunkelheit zu befreien.

„Johannesburg", murmelte ich, während ich die Worte wie einen Schwur wiederholte, „der Ort des Goldes... ich werde dich finden, Lyanna. Ich werde alles tun, um dich zurückzubringen. Für dich und für uns alle!"

Und während uns das Licht der Kerzen mit neuer Hoffnung umhüllte, hatten wir ein Ziel. Pläne schmieden, gut vorbereiten und dann auf nach Johannesburg.

Raphael

Ich lehnte mich im Lederstuhl zurück und betrachtete die Skyline von Johannesburg, die in der Dämmerung wie ein leuchtendes Meer aus Glanz und Schatten erstrahlte. Diese Stadt war nicht nur ein pulsierendes Zentrum der Wirtschaft und der Möglichkeiten; sie war für uns zum Symbol unserer Macht geworden. In jeder Ecke und auf jeder Straßenkreuzung gab es Möglichkeiten, die darauf warteten, genutzt zu werden. Eine Stadt, die das perfekte Spielfeld für uns bot, wo wir bereit waren, die Kontrolle zu übernehmen.

Mit einem tiefen Schluck von meinem Whisky ließ ich meine Gedanken zu Lyanna wandern. Sie war mehr als nur meine Oberhure; sie war die Muse, die mich anfeuerte, und die Künstlerin, die die Fäden in der Hand hielt, während wir das Imperium in dieser faszinierenden, gleichzeitig beunruhigenden Stadt aufbauten. Ich hatte nie jemandem vertraut wie ihr, und dennoch wusste ich, dass wir beide durch diese Ambitionen und die Mischung aus Macht und Angst, die wir verbreiteten, untrennbar verbunden waren. Ist sie still und heimlich zu meiner Partnerin geworden?

Die letzten Wochen hatten uns in Johannesburg härter geprägt, als jede andere Zeit in unserem Leben. Wir hatten aggressive Geschäfte abgewickelt, hatten uns mit den richtigen Menschen umgeben und gleichzeitig einige der gefährlichsten Spieler der Unterwelt an ihre Grenzen gedrängt. Unser Imperium nahm Gestalt an und wuchs mit jeder Verhandlung, die wir führten. Lyanna und ich waren mehr als ein Paar; wir waren die Drahtzieher in einem gefährlichen Spiel, das von Loyalität und Verrat geprägt war.

„Raphael", hörte ich ihre Stimme, die sanft, aber durchdringend war. Ich drehte mich um und sah sie in die Tür treten, ein kontrollierter Ausdruck auf ihrem Gesicht. Ihr schwarzer Anzug umschmeichelte ihren Körper und unterstrich ihre unbestreitbare Eleganz. Hier war der Ort, wo sie zu einer Gesellschaftsfigur aufstieg, und ich war stolz, an ihrer Seite zu stehen. „Bist du bereit für unser nächstes Treffen?"

„Ich bin bereit, wenn du es bist", antwortete ich, während ich mich aufrichtete und ihr einen sicheren Blick zuwarf. In ihren Augen funkelte Zielstrebigkeit, und ich wusste, dass wir gemeinsam durch jeden Sturm navigieren konnten.

„Die Verhandlungen mit dem Asiatischen Konsortium könnten erschreckend werden", sagte sie und spielte mit einer Haarsträhne, während ein hinterlistiges Lächeln ihre Lippen umspielte. „Aber das ist nichts, was wir nicht handhaben können."

Ich nickte, froh über ihre Zuversicht, die oft ansteckend war. „Ja, und wir müssen sicherstellen, dass sie verstehen, dass Schwäche für uns keine Option ist. Sie müssen genau wissen, dass ihr Erfolg von uns abhängt."

Wir verließen mein Büro und machten uns auf den Weg zur Limousine, die auf uns wartete. Die Verkehrssituation in Johannesburg war chaotisch, aber wir mussten uns beeilen, um rechtzeitig zu unserem Treffen zu kommen. Auf dem Weg dorthin diskutierten wir unsere Strategie, es war wichtig unsere Feinde im Zaum zu halten. Macht und Angst waren unsere Waffen und wir waren bereit sie einzusetzen.

Als wir das gläserne Gebäude erreichten, in dem unser Treffen stattfinden sollte, lag die Anspannung in der Luft.

Wir betraten den Konferenzraum, in dem das asiatische Konsortium bereits auf uns wartete. Eine Gruppe von Männern – scharfsinnig, kalt und zutiefst aggressiv. Ihre Gesichter waren steinerne Masken, verborgen hinter einer Mauer aus Reserviertheit und unüberwindbarer Kälte. Der Vorsitzende, ein Mann von imposanter Statur und einschüchternder Ausstrahlung, begrüßte uns mit einem knappen Nicken. Die Luft war elektrisiert, die selbst die Wände zum Beben brachte.

Doch ich war mir dessen bewusst, dass ich einen psychologischen Vorteil hatte. Vittorio, meine rechte Hand und Spezialist für unangenehme Situationen, war im Vorfeld aktiv geworden. Er hatte die Familie des asiatischen Oberhauptes in seine Gewalt gebracht. Diese Realität ließ einen schmalen Grinser über mein Gesicht huschen, während ich meine Handflächen auf den Tisch legte und die Männer im Raum musterte.

„Willkommen, Raphael, Lyanna", begrüßte uns der Vorsitzende mit einer geschmeidigen Verzögerung. Seine Augen funkelten hinter seiner goldenen Brille, und ich wusste sofort, dass er ein gefährlicher Gegner war. „Wir freuen uns, dass Sie hier bei uns sind."

„Natürlich, wir wollten sicherstellen, dass wir gemeinsam die selbe Richtung einschlagen", erwiderte Lyanna mit einem charismatischen Lächeln. Das war eine ihrer Stärken: Selbst dem härtesten Verhandlungspartner konnte sie das Gefühl von Wertschätzung geben, während sie gleichzeitig das Messer einem an die Kehle setzte.

Die Verhandlungen begannen, und schnell wurde mir klar, dass sie uns testen wollten. Sie präsentierten ihre Bedingungen, verlangten exorbitante Anteile und schienen zu glauben, dass sie uns an die Wand drängen könnten. Ich fühlte, wie sich die Wut in mir aufstaute, aber ich wusste, dass es wichtig war, ruhig zu bleiben. Es würde nicht helfen, vor ihnen zu explodieren.

Ich gab Lyanna ein signalisiertes Nicken, und sie übernahm das Wort. „Eure Bedingungen sind nachvollziehbar", sagte sie und blieb dabei freundlich, aber bestimmt. „Aber Sie müssen verstehen, dass wir in einer Zeit leben, in der Flexibilität der Schlüssel zum Erfolg ist. Wenn Sie glauben, dass Sie uns erpressen können, irren Sie sich."

Die Überraschung war in ihren Gesichtern sofort zu lesen. Sie hatten nicht erwartet, dass wir uns so schnell weigern würden. Lyanna war wie eine Klinge, die durch die Luft schnitt, ohne zu zögern, während ich daran dachte, wie sie die Macht der Angst geschickt nutzte, um eine Botschaft zu senden.

Das Gespräch entwickelte sich bedrohlich. Nun musste ich die Vorarbeit leisten, um die Schatten über uns auszubreiten. „Sehen Sie, das Problem ist", murmelte ich, während ich durch den Raum schritt, „dass wir nicht nur einen Deal abschließen. Wir bauen hier ein Imperium auf."

„Ich habe gehofft, dass Sie keine schlechten Nachrichten für uns haben", begann ich mit einer kühlen Stimme, während ich mich zurücklehnte und dem Vorsitzenden direkt in die Augen sah. „Gestern habe ich gehört, das ihr Frau in der Stadt gesichtet wurde. Ein erfreulicher Zufall – nicht wahr?"

Ich bemerkte, wie sich die Mienen der Männer veränderten. Ein Ausdruck von Nervosität kroch über ihre Gesichter, während sie versuchten, ihre Wut zu verbergen. Diese Angst war meine Waffe, und ich hatte viele Pfeile in meinem Köcher.

Meine Gedanken wanderten zu Vittorio, der kurz darauf mit einem leichten Nicken weiter in den Raum trat. In seiner Hand hielt er ein Tablet und stellte es auf den Tisch, während er die Spannung im Raum nutzte. „Ich wollte Ihnen nur etwas zeigen", sagte Vittorio und wischte über den Bildschirm. Das Bild eines Videos erschien auf der Leinwand – ein klarer, schrecklicher Anblick.

Die Frauenfiguren waren sofort erkennbar. Die Emotionen krabbelten in die Gesichter des asiatischen Vorsitzenden und seiner Männer, als sie das Bild ihrer gefangenen Frauen sahen, das in einem dunklen Raum aufgenommen worden war. Ihre Gesichter waren erschöpft, und die Augen blickten leer und ängstlich in die Kamera.

„Schau genau hin", sagte ich ungerührt. „Das hier könnte Ihrer Frau passieren, sollte ich meinen Willen nicht bekommen. Und ihre Kinder? Na ja, sie könnten die nächsten sein die meinem kleinen, schrecklichen Unternehmen dienen."

Ein Schauer lief durch den Raum, und ich sah, wie die Männer visuell zusammenbrachen. „Ich habe die Möglichkeit, ...wie Sie sehen...., das Schicksal dieser Frauen zu gestalten. Wenn Sie nicht fähig sind, mit mir zu verhandeln, könnte dieser Raum bald zu einem sehr traurigen Ort für Ihre Familie werden." Ich spürte die Macht, die ich über sie hatte – die Verbindung zwischen Angst und Kontrolle war unser Spiel.

Kühle Blicke gingen durch den Raum, aber ich ließ mich nicht abschrecken. Ich genoss die Macht, die mir diese Worte verliehen. „Wir verstehen, dass die Welt nicht nur aus Geschäftspartnern besteht. Es gibt auch persönliche Beziehungen, die sehr wohl zu den geschäftlichen Verbindungen führen."

Ein murmelndes Raunen lief durch die Gruppe, und ich wusste, dass ich den ersten Nerv getroffen hatte. Der Schlüssel, um sie zu kontrollieren, lag darin, ihnen zu zeigen, wie verletzlich sie waren. „Wenn jemand denkt, dass er uns demütigen kann, wird er bald feststellen, dass die Konsequenzen dieses Handelns weitreichend sein werden. Durch eine Dummheit könnten sie die Verbindung kappen – und mit dieser Entscheidung ihre Geschäfte gefährden."

Das Spiel hatte begonnen. Lyanna und ich waren jetzt die Spieler, und die Verhandlungstaktik begann, sich zugunsten unserer Positionen zu wenden. Wir nutzten die Atmosphäre der Panik, um ihnen die Düsternis zu verdeutlichen, die uns umgab. In den Augen meiner Gegner sah ich nicht nur Warnung, sondern auch Resignation.

Ein fieberhaftes Murmeln entstand aus der Gruppe, als der Vorsitzende versuchte, seine Fassung zurückzugewinnen. „Das ist nicht möglich, Raphael. Sie überschreiten Grenzen, die nicht überschritten werden sollten!"

„Über Grenzen wurde schon vorher beschlossen", entgegnete ich mit einem gefühlten Lächeln. „Ich würde sagen, das Spiel hat gerade erst begonnen. Sie können mir glauben, dass ich niemanden dieser Familie vergessen werde. Wenn es mir nicht gefällt, was ich höre, werde ich mich um Ihre Frau und anschließend um ihre Kinder kümmern. Und ich werde sicherstellen, dass sie mir ihre Liebe auf die engste Art beweisen, die sie können."

Ich sah, wie sich das Entsetzen in den Augen des Vorsitzenden festsetzte. Hier, in dieser kleinen Besprechung über Geschäfte, war ich der, der die Zügel in der Hand hielt. Derjenige, der das Schicksal über ihre Familie entschied und sie dazu brachte, sich meinen Forderungen zu beugen.

„Wir haben die Macht sie und Ihre Geschäfte zu zerstören. Sie wissen, dass ich das Gewissen nicht habe um es aufzuhalten", sagte ich mit einem endgültigen, ironischen Lächeln. Unsere Macht, die wir verspürten, war unbestreitbar, und die Furcht, die wir verbreiteten, wurde zu unserem besten Verbündeten.

Der Vorsitzende und seine Männer waren nun wie Schachfiguren auf einem Brett, verwundbar und entscheidungslos. Jeder Schritt von uns hinterließ Furchen in ihrem Selbstbewusstsein, und ich war bereit, das Zepter zu übernehmen.

„Wir werden weiterhin über den Deal sprechen", sagte ich schließlich und entließ sie aus der Dunkelheit des Raumes. „Und denken Sie daran: Die Zeit spielt nicht zu Ihren Gunsten. Ich rate Ihnen, sich zusammenzureißen und schnell zu handeln, wenn Sie möchten, dass Ihre Familie in Sicherheit bleibt."

Als wir den Raum verließen, fühlte ich die volle Wucht meines Einflusses. Ich hatte die Familie des asiatischen Oberhauptes in der Zange, und die Kontrolle über ihren Schicksalsweg lag nun in meinen Händen. Das Imperium wuchs, und mit jeder Schachfigur, die fiel, wurde unser Fokus klarer.

Lyanna ging neben mir mit einem zufriedenen Lächeln auf den Lippen, als wir den Konferenzraum verließen. Wir hatten gewonnen, aber der Kampf war lange nicht vorbei. „Die Angst wird unsere stärkste Waffe sein", sagte ich und spürte, wie sich die Dunkelheit um uns wie ein undurchdringlicher Nebel legte.

Zusammen waren wir unaufhaltsam. Unsere Zukunft in Johannesburg war gezeichnet. Das Imperium war nicht nur finanzieller Natur – es war ein dominierendes System des Schreckens, das selbst die mächtigsten Akteure der Branche in ihren Grundfesten erschütterte.

Lyanna wurde mit jedem Schritt gefährlicher und kühner. Sie entwickelte Strategien, die tief in die Psyche unserer Gegner eindrangen und sie dazu brachten, sich über ihre eigenen Ängste zu definieren. Sie wurde zur Königin des Untergrundes, und ich war stolz, an ihrer Seite zu stehen. Doch hinter der Fassade gab es auch immer wieder das schleichende Gefühl, dass wir durch den Machtkampf unsere Menschlichkeit allmählich verloren.

„Wir müssen weitere Schritte machen", sagte Lyanna eines Abends, als wir in meinem Büro in Johannesburg saßen. „Die nächsten Wochen werden entscheidend sein. Wir müssen unser Netzwerk in der Seefahrt weiter ausbauen, um sicherzustellen, dass wir nicht nur mit den Besten verbunden sind, sondern auch die Einzigen bleiben, die auf dem Markt Einfluss haben."

„An welche Firmen dachtest du?" fragte ich und sah sie aufmerksam an. Sie war wie ein Schachmeister, der jede Figur auf dem Brett genau ins Visier nahm.

„Ich plane, einige alte Kontakte zu reaktivieren, und zudem sollten wir Beziehungen zu den neuen Wettbewerbern aufbauen. Es gibt dort draußen Potenzial, das wir nutzen könnten", erklärte sie und lächelte.

„Das klingt vielversprechend", erwiderte ich, „aber wir müssen auch sicherstellen, dass alle Mitarbeiter loyal sind. Wir sollten nicht vergessen, dass Vertrauen in dieser brutalen Welt ein Luxus ist."

Lyanna nickte zustimmend. „Vertrauen ist ein zweischneidiges Schwert. Es kann zur Stärke werden, aber es kann auch eine Waffe gegen uns gerichtet werden. Daher sollten wir immer in den Schatten bleiben und uns nicht zu sehr offenbaren."

Die Entscheidung, wie wir weiter vorgehen sollten, lag in der Luft. Ich wusste, dass wir nur einen falschen Schritt machen mussten, um alles zu verlieren, oder dass wir in einen Abgrund von Intrigen und Verrat verstrickt werden konnten. Dieses Risiko war Teil des Spiels, und doch brauchte ich gleichzeitig Stabilität und Kontrolle.

In der Nacht, als wir den Deal mit einem der einflussreichsten Multimillionäre von Johannesburg abschlossen wollten, lag etwas in der Luft. Es war der Moment, der alles verändern, aber auch den mühsam aufgebauten Status quo gefährden konnte. „Schau, Lyanna", sagte ich, während wir in der Dunkelheit der Stadt durch die Straßen fuhren. „Wenn wir diesen Deal nicht durchdrücken können, wäre es unser Ende."

Ich sah, wie ihr Gesicht angespannt wurde. In ihrem Inneren brodelte die Angst, gezeugt durch das Spiel von Macht und Kontrolle. „Ich weiß, Raphael. Aber wir werden das schaffen. Verlass dich auf mich."

„Wir sind ausgezeichnete Anführer, die es wert sind, gefürchtet zu werden", sagte ich entschlossen. „Das Imperium ist nicht nur der Weg, den wir beschreiten; es ist die Brücke, die uns mit den tiefsten Fäden unserer Vergangenheit verbindet."

Lyanna drehte sich zu mir und ein geheimnisvolles Lächeln umspielte ihre Lippen. „Dann lass uns den Sturm beschwören, Raphael. Lass uns sicherstellen, dass die Welt weiß, dass wir hier sind und dass wir nicht hinausgeworfen werden."

Wir beendeten die Nacht mit dem Wissen, dass wir die Kontrolle über unser Schicksal in den Händen hatten. Und mit einem gemeinsamen Ziel vor Augen wusste ich, dass nichts uns aufhalten konnte. Wir reiften zu einem Reich, das größer war als alles, was wir uns je erträumt hatten. Und wir waren erst am Anfang.

Lyanna

Ich saß in meinem Arbeitszimmer und ließ die Gedanken um mich kreisen. Der Abend senkte sich über die Stadt und hüllte die Skyline in ein sanftes, orangefarbenes Licht. Ich war allein, umgeben von der Stille, die nur durch das leise Ticken meiner Uhr gestört wurde. Mein Kopf war voller Gedanken über alles, was wir so lange angestrebt hatten, und darüber, wie weit wir gekommen waren. Doch ein Bild hatte sich tief in mein Gedächtnis eingebrannt: Apollo. Unser letztes Aufeinandertreffen.

Der Traum, den ich mit Apollo geteilt hatte, war nach wie vor lebendig in meinem Geist. In dieser visionären Erfahrung waren wir nicht nur gewöhnliche Menschen; wir waren Seelen, die durch die Dimensionen des Bewusstseins reisten. Die Welt um uns herum verwandelte sich und ich sah die Schattenwelt, die ich mir zuvor nicht hatte vorstellen können. Apollos Präsenz war sowohl beruhigend als auch anregend zugleich.

Ich erinnerte mich an seine Worte in diesem Traum, als er mich auf seine Reise mitnahm, die uns in die Tiefen unserer inneren Kraft führte. Mit jeder Sekunde des Erlebens spürte ich, wie unsere Bindung stärker wurde, und ich wusste, dass ich nicht nur ihm, sondern auch mir selbst begegnete. Doch so sehr ich diese Verbindung genoss, wurde mir auch bewusst, dass der Weg, den wir im wachen Leben eingeschlagen hatten, eine ganz andere Art von Mut und Entschlossenheit erforderte.

Es gab eine Dimension in dieser Erfahrung, die mich nicht losließ. Die Botschaft, die Apollo mir zu vermitteln versuchte, war klar: Veränderung war möglich, aber sie erforderte Energie, Leidenschaft und die Bereitschaft, Risiken einzugehen. Ich wusste, dass ich diese Lektionen in die Realität umsetzen musste – für meine Zukunft. Es ging nicht nur um uns; es ging um die Vision, die unsere Ambitionen trieb.

Ich schüttelte den Kopf und versuchte, die Gedanken zu ordnen, die mir im Kopf herumschwirrten. Die Zeit des Zweifelns war vorbei. Ich musste handeln. Das Imperium, das Raphael mit meiner Hilfe geschaffen hatte, war auf das Potenzial angewiesen, das tief in der Stadt verborgen lag. Es gab Männer und Frauen, die mir vertrauten und die bereit waren mir zu helfen. Innerlich wusste ich, dass ich nicht allein war. Es war nur eine Frage der Zeit, bis ich die richtigen Allianzen schmieden aktivieren würde.

Mit festem Entschluss erhob ich mich von meinem Stuhl und ging ans Fenster. Hier war der Ort, an dem ich meine Gedanken in Strategien verwandeln konnte – der Ort, an dem ich die Mysterien der Macht in Johannesburg entblättern konnte.

Ich setzte mich wieder an meinen Schreibtisch und schaltete meinen Laptop ein. Die blaue Leuchttaste des Geräts warf einen sanften Schein auf mein Gesicht, und ich begann, die Kontakte zu durchsuchen, die ich in den letzten Monaten gesammelt hatte. Gesichter und Namen kamen mir in den Sinn, während ich über die Möglichkeiten nachdachte.

„Okay, Lyanna, lass uns diesen Plan in die Tat umsetzen", murmelte ich fest entschlossen, während ich die ersten Telefonate vorbereitete. Meine Finger huschten über die Tastatur. Ich wusste, dass ich meine Verbündeten brauchte, um das nächste Kapitel meiner Zukunft zu schreiben.

Die erste Nummer, die ich wählte, gehörte zu Anton, er war ein hochrangiger Richter in seinen späten Fünfzigern und eine zentrale Figur im rechtlichen Gefüge der Stadt. Mit seinem grauen, ordentlich geschnittenen Haar und den tiefen, nachdenklichen Falten in seinem Gesicht strahlte er Autorität und Erfahrung aus. Seine Augen waren scharf und wachsam, und sie schienen stets die Wahrheit hinter den Worten zu erahnen. Anton hatte einen aufrechten, würdevollen Gang, der seine jahrzehntelange Karriere im Justizsystem widerspiegelte.

Sein juristisches Wissen war umfassend, und er hatte sich über die Jahre einen Ruf als unbestechlich und gerecht erarbeitet. Er legte großen Wert auf Integrität und moralische Standards, was ihn in der Gemeinschaft sowohl respektiert als auch manchmal gefürchtet machte. Viele kannten seine Fähigkeit, das Gesetz mit einem scharfen Verstand und einer feinen Sensibilität für Gerechtigkeit zu interpretieren.

Trotz seiner Ernsthaftigkeit war Anton auch menschlich. Er hatte eine ausgeglichene Einstellung zu seinem Beruf und verstand, dass nicht alles in Schwarz und Weiß zu fassen war. Dies befähigte ihn, empathisch zu reagieren, wenn es um die Schicksale derer ging, die vor Gericht standen – ersichtlich in seiner Fähigkeit, selbst die schwierigsten Fälle mit einem Maß an Mitgefühl zu betrachten.

Er hatte weitreichende Kontakte in der politischen und geschäftlichen Welt, was ihm den Ruf als Vermittler zwischen verschiedenen Interessen einbrachte. Anton wusste, wie man mit den Machtstrukturen der Stadt umging, und war sich der Einflussnahme bewusst, die hinter den Kulissen stattfand. Oftmals wurde er um Rat gefragt, da seine Meinung viel Gewicht hatte – ein Mann, der nicht nur das Recht repräsentierte, sondern auch eine Stimme der Vernunft in einer komplexen und oft chaotischen Welt war.

Mit einer ruhigen Autorität und dem Bestreben, Gerechtigkeit zu fördern, war Anton eine Figur, die man respektieren konnte, und viele suchten seine Weisheit, wenn es darum ging, die vielen Graustufen des Lebens und des Gesetzes zu navigieren.

Das Freizeichen ertönte, während ich ungeduldig auf eine Antwort wartete. Nach ein paar Tönen hörte ich Antons vertraute Stimme durch den Hörer. „Lyanna! Wie schön, von dir zu hören. Was gibt's?"

„Anton, ich brauche deine Unterstützung", begann ich ohne Umschweife. „Ich stehe vor einer strategischen Gelegenheit, und ich weiß, dass ich auf deine Erfahrung und Netzwerke angewiesen bin."

„Was für eine Gelegenheit? Ich bin ganz Ohr", sagte er, und ich konnte mir sein interessiertes Nicken bildlich vorstellen.

„Ich plane, einige neue Allianzen zu schmieden, um unser Imperium weiter auszubauen. Es gibt einen neuen Markt, den wir erschließen müssen, und ich weiß, dass du einige Kontakte dort hast, die wir brauchen könnten", erklärte ich und spürte, wie mein Puls sich beschleunigte. „Wenn es uns gelingt, diese Verbindungen zu knüpfen, wird es unsere Position hier drastisch stärken."

Es wurde kurz still, bevor Anton mir antwortete. „Okay, ich verstehe, dass du etwas Großes im Sinn hast. Ich gehe davon aus, dass du mehr als nur unverbindliche Gespräche führen willst. Was genau hast du vor?"

Ich lächelte, denn es war an der Zeit, ihm den Plan zu enthüllen, der durch meine Gedanken geisterte. „Ich habe Informationen darüber, dass einige der großen Namen der Stadt in Schwierigkeiten stecken. Ich möchte sie dazu bringen, sich uns anzuschließen – durch gewissen taktische Methoden, dass sie uns nicht meiden können, wenn sie an ihren eigenen Geschäften festhalten wollen."

„Das klingt riskant, Lyanna. Du weißt, was das bedeutet, und du weißt auch, dass wir in einem fragilen Gleichgewicht leben. Du kennst mich und meine Position", antwortete Anton, seine Stimme klang besorgt.

„Ich weiß, Anton. Aber der Lohn ist zu groß, um darauf zu verzichten. Lass uns gemeinsam an einem Strang ziehen. Wenn wir das erfolgreich umsetzen, könnte es uns helfen, die Kontrolle über die Stadt zu erlangen. Genaues würde ich dir bei einem PERSÖNLICHEN Treffen erläutern", sagte ich, überzeugt davon, dass er meine Vision verstehen würde.

„Gut, ich bin dabei. Lass mich einige Kontakte mit dir in Verbindung bringen", entgegnete Anton, und ich bemerkte, wie seine Zweifel schwanden. Kurz darauf legten wir auf, und ich fühlte mich erleichtert. Ein erster Schritt in die richtige Richtung war gemacht.

Ich warf einen Blick auf meine Liste der Geschäftspartner und wählte als nächstes Mattias. Er war ein Mann in den frühen Vierzigern, der einst als gefürchteter Rivale von Raphael galt. Mit einem markanten, kantigen Gesicht und einem durchdringenden Blick strahlte er eine bedrohliche Präsenz aus, die auf viele Menschen einschüchternd wirkte. Sein dunkles, leicht nachlässiges Haar und der vollendete Bart gaben ihm ein raues, aber gleichzeitig anziehendes Aussehen.

Vor einigen Jahren war Matthias ein ambitionierter erfolgreicher Geschäftsmann, der stets bereit war, über Leichen zu gehen, um seine Ziele zu erreichen. Seine Fehler waren zahlreich und oft kostspielig – sowohl finanziell als auch moralisch. Doch die Niederlagen, die er erlitten hatte, führten zu einer tiefen Selbsterkenntnis. Er erkannte die Schwächen in seinem eigenen Spiel und war bereit, seine Perspektive zu ändern, um sich in dem gefährlichen Geschäftsumfeld, in dem er agierte, neu aufzustellen.

Matthias war nicht nur intelligent, sondern auch adaptiert. Er wusste, dass er sich anpassen musste, um in dieser rauen Welt des Verbrechens und der Politik überleben zu können. Diese Erkenntnis führte ihn dazu, strategische Allianzen zu bilden und sich von alten Feindschaften zu distanzieren, auch wenn es bedeutete, stolz aufzugeben und die Hand zu reichen, um einen Neuanfang zu wagen.

Seine Wandlung machte ihn zu einem reifen und überlegten Geschäftspartner. Matthias war jetzt jemand, der Wert auf Diplomatie und kluge Planung legte, anstatt auf brutale Aggression. Wenn er das Gefühl hatte, dass eine Zusammenarbeit mit jemanden ihn in eine stärkere Position bringen konnte, so würde er es tun – es war der Ausdruck einer tiefgreifenden persönlichen Metamorphose. Ich wusste, dass ich ihm Vertrauen konnte, auch wenn wir in der Vergangenheit einige Differenzen hatten. „Mattias, ich brauche dich", begrüßte ich ihn, als er ans Telefon ging.

„Lyanna! Das ist eine Überraschung. Was führt dich zu mir?"

„Ich plane, einige strategische Allianzen zu knüpfen, und ich habe gehört, dass du Interesse haben könntest. Mit den richtigen Verbindungen könnte das unsere Geschäfte erheblich beeinflussen", sagte ich, und ich bemerkte, wie er sofort aufmerksam wurde.

„Klingt interessant", erwiderte Mattias. „Aber wieso solltest du mir jetzt vertrauen? Wir haben uns doch früher nicht gerade die Hand gereicht?"

„Weil ich an den langfristigen Nutzen der Partnerschaft glaube. Und wenn es mir gelingt, andere davon zu überzeugen, dass unsere Allianz vorteilhaft ist, kann das auch für dich neue Türen öffnen", erklärte ich.

Er überlegte einen Moment. „Ich verstehe, was du meinst. Welche Art von Allianzen möchtest du etablieren?"

„Ich ziehe in Betracht, einige der Branchenriesen unter Druck zu setzen. Wenn wir sie davon überzeugen können, dass ihre eigene Position in Gefahr ist, werden sie zu uns kommen. Das Gleiche gilt für dich. Sie werden sehen, dass es vorteilhaft ist, auf der richtigen Seite zu stehen. Genaues würde ich dir bei einem PERSÖNLICHEN Treffen erläutern", fügte ich hinzu und war erleichtert zu spüren, dass er interessiert war.

„Das ist gefährliches Spiel, Lyanna. Aber ich gebe dir recht – ich habe einige Ideen, die wir besprechen sollten. Lass uns treffen", antwortete er schließlich.

Ein zufriedenes Lächeln breitete sich auf meinem Gesicht aus, als ich auflegte. Die Bausteine für mein Vorhaben fügten sich langsam, aber sicher zusammen.

Ich nahm mir einen Moment Zeit, um durch mein Arbeitszimmer zu gehen und die Bücherregale zu betrachten. Hier waren Säulen des Wissens und historische Werke über strategische Kriegsführung, die ich in Erfahrung bringen wollte. Ideen und Inspirationen schwirrten durch meinen Kopf, während ich daran dachte, wie wichtig es war, das jetzt zu entschlüsseln und die Zukunft vorherzusagen.

Der Traum von Apollo war nicht nur Romantik; es war ein Ansporn, noch entschlossener zu handeln. Ich wollte nicht nur für mich selbst, sondern auch für unsere Zukunft, das wir kämpften. Diese Stadt war ein Schachbrett, und ich war bereit, jede Figur zu bewegen, um das Spiel zu gewinnen.

Während ich eine alte Schriftrolle entzifferte, die ich zwischen Raphaels Unterlagen im Archiv gefunden hatte, erhellte sich mein Gesicht. Das war der perfekte Punkt – die Art und Weise, wie ich unsere Strategie aufbauen und andere von den Vorteilen meiner Partnerschaft überzeugen konnte.

Ich setzte mich wieder an meinen Schreibtisch und schrieb alle möglichen Ideen auf. Während ich das tat, nahm ich das Telefon erneut zur Hand, diesmal um Akira zu kontaktieren, einen weiteren wertvollen Verbündeten, den ich brauchte. Akira war ein geheimnisvoller und charismatischer Mann in den späten Dreißigern, der mit einer Aura von

Selbstbewusstsein und erlesener Eleganz einen bleibenden Eindruck hinterließ. Er hatte dunkles, seidenes Haar, das ihn oft in einem leicht unordentlichen, aber dennoch stilvollen Look umrahmte, und seine tiefen, scharfen Augen schienen immer die Bewegungen und Nuancen der Menschen um ihn herum zu beobachten.

Sein stilvolles Auftreten war nicht zufällig; Akira kleidete sich in maßgeschneiderte Anzüge, die seinen schlanken Körper perfekt betonten und ihm ein Gefühl von Autorität und Professionalität verliehen. Er sprach vier Sprachen fließend, darunter Englisch, Japanisch, Mandarin und Koreanisch, und wusste dadurch, sich in unterschiedlichsten geschäftlichen Kreisen zu bewegen.

Lebenslang in der asiatischen Geschäftswelt verwurzelt, hatte Akira ein weitreichendes Netzwerk von Kontakten, das von hochrangigen Regierungsbeamten bis hin zu einflussreichen Unternehmern reichte. Er verstand die komplexen Dynamiken der Geschäfte, besonders die kulturellen Feinheiten, die in Verhandlungen eine entscheidende Rolle spielen konnten. Seine Fähigkeit, Netzwerke zu knüpfen und Beziehungen aufzubauen, machte ihn zu einem unerlässlichen Verbündeten in der Geschäftswelt.

Mit einem unerschütterlichen Sinn für Loyalität gegenüber seinen Partnern und einem feinen

Gespür für die Gelegenheit war Akira ein entscheidender Akteur in der Schattenwelt der Geschäfte, stets darauf bedacht, seine Ziele mit Geschick und Bedacht zu verfolgen.

„Lyanna, was kann ich für dich tun?" erschien seine Stimme auf der anderen Seite des Hörers.

„Akira, ich brauche deine Einblicke. Ich plane, einige Wege zu gehen, die die gesamte Dynamik in Johannesburg verändern könnten. Ich hoffe, dass du mir hilfst, wie ich diese Verbindungen knüpfen kann. Gemessen an deinen früheren Erfolgen bin ich mir sicher, dass du die richtigen Ratschläge hast", bat ich ihn und hielt meine Stimme fest.

„Ich habe einige Informationen, die dir nützlich sein könnten. Fakt ist, die Konkurrenz wird gerade aktiv. Einige Gruppen sind aufgewacht, während andere in der Klemme stecken. Es ist gefährlich, aber du hast recht, dass es eine Chance gibt", gab er zu bedenken.

Meine Entschlossenheit wuchs. „Ich habe damit gerechnet. Wenn wir diese Unsicherheit nutzen, können wir uns als die stabilisierende Macht anbieten, auf die andere angewiesen sind. Ich möchte, dass du meine Verbindung bist und mir hilfst, diese nötigen Partnerschaften herzustellen."

Akira sprach mir Mut zu, und nach einigen Minuten hörte ich die Zuversicht in seiner Stimme.

„Gesagt, getan, Lyanna. Ich werde sehen, wie schnell ich das umsetzen kann!"

Wir verabschiedeten uns, und nachdem ich das Telefon aus der Hand legte, überkam mich ein Gefühl der Befriedigung. Die Puzzlestücke meines Plans fügten sich langsam zusammen, und ich fühlte, dass ich auf dem richtigen Weg war.

Die Nacht schritt voran, und ich wusste, dass eine lange und arbeitsreiche Zeit vor mir lag. Pläne mussten geschmiedet, Strategien entwickelt und das Vertrauen meiner Verbündeten getestet werden. Während ich aus dem Fenster schaute und die Lichter der Stadt betrachtete, wurde mir klar, dass ich bereit war.

Ich war eine Schachmeisterin, die die Züge sammelte und strategisch vorankam. Apollo war ein Teil meiner Vergangenheit, aber er war auch meine Zukunft.

Ich stand auf, um zur Karte zu gehen. Der große Tisch in der Mitte des Raumes war ein Symbol dafür, dass ich die Kontrolle über die Situationen, die vor mir lagen, fest im Griff hatte. Ich wusste, dass ich nicht alles alleine erreichen musste, mich aber auf diejenigen verlassen konnte, die mir vertrauten und an meine Fähigkeiten glaubten.

Das Imperium, an das ich glaubte, war nicht nur ein Traum; es war ein rasch wachsendes Reich, das bereit war, alle Herausforderungen zu meistern. Ich würde keinen Rückschritt machen. Mit einem entschlossenen Blick auf die Karte wusste ich, dass ich alles geben würde, um die Stadt in meine Hände zu bringen. Und ich war bereit, weiter zu gehen, als die anderen jemals bereit gewesen wären.

Es war Zeit, die Kontrolle über mein Schicksal zu selbst in die Hand zu nehmen – und über die Dunkelheit der Stadt, die uns umgab. Das neue Imperium würde uns gehören, und ich war bereit, die Schritte zu unternehmen, um es zu verwirklichen.

Raphael

Ich saß wie so oft in meinem Büro und blickte aus dem Fenster auf die pulsierende Stadt. Die Wolkenkratzer ragten majestätisch in den Himmel, während sich die Lichter der Stadt langsam einschalteten und sie mit einem goldenen Glanz überzogen. Hier, in dieser urbanen Wildnis, hatte ich alles aufgebaut, was ich jemals wollte – Macht, Respekt, Wohlstand. Doch trotz all dieser Errungenschaften war einer von uns zum neuen Stern am Firmament geworden: Lyanna.

Lyanna war mein Fels, meine unerschütterliche Verbündete. Wir hatten viele Schlachten gemeinsam geschlagen und unzählige Herausforderungen überwunden. Ich vertraute ihr blind, fast schon naiv, wenn ich an unsere gemeinsamen Ziele dachte. Ihre Leidenschaft und Intelligenz hatten sie dazu gebracht, in unseren Kreisen immer mehr Einfluss zu gewinnen. Sie war schnell und strategisch, und ich war stolz auf alles, was sie erreicht hatte.

Doch in den letzten Wochen hatte sich etwas in unserem Spiel verändert. Ich bemerkte, dass Lyanna immer mehr Termine alleine wahrnahm. Sie hatte angefangen, Gespräche hinter verschlossenen Türen zu führen, oft mit Kontakten, von denen ich nicht einmal gehört hatte. Ich spürte eine subtile Verschiebung in der Machtbalance zwischen uns, und während ich einerseits stolz auf ihren Erfolg war, nagten leise Zweifel an mir.

Vittorio, meine rechte Hand, war mir wie ein Schatten gefolgt. Er war loyal, das wusste ich, aber er war auch skeptisch. Sein Blick war oft nachdenklich, und ich konnte die Fragen lesen, die in seinen Augen brannten – und das irritierte mich. Vittorio war der Einzige, der die Situation mit der nötigen Vorsicht betrachtete, aber ich wollte nicht hören, was er zu sagen hatte.

„Raphael", begann er eines Abends, als wir nach einem Meeting in mein Büro zurückgekehrt waren. „Ich mache mir Sorgen um Lyanna. Sie ist immer öfters allein unterwegs und trifft Entscheidungen, die den Clan betreffen. Könnte es sein, dass sie heimlich versucht, ihren Einfluss auf deine Kosten auszubauen?"

Ich warf ihm einen scharfen Blick zu. „Vittorio, du übertreibst. Lyanna kennt unsere Ziele und hat das Beste für uns im Sinn. Sie ist nicht wie die anderen, die nur an Macht interessiert sind. Ihr Herz schlägt für das Imperium."

„Das mag sein", erwiderte Vittorio, und seine Stimme war fest. „Aber sie scheint sich zu verändern. Da ist eine Willensstärke in ihren

Augen, die ich nicht einschätzen kann. Es könnte gefährlich sein, sie weiter ohne Kontrolle ziehen zu lassen."

Ich schüttelte den Kopf und wollte nicht hören, was er sagte. „Das ist nicht nötig, Vittorio. Du bist einfach zu misstrauisch. Gibt es einen Grund, warum du ihr nicht vertraust?"

„Ich vertraue ihr, Raphael. Es ist nicht das Vertrauen, das ich in Frage stelle, sondern ihre Motive. Bitte, lass uns achtsam sein. Du bist der Kopf dieses Imperiums, und du musst sicherstellen, dass niemand die Kontrolle über das Gesamtspiel erlangt", drängte er.

Doch mir wurde klar, dass meine Loyalität zu Lyanna so stark war, dass ich den möglichen Hintergedanken nicht einmal zulassen wollte. Ich war stolz auf ihre Fähigkeiten, und während ich an sie dachte – an ihre Anziehungskraft und Stärke die mich so faszinierten – begann ich mich zu fragen, ob ich wirklich das Herz und den Verstand des Imperiums im Griff hatte.

Die nächsten Tage waren gefüllt mit einem unaufhörlichen Strudel aus geschäftlichen Terminen und zeitintensiven Diskussionen, aber mehr und mehr hatte ich das Gefühl, dass Lyanna sich vom Mittelpunkt meines Lebens abkapselte. Sie traf sich mit wichtigen Geschäftspartnern, sprach alleine mit einflussreichen Führern und schien immer mehr in ihrer eigenen Welt zu agieren. Manchmal hatte ich das Gefühl, dass sie mehr als nur die zweite Stimme in unseren Gesprächen war – sie war die Hauptakteurin. Das gefiel mir gar nicht!

Die kommende Nacht saß ich allein in meinem Büro, während ich meinen Gedanken nachhing. Das Licht der Schreibtischlampe warf lange Schatten über die Wände. Ich dachte an unsere gemeinsamen Zeiten zurück, an die Kämpfe, die wir zusammen ausgefochten hatten und an all die Momente, in denen ich gesehen hatte, wie Lyanna über sich hinauswuchs. Ihr Stolz wurde bald auch meiner; ich war begeistert von ihr, in einer von Männern dominierten Welt so stark zu sein.

Doch Vittorios Warnungen blieben in meinem Kopf. Ich begann, unser Imperium durch ihre Augen zu sehen – was passierte, wenn sie einen eigenen Plan schmiedete? Was würde aus mir werden? Hätte ich nicht das Recht, an der Spitze zu bleiben, wo ich immer war? Ich wollte mich nicht mit dem Gedanken befassen, dass ich eventuell in den Hintergrund gedrängt wurde. Und so versuchte ich, das Gefühl zu ignorieren.

Ein paar Tage später kam ich in die Stadt. Unser Büro war gerade in eine neue Phase von Verhandlungen mit einem wichtigen Investor eingetaucht. Lyanna war nicht da. Das war nicht ungewöhnlich, aber heute fühlte es sich anders an.

Vittorio sah mich an und ich spürte, wie sich die Luft zwischen uns veränderte.

„Sie hat einen Termin mit einem Partner, der wichtig für unsere Expansionspläne ist", ließ ich ihn wissen und versuchte, die Unruhe zu verbergen, die mich schon lange beschäftigte.

„Und wer ist dieser Partner?" fragte Vittorio, seine Stimme war eher skeptisch als belustigt. „Was hast du darüber erfahren?"

„Ich habe Vertrauen in Lyanna. Sie weiß, was sie tut."

„Das weiß ich, aber sie könnte dich sehr gut in den Schatten stellen, Raphael. Wer sich die Macht ergreift, hat auch die Kontrolle. Lass die Dinge nicht zu einer Gefahr für uns werden", warnte Vittorio eindringlich. Ich spürte, wie mir ein Hauch von Zorn ausbrach.

„Ich werde nicht zulassen, dass meine Entscheidungen in Zweifel gezogen werden, Vittorio. Ich habe die Kontrolle über dieses Geschäft, und sie ist nicht mein Feind", entgegnete ich scharf, während ich in dem Moment das Gefühl hatte, dass der Zweifel meines Freundes meine stützenden Mauern bedrohte.

Aber je mehr ich darüber nachdachte, desto mehr spürte ich die Kluft zwischen uns. Es war nicht nur mein Vertrauen in Lyanna, das mich blenden ließ; es war auch mein Stolz, der mich daran hinderte, die Realität anzuerkennen. Vittorio hatte Recht. Während ich Lyanna als meine Partnerin sah, sah er sie als eine Herausforderung.

In den folgenden Tagen versuchte ich, meine Gedanken zu ordnen, wobei mir auffiel das ich immer weiter von den Geschehnissen abgekapselt wurde. Lyanna blühte in ihrer neuen Rolle auf, und ich fand mich langsam in der Rolle des Zuschauers, was meine Eitelkeit verletzte. Ich hatte unberechenbare Kämpfe in meiner Karriere ausgefochten, aber hier war ich – unfähig, den Widerstand zu überwinden. Vittorio blieb an meiner Seite, und manchmal hatte ich das Gefühl, dass er meine Gedanken las. „Was ist unser Ziel, Raphael? Ein bisschen Kontrolle abgeben?", fragte er eines Abends, als wir in der geselligen Atmosphäre eines bestimmten Restaurants einkehrten.

„Wir sind rasant gewachsen, Vittorio. Das Imperium wird stärker, wenn Lyanna so fortschrittlich ist – wir können das nicht ignorieren", antwortete ich, während ich mit dem Glas in der Hand spielte.

„Ja, aber wir dürfen nicht vergessen, wer hier der Kopf ist. Sie könnte mehr Gewicht bekommen, und du solltest darauf achten, dass du sie nicht in diese Richtung treibst. Du musst zeigen, dass du am

Steuer bist", und ich sah, wie sich seine Gesichtszüge verfinsterten.

„Ich bin nicht blind, Vittorio. Es ist nicht so, dass ich kein Gewicht habe, aber ich sehe das auch – wir können zusammenarbeiten und uns ergänzen. Sie macht ihre Sache sehr gut", entgegnete ich.

Während die Minuten verstrichen, rang ich mit meinen eigenen Gedanken. Konnte ich Lyanna wirklich noch vertrauen? Mir war klar, dass mein Stolz eine Rolle spielte, aber ich wollte auf keinen Fall im Schatten stehen, falls sie die Kontrolle über alles gewinnen würde. Das Gefühl, überflüssig zu sein, wollte ich um jeden Preis vermeiden. Doch ich war blind für diese Realität, und es schien unmöglich, mich davon zu überzeugen.

Eines Abends, als ich nach einem hektischen Tag nach Hause kam, rief ich sie an. Ich wollte eine Gespräch mit ihr um über das Verhältnis zu sprechen und wie wir uns in der Zukunft zusammen koordinieren konnten. Der Einfluss, den sie hatte, war nicht von der Hand zu weisen, und ich musste sicherstellen, dass wir beide in die gleiche Richtung schauten.

„Ich muss mit dir sprechen, Lyanna. Komm rüber", begann ich, als sie ans Telefon ging. Kurze Zeit später ging die Tür auf und sie trat herein.

„Hallo Lyanna. Mir ist da was zu Ohren gekommen. Erzähle mir Mal, was dein Plan in Bezug auf das Kartell ist? Ich habe das Gefühl, dass wir uns in verschiedene Richtungen bewegen."

„Wir bewegen uns in eine gemeinsame Richtung, Raphael. Das Imperium braucht diese neuen Impulse", sagte sie lebhaft, die Begeisterung in ihrer Stimme war nicht zu überhören. Diese Begeisterung machte mich ein wenig sprachlos. Sie zeigt auch keine widersprüchlichen Signale. Was ich eigentlich erwartet hätte. „Was passiert mit unseren ursprünglichen Zielen?"

„Wir haben viel erreicht, ja. Aber unsere Priorität sollte jetzt sein, das Fundament weiter zu festigen, um die nächsten Schritte in Angriff zu nehmen", äußerte sie in einem respektvollen, aber bestimmten Ton.

„Ich verstehe", gestand ich, und ich fühlte, dass ich in diesem Moment ihrerseits weniger in den Hintergrund gedrängt wurde. Es war nicht das, was ich befürchtet hatte, doch etwas in mir regte sich. Es war eine Frage der Zeit, wo ich stand.

„Es wird der richtige Weg sein, Raphael, ich verspreche es dir", sagte sie. Ein Teil von mir bestätigte das die Sorgen und Zweifel umsonst waren. Die Diskussion konnte nun beendet werden.

*

Die Tage vergingen und in den Tiefen der Nacht erkundigte mich öfters, wie die weiteren Verhandlungen und Gespräche verlaufen sind. Die Finanzen stiegen exorbitant. Vertreter und Funktionäre, die wir über die Monate gewonnen hatten, begannen zusammenzuarbeiten, und ich konnte Lyanna in dieser Hinsicht aufblühend sehen.

Doch am Rand spürte ich ein Unbehagen, sie zog still an den wichtigen Fäden. Es war ein komisches Gefühl, in der Dunkelheit zu stehen, während Lyanna sich vernetzte und das Imperium in eine spannende, fruchtbare Phase steuerte.

Aber noch immer nagte der Zweifel an mir. „Vittorio", wandte ich mich eines Abends an ihn, als wir über die Strategie für die kommenden Wochen in meinem Büro diskutierten. „Ich kann nicht umhin, das Gefühl zu haben, dass Lyanna uns woanders hinzieht. So sehr ich sie bewundere, ich habe immer noch das Gefühl, dass ich mit ihr nicht in Verbindung stehe."

„Wie weit würdest du bereit sein zu gehen, Raphael?", fragte Vittorio; seine Stimme war nüchtern. „Es ist deine Entscheidung. Sie hat das Potenzial, eine großartige Führerin zu werden. Das muss ich leider zugeben. Du musst dich fragen, wo du stehst. Willst du im Hintergrund sein?" Ich lehnte mich zurück und dachte nach. Doch der Stolz und die Loyalität, die ich gegenüber Lyanna hegte, waren so groß, dass ich bereit war, den Schritt zu gehen.

Ich wusste, dass ich mit Lyanna reden musste. Die Ungewissheit nagte allzu sehr an mir, und ich konnte nicht länger im Dunkeln tappen. Am nächsten Tag vereinbarte ich ein Treffen mit ihr in einem kleinen, ruhigen Café am Rande der Stadt, einem Ort, den wir beide für seine Diskretion schätzten.

Als ich eintrat, saß sie bereits an einem Tisch in der Ecke, umgeben von einem sanften Licht, das durch die großen Fenster fiel. Ihr Blick war konzentriert, und als sie mich erblickte, kam ein Lächeln über ihr Gesicht. Doch tief in mir regte sich das Gefühl der Unsicherheit, während ich auf sie zutrat.

„Raphael", begrüßte sie mich und deutete auf den Stuhl gegenüber. Ich setzte mich und schenkte ihr ein freundliches Lächeln. „Danke. Es gibt etwas, das ich mit dir besprechen möchte." Ihre Miene wurde ernst. „Natürlich. Was ist es?"

Ich nahm einen tiefen Atemzug und entschied mich für die Ehrlichkeit. „Vor kurzem haben wir uns schon Mal drüber unterhalten. So sehr ich deine Vision bewundere und so sehr ich an die Richtung glaube, in die du das Imperium führst, habe ich das Gefühl, das du vergisst wo ich stehe. Wer ich bin."

Lyanna nickte und blickte mich aufmerksam an. „Ich verstehe. Es ist ein großes Unterfangen, und ich habe in letzter Zeit viele Entscheidungen selbst getroffen. Es liegt mir am Herzen, dass du dich nicht ausgeschlossen fühlst, Raphael. Du bist der Anführer des Clans."

„Ich weiß das. Aber es fühlt sich an, als ob du mich bewusst langsam in den Hintergrund gedrängt willst. Ich möchte dein Unterstützer sein, aber die Hauptrolle ist immer noch meine", gab ich ihr ungeniert zu verstehen.

Lyanna schloss für einen Moment die Augen und atmete tief durch, als versuche sie, die richtigen Worte zu finden. Ihre Gedanken schienen in der Luft zu hängen, während sie über meine Worte nachdachte. „Es war nie meine Absicht, dich auszuschließen oder deine Position zu untergraben", begann sie schließlich, ihre Stimme ruhig und bedacht. „Aber ich verstehe, wie meine Entscheidungen den Eindruck vermitteln konnten, dass ich die Kontrolle übernehmen möchte."

Ich sah ihr in die Augen, suchte nach Anzeichen von Unehrlichkeit oder Kalkül, fand jedoch nur Entschlossenheit. „Ich bin mir bewusst, dass du nur das Beste für uns alle willst, und ich schätze deine Vision", fuhr ich fort. „Aber ich möchte in die Entscheidungsprozesse einbezogen werden und dafür sorgen, dass wir gemeinsam voranschreiten – du an der Spitze, während ich im Schatten bleibe."

Sie nickte ernsthaft und spielte nervös mit dem Rand ihrer Tasse. „Das verstehe ich. Ich brauche deine Unterstützung und deine Perspektiven mehr denn je. Ich mag die Richtung, in die wir steuern, aber ich weiß auch, dass ich nicht alle Antworten habe. Deine Einblicke sind wertvoll."

Ich spürte ein aufkeimendes Gefühl der Erleichterung, dass unser Gespräch in eine produktive Richtung ging. „Gut, denn ich habe Ideen, die das Imperium voranbringen können, aber dazu müssen wir als Team handeln."

Lyanna lächelte, und ich bemerkte einen Funken in ihren Augen. „Lass uns an einem Tisch sitzen, die Pläne durchdenken und diese Ideen zusammen schmieden. Je mehr wir uns aufeinander verlassen können, desto stärker werden wir."

„Deal", sagte ich, und in diesem Moment spürte ich, dass sich die Kluft zwischen uns zu schließen begann. Es war noch viel Arbeit erforderlich, aber der Wille, miteinander offen zu kommunizieren, war der erste Schritt auf dem Weg dorthin.

Belastet von der Ungewissheit und dem Druck der letzten Wochen, fühlte ich mich zum ersten Mal seit langer Zeit wieder erleichtert. Es gab noch viele Herausforderungen, aber das gemeinsame Ziel zu verfolgen und dabei die Stärken beider Seiten zu nutzen, versprach uns wieder näher zusammenzubringen.

„Wann willst du anfangen?", fragte sie mit einem ansteckenden Enthusiasmus, der mich mitriss. „Lass uns nicht länger warten. Die Welt bewegt sich schnell, und wir müssen bereit sein."

Ich nickte und spürte, wie die Zuversicht in mir wuchs. „Lass uns morgen zusammenkommen. Ich bereite einige Vorschläge vor, und dann können wir die nächsten Schritte planen."

„Perfekt", antwortete sie und strahlte mich an. Ich lächelte zurück, froh, dass ich das Gespräch mit ihr gesucht habe um meine Zweifel zu beseitigen.

Und während ich ihr in die Augen sah, wusste ich, dass sie sich ihren Platz in meinem Herzen erobert hatte. Während ich sie bewunderte, sah ich sie als die starke Frau, die sie war – meine Partnerin und Verbündete.

In dieser Nacht beendeten wir das Gespräch mit einer Vision für die Zukunft, und ich begann zu verstehen, dass es nicht darum ging, wer im Vordergrund stand. Es ging darum, gemeinsam an einem Strang zu ziehen und zu erkennen, dass wir beide eine Rolle im Imperium spielen sollten. Wir würden nicht nur kämpfen, um für uns selbst einzustehen, sondern auch, um die Dunkelheit, die uns umgab, zu stärken.

Lyanna

Die nächsten Tage verliefen ohne große Vorkommnisse. Eines Abends stand ich in meinem Büro und starrte aus dem Fenster, während die Dämmerung heraufzog. Die Schatten der Stadt schienen mit mir zu tanzen, als der letzte Rest des Tageslichts verblasste. Mein Herz pochte, als ich über das nächste große Vorhaben nachdachte – die Loyalität unserer Partner auf die Probe zu stellen. Wir mussten wissen, wer tatsächlich an unserer Seite stand und wer bereit war, uns zu verraten.

In der letzten Zeit hatte ich unzählige Gespräche mit Raphael geführt. Wir hatten zusammen bisher eine hervorragende Arbeit geleistet, doch der Gedanke, dahinter betrogen zu werden, nagte an mir. Es war an der Zeit, die Wölfe von den Schafen zu trennen – ich brauchte seine Zustimmung, um mit meinem Plan fortzufahren.

Mit einem entschlossenen Schritt öffnete ich die Tür zu Raphaels Büro. „Raphael? Ich muss mit dir sprechen. Es ist wichtig", sagte ich, während ich eintrat und die Tür mit einem leisen Knall hinter mir schloss. Er blickte auf, und ich sah den Schimmer von Besorgnis in seinen Augen. „Was ist los, Lyanna?"

„Ich denke, wir müssen herausfinden, wer von unseren Partnern loyal ist", begann ich und ließ meine Stimme tiefer werden, als ich das Ausmaß meines Plans offenbarte. „Ich möchte einige von ihnen testen – mit einem Bedrohungsgerücht, das sie drastisch beeinflussen wird. Wir müssen wissen, wer uns ins Gesicht lächelt und hinter unserem Rücken mit dem Feind verhandelt." Raphaels Miene wurde sofort ernst. „Das klingt gefährlich. Was passiert, wenn einer von ihnen die Aufgabe nicht erfüllt oder das Gerücht als wahr einschätzt?"

„Das ist genau der Punkt", entgegnete ich entschlossen und ließ einen Hauch von Abgründigkeit in meinen Worten mitschwingen. „Wir brauchen nicht nur die Loyalität dieser Männer zu überprüfen; wir müssen ihnen Angst einflößen, damit sie wissen, dass ein Verrat Konsequenzen hat. Nur wer stark genug ist, wird den Test bestehen." Er zögerte, dann nickte er. „Wenn du das für notwendig hältst, dann mach das. Achte darauf, dass die Aufgaben nichts für schwache Nerven sind."

Ein Grinsen breitete sich auf meinem Gesicht aus, während ich die Möglichkeit, unsere Macht zu festigen, in mir spürte. „Danke, Raphael. Ich werde alles daransetzen." Ich verließ sein Büro mit einem Gefühl von Vorfreude, das mir durch die Adern jagte. Mein Spiel hatte begonnen.

*

Die Tage vergingen in einem hektischen Tempo, während ich die ersten Treffen mit unseren Partnern organisierte. Das zentrale Element war die exklusive Lounge unseres Unternehmens – voller Stil, aber auch subtile Bedrohung. Ich wusste, dass ich sorgfältig wählen musste, wer zu den ersten Bewerbern gehörte. Die Einladungen wurden verschickt, und jedes Wort war genau überlegt. Es sollte ein „Brainstorming"-Treffen sein, aber ich plante bereits, die erste Bombe zu zünden.

Als die Männer eintrafen, nahm ich ihre nervöser werdenden Gesichter wahr. Der Raum barst vor unausgesprochenen Spannungen, als ich entschlossen lächelte. „Willkommen! Ich freue mich darauf, neue Ideen und Visionen zu teilen."

Nach den obligatorischen Höflichkeiten wurde es Zeit, die Karten auf den Tisch zu legen. „Der Ferragosto Clan hat in letzter Zeit großflächig expandiert. Leider ist dies nicht ganz ohne Opfer geschehen. Raphael bezahlt mit seiner Gesundheit. Es sieht nicht gut aus. Da er keine Kinder hat, überlegt er seine Unternehmen abzugeben oder auf zu teilen. Natürlich nur an jemanden, der sich mit Loyalität und Können beweisen kann.", erklärte ich und beobachtete, wie einige Gesichter sich veränderten.

„Wer von euch denkt diesen Posten zu übernehmen zu können?" Ich schaute jeden einzelnen direkt an um jede Regung mir ein zu prägen, bevor ich fortfuhr. „Wir haben hier auf dem Tisch Umschläge liegen, für jeden eine Aufgabe. Nach der Erledigung, würde Raphael seine Entscheidung fällen", betonte ich. Einige Partner wurden bleich, während andere skeptisch murmelten. Ich spürte, dass sich der Druck auf sie verdichtete. Hier würde sich zeigen, wer bis zum Schluss loyal blieb. Die Aufgaben waren gezielt gewählt – einfach genug, um zu wirken, aber knifflig genug, um die Masken zu zerreißen. Während wir am Tisch saßen und die Partner ihre Aufträge lasen, beobachtete ich mit großen Augen, wie jeder von ihnen reagierte. Auf der Klinge zu tanzen, war mein Spiel.

„Jeder kennt nun seine Aufgabe, sollte sich jemand dagegen entscheiden, dann wäre jetzt der richtige Zeitpunkt auszusteigen. Ansonsten .... wünsche ich einen schönen Tag meine Herren. Wir sehen uns."

Die Zeit verging, und die ersten Ergebnisse blieben nicht aus. Mit jedem Treffen fühlte ich, wie die Schlinge um den Hals einer jeden Partnerschaft straffte. Einige zeigten sich stark, arbeiteten hart an ihren Aufgaben, während andere in ihrer Apathie versanken.

Die Tage wurden zu einer angespannten Warteschleife, und ich wusste, dass die Wahrheit bald ans Licht kommen würde. Ich ließ die Partner ihre Aufträge erledigen und beobachtete sie dabei, wie sie sich dem überhängenden Sturm, das Misstrauen und der bereits geschwellten Feindseligkeit stellen mussten. Irgendwie konnte ich auch nicht aufhören, an das Unbekannte zu denken. Was würde passieren, wenn einer von ihnen unvorbereitet war? Es waren nicht nur geschäftliche Beziehungen – es war eine Frage von Macht und Überleben. Als die Frist für ihre Aufgaben abgelaufen war, saß ich in meinem Büro und wartete auf Raphael. Mein Herz pochte wie das Trommeln in der Dunkelheit, während ich den bevorstehenden Bericht über unsere Partner dabei hatte.

„Raphael, ich bin bereit für die Ergebnisse", sagte ich mit kribbelnder Vorfreude. Er kam herein und setzte sich an meinen Tisch. „Ich habe die Berichte fertiggestellt. Zwei Partner haben die Aufgabe nicht erfüllt – Armand und Nico überzeugten nicht mit der nötigen Loyalität", sagte ich und meine Stimme war leise, aber fest. Wut und Enttäuschung sah ich in seinem Gesicht. „Sie haben versagt, als es darauf ankam. Sie haben sich zurückgezogen und uns die Rückendeckung verweigert", erklärte ich Raphael, während meine Miene ernst blieb.

„Das ist inakzeptabel! Wir können das nicht verschmerzen!", platzte er heraus und seine Worte schienen den Raum zu durchdringen. Und dann kam der schockierende Moment, der die ganze Situation ins Wanken brachte: „Aber es gibt noch einen Dritten, Lyanna. Alberto hat ebenfalls versagt." Ein kalter Schauer lief mir über den Rücken. „Alberto? Was hat er getan?"

Raphael lehnte sich vor. „Er hat sich mit unseren Rivalen zusammengetan. Er hat uns hinterrücks verraten und unsere Strategie sowie unsere Geheimnisse in den Schmutz gezogen. Es scheint, als wäre seine Loyalität nur eine Fassade gewesen. Er hat riskierte, uns in die Hände unserer Feinde zu treiben. Das sind drei Männer, die uns verlassen haben", konstatierte Raphael und die ganze Frustration brodelte in mir. Ein Sturm tobte in mir. Wie konnte er? Der Gedanke, dass einer unserer eigenen Partner so hinterhältig handelte, machte mich wütend. Es war klar, dass wir nicht tatenlos zusehen konnten.

„Lyanna, wir müssen diese Loyalitätsbrüche sofort ausmerzen und dem Rest klarmachen, dass es Konsequenzen hat, sollte jemand auf die selbe Idee kommen", forderte er unnachgiebig. Somit entwickelten wir Strategien, um die Situation unter Kontrolle zu bringen. Wir planten alles bis ins kleinste Detail: Wer gestraft werden musste, wer als Exempel dienlich sein würde. Jeder Schritt wurde überlegt, und ich konnte den Nervenkitzel der bevorstehenden Konfrontation spüren.

Raphael

Die Tage folgten einem frenetischen Rhythmus, während der Druck um uns herum nur zunahm. Konnte ich wirklich darauf vertrauen, dass unser Imperium in der Lage war, den Sturm, der uns bedrohte, zu überstehen? Lyanna hatte mir von den Ergebnissen ihrer Überprüfungen berichtet, und während zwei von unseren Partnern bereits beseitigt waren, schmerzte mich die Erkenntnis, dass auch Alberto, unser einst treuer Verbündeter, sich ohne zu zögern von uns abgewandt hatte.

Konnte ich wirklich auf die Loyalität derer zählen, die noch an unserer Seite standen? Und wie weit würden sie bereit sein, zu gehen?

„Alberto muss unbedingt zur Rechenschaft gezogen werden", sagte ich mit fester Überzeugung.

Ich griff nach meinem Handy und wählte Vittorios Nummer, um ihm mitzuteilen, dass ich dringend ein Gespräch mit ihm benötigte. Mit jeder Sekunde, die verging, wuchs meine Ungeduld, und ich fragte mich, ob wir genug Zeit hatten, um zu handeln.

Kurze Zeit später trat Vittorio in mein Büro ein: ein kräftiger Mann mit einem eindringlichen Blick, der stets an der Grenze zur Gefahr wandelte. „Raphael, was gibt's?", fragte er, seine Stimme klang tief und ernst.

„Die Sache mit Alberto ist dir bekannt, und ich will das du ihn aufspürst", begann ich ohne Umschweife. Vittorios Augen verengten sich. „Hast du was Spezielles im Sinn?"

„Wir müssen ihm die Folgen seines Verrats deutlich machen", antwortete ich mit unmissverständlich. „Ich will, dass du herausfindest, wo sein Unterschlupf ist und mit wem er sich trifft. Es ist von größter Wichtigkeit, dass wir ihn zur Rede stellen und an ihm ein Exempel statuieren."

„Das wird eine Herausforderung", warnte Vittorio. „Er hat garantiert Hilfe gehabt beim untertauchen. Du weißt, wie clever er ist."

„Ich weiß. Doch ich will ihn nicht entwischen lassen. Verräter haben hier keinen Platz", entgegnete ich mit festem Blick. Vittorio nickte, bereit mit den Vorbereitungen zu beginnen.

„Sorge dafür, dass alles gut durchdacht ist, und halte mich auf dem Laufenden. Wir dürfen niemandem vertrauen", befahl ich, während ich ihm den Rücken zukehrte und mich auf die nächsten Schritte konzentrierte.

„Willkommen in der Realität", murmelte ich leise, während ich auf den großen Schreibtisch starrte, der mit Dokumenten und einem Kartenmaterial übersät war. Die Pläne, die wir über Jahre hinweg geschmiedet hatten, schienen allmählich zu bröckeln. Es war an der Zeit, die Bruchstellen zu kitten oder die Gefahren zu beseitigen, bevor sie die gesamte Struktur untergraben konnten.

Ein Blick auf die Wanduhren verriet mir, dass die Zeit uns im Nacken saß. Ich breitete eine der Landkarten aus und betrachtete sorgfältig die Region, in der Alberto zuletzt gesichtet worden war. Seine Bewegungen waren unberechenbar geworden, seine Loyalität schienen wie ein Schatten zu sein. Doch ich wusste, dass jeder Verräter eine Schwachstelle hatte, ein Geheimnis, das er nicht loslassen konnte.

„Vielleicht ist es an der Zeit, alte Verbindungen zu reaktivieren", murmelte ich, während ein Plan in meinem Kopf Gestalt annahm. Paranoia war eine schlechte Beraterin, aber auch nützlich, um Überlebensstrategien zu entwickeln. Ich dachte an Mireja, die Informationen beschaffen konnte, wo andere scheitern würden. Unsere Beziehung war kompliziert, aber für diesen Fall notwendig.

Ich schnappte mir mein Handy und suchte nach ihrer Nummer. Die Verbindung wurde nach dem dritten Durchklingen hergestellt, und ich hörte ihre Stimme, warm und gleichzeitig bestimmt. „Raphael, was willst du? Ich habe nicht viel Zeit."

„Mireja, ich brauche deine Hilfe. Es geht um Alberto. Er hat unsere Pläne verraten. Ich muss wissen, was du über das Netzwerk hinter ihm herausfinden kannst. Glaub mir, die Sache könnte uns alle in Gefahr bringen."

Ein kurzes Schweigen folgte. Ich konnte hören, wie sie überlegte, bereitete sich offensichtlich darauf vor, mir die Wahrheit zu sagen. „Er ist nicht mehr der Alte; ich habe gehört, dass er sich mit jemandem verbündet hat, der viele alte Rechnungen offen hat. Im Untergrund wird viel geflüstert. Das Karussell dreht sich."

Das war es, was ich befürchtet hatte. „Hast du Namen? Hast du irgendeinen Anhaltspunkt?" Ich spürte, wie mein Herz schneller schlug. Die Gedanken wirbelten in meinem Kopf.

„Ich werde sehen, was ich herausfinden kann. Aber Raphael, sei vorsichtig. Glaub mir, das Wasser ist trüb und die Strömung kann dich fortreißen, wenn du nicht aufpasst. Wir sind nicht mehr die Einzigen, die an der Macht interessiert sind."

„Ich weiß. Ich werde darauf achten, Mireja. Ich brauche dich noch. Lass mich wissen, wenn du etwas erfährst."

Ich beendete das Gespräch und atmete tief durch. Diese Sekunde war der Schlüssel zum Verständnis: Wir würden nicht nur Alberto begegnen, wir würden uns einer ganzen Allianz von Verrätern, von Wölfen im Schafspelz, stellen müssen.

Plötzlich stieß die Tür auf, und Lyanna trat ein, das Gesicht blass und ernst. „Raphael, wir haben ein Problem. Ich glaube, die Gerüchte sind wahr. Alberto hat Kontakt zu den Syndikaten aufgenommen. Sie planen einen großen Aufbruch in unserem Territorium."

Eisige Kälte durchfuhr mich. Mein Herz setzte kurz aus. „Wann? Wie hast du davon erfahren?"

„Einer unserer Informanten hat es mir zugesteckt. Ich wollte gerade mit dir sprechen, als ich von ihm hörte. Sie haben große Pläne und... sie wollen die Ferragostos Tot sehen", erklärte sie rasch.

Ich konnte die Unruhe und das Zögern in ihrer Stimme hören, doch ich wusste, dass wir keine Zeit verlieren durften. „Dann müssen wir schnell handeln. Informiere die besten Leute und verschaffe uns einen Vorteil. Wir sind in der Defensive, aber wir werden nicht verlieren."

„Und was ist mit Vittorio?", fragte Lyanna, während sie sich umdrehte, um die nötigen Anweisungen zu geben.

„Er ist bereits auf der Spur von Alberto", antwortete ich und fühlte, wie der Druck um uns herum noch stärker wurde. Wir hatten vielleicht im Moment zu wenig Einfluss, die Situation zu kontrollieren, aber wir hatten vor allem eins und das war der Wille zu kämpfen. „Wir müssen alle Linien neu setzen und uns auf den bevorstehenden Sturm vorbereiten."

Lyanna

Ich ging zurück in mein Zimmer. Das Licht des späten Nachmittags schien durch das kleine Fenster meines Zimmers und warf sanfte Schatten auf den Boden. Ich war erneut im Haus, das mich schon so lange gefangen hielt, und es war mir nun auch eine Art Zufluchtsort geworden. Meine Gedanken kreisten um die ganze Entwicklung, bislang gab es nur kleine Abweichungen zu meinem Plan. Das war nicht weiter schlimm.

Ich atmete tief durch, bevor ich mich auf den Weg in den Gemeinschaftsraum der Frauen machte, der seit unserer Ankunft als Aufenthaltsraum diente. Heute wollte ich mit ihnen über unseren gemeinsamen Plan sprechen. Es war an der Zeit, ihnen zu erzählen, dass ich an etwas arbeitete, dass unser aller Schicksal verändern könnte. Sienna, Rea, Maria, Akira und Clara waren immer an meiner Seite, und ich wusste, dass ich wollte ehrlich mit ihnen sein.

Als ich den Raum betrat, saßen sie in einem Kreis auf dem Boden, ihre Gesichter von Sorgen und Mut geprägt. Sienna spielte nervös mit einer Haarsträhne, während Rea und Maria leise miteinander sprachen. Akira zeichnete etwas auf ein Stück Papier, und Clara sah aus dem Fenster und schien in Gedanken versunken zu sein. Ihre Blicke richteten sich auf mich, als ich eintrat, und ich spürte, wie die Atmosphäre sich veränderte.

„Mädels", begann ich und versuchte, meine Stimme stabil klingen zu lassen, „ich habe Neuigkeiten."

Die Unruhe und das Flüstern verstummten, während sie mich anblickten. „Was ist passiert, Lyanna?", fragte Clara und ihre Augen funkelten vor Neugier.

„Unser Plan funktioniert", erklärte ich. „Er steht kurz vor dem Durchbruch, und ich brauche euch alle."

Die Frauen lehnten sich vor, ihre Aufmerksamkeit auf mich gerichtet. Ich konnte mich des Schauderns nicht erwehren, während ich ihnen von unseren gemeinsamen Kämpfen und den Herausforderungen erzählte. „Wir sind durch all das gegangen, und ich weiß, dass es schwer ist, den Mut nicht zu verlieren, aber wenn wir zusammenhalten, können wir das auch schaffen."

„Erzähl uns mehr über den Plan", forderte Sienna mutig. „Wir müssen wissen, wie wir helfen können."

„Es gibt ein wichtiges Treffen, das heute Abend stattfinden wird", erklärte ich, während ich meine

Handflächen beruhigend nach unten hielt. „Das Treffen wird mit meinen Geschäftspartnern sein. Ich hoffe, dass sie uns helfen können, eine Möglichkeit zu finden zu fliehen."

Rea nickte und ein Blick der Entschlossenheit huschte über ihr Gesicht. „Du glaubst, sie werden uns helfen?"

„Ich muss daran glauben", antwortete ich ehrlich. „Wir müssen alle daran glauben. Wenn ich ihnen die Einzelheiten meines Plans offenbare und sie die Situation sehen, könnte sich alles für uns ändern. Doch ich kann das nicht alleine tun. Ich brauche euch. Wenn dieses Treffen erfolgreich verläuft, gibt es eine Chance für uns alle."

Eine angespannte Stille legte sich über den Raum, und dann meldete sich Akira zu Wort: „Was brauchst du von uns? Was können wir tun?"

„Bleibt stark und stillhalten. Diese Zeit wird schnell vorbeigehen, und mit ein wenig Glück erlangt das Licht der Freiheit allmählich wieder Einzug. Ich weiß, dass wir oft in eine Ecke gedrängt werden und gezwungen sind, Dinge zu tun, die wir als schlecht empfinden. Aber wir müssen das durchstehen, bis der Zeitpunkt gekommen ist."

Clara rieb sich die Augen und nickte langsam. „Wir haben zusammen durchgestanden, und ich weiß, dass wir weiter durchhalten können. Aber wenn das nicht funktioniert? Was ist, wenn die Dinge nicht so laufen, wie du es dir vorstellst?"

Ich suchte ihren Blick und versuchte, den Stachel der Angst, der sich in mir aufgestaut hatte, zu zerstreuen. „Wenn es nicht funktioniert, dann haben wir immer noch einander. Wir werden immer einen Ausweg finden, auch wenn wir nicht wissen, wo er ist. Wir halten zusammen!"

„Und wenn du nicht zurückkommst?", mischte sich Sienna ein und sah mich sorgenvoll an. „Was passiert dann?"

Ich spürte, wie mein Herz einen Schlag aussetzte. Es war nicht das erste Mal, dass ich über die Möglichkeit nachdachte, diesem Treffen nicht zurückzukehren, aber ich musste den Mut aufbringen, es zu besiegen. „Ich werde zurückkommen. Versprochen! Aber falls ich nicht zurückkomme, dürft ihr nicht aufgeben. Ihr müsst weiterhin füreinander da sein und alle Möglichkeiten in Betracht ziehen, die sich euch bieten."

Der Raum war still, und ich spürte, wie die Unsicherheit über uns schwebte, und ich wusste, dass jeder von uns seine eigenen Dämonen zu bekämpfen hatte. Aber es war wichtig, dass wir nicht alleine waren. Unsere Stärke lag im Zusammenhalt.

„Ich werde alles daransetzen, dass es funktioniert", fügte ich hinzu, um die flüsternden Ängste zu vertreiben. „Schließlich sind wir nicht freiwillig hier. Wir wollen alle nach Hause!"

Maria, die bis jetzt still war, ergriff das Wort. „Was, wenn du mehr Unterstützung brauchst? Wie können wir dir zur Hilfe kommen, Lyanna? Wir sind bereit. Das weißt du!"

Ein warmer Schimmer von Dankbarkeit breitete sich in mir aus. „Ich weiß das, und dafür bin ich euch so dankbar. Ihr seid mehr als nur Freundinnen. Ihr seid meine Familie, und ich werde alles tun, das wir schnellst möglich nach Hause kommen."

Ich sah in die Gesichter der Frauen, die durch die enormen Herausforderungen, die uns auferlegt worden waren, zueinander gefunden hatten. Die Gedanken an all das Leid, das uns getroffen hatte, verblassten, während ich die Hoffnung in ihren Augen sah.

„Wir müssen zusammenhalten. Vergesst nicht, dass wir von niemandem besiegt werden können, solange wir zusammen sind."

Wir schlossen den kleinen Kreis und jeder legte seine Hand in die Mitte, als Zeichen unseres Bündnisses. Es war eine stille Zeremonie, das Versprechen, das wir uns gegenseitig gaben, die

Entschlusskraft, die uns zusammenhielt. Wir waren stark in unserer Einheit – in einer Zeit, in der alles zusammenbrechen konnte.

„Ich halte euch auf den Laufenden. Bleibt stark. Wir schaffen das!" waren meine Worte während ich noch jede von ihren umarmte und anschließend in mein Zimmer ging.

Der Abend näherte sich und während ich mich vorbereitete, kreisten meine Gedanken um das, was vor mir lag, über die Gespräche, die ich führen würde, und die Zukunft, die es zu gestalten gab.

Die Frauen hatten sich bislang in ihrer Gefangenschaft gut geschlagen. Leider sind einige über die Zeit verschwunden. Raphael hatte mir nie verraten was mit ihnen passiert ist oder wohin er sie verkauft, verschleppt hat. Die Frauen, die jetzt noch hier waren vertrauten mir. Sie wollte ich auf keinen Fall enttäuschen. Es war an der Zeit, den ersten Schritt in Richtung Freiheit zu machen.

Als ich aus dem Raum trat, spürte ich eine Mischung aus Nervosität und Vorfreude auf das, was kommen würde. Ich würde alles daransetzen, damit das Treffen für uns alle eine Tür zur Freiheit öffnete. Gemeinsam würden wir sie aufstoßen, um endlich unser Leben zurückzugewinnen.

Ich stand vor dem Spiegel und betrachtete mein Spiegelbild. Das schwarze Businesskleid schmiegte sich perfekt an meinen Körper, betonte die Kurven, die ich oft vor der Welt versteckt hatte, und strahlte zugleich eine unerbittliche Willenskraft aus. Der Stoff fühlte sich kühl auf meiner Haut an, während ich mich sorgfältig umdrehte, um sicherzustellen, dass alles an seinem Platz war. Die langen Haare hatte ich zu einem eleganten Knoten hochgesteckt, ein paar Strähnen fielen locker ins Gesicht, schufen einen Hauch von Verführung, der genau der richtige Kontrapunkt zu meinem ernsten Vorhaben war.

Ich hatte nie viel Wert auf Äußerlichkeiten gelegt, doch heute war es anders. Das Outfit war nicht nur Kleidung; es war eine Rüstung, ein Symbol für meine Verbissenheit.

Als ich das hochgezogene Kleid an den Schultern korrigierte, fiel mein Blick auf die Wanduhr. Die Zeit drängte. Ich atmete tief ein, spürte, wie sich ein Kloß in meinem Hals bildete, während ich die bevorstehende Begegnung bedachte. Es war nicht nur irgendein Treffen; es war DER Moment, der alles verändern könnte.

Ich verließ mein Zimmer und machte mich auf den Weg zum Ausgang des Hauses, dem Ort, der so viele Monate mein Gefängnis gewesen war. Jede Stufe, die ich hinunterging, fühlte sich an wie ein Schritt näher zur Freiheit.

Vor der Tür wartete der Chauffeur eines glänzenden schwarzen Chevrolets auf mich. Der Wagen glänzte im schwachen Licht der Laternen und wirkte wie ein Versprechen von unzähligen Möglichkeiten. Es war ein Auto, das sowohl Respekt ausstrahlte als auch tiefen Eindruck hinterließ – genau das, was ich brauchte, um den Glauben an meine Mission zu stärken.

„Guten Abend, Miss Lyanna", sagte der Chauffeur, als ich näher trat. Er öffnete mir die Tür mit einer eleganten Geste, und ich spürte das vertraute Kribbeln der Aufregung in meinem Magen. Ich trat ein und ließ mich in die weiche Ledersitze sinken, während ich mir den Anzug des Fahrers genauer ansah. Er war professionell, diszipliniert und wirkte vertrauenswürdig – ein weiteres Zeichen dafür, dass ich den richtigen Schritt gemacht hatte.

Kaum hatte ich mich hingesetzt, schloss sich die Tür hinter mir mit einem gedämpften Geräusch, das wie ein Leichentuch für meine vorherigen Gedanken wirkte. Draußen verblasste die vertraute Umgebung des Hauses, und ich saß in der Stille des Wagens, dessen Motor leise summte. Die Stadt war gleich um die Ecke, und ich wusste, dass ich diesmal nicht zurückblicken würde.

„Wohin darf es gehen, Miss?", fragte der Fahrer und sah mich aus dem Rückspiegel an. Seine höfliche Art gab mir ein Gefühl der Sicherheit, als würde ich tatsächlich auf dem Weg zu einem neuen Kapitel meines Lebens reisen.

„Zum Hotel Renaissance, bitte", gab ich an und sah, wie sich seine Hand zum Blinker bewegte.

Die Straßen von Johannesburg schienen in einem ständigen Fluss zu sein, und ich ließ meinen Blick durch das Fenster schweifen. Lichter blitzten an mir vorbei, und Stimmen der Stadt vermischten sich mit der ruhigen Musik, die aus den Lautsprechern erschallte. Jede Sekunde war ein Schritt näher an meinem Ziel; es lag in meiner Hand.

Während ich in der Dunkelheit der Nacht saß, dachte ich an meine Freundinnen, die im Haus zurückgeblieben waren. Ihre Unterstützung war das Fundament, auf dem ich stand; sie waren der Antrieb, der mich motivierte, alles zu riskieren.

Der Fahrer bog in eine beleuchtete Straße ein, und die neonfarbenen Lichter des Hotels tauchten wie ein Omen auf. Das Renaissance erstrahlte in voller Pracht und zog die Blicke der Passanten auf sich. Ich wusste, dass ich gleich die Köpfe der Männer, die ich treffen würde, in Ehrfurcht versetzen würde, und ein leichtes Lächeln huschte über meine Lippen.

Als wir vor dem Eingang hielten, öffnete der Chauffeur die Tür erneut und half mir, auszusteigen. Ich trat in die kühle Abendluft und hob den Kopf, um das prachtvolle Gebäude zu betrachten.

Es war der Ort, an dem Träume geboren und zerbrochen werden konnten; eine Arena für Machtspiele und strategische Züge, und ich war bereit, meine ersten eigenen Schritte in dieser Welt zu machen.

Ich atmete tief und richtete die Schultern auf, um meine Haltung zu festigen. Mit einem letzten Blick in den Außenspiegel des Wagens straffte ich mein Kleid und vergewisserte mich, dass meine Miene Entschlossenheit und Selbstbewusstsein ausstrahlte. Es war kein Raum für Zweifel – nicht jetzt und nicht hier.

Mit festem Schritt überquerte ich die elegante Eingangstür und ließ die schimmernden Lichter und den Stress der Stadt hinter mir. Diese Nacht würde alles verändern – nicht nur für mich, sondern für alle, die ich liebte und die auf meine Rückkehr warteten. Der Start in meine neue Freiheit war zum Greifen nah.

Mein Herz schlug schneller, als ich an die Gesichter von Anton, Matthias und Akira dachte. Diese Männer waren nicht nur Geschäftspartner; sie waren auch Freunde, die zahlreiche Schlachten an meiner Seite ausgefochten hatten. Wir hatten gemeinsam bewiesen, dass Loyalität und

Entschlossenheit die stärksten Waffen im geschäftlichen Überleben waren.

Ich saß am großen Konferenztisch. Seine Oberfläche war aus poliertem Holz, dass das schummrige Licht der hängenden Lampen reflektierte. Mein Herz pochte in meiner Brust, während ich auf die Ankunft meiner Verbündeten wartete. Heute war der Tag, an dem ich meinen Plan enthüllen würde – ein Plan, an dem ich schon so lange gearbeitet hatte.

Die Tür öffnete sich, und Anton trat ein. Er war wie ein Fels in der Brandung, mit seinen breiten Schultern und dem entschlossenen Blick, der mir immer wieder Mut gegeben hatte. „Lyanna", begrüßte er mich mit einem Nicken und setzte sich an den Tisch.

Kurz darauf folgten Matthias und Akira. Matthias hatte die Fähigkeit, mit seinen Worten Brücken zu bauen, während Akira ruhig und gelassen war, was in dieser Welt ein unschätzbarer Vorteil war. Ich wusste, dass ich mich auf sie alle verlassen konnte und dies war der erste Schritt in eine neue Realität.

„Es tut gut, euch alle hier zu sehen", begann ich und versuchte, meine Nervosität mit festem Blick zu überspielen. „Der Grund, warum ich euch hierher gebeten habe, ist einfach: Ich habe einen Plan, um die Macht über die Unterwelt zu übernehmen. Um Raphael zu stürzen und alles, wofür er steht, auszulöschen."

Ein kollektives Staunen erfüllte den Raum. Matthias sah skeptisch aus, während Anton seinen Blick auf mich richtete, um zu erkennen, ob ich es wirklich ernst meinte. „Die Unterwelt? Du weißt, was das bedeutet, Lyanna. Das ist kein Kindergeburtstag", brachte Matthias vorsichtig zur Sprache.

„Es ist die einzige Option, die wir haben", entgegnete ich und machte eine Pause. „Raphael ist stark und gestört. Sein Einfluss bröckelt, und wenn wir die richtigen Schritte setzen, können wir die Kontrolle übernehmen."

„Ich habe das Gefühl das da noch mehr ist Lyanna. Was ist es? Wir kennen dich schon eine Weile. Aber wir hatten bislang nicht den Eindruck als ob du dich gegen Raphael stellen würdest. Wir sollten alles wissen! Das scheint zu persönlich zu sein.", bemerkte Anton.

„Anton", begann ich, während ich meine Hände auf dem Tisch ballte, „warum ich so entschlossen bin, Raphael zu vernichten. Es ist nicht nur mein eigenes Leid, das ich rächen möchte – es sind die unzähligen Frauen wie ich, die unter seinem Terror zu leiden haben."

Ich atmete tief durch und schloss kurz die Augen, um die Erinnerungen wieder lebendig werden zu lassen. „Ich erinnere mich an den Tag, an dem Raphael mich entführt lies, als wäre es gestern gewesen. Lucianos Hände umklammerten mich, und ich wusste sofort, dass ich in die Fänge eines Monsters geraten war. Ich war allein und hilflos, und die Schreie, die ich ausgestoßen hatte, wurden in der Dunkelheit verschluckt. Kein einziger Mensch hörte zu, als ich um Hilfe schrie. Er hatte die Macht, und er wusste es. Ich wurde im Vorfeld gewarnt, das sie versuchen würden an mich heran zu kommen, aber.... Es half nicht. Keine Ahnung was mit meinem Bodyguard passiert ist."

Anton nickte, seine Miene fest und ernst. „Es ist schrecklich, Lyanna."

„Schrecklich", stimmte ich ihm zu, „aber es war nicht nur das. Es waren die Tage und Nächte, die ich in diesem Albtraum verbringen musste – die Folter, die ich erdulden musste, während er mich wie einen Gegenstand behandelte. Er hat mir alles genommen: meine Würde, mein Vertrauen, meine Hoffnung auf Freiheit. Als er mich gezwungen hat, seinen Wünschen nachzugeben, dachte ich, ich würde zerbrechen. Ich war nicht mehr die Person, die ich einmal war."

Ich spürte Tränen in den Augen, aber ich kämpfte dagegen an. „Und es sind nicht nur meine Erinnerungen, Anton. Ich habe andere Frauen gesehen, die in den gleichen Ketten gehalten wurden, die er angelegt hatte. Ihre Schreie, ihre Tränen – ich kann sie nicht vergessen. Er hat sie gebrochen, und ich kann nicht einfach zusehen, wie er weiterhin über sie bestimmt."

Anton lehnte sich vor und sah mich an, sein Blick war intensiv. „Du bist stark, Lyanna. Du kämpfst nicht nur für dich, sondern für sie alle?"

„Ja", sagte ich, und mein Herz schlug schneller vor Aufregung und Zorn. „Ich will nicht nur überleben, sondern Raphael die Lektion erteilen, die er verdient. Auge um Auge. Ich will seine Grausamkeiten zurückzahlen – und ich werde nicht ruhen, bis ich die Macht habe, ihn zu besiegen."

„Lyanna", begann Matthias, „Wer war dein Bodyguard?" Sein eindringlicher Blick forderte mich auf, einen Teil meiner schmerzlichen Vergangenheit zu teilen. „Es war Petro", antwortete ich leise und ließ die Erinnerungen in mir aufsteigen. „Apollo hat ihn mir zugeteilt."

„Apollo?", riefen Anton und Akira erstaunt. „Ihr kennt Apollo? Die Caelus-Brüder?", gab ich fragend zurück. „Ähm...ja, aber erzähl weiter", antwortete Anton. Ein Seufzer entwischte mir, während ich an die ersten Tage in dieser fremden Umgebung dachte, die von Hoffnungen und Träumen erfüllt waren. „Ich bin gerade erst umgezogen, als ich den Caelus-Brüdern begegnete. Apollo und seine

Brüder waren die ersten, die mir immer wieder begegneten. Es war eine Anziehung, die ich nicht leugnen konnte, aber sie hatten auch eine andere Seite, die mir damals noch nicht bewusst war."

Matthias nickte verständnisvoll. „Du hast dich verliebt, nicht wahr?", fragte er vorsichtig.

„Ja, ich habe mich in Apollo verliebt", gestand ich, während ich meinen Blick in die Ferne schweifen ließ. „Er war charmant und voller Lebensfreude – ein echter Abenteurer. Doch gleichzeitig trug er viele alte Laster mit sich, von denen ich keine Ahnung hatte. Ich dachte, ich könnte mit den Brüdern die Stadt erkunden und eine neue Heimat finden, ohne die Schatten meiner und ihrer Vergangenheit."

Die Erinnerungen an meine Anfänge mit Apollo stiegen in mir auf: die Schmetterlinge in meinem Bauch und die Aufregung, die ich empfand, wenn er in meiner Nähe war. Doch je tiefer ich in die Welt der Caelus-Brüder eintauchte, desto klarer wurde mir, dass ich in eine gefährliche Spirale geraten war.

„Die Männer kannten Raphael und wollten sicherstellen, dass ich geschützt war. Sie erkannten die Gefahr, die ich mit ihnen als neue Bekannte auf mich zog und Petro sollte mein Schutz sicherstellen."

„Das war klug von ihnen", sagte Matthias, und ich konnte die Ernsthaftigkeit seiner Worte spüren. „Aber ich kann mir nur vorstellen, wie du dich in dieser Situation gefühlt hast. Hattest du damals wirklich eine Vorstellung davon, mit wem du es zu tun hattest?"

Ich seufzte und sah ihm direkt in die Augen. „Ehrlich gesagt, ich habe viele Warnzeichen oft ignoriert. In meiner Naivität wollte ich glauben, ich hätte die Kontrolle. So verliebte ich mich in Apollo, und obwohl die Caelus-Brüder mir ein Gefühl von Zugehörigkeit gaben, war die Gefahr schleichend, und ich wollte sie einfach nicht sehen."

Matthias schwieg für einen Moment, während ich den Schmerz der Vergangenheit spürte, der schwer auf mir lastete. Ich wusste, dass ich diese Lektion, die ich gelernt hatte, nicht vergessen durfte.

„Petro war in dieser Zeit eine große Unterstützung. Er war stets aufmerksam und schützend, während ich mich mit den Brüdern umgab", fuhr ich fort. „Doch irgendwann musste ich erkennen, dass ich mein Schicksal nicht in die Hände anderer legen konnte. Mein Vertrauen in die falschen Menschen hätte mir das Leben kosten können."

Matthias lehnte sich leicht zurück und schaute nachdenklich. „Das klingt alles sehr komplex,

Lyanna. Aber ich bewundere deinen Mut, darüber zu sprechen."

„Ich habe inzwischen gelernt, dass jegliches Leid auch eine Quelle der Stärke sein kann", sagte ich mit Überzeug. „Ich möchte nicht mehr im Schatten meiner früheren Ängste leben. Ich kämpfe nicht nur für mich, sondern für all die Frauen, die wie ich gefangen sind. Raphael wird nicht mehr die Kontrolle über mein Leben haben. Jetzt, da ich hier bin, will ich das ändern."

„Das ist bewundernswert", murmelte Anton und sah mir ehrfurchtsvoll in die Augen. „Es ist an der Zeit, dass du deine Träume verwirklichst und dich befreist."

„Ja, ich habe genug gelitten", erklärte ich eindringlich. „Ich werde den Kampf aufnehmen und Raphael die Konsequenzen seiner Taten spüren lassen. Ich werde nicht ruhen, bis ich die Freiheit zurückgewinne und all denjenigen, die er verletzt hat, eine Stimme gebe."

Anton lächelte leicht und ich spürte, dass ich in ihm einen echten Freund gefunden hatte. „Gemeinsam können wir kämpfen", bestätigte er mit fester Stimme.

„Und wie stellst du dir das vor?", fragte er und ließ mir die Zeit, über meinen Plan nachzudenken.

„In den nächsten Tagen findet ein wichtiges Treffen statt – er wird mit Marco und Vittorio zusammen sein. Für meinen Plan brauche mindestens einen Sündenbock. Jemand der den Abend im Restaurant arbeitet und ihnen das Gift ins Essen gibt. Sollte Raphael oder einer der anderen etwas merken, muss ich Loyalität zeigen", erklärte ich mit fester Stimme. „Ich denke ihr versteht es. Das ist meine einzige Chance, und ich werde sie nicht ungenutzt lassen. Es ist die perfekte Gelegenheit, um nicht nur ihn zu beseitigen und gleichzeitig alle anderen zu schwächen, die ihm dienen. Sie werden am nächsten Morgen nicht mehr am Leben sein."

Matthias schien über meine Worte nachzudenken, und ich sah, wie seine Miene sich veränderte. Er begann zu begreifen, dass dies kein einfacher Plan war, sondern ein komplexer Akt der Befreiung.

„Es wird nicht nur bei ihnen bleiben", sprach ich klar. „Ich werde nicht nur ihn töten, ich werde sein ganzes Imperium ins Wanken bringen. Wir müssen die Lagerhäuser übernehmen, die Drogen kontrollieren und vor allem die Frauen, die unter seinem Terror gelitten haben, befreien."

„Das ist ein großer Schritt, Lyanna", bemerkte Matthias ernst. „Das wird viele Opfer fordern."

„Ich bin bereit, dafür zu kämpfen", erwiderte ich mit starker Entschlossenheit. „Und ich werde nicht aufgeben. Wenn ich erst einmal in der Lage bin, ihn zu beseitigen, fällt alles andere wie Dominosteine. Aber ich brauche Leute zur Unterstützung und die Hilfe von anderen." Akira nickte. „Ich bin bereit."

„Das ist perfekt", antwortete ich. „Wir müssen unsere Position in der Stadt festigen. Es gibt Handelswege, die wir für etwaige Projekte nutzen können. Und es gibt einen neuen Markt, den wir günstig umwerben können – wenn wir das richtige Timing wählen und die Führung über einige strategische Bereiche übernehmen."

Die Stille, die sich über den Raum gelegt hatte, war fast greifbar. Aber ich ließ nicht zu, dass Zweifel mich übermannten. „Es ist nicht nur das. Ich brauche jemanden, der die Lagerhallen übernimmt, um die Ware und die Frauen aus dem Haus zu befreien. Wir können sie nicht einfach dort zurücklassen, während wir gegen die Männer von Raphael kämpfen."

Matthias nickte und begann zu schreiben. „Wir müssen die genauen Routen und Positionen der einzelnen Soldaten kennen. Kannst du das alles besorgen?"

„Ja", antwortete ich mit fester Stimme. „Ich werde es in den nächsten Tagen an euch weitergeben. Wenn wir den ersten Schlag ausführen, darf es keine Fehler geben."

Akira meldete sich zu Wort. „Was willst du mit den Hallen machen? In die Luft jagen? Ich kann das besorgen, aber wir müssen das richtige Timing, für die Waffen festlegen."

„Gute Überlegung, Akira. Wir müssen uns darauf vorbereiten, die Lagerhäuser zu knacken, um die Drogen zu beschlagnahmen und die Männer zu neutralisieren", erklärte ich. „Und denkt daran, dass jeder von uns am Ende ein Stück vom Kuchen abbekommen wird. Es soll gerecht geteilt werden. Wir sind ein Team, und jeder hat seinen Anteil daran."

„Was ist mit den Sündenböcken?", fragte Anton, seine Miene wurde ernst. „Hast du schon jemanden der bereit wäre dafür zu sterben? Den ohne Plan B wird das nicht funktionieren."

Ich hatte darüber nachgedacht. „Nein, ich habe noch keinen der bereit wäre die Verantwortung auf sich zu nehmen, damit wir ungestört arbeiten können. Ich werde garantieren, dass ihre Familien ausgesorgt haben."

Anton runzelte die Stirn. „Ich kenne zwei Kandidaten. Sie sind beide krank, haben nicht mehr viel Lebenszeit und könnten bereit sein, die

Opfern zu bringen, um ihren Familien ein besseres Leben zu ermöglichen."

Ein kurzes Schweigen folgte, während wir die Schwere dieser Entscheidung durchdachten. „Wer sind sie?", fragte ich.

„Einer ist Luis, ein alter Freund, und der andere ist Roberto. Beide sind schon lange in der Szene und hätten bislang nie eine Möglichkeit ihre Familien abzusichern, falls ihnen was passiert", erklärte Anton. „Ich könnte mit ihnen sprechen und sehen, ob sie bereit wären, sich uns anzuschließen, bzw. das Opfer zu bringen."

„Frag sie", forderte ich ihn auf. „Sag ihnen, dass ihre Familien ausgesorgt haben, dass sie nicht um ihr Überleben kämpfen müssen, wenn sie uns unterstützen. Es ist ein großes Opfer, aber es könnte den Unterschied zwischen Leben und Tod machen. Es soll nicht umsonst sein."

„Ich werde mit ihnen sprechen", antwortete Anton und ich sah, dass er die Ernsthaftigkeit meines Schicksals spürte.

Ich ließ den Blick durch den Raum schweifen und versuchte, mir die Fusion von Wut und Zielstrebigkeit vorzustellen, die in mir brodelte. Ein Sturm, der Raphael für all das Leid zur Verantwortung ziehen würde, das er über mich und die anderen gebracht hatte.

„Es wird nicht einfach", sagte ich und schüttelte den Kopf. „Damit ein Teil des Plans erfolgreich wird, müssen wir alles bis ins kleinste Detail durchdenken. Aber ich bin bereit zu kämpfen. Die Zeit ist gekommen."

Anton beugte sich über den Tisch und schaute mir direkt in die Augen. „Wir werden das schaffen, Lyanna." Ich schenkte ihm ein schwaches, aber dankbares Lächeln.

„Es muss schnell gehen", forderte ich, während meine Gedanken bereits zum Plan übergingen. „Wir haben nicht viel Zeit, und ich will nicht, dass wir zögern, während sich die Gelegenheit uns bietet. Da aktuell viele Termine gleichzeitig stattfinden. Die Mitarbeiter von Raphael sind alle zusammen an den verschiedenen Orten. Wir würden dem Clan so sehr schaden, dass er sich davon nie wieder erholen würde. Für das ganze Anhängsel, das gefährlich werden könnte hab ich schon einen anderen Plan. Die kommen uns nicht in die Quere. Die werden beschäftigt sein."

Plötzlich fühlte ich, wie eine Welle der Überlegenheit durch mich hindurchfloss. Der Gedanke, den Clan zu beseitigen, der uns alle unterdrückt hatte, raubte mir den Schlaf in der letzten Zeit. Dieser Plan war mehr als nur ein persönliches Ziel; er war der Schlüssel. Ein Schlüssel zur Freiheit und der umgekehrten Dynamik von Macht und Kontrolle.

„Ich will, dass wir alles vorbereiten", sagte ich scharf. „Wenn wir das Treffen abhalten, muss alles nach Plan laufen. Wir werden das Ende von Raphaels Herrschaft einläuten."

Der Raum war von einer elektrisierenden Anspannung erfüllt. Es fühlte sich fast so an, als ob wir bereits in die Schlacht gezogen wären – mit einem gemeinsamen Ziel und einem unerschütterlichen Glauben an den Sieg.

„Das ist eine große Verantwortung, Lyanna", sagte Matthias. „Das wird der Beginn von etwas Neuem, aber wir müssen uns vertrauen, dass wir uns gegenseitig helfen, gerade wenn es hart auf hart kommt." Ich nickte zustimmend. „Gut, ich möchte, dass wir auch einen kleinen Inner Circle bilden. Uns gegenseitig informieren und sicherstellen, dass alle bereit sind. Wir nehmen nicht jeden ins Boot, der Aufträge annimmt und trotzdem loyal ist."

Ein ernsthafter Ausdruck lag auf meinem Gesicht, und ich spürte, dass ich ihn überzeugen musste. „Dann lasst uns unsere Ressourcen bündeln und fokussiert bleiben. Jeder von uns hat einen Platz in diesem Plan, und gemeinsam können wir Raphael aus unseren Erinnerungen löschen."

Akira, der bis jetzt still war, lehnte sich zurück und schloss kurz die Augen. „Ich bin dabei, Lyanna. Wir müssen uns Strategien überlegen, um ihn zu überlisten. Jeder Schritt muss gut durchdacht sein.“

„Ja“, stimmte ich zu. „Wir dürfen nicht über das Ziel hinausschießen. Nachdem wir unsere Ziele erreicht haben, wird es wichtig sein, die Stadt zurückzuerobern, und ich möchte eine neue Ordnung schaffen, die auf Loyalität und Vertrauen basiert.“

„Das klingt gut“, sagte Anton und musterte mich. „Ich werde die Leute für den Transport zusammentrommeln und die Verbindungen klären.“

„Hervorragend. Und während Anton diese Dinge in die Hand nimmt, werde ich meine Schritte in Bezug auf die Sitzung sorgfältig planen“, fügte ich hinzu. „Ich werde alles bis ins kleinste Detail organisieren. Wenn wir den Anführer der Unterwelt stürzen, werden wir damit einen klaren Standpunkt setzen.“

Die letzten Tage waren getrieben von Unsicherheit und Zweifel, aber das hier war ein Wendepunkt. Ich würde nicht zulassen, dass unsere Geschichte in einem Gefängnis endete; stattdessen würde ich entscheiden, wie die nächsten Kapitel unser Leben ernsthaft beeinflussen würden.

„Lasst uns heute Abend anstoßen – nicht nur auf den Plan, sondern auf unsere Freiheit und die Freiheit all derer, die wir lieben", schlug Matthias vor und hielt ein Glas, das gedrungen auf der Tischmitte stand.

„Auf unsere Freiheit!", rief ich und hob mein Glas. Das Echo der anderen folgte und klang wie ein Schwur der Entschlossenheit, ein Versprechen, das uns verbinden würde.

Wir stießen an, und jeder von uns hatte die Schattenspieler in unseren Köpfen. In den nächsten Tagen würden wir alles daransetzen, um das, was uns gefangen hielt, zu befreien.

Die Entscheidung war gefallen. Es war Zeit, die Dinge selbst in die Hand zu nehmen, unser Schicksal zu bestimmen und die Herren der Dunkelheit beim Wort zu nehmen. Ich nickte den anderen zu und stellte fest, dass unser gemeinsamer Kampf nun nicht mehr weit entfernt sein würde. Die Unterwelt würde sich bald in ein Licht der Hoffnung verwandeln.

Der Krieg war erklärt, und wir würden nicht aufhören, bis wir unsere Ziele erreicht hatten.

*

In den folgenden Tagen arbeiteten Matthias und Anton daran, die potenziellen Sündenböcke zu kontaktieren. Eine schmerzhafte Frage, die ich stellte, war die, wie viel menschliches Leben wir bereit waren für unseren Erfolg zu opfern. Doch ich wusste, dass es manchmal Opfer braucht, um das große Ganze zu erreichen. Die Gesichter meiner Freunde sprachen Bände. Sie hatten sich dazu verpflichtet, und ich war entschlossen, sie nicht im Stich zu lassen.

In der Zwischenzeit fand ich Trost in den Gedanken an das, was kommen würde. Wenn wir bereit waren die Schatten des Vergangenen zurückzulassen, würde es zwar Blut und Tränen kosten, aber wir würden schließlich das Licht sehen.

Eines Morgens erhielt ich einen Anruf von Anton. „Lyanna, ich habe mit einem der Kandidaten gesprochen. Er ist bereit, sich uns zu opfern. Er hat klare Vorstellungen, und ich denke, dass er genau der ist, den wir suchen."

Mein Herz raste. „was sind seine Forderungen? Und wie sieht es mit seiner Familie aus?"

„Seine Familie wird die finanzielle Absicherung und die Unterstützung erhalten, die wir versprochen haben. Ich hatte ihn über alles informiert und er hätte nichts mehr zu verlieren", erklärte Anton.

Ich kannte die verheerende Bedeutung dieser Gespräche und verstand die Tragik, die hinter ihren Entscheidungen stand. „Gut. Dann schaffen wir es, und wir sagen ihm, dass wir in jedem Fall für seine gesamte Familie da sein werden."

Der Gedanke an die Verantwortung war schwer, aber ich durfte nicht zulassen, dass sie mich überwältigte. Ich war in der Position, etwas zu verändern und jetzt war es an der Zeit mutig zu sein.

Die Wahl der Sündenböcke war ein schwerer Entschluss und ich wusste, dass wir alles geben mussten um keine Fehler zu machen. Die Geschichte von uns allen war noch nicht geschrieben.

Apollo

Als wir schließlich aufbrachen um nach Johannesburg zurückzukehren, war es leider keine kulturelle Reise, um die Stadt zu sehen oder die lebendige Kultur zu erleben. Wir hofften dort endlich Lyanna zu finden.

Nachdem wir aus dem Flugzeug ausgestiegen sind, gingen wir zielstrebig zu dem Auto das bereits auf uns wartete. „Ein ungutes Gefühl wieder hier zu sein", murmelte ich, während wir in das Auto stiegen, das uns in die Stadt bringen sollte.

Als wir durch die Straßen fuhren, die einst Ort unserer Unschuld waren, stieg die Anspannung in uns. Die Hochhäuser, die wir einmal bestaunt hatten, wirkten jetzt wie schattenhafte Wächter, die unsere geheimen Ängste hüteten. Die Gesichter der Menschen, die wir um uns herum sahen, verwandelten sich in verblasste Erinnerungen.

Aber während wir näher in die Stadt vordrangen, spürte ich, dass wir nicht nur für uns selbst zurückkehrten. Unsere Reise war genau das, was wir brauchten, um die Dunkelheit, die unsere Herzen verzehrte, zu konfrontieren. Vielleicht würde die Antwort auf Lyannas Schicksal auch die Unruhe um den Verlust unserer Eltern lösen.

Doch gleichzeitig machte sich eine wachsende Beklemmung in meinem Inneren breit. Was, wenn die Dunkelheit, die uns begleitete, erst der Beginn neuer Herausforderungen war? Ein Teil von mir hatte Angst, dass sich die Fragen, die wir uns immer wieder stellten, nie aufhören würden. Diese Gedanken mussten warten.

Als das Auto schließlich zum Stehen kam, spürte ich das Gewicht der Vergangenheit auf meinen Schultern. Hier waren unsere Eltern einst ermordet wurden. Als ich aus dem Auto stieg und die schwüle Luft von Johannesburg einatmete, überkam mich ein Gefühl der riefen Traurigkeit. Die Zeit schien stillzustehen, während wir in die schattigen Gassen eintauchten, in denen die Erinnerungen lauerten. Es war der Moment, in dem ich wusste, dass wir hier viel mehr finden werden als Lyanna und die Wahrheit. Werden wir uns selbst auch wieder finden?

Die Stadt, die mir einst so lebendig und aufregend erschienen war hatte sich in ein bedrückendes Dickicht aus Erinnerungen und Schmerz verwandelt. Ich fühlte mich wie ein Fremder in meiner eigenen Heimat. Aber ich war hier aus einem ganz anderen Grund, ich musste Lyanna finden.

„Man kann kaum glauben, dass es schon so lange her ist", murmelte Aiden mit gedämpfter Stimme. „Es fühlt sich an, als wären sie nur kurz weggefahren."

„Es ist grausam", erwiderte Aurel, seine Augen glänzten feucht. „Ich kann mich noch genau daran erinnern, wie sie uns immer nach der Schule abgeholt haben. Es war nie ein Grund zur Sorge, bis alles passiert ist."

Ich nickte, war jedoch zu sehr in meine eigenen Gedanken vertieft. Die Erinnerungen strömten in mein Bewusstsein: das Lachen, die Unterstützung, die bedingungslose Liebe. Es war schwer, diese Momente nicht zurückzuholen, während ich vor dem Ort stand, der unsere Kindheit für immer verändert hatte.

Wir schwiegen eine Weile und hörten nur das Rascheln von Blättern im Wind und das Geräusch des Stadtlebens. Schließlich, nach einer gefühlten Ewigkeit, sagte ich: „Ich denke, wir sollten eine Gedenkminute einlegen. Für sie."

Aiden und Aurel nickten zustimmend. Wir stellten uns in einer Reihe auf, schlossen die Augen und hielten inne, um unseren Gedanken und Gefühlen Raum zu geben. In dieser stillen Minute dachte ich an all die gemeinsamen Momente: die kleinen Freuden des Alltags, die herzlichen

Umarmungen, die uns nie vergessen gehen würden.

Als die Stille sich schließlich legte, öffnete ich die Augen. Es war still, und der Ort schien fast respektvoll zu lauschen. „Sie würden wollen, dass wir weitermachen", flüsterte Aiden, und ich spürte die Wahrheit in seinen Worten.

Aurel legte eine Hand auf meine Schulter. „Lass uns nicht vergessen, was sie uns beigebracht haben. Es ist an der Zeit, nach vorne zu schauen."

Nach dieser stillen Ehrung atmeten wir tief durch und sahen uns an, ein stilles Einvernehmen zwischen uns. Schließlich beschlossen Aiden und Aurel, dass es Zeit war, weiterzufahren. „Wir sehen uns später", sagte Aiden und umarmte mich innig. „Pass auf dich auf, Apollo."

„Ja, ich werde", antwortete ich mechanisch, immer noch im Bann der Trauer. Nachdem sie weggefahren waren, blieb ich allein an der Unfallstelle zurück. Ich zog mein Handy heraus und wählte Alias Nummer. Als sie antwortete, hörte ich die Fröhlichkeit in ihrer Stimme, die wie ein Lichtstrahl durch mein düsteres Gemüt brach. „Hey, Alia. Wo bleibst du?" fragte ich, um meine Nervosität zu kaschieren.

„Ich bin fast da, Apollo. Ich schwöre, ich habe nicht absichtlich getrödelt!", antwortete sie lachend. „In Ordnung. Ich warte hier", sagte ich und legte auf. Während ich auf sie wartete, lauschte ich dem Geräusch des Windes und den Erinnerungen, die sorgsam an meiner Seele knabberten.

Alia war immer eine Konstante in meinem Leben gewesen, ein Lichtstrahl in dunklen Zeiten. Ich konnte mir ihr strahlendes Lächeln genau vorstellen, die Art, wie ihre kastanienbraunen Locken in der Sonne funkelten. Es war, als würde sie immer ein wenig Magie mit sich bringen, die selbst die trübsten Tage aufhellen konnte.

Ich erinnerte mich an unsere Schulzeit — die unbeschwerten Momente auf dem Pausenhof, die Streiche, die wir gespielt hatten, und die endlosen Gespräche über unsere Träume. Alia hatte immer diese große Neugier in ihren braunen Augen, die oft leuchteten, wenn sie von ihren eigenen Abenteuern erzählte. Es war diese Mischung aus Entschlossenheit und Freude, die sie immer auszeichnete.

Heute lebte sie noch in Johannesburg, und ich wusste, dass sie das Bergbaugeschäft ihres Vaters übernommen hatte. Alia dachte nie nur an sich selbst; sie war sich der Verantwortung, die auf ihren Schultern lag, voll bewusst. Oft sprach sie mit mir über die Geschäfte, die sie mitbekam – von den Herausforderungen und Rückschlägen bis hin zu den unternehmerischen Erfolgen. Ihre Einsichten und ihr Gespür für die Branche waren bemerkenswert, und ich bewunderte, wie geschickt sie zwischen den beiden Welten navigierte — zwischen der vertrauten Kindheit und der komplexen Realität des Erwachsenenlebens.

„Hey Apollo! Schön dich zu sehen. Wie geht's dir? Bist du bereit?", fragte Alia, die hinter mir auftauchte und mich aus meinen Gedanken riss. Ihre fröhliche, ansteckende Art hatte mich oft durch dunkle Zeiten getragen, aber heute schien auch sie von der Schwere der bevorstehenden Konfrontation betroffen zu sein.

Ich nickte, auch wenn ich mir nicht sicher war, ob ich wirklich bereit war, mich mit den Geister der Vergangenheit zu konfrontieren. „Wir müssen es einfach tun. Für unsere Eltern und für Lyanna," flüsterte ich mir zu.

Wir begannen, durch die Straßen zu gehen, und ich lauschte den Geräuschen. Der Verkehr, das Geschrei der Straßenverkäufer und das Murmeln der Passanten – all das verschmolz zu einer Symphonie der Stadt, die gleichzeitig vertraut und fremd war. Ich spürte, wie sich Erinnerungen in mir regten, Bilder von unserer Kindheit, als wir noch unbeschwert auf den Markt gingen oder im Park spielten. Doch dann stiegen die Gedanken in mir auf, die mir den Atem raubten: Der Unfall, der unser Leben so unerbittlich verändert hatte. Die Dunkelheit, die sich über unsere Familie gelegt hatte, schien mir wie ein Schatten zu folgen, egal wohin ich mich wandte.

„Ich habe das Gefühl, dass wir dem entscheidenden Punkt näher kommen", sagte Alia und hielt an. „Wir sollten dort eine Pause machen und uns unterhalten."

Sie deutete auf ein kleines Café indem ein Buchladen integriert war. Vor der gläsernen Front befand sich ein freier Tisch. Das Café war ein Ort, an den wir oft nach der Schule kamen, um ein Stück Kuchen und eine Tasse Kakao zu genießen. Ich erinnerte mich an die Bücher, die wir damals in dem Laden durchblätterten, und an die Abenteuer, die wir uns ausmalten, als wir noch an die Unverwundbarkeit der Kindheit glaubten.

„Ich erinnere mich an diesen Ort", murmelt ich und ließ mich auf einen der Stühle sinken, die inzwischen eine gebrochene und abgenutzte Erscheinung hatten. „Hier haben wir viel Zeit verbracht. Es fühlt sich an, als wären wir nie weggegangen."

„Ja, das stimmt", antwortete Alia, während sie den Blick über die Straße schweifen ließ. „Aber jetzt ist alles anders. Ich kann die Traurigkeit der Leute spüren, das Unglück hängt in der Luft. Niemand scheint hier wirklich glücklich zu sein."

„Wir sind alle in irgendeiner Weise verwundet",
entgegnete ich und sah in Alias Augen. „Und wir
müssen unsere Wunden heilen. Wir sind aber aus
einem anderen Grund hier."

Etwas in mir wusste, dass die Antworten auf
unsere Fragen irgendwo in der Stadt zu finden
waren. Niemand von uns würde fliehen können,
ohne Konfrontation der unvollendete Geschichte
unserer Vergangenheit. Ein Teil von mir war
zuversichtlich, dass Lyanna uns helfen konnte,
aber eine andere und dunklere Stimme in meinem
Kopf flüsterte unaufhörlich, dass der Verlust
einfach zu groß war um ihn zu tragen.

Nach einer Weile der Stille stand Alia auf und
ging ins Café. Ich beobachtete sie, während ich an
meiner Tasse Kaffee nippte. Plötzlich sah ich durch
die Fenster des Buchladens eine Gestalt, die mir
bekannt vorkam – eine Frau mit langen, dunklen
Haaren und einem Blick, der durch die Scheibe zu
mir hinüber schaute. Mein Herz setzte einen Schlag
aus.

„Lyanna?", rief ich und sprang von meinem Platz
auf. Es war ein impulsives Handeln, und ich fühlte
einen Widerspruch in mir, der mich erstarren ließ.
War ich mir wirklich sicher, dass sie es war?

Zurück in der Realität erblickte ich das
schüchterne Lächeln, das in der Schattenwelt
meiner Erinnerungen schimmert. Die Gestalt

wandte sich um und verschwand in den Regalen des Ladens. „Warte! Lyanna!"

Entschlossen trat ich ins Café, im Moment gebannt von der Möglichkeit, sie wiederzutreffen. Meine Augen wanderten über die Bücherregale, und ich rief einmal lauter ihren Namen. Doch die Stille der Bücher umhüllte mich, kein Echo meiner eigenen Stimme. Nur die Stimmen der Gäste schienen auf andere Gedanken fokussiert zu sein und ignorierten das Drama, das sich gerade in mir abspielte.

Ich bewegte mich rasch zum Eingang des Buchladens. Das vertraute Geräusch der Regalfächer, die knarzenden Dielen, das aufregende Parfum von alten Geschichten – all das lag in der Luft wie ein Hauch erloschener Träume.

„Lyanna?", flüsterte ich, während ich zwischen den Regalen suchte. Mein Herz raste. „Bist du hier?" Plötzlich ertönte hinter mir eine Stimme. „Apollo?"

Ich drehte mich abrupt um und erblickte eine junge Frau, die durch das Labyrinth der Regale kam. Ihre Augen, so lebendig und intelligent, durchbohrten die Dunkelheit meiner Erinnerungen. „Apollo! Du bist es wirklich... du!"

„Samantha?", rief ich – sie war meine beste Freundin in der Schule, eine Welle von Emotionen überkam mich, als ich sie wieder sah.

„Ja, ich kann nicht glauben, dass du zurück bist! Wo warst du!"

„Es ist kompliziert… Wir kommen zurück in die Stadt, um eine Freundin zu finden", antwortete ich und fühlte mich gleichzeitig gehemmt. Ich wollte nicht auf die dunklen Gedanken eingehen, die uns gefolgt waren. „Wie geht's dir? Schön dich wieder zusehen. Magst du dich zu uns setzen? Ich könnte deine Hilfe gebrauchen."

„Mir geht's gut. Wer ist denn noch da? Wenn ich dir helfen kann, tue ich das gerne", sagte sie und drückte mir eine Visitenkarte in die Hand. „Hier sind meine Kontaktdaten. Bist du geschäftlich in Johannesburg? Dann hätte ich einige Informationen für dich, die dir nützlich sein könnten." Zusammen verließen wir den Buchbereich und setzen uns zu Alia an den Tisch vor dem Café. Alia uns Samantha begrüßten sich herzlichst.

Ich ergoss all die Fragen, Zweifel und die Sehnsucht nach Antworten in Worte. Samantha hörte mir aufmerksam zu, ihre Augen fest auf meine gerichtet.

„Es gibt Gerüchte, dass eine Frau namens Lyanna zu einer Gruppe von Leuten gehört, die im Untergrund sehr aktiv sind", begann sie leise. „Ich habe gehört, dass sie einige Informationen über die Geschehnisse in der Stadt hat. Aber diese Gruppe ist nicht nur gefährlich. Jeder, der es wagt, sich mit ihnen einzulassen, geht ein großes Risiko ein."

Jedes Wort schmerzte wie ein Schnitt, der mein Innerstes durchdrang. „Was meinst du mit gefährlich?"

„Sie haben die Kontrolle über bestimmte Gebiete der Stadt und scheinen alles zu tun, um ihre Macht zu erweitern. Wenn Lyanna tatsächlich mit ihnen zu tun hat, dann befindet sie sich in einer extremen Gefahr. Sofern sie unschuldig ist, aber den Erzählungen nach, sorgt sie selbst für viel Schrecken. Wenn das die Frau ist die du suchst, hat sie sich sehr verändert. Die Stadt verblendet viele."

Samantha hatte recht. Die Stadt war im Wandel, und die Entwicklung des Untergrundes ging rasant voran. Während wir uns in dem kleinen Café unterhielten, überkam mich ein unbehagliches Gefühl. Es war mehr als nur ein allgemeines Unbehagen; es war eine greifbare Angst, die durch die Straßen wehte, als ob sie Luft hätte. Ich konnte die Schwingungen der Menschen spüren, die an uns vorbei gingen. Sorgen und Angst standen in ihren Gesichtern, wie schnell sich die Dinge verändern konnten.

„Der neue Clan heißt Ferragosto", erklärte Samantha, während sie nervös mit ihren Fingern spielte. „Es scheint, dass sie unerbittlich vorgehen. Jeder der sich ihnen in den Weg stellt wird eliminiert oder zur Zielscheibe gemacht. Und das, was am schockierensten ist sind die Menschen die einfach verschwinden – ohne eine Spur zu hinterlassen."

Die Schwere ihrer Worte ließ einen Kloß in meinem Hals entstehen. „Was meinst du mit verschwinden?"

„Ich spreche von Menschen, die wir kannten. Die am helllichten Tag aus ihren Häusern verschwinden, nicht mehr zur Arbeit erscheinen, nicht mehr in den sozialen Medien aktiv sind. Es gibt Gerüchte, dass die Ferragosto für diese Vermissten verantwortlich sind. Sie bringen ihre Gegner um oder entführen sie, um sie zum Schweigen zu bringen. Sie haben sich schnell in alle Ecken der Stadt ausgebreitet, ohne Rücksicht auf Verluste."

Ich hatte von den Machenschaften des Verbrechens in Johannesburg gehört, aber die Vorstellung, dass Raphael dahinter steckt und so schnell agierte, ließ mich frösteln. „Wie können so viele Menschen darüber hinwegsehen, einfach so tun, als wäre nichts passiert?"

„Die Angst hat ihren Preis", antwortete Samantha und seufzte. „Die Leute haben gelernt, dass man nicht fragt, wenn man leben will. Viele haben ihre Augen verschlossen, um nicht involviert zu werden. Wenn sie merken, dass etwas nicht stimmt, setzen sie ihre Sicherheit nicht aufs Spiel. Und es ist nicht zu leugnen, dass es auch ein gewisses Maß an Resignation gibt. Sie sehen, wie die Ferragosto vorgehen, ohne Konsequenzen zu fürchten. Daher sind viele in der Stadt in einen lähmenden Zustand geraten."

„Früher", begann Samantha und ihre Augen begannen vor nostalgia zu funkeln, „als deine Eltern noch das Sagen hatten, war alles anders. Damals blühte Johannesburg. Es gab eine Wärme in der Gemeinschaft, eine Art Hoffnung, die die Menschen verband. Man konnte die Stimmen der Kinder hören, die in den Straßen spielten, und die Nachbarn trafen sich abends auf den Terrassen, um Geschichten auszutauschen. Es gab Respekt vor den älteren Generationen, und die Leute hatten das Gefühl, dass ihre Stimmen gehört wurden."

Sie sah mich ernst an. „Die Menschen hatten Vertrauen. Sie wussten, dass Avid Maßnahmen ergreifen würde, um die Stadt zu schützen. Es gab eine klare Vorstellung davon, was richtig und was falsch war. Niemand hatte Angst, seine Meinung zu äußern. Diese Zeit war geprägt von einem Gefühl der Sicherheit. Es gab Feste, bei denen die ganze

Nachbarschaft zusammenkam, um zu feiern, und jeder fühlte sich wie ein Teil von etwas Größerem."

Samantha schüttelte den Kopf, als würde sie die dunklen Wolken der Gegenwart vertreiben wollen. „Die Zeiten haben sich leider geändert. Nun haben die Ferragosto die Kontrolle übernommen und mit ihr die Furcht. Viele Menschen haben ihre Träume aufgegeben, als sie gesehen haben, was passiert, wenn man sich gegen das Unrecht stellt. Es ist, als ob sie in einen Schatten eingetaucht wären, in dem die Farben des Lebens verblasst sind."

Ich schüttelte den Kopf und erhob mich von meinem Stuhl. Es fühlte sich an, als würde ich in einem Albtraum leben. „Das kann einfach nicht so weitergehen. Wenn die Leute aufhören, sich aufzulehnen, dann ist das der Anfang vom Ende!"

„Ich weiß, wie du dich fühlst, Apollo", rechtfertigte sie. „Aber wir müssen vorsichtig sein. Die Ferragosto haben Verbindungen, die weit über das hinausgehen, was wir uns vorstellen können. Sie kennen keine Gnade und sind für alles bereit. Wenn sie deine Lyanna in ihre Finger haben, können wir uns kaum ausmalen, was mit ihr geschehen könnte."

„Wir brauchen Informationen", antwortete ich ruhig, jedoch mit einer Entschlossenheit, die mir Kraft gab. „Wir müssen wissen, von wo aus sie operieren und wer alles mit ihnen unter einer Decke steckt. Es gibt immer Menschen, die bereit sind, für ihre Sicherheit etwas zu riskieren. Wer würde den Mut aufbringen?"

„Was ist mit unserem alten Bekannten, Tobi? Ist er noch im Geschäft. Ich erinnerte mich an Tobi und wie er immer auf den schmalen Grat zwischen Legalität und Illegalität tanzte. Vielleicht könnte er Informationen haben, die uns helfen würden?"

„Er ist ein Teil von dem, was gerade in der Stadt passiert", sagte sie mit gesenktem Kopf. „Er hat die Kontakte, aber die Dinge können sich schnell ändern. Du kannst ihm nicht mehr vertrauen, wie früher. Die Situation hat alle verändert."

„Wir müssen ihm einen Besuch abstatten, bevor es zu spät ist! – sonst werden wir nie erfahren, was er weiß", murmelte ich, während ich die Möglichkeiten abwog.

Samantha nickte, und der Ausdruck in ihren Augen war entschlossen. „Gut, lass uns los. Ich zeig dir den Weg, wenn er dir nicht helfen kann, können wir immer noch einen anderen Weg finden, um herumzuschnüffeln. Wir sollten wachsam sein. Ich hab schon etwas Angst."

Wir zahlten und verließen das Café mit einem Gefühl von Fassungslosigkeit und einem Hauch von Wut. Je mehr ich über das hörte, was sich in Johannesburg abspielte, desto mehr spürte ich den

Druck auf meiner Brust wachsen. Die Menschen um uns herum waren Gefangene und ich war fest entschlossen, nicht nur Lyanna zu finden, sondern auch jedem zu helfen, der derzeit unter dem Terror der Ferragosto litt.

Als wir auf die Straßen entlang traten, spürte ich wieder die angespannte Atmosphäre um uns herum. Die Menschen wirkten gehetzt, und ich konnte die Besorgnis in ihren Gesichtern sehen. Ich schloss die Augen für einen Moment und stellte mir vor, wie die Stadt unter dem Terror der Ferragosto litt. Die Schatten dieser skrupellosen Gangster schienen allgegenwärtig zu sein, und ich war fest entschlossen, Johannesburg wieder zu einer fröhlichen Stadt zu machen, was sie einst mal war.

„Wir müssen uns beeilen", sagte ich zu Samantha, die neben mir ging. „Je schneller wir Antworten auf die Fragen finden, die uns plagen, desto näher kommen wir an die Wahrheit und möglicherweise auch an Lyanna."

Während wir durch die Straßen von Johannesburg gingen, spürte ich den Wind in meinem Gesicht. Es war ein windiger Tag, der mir wieder so vieles in Erinnerung rief, ich versuchte, meine Gedanken zu fokussieren. Die dröhnenden Geräusche von Motoren und das geschäftige Treiben der Menschen um uns herum verstärkten nur mein Gefühl der Dringlichkeit. Tobi war zwar nur ein weiteres Puzzlestück in unserem verzweifelten Versuch, Lyanna zu finden, aber vielleicht konnte er uns wertvolle Informationen geben – etwas, das wir dringend benötigten, um die Schlinge um uns herum zu lockern.

„Denkst du, Tobi hat wirklich etwas Wichtiges gehört?", fragte ich, während ich versuchte, meine Nervosität zu verbergen.

„Ja, er hat seine Quellen. Er lebt am Stadtrand und hat die besten Beziehungen zu den anderen Aasgeier.", antwortete Samantha, und ich konnte den entschlossenen Ton in ihrer Stimme hören. „Außerdem...., egal wie kaputt er ist, er hat ein Herz und wird uns nicht im Stich lassen, wenn es um dich geht. Das glaube ich zumindest."

Wir erreichten schließlich die heruntergekommenen Gebäude, in denen Tobi lebte. Die Wände waren mit Graffiti übersät, und ein muffiger Geruch lag in der Luft, als wir die Treppen hochgingen. Das Licht war schummrig und die Schatten schienen uns zu beobachten.

„Hier ist es", murmelte Samantha, als wir vor einer knarrenden Tür ankamen, die nicht gerade einladend aussah. Ich klopfte vorsichtig, und nach einem Moment des Schweigens hörten wir das Geräusch von Schritten, gefolgt von einem krächzenden „Wer ist da?"

„Tobi, wir sind's – Samantha und ich", antwortete ich hastig.

Die Tür öffnete sich einen Spaltbreit, und Tobi linste heraus, seine wachsamen Augen musterten uns. „Was wollt ihr?" Seine Stimme war rau, als ob er gerade aus einem langen Schlaf erwacht wäre.

„Wir brauchen deine Hilfe", sagte ich und sah ihm direkt in die Augen. „Es geht um eine Frau namens Lyanna. Wir haben Grund zu der Annahme, dass sie in Gefahr ist. Wir müssen wissen, ob du irgendetwas gehört hast oder weisst."

Tobi zögerte, ein schmaler Strich der Angst zog über sein Gesicht. „Ich habe nichts gehört, aber ..." Er schaute sich um, als ob er sicherstellen wollte, dass niemand uns belauschte. „Ich habe einen Verdacht. Es gibt Gerüchte über einen neuen Spieler in der Stadt – jemand, der sich mit den Ferragosto verbündet hat. Alle sind in Aufruhr, und ich fürchte, das könnte mit dieser Frau zusammenhängen."

Ein kalter Schauer lief mir den Rücken herunter. Der Name der Ferragosto war wie ein Schatten, der überall lauerte.

„Wer könnte uns mehr dazu sagen?", fragte Samantha ungeduldig. „Welche Frau?", wollte ich wissen.

Tobi schaute zögerlich. „An der Spitze der Ferragostos taucht neuerdings immer wieder eine Frau auf. Man munkelt das sie nicht zu unterschätzen ist, sie soll Raphael die Spitze streitig machen. Ich kann euch einen Kontakt geben. Aber seid vorsichtig – es ist riskant, und die Ferragosto dulden keine Einmischung."

„Riskant ist genau unser Metier. Weißt du wie sie heißt?", antwortete ich, „Wir haben keine Zeit zu verlieren."

Er nickte langsam und holte einen kleinen Zettel aus seiner Tasche. „Ich kenne ihren Namen nicht. Hier, das ist die Telefonnummer. Wenn ihr Fragen habt, denkt immer daran, dass habt ihr nicht von mir."

Ich nahm den Zettel und wollte ihm gerade danken, als er die Tür zuschlug. Samantha und ich sahen uns an – jetzt hatten wir eine Spur, die wir verfolgen konnten.

Ich blickte auf den Zettel in meiner Hand, auf dem die Adresse und eine Telefonnummer standen. Ein kurzes Zögern überkam mich, bevor ich das Handy hervorzog und die Nummer eingab. Es dauerte nur wenige Sekunden, bis das Signal durchbrach, und dann hörte ich ein Klingeln am anderen Ende.

„Hallo?", meldete sich eine tiefe Stimme.

„Anton?", fragte ich, als ich seine Stimme erkannte. Ein Gefühl der Erleichterung überkam mich. „Hier ist Apollo. Tobi hat mir deine Kontaktdaten gegeben."

„Apollo, ja. Ich erinnere mich", antwortete Anton, seine Stimme klang jetzt etwas wärmer. „Was kann ich für dich tun?"

„Ich brauche dringend deine Hilfe", begann ich, das Dringliche meiner Worte unterstreichend. „Ich habe gehört, dass du mehr über die Ferragosto und der neuen Frau in der Stadt weißt. Können wir uns treffen?" Ein Moment der Stille folgte, und ich konnte mir vorstellen, wie er abwog, was er mir sagen wollte. „Das klingt ernst. Wo bist du jetzt?" Ich schaute mich um mich zu orientieren. „Wir sind in der Nähe der Schillerstraße. Gibt es einen sicheren Ort, an dem wir uns treffen können?"

„Ja, ich kenne einen versteckten Platz. Treffpunkt im Café ‚Verde', in einer halben Stunde. Sei vorsichtig und komm allein – die Situation ist heißer, als du denkst."

„Verstanden", sagte ich schnell. „Danke, Anton. Ich werde da sein."

„Sei wachsam. Das könnte gefährlich werden." Mit diesen Worten legte er auf, und ich steckte mein Handy zurück in die Tasche.

„Was hat er gesagt?", fragte Samantha, die mir die ganze Zeit über aufmerksam zugesehen hatte.

„Ich treffe ihn in einer halben Stunde im Café ‚Verde'", antwortete ich. „Er ist über die Ferragosto informiert."

„Gut. Dann lass uns keine Zeit verlieren. Ich bringe dich hin", erwiderte sie entschlossen. Wir hatten einen neuen Plan, und diesmal fühlte es sich so an, als ob wir einen wichtigen Schritt in Richtung der Wahrheit – und Lyanna – machten.

„Ich vertraue Anton, aber wir dürfen nicht einfach leichtsinnig sein. Diese Stadt ....."

„Was sollen wir tun?", fragte sie und ihre Stimme war bestimmt, auch wenn ich die Nervosität darin spüren konnte.

„Wir sollten noch ein wenig umhergehen, falls uns jemand gefolgt ist. Danach gehe ich zum Café. Ich will nicht, dass jemand unsere Pläne mitbekommt", teilte ich ihr mit und bewegte mich dann vorsichtig in die Richtung des nahegelegenen Marktes.

Wir schoben uns zwischen die Menschenmengen und ließen uns treiben, während wir uns einen Überblick über die Umgebung verschafften. Die geschäftigen Stände, das Geschrei der Händler und der Geruch von frischem Obst und gebratenem

Essen schufen eine Atmosphäre, die sowohl lebhaft als auch bedrückend war. Hier war der Puls von Johannesburg spürbar, aber die ständige Gefahr, die durch die Luft schwebte, ließ alles trübe erscheinen. „Glaubst du, dass Anton wirklich etwas weiß?", fragte Samantha, als ihr Blick über die Straße huschte.

„Ja, ich habe kein Gefühl bei ihm, dass er uns etwas verheimlicht", erwiderte ich. „Er war damals schon derjenige, der sich um die Sache gekümmert hat – und wenn jemand etwas über die Ferragosto weiß, dann ist es Anton."

„Und was ist mit Lyanna? Glaubst du, sie könnte in Gefahr sein?"

Ich dachte kurz nach. „Gute Frage. Wenn sich die Ferragosto tatsächlich mit einer Frau verbündet haben, könnten sie ein Interesse daran haben, Lyanna zu benutzen. Wir müssen sie finden."

Eine unangenehme Stille umhüllte uns, während wir durch den Markt schlenderten. Die dunkle Realität der Situation drang in unsere Gedanken ein. Schließlich entschieden wir uns, zum Café Verde zu gehen. Die halbe Stunde war beinahe um, und ich wollte unsere Gespräche nicht länger hinauszögern.

„Hier entlang", äußerte ich und führte Samantha zu einer Seitenstraße, die uns einen Zugang zum

Hintereingang des Cafés geben würde. Wir waren uns bewusst, dass wir in diesem Moment vorsichtig sein mussten. Als wir das Café erreichten, war ich darauf bedacht, nicht aufzufallen.

„Ich gehe allein", flüsterte ich Samantha zu, und ich bewegte mich klamm heimlich durch den Hintereingang in das kleine Café.

Das Café Verde war ein kleines, gemütliches Refugium inmitten des quirligen Johannesburgs. Es lag leicht abseits der Hauptstraßen, in einer schmalen Gasse versteckt, und war nur durch ein unscheinbares Schild zu erkennen, das in sanften Grüntönen gehalten war. Es war ein Ort, an dem die Zeit langsamer zu fließen schien, ein Kontrast zu dem hektischen Treiben der Stadt.

Sobald man das Café betrat, wurde man von dem warmen, einladenden Licht empfangen, das durch große Fenster strömte. Die Wände waren mit hellen, beruhigenden Farben gestrichen, gleichzeitig waren sie mit verschiedenen Kunstwerken von lokalen Künstlern geschmückt – von lebhaften Gemälden bis zu Fotografien, die die Essenz von Johannesburg einfingen. Die gemütlichen Tische waren aus dunklem Holz. Die Stühle mit bequemen, gepolsterten Kissen luden dazu ein, sich zurückzulehnen und den Alltag für eine Weile hinter sich zu lassen.

In einer Ecke vergessen, stand ein altes Klavier, das von den regelmäßig stattfindenden Liveauftritten kleiner Bands und Künstler zeugte. Manchmal war der Klang eines sanften Jazz, das angenehmste Hintergrundgeräusch beim Schwelgen in den Gedanken oder dem Austausch von Ideen mit Freunden. Von der Decke hingen Lichterketten, die in sanften Farben schimmerten und dem Raum eine behagliche, fast magische Atmosphäre verliehen.

Hinter dem Tresen stand ein Barista mit einem freundlichen Lächeln, der Kaffee und kleine Leckereien zubereitete. Der Duft frischer Bohnen, die im Siebträger aufbrühten, vermischte sich mit den Aromen von Croissants und Muffins, die zum Hunger beim Betreten des Cafés einluden. Es war ein Ort, an dem man nicht nur eine Tasse Kaffee genießen konnte, sondern auch eine Auszeit vom hektischen Stadtleben.

Das Herzstück des Cafés war jedoch der Rote Saal, ein kleiner, separater Bereich im hinteren Teil des Cafés. Der Eingang war durch eine massive, alte Holztür mit verzierten Beschlägen zu erreichen, die beim Öffnen ein leises Quietschen von sich gab. Diese Tür vermittelte den Eindruck, man kam in einen geheimen Raum– einem Ort, der für besondere Treffen und vertrauliche Gespräche gedacht war.

Im Roten Saal war die Atmosphäre noch intimer. Die Wände waren in tiefem, warmem Rot gestrichen und mit samtigen Vorhängen geschmückt, die bei Bedarf die Geräusche von außen dämpften. Eine große, runde Ledercouch in der Mitte des Zimmers lud dazu ein, sich zusammenzusetzen und die Sorgen des Alltags hinter sich zu lassen. Eine niedrige Kaffeetafel aus Mahagoni stand bereit, um Getränke und Snacks zu platzieren. In den Ecken des Raumes standen kleine, dimmbare Tischlampen, die ein sanftes Licht auf die Gesichter der dort Versammelten warfen.

Der Rote Saal war ein Raum für Konferenzen, private Treffen und manchmal sogar für kleine Auftritte. Er zog die Art von Menschen an, die Gespräche suchten, die Inspiration brauchten oder einfach nur einen geheimen Ort suchten, um in Ruhe nachzudenken. Hier konnten Gespräche stattfinden, ohne dass jemand mithörte – ein idealer Ort für zusammentreffen wie das, was Anton und ich geplant hatten.

Ich suchte nach Anton, und nach einem kurzen Augenblick sah ich ihn in der Ecke des Roten Saals sitzen, allein und nachdenklich.

Anton

Ich saß an meinem bevorzugten Tisch im Café Verde, einem kleinen, versteckten Ort inmitten des trubeligen Johannesburgs. Der Geruch von frisch gebrühtem Kaffee und die sanften Klänge von Jazzmusik schufen eine fast intime Atmosphäre, und ich genoss den Moment der Ruhe.

Als ich das Telefon entlockte, um die neue Nachricht anzusehen, blieb mir für einen Moment die Luft stehen. Apollo – zurück in Johannesburg. Nach all den Jahren! Die Erinnerungen an unsere gemeinsamen Abenteuer stiegen in mir auf, gemischt mit dem bitteren Geschmack von Verlust und Bedauern. Ich hatte vor Jahren gedacht, dass er für immer weg sein würde und nun überlegte ich wie ich ihn erreichen konnte. Warum war er zurück? Kommt er wegen Lyanna? In dem Moment klingelte mein Telefon. „Hallo?", meldete ich mich.

„Anton?", fragte der Anrufer, und ich konnte die Anspannung in seiner Stimme hören. „Hier ist Apollo. Tobi hat mir deine Kontaktdaten gegeben."

„Apollo, ja. Ich erinnere mich", antwortete ich, meine Stimme wurde weicher, als ich seine Worte aufnahm. Die Verbindung zu Apollo war sofort wieder da, als ob nie weg gewesen wäre. „Was kann ich für dich tun?".

„Ich brauche dringend deine Hilfe", begann er, und die Dringlichkeit in seiner Stimme ließ mich hellhörig werden. „Ich habe gehört, dass du mehr über die Ferragostos und der neuen Frau in der Stadt weißt. Können wir uns treffen?"

Ein Moment der Stille fiel über uns, während ich über seine Worte nachdachte. Ich wusste, dass die Situation ernst war, und die Erwähnung von Lyanna schickte sofort Besorgnis durch meinen Körper. „Das klingt ernst. Wo bist du jetzt?"

Ich wartete ungeduldig, auf Apollos Antwort. „Wir sind in der Nähe der Schillerstraße. Gibt es einen sicheren Ort, an dem wir uns treffen können?"

Ich überlegte kurz und ob wir uns hier treffen sollten. „Ja, ich kenne einen versteckten Platz. Treffpunkt im Café ‚Verde', in einer halben Stunde. Sei vorsichtig und komm allein – die Situation ist heißer, als du denkst."

„Verstanden", sagte er schnell, und ich konnte fast die Entschlossenheit in seiner Stimme spüren. „Danke, Anton. Ich werde da sein."

„Sei wachsam. Das könnte gefährlich werden." Mit diesen Worten trennte ich die Verbindung und steckte mein Handy zurück in die Tasche. Ein

Gedanke überkam mich – die Dinge hatten sich in der Stadt verändert und es wurde Zeit, die alten Wunden und Geheimnisse wieder aufzuwühlen. Ich wusste, dass unser Treffen nicht nur eine einfache Unterhaltung sein würde, wenn die Caelus wieder zurück in Johannesburg sind. Es war nicht oft, dass ich einen derart unvorhergesehenen Besuch bekam, vor allem nicht von jemandem, der in meiner Vergangenheit so viel bedeutet hatte wie Apollo.

Ich musste einen Plan entwickeln um Lyanna und Apollo unauffällig wieder zusammenzubringen. Lyanna war mir in der Zwischenzeit ans Herz gewachsen, ein lebhafter Geist, der in dieser Stadt voller Schatten leuchtete. Ich machte mir Sorgen um sie, vor allem seit die Gerüchte über die Ferragosto und ihren neuen Einfluss in der Stadt quirlten. Irgendetwas stimmte nicht. Ich sollte sie warnen.

Ich öffnete die Kontakte auf meinem Telefon und suchte nach Lyanna. Als ihr Name auf dem Bildschirm erschien, zögerte ich einen Moment. War dies der richtige Zeitpunkt, um sie über die bevorstehenden Gefahren aufzuklären? Ich sollte meine Worte sorgsam wählen. Ich musste vorsichtig sein, besonders auf unseren bevorstehenden Plan. „Lyanna", rief ich, als sie den Anruf entgegennahm. Ihre Stimme war klar und direkt, ein wenig überrascht. „Anton? Was gibt's?"

„Wir müssen uns dringend unterhalten. Es gibt Neuigkeiten, die du wissen musst. Kannst du ins Café Verde kommen? Es ist wichtig." Ich spürte, wie mein Herz schneller schlug. „Klar, ich kann in einer Stunde da sein. Gibt es einen Grund, warum es so dringend ist?"

„Nur... komm bitte durch den Hintereingang zum Roten Saal. Ich möchte nicht, dass du durch den Haupteingang kommst. Es gibt einige Dinge, die wir besprechen müssen, die nicht für jedermann bestimmt sind."

Ein kurzes Schweigen folgte und ich hatte das Gefühl, sie überlegte ob sie mir trauen sollte. „Okay, ich werde tun, was du gesagt hast. Aber du weißt, dass ich immer Fragen habe."

„Das weiß ich. Und du hast jedes Recht dazu. Wir können uns gleich gegenübersetzen."

„Bis gleich", sagte sie schließlich und legte auf.

Jetzt wusste ich, dass ich die Zeit bis zu ihrem Eintreffen sinnvoll nutzen musste. Ich hatte einen Plan, und ich konnte es kaum erwarten, ihn in die Tat umzusetzen. Zunächst machte ich mir einige Notizen über die besprochenen Themen, um unser Treffen strukturiert zu gestalten und nicht in panische Gespräche über die aktuellen Gefahren der Stadt abzudriften.

Ich überlegte mir, wie ich Apollo und Lyanna unauffällig zusammenbringen konnte. Zunächst wollte ich Apollo eine kleine Einführung über die Schwierigkeiten geben, in denen die Stadt und Lyanna steckte, bevor ich sie beide zusammenbrachte.

In der Zwischenzeit betraten weitere Gäste das Café und ich beobachtete ihr Kommen und Gehen. Es erschien als wäre ich in meine Gedanken vertieft, tatsächlich war ich jedoch völlig abgelenkt. Was sollte ich beiden sagen?

Eine halbe Stunde später tauchte Apollo schlussendlich in meinem Blickfeld auf. Er betrat den Raum. Seine wassergrünen Augen suchend über die Menschenmengen bewegten und dann, als er mich entdeckte, zeigte sein Gesicht den typischen Ausdruck des Erkennens. Das sowohl Freude als auch Unsicherheit ausdrückte. Ein kurzes Nicken von mir und er kam schnell zu mir. Ich kannte das Café gut genug um zu wissen, dass wir uns im hinteren Bereich des roten Saals ungestört unterhalten konnten.

„Anton", sagte er, als er sich mir näherte und seine Arme öffnete. „Es ist so lange her."

„Ja, eine Ewigkeit, wenn man darüber nachdenkt", antworte ich und nahm ihn freundschaftlich in den Arm. Ich bereitete mich darauf vor die Erzählung, die ich im Kopf hatte loszuwerden. „Aber es ist wichtig, dass wir jetzt über etwas sprechen. Es gibt viel, das sich hier verändert hat."

„Ich habe gehört, es gibt Schwierigkeiten mit den Ferragosto?"

„Schwierigkeiten.... Apollo, das ist mehr. Und ich denke, das wird dich sehr interessieren." Ich sah mich um, um sicherzustellen, dass niemand zuhörte.

„Die Dinge sind schlimmer, als wir dachten", fuhr ich fort. „Der Einfluss von Raphael wächst und sie scheinen nicht mehr nur im Hintergrund zu agieren. Ich habe gehört, dass sie direkt in die Geschäfte der Stadt mitmischen und gezielt nach Personen suchen, die ihnen gefährlich werden könnten..."

Apollo nickte, die Sorgen in seinen Augen wurden deutlicher. Ich wusste dass ich ihm alles anvertrauen konnte. Jetzt war der Zeitpunkt gekommen, die Karten auf den Tisch zu legen – nicht nur für Lyanna, sondern für alle, die in dieser dunklen Zeit um unsere Sicherheit kämpften. Ich erzählte ihm die Kurzfassung seitdem er von hier weggegangen ist bis heute.

„Ich machte mir Sorgen um Lyanna. Sie ist nicht mehr das fragile Wesen von damals. In der Zwischenzeit hatte sich etwas in ihr verändert – sie ist stärker geworden. Hart im Nehmen und bereit, alles zu tun, um in dieser gefährlichen Welt zu überleben. Nach außen hin wirkt sie skrupellos. Jemand der nicht zögert Entscheidungen zu treffen, die andere in den Wahnsinn treiben würden, nur um einen Vorteil zu erlangen. Es ist ihr Überlebensmechanismus und ich bewunderte und fürchte gleichzeitig diese Veränderung. Sie ist eine großartige Frau Apollo."

Plötzlich öffnete sich die Tür zum Roten Saal, und sie trat ein. Als ihr Blick die Szenerie erfasste, erstarrte sie für einen Moment und ich bemerkte die Überraschung, die sich in ihren Augen widerspiegelte. Doch als sie Apollo sah, schien die Welt um sie herum für einen Augenblick stillzustehen. Es war, als würde der Raum die Luft anhalten.

In der nächsten Sekunde fiel sie direkt in seine Arme. Ihre Reaktion war impulsiv, ein Ausdruck unkontrollierbarer Emotionen, die sie vielleicht selbst nicht ganz verstand. Apollo war vermutlich der einzige Mensch in ihrem Leben, der Erinnerung und Sicherheit verkörperte. Mit einem tiefen Atemzug ließ ich die beiden ihre Umarmung genießen, während ich die ohnehin angespannte Atmosphäre etwas auflockern wollte.

„Lyanna! Es ist gut, dich zu sehen", sagte Apollo, seine Stimme war weich, und ich konnte die Wärme in seinem Blick erahnen.

Lyanna sah ihm in die Augen, und für einen kurzen Moment schien die skrupellose Fassade, die sie sich über die Zeit hier aufgebaut hatte, zu bröckeln. „Ich... ich habe dich vermisst«, stammelte sie, während sie sich von ihm zurückzog und hastig ihr Gleichgewicht fand. Der Moment war flüchtig, aber bedeutend.

Apollo öffnete die Arme, als sie sich von ihm löste. „Wir haben nicht viel Zeit. Es gibt einige ernsthafte Dinge, die wir besprechen müssen."

Lyanna nickte, und die Anspannung in ihrem Gesicht verschwand ein wenig, stattdessen nahm sie einen entschlossenen Ausdruck an, der für all ihre Veränderungen in letzter Zeit sprach – sie war bereit, die Realität zu akzeptieren und sich den Herausforderungen zu stellen.

„Ich weiß, dass es nicht einfach ist", wandte ich mich an sie, „aber die Ferragosto sind wachsam. Wir müssen vorbereitet sein."

„Ich bin bereit", antwortete sie. „Ich werde nicht zulassen, dass diese Feiglinge mit mir spielen. Sie haben keine Ahnung, mit wem sie es zu tun haben."

Apollo und ich tauschten einen kurzen Blick aus – es war klar, dass wir alle in dieser gefährlichen Zeit gemeinsam gegen die Bedrohungen kämpfen mussten.

„Gut", sagte ich und riskierte es, etwas mehr von meinem Vertrauen in sie zu zeigen. „Dann lass uns mit Apollo zusammenarbeiten und eine Strategie entwickeln. Wir müssen gleich zur Sache kommen und Apollo in deinen Plan einweihen." Nachdem Lyanna Apollo ihren Plan genauestens erklärt hatte, herrschte eine Stille im Raum.

„Ich werde meine Kontakte mobilisieren", fügte Apollo hinzu. „Wir dürfen nichts dem Zufall überlassen. Wir werden ihn vernichten."

„Hol dir, was wir brauchen – ich kann dir ein paar Informationen besorgen", fügte Lyanna hinzu, der Kampfgeist war in ihrer Stimme deutlich hörbar. „Sie wissen nicht, was sie heraufbeschworen haben!"

Apollo beobachtete Lyanna, während sie jetzt mit einer Stärke sprach, die ihn überrascht hatte. Doch in ihr glühte auch etwas anderes – eine tiefe Enttäuschung, die man in ihren Augen sah. Der wie ein Schatten eines alten Schmerzes von erlittenem Unrecht wirkte. „Wow, Lyanna", begann er, und sein Tonfall war sowohl überrascht als auch bewundernd. „Das ist eine... gewaltige Veränderung. Ich hätte nie gedacht, dass du so werden würdest."

Ein schelmisches Lächeln umspielte ihre Lippen. Sie hob herausfordernd eine Augenbraue und sah ihn direkt an. In ihrem Blick lag ein gekränkter

Stolz. „Stark? Das ist das Mindeste, was ich sein musste", entgegnete sie scharf, die Worte kaum mehr als ein Flüstern, das unter dem Druck ihrer Erfahrungen ächzte. „Hier wird man nicht einfach stark – man wird grundlegend verändert. Und vielleicht ist das alles, was ich noch habe."

Apollo schien über die Schärfe ihrer Antwort zutiefst berührt, schüttelte dann jedoch den Kopf als wollte er die drückende Stille durchbrechen.

„Aber was ist mit Aiden und Aurel? Sind sie auch in Johannesburg? Sie würden uns helfen, wenn die Ferragosto wirklich ein Problem darstellen?"

Ein Ausdruck der Erleichterung zeigte sich auf Apollos Gesicht. „Ja, sie sind mit mir hierher gekommen um dich zu suchen und nach Hause zu holen. Aiden hat hier seine Verbindungen und ich weiß, dass er immer bereit war dir zu helfen, sowie auch Aurel. Sie versuchen gerade dich ausfindig zu machen und mögliche Optionen zu erarbeiten."

Lyanna schloss für einen Moment die Augen, als ob sie die schmerzhaften Erinnerungen an Aiden und Aurel wegdrücken wollte. „Die ermutigenden Worte der Vergangenheit sind leere Versprechungen geworden. Sie sollen nichts von allem wissen Apollo. Versprich es mir!"

Sie seufzte, der Klang war voller Bitterkeit. „Ich bin es leid, darauf zu warten, dass andere mir zur

Hilfe kommen. Es fühlt sich unangemessen an, in Erinnerungen zu schwelgen, wenn ich weiterhin jeden Tag ums Überleben kämpfen muss. Wenn sie da sind, ist das schön und gut, aber ich kann nicht mehr auf sie zählen, als ich auf mich selbst. Ich habe gelernt, dass man sich auf niemanden verlassen kann."

„Wir haben zu kämpfen", setzte Apollo an, doch Lyanna schnitt ihm das Wort ab.

„Ja, das weiß ich. Aber ich werde nicht mehr sicher sein, dass wir nur darauf warten können, dass jemand erscheint, um uns zu retten", erwiderte sie scharf und sah an Apollo vorbei. "Zu oft habe ich das erlebt und am Ende bin ich derjenige, die zurückgelassen wird."

Apollo blickte fragend, als war ihm der Zorn in ihrem Ton fremd. „Wir müssen einfach schnell handeln und ..."

„Schnell handeln?", unterbrach sie ihn erneut. „Das ist genau das Problem! 'Schnell handeln', um uns zu retten, wenn wir nicht einmal wissen, wo wir anfangen sollen. Wie um alles in der Welt könnten wir einen Schritt voraus sein, wenn die Ferragosto allgegenwärtig sind?"

In diesem Moment schien die Raumluft dicht von Emotionen durchzogen zu sein, und ich wusste, dass wir alle die Wut und Enttäuschung in Lyanna spürten. Das Gefühl, in einer Stadt gefangen zu sein, die sie ohne Zögern hinunterziehen würde. Sie war nicht mehr das naive Mädchen, das sie einmal war; sie war gebrochen und neu zusammengesetzt, und sie hatte keine Zeit, um das zu verarbeiten.

Lyanna stand einige Schritte entfernt, ihr Gesicht von Tränen gezeichnet, und in ihren Augen lag ein verletzlicher Ausdruck, der mein Herz wie ein Messer durchbohrte.

„Apollo...", begann sie und ihre Stimme war brüchig, als würde sie sich durch die Worte kämpfen müssen. „Ich dachte, du wärst anders. Raphael hat gesagt, du hättest nie nach mir gesucht. Dass du eine neue Freundin hast. Dass ich dir egal bin!"

Ein kalter Schauer durchfuhr Apollo, als Lyannas Worte wie ein Schwert auf ihn sausten. Ich beobachtete, wie er den Raum durchquerte, seine Augen waren gerötet vor Schmerz und der Verletzung ihrer Worte. „Das ist nicht wahr, Lyanna!" rief er mit überschlagender Stimme. „Ich habe jeden Ort durchsucht, jeden Stein umgedreht – ich hätte niemals einfach so fortgehen können! Ich..." Sein Atem stockte plötzlich, und ich konnte die Qual in seinem Gesicht sehen, als er begriff, wie schmerzhaft diese Missverständnisse für ihn waren. „Ich habe keine neue Freundin. Du bist die Einzige für mich!"

Der Ausdruck in seinen Augen war voller Verzweiflung und Sehnsucht, und ich fühlte, wie die Spannung im Raum stieg. Apollo war ein Kämpfer, aber in diesem Moment sah ich die Verwundbarkeit in ihm, die ich so oft bei anderen gesehen hatte. Der Schmerz, den Lyanna ihm zufügte, war greifbar, und ich wusste, dass diese Worte nicht nur seine Enttäuschung, sondern auch seine tiefsten Gefühle für sie widerspiegelten.

Die Luft schien schwer von der emotionalen Ladung, während ich zusah, wie er versuchte, die Mauer zwischen ihnen zu überwinden. In mir wuchs die Hoffnung, dass Lyanna erkennen würde, dass Apollo alles für sie tun würde, dass seine Liebe echt war und sein Kampf, sie zu finden, ein Beweis für das war, was sie füreinander bedeuteten. „Die Einzige?" Ihre Stimme war voller Bitterkeit, und ich konnte die Wut und den verletzten Stolz, die in ihr brodelten, förmlich spüren. „Wirklich? Das klingt gut, aber was ist mit all den Monaten, in denen ich nichts von dir gehört habe?"

„„Ich habe alles getan um dich zu finden", hörte ich Apollo sagen, und in seiner Stimme lag eine Erschütterung, die mich tief berührte. Er zitterte förmlich. „Meine Brüder und ich haben jede Spur verfolgt. Wir sind um die ganze Welt gereist, nur um dich zurückzuholen. Du weißt nicht, wie sehr ich dich vermisst habe!"

Ich beobachtete, wie sich Lyannas Augen weiteten, als die Verzweiflung seiner Stimme sie erreichte. Es war, als würde sie seine Worte nach und nach aufnehmen und verarbeiten müssen. „Du verstehst nicht... Ich wollte, dass du hier bist. Ich brauchte dich. Ich hätte niemals gedacht, dass du mich einfach im Stich lassen würdest."

„Ich würde dich niemals im Stich lassen!" entgegnete er vehement, ergriff ihre Hände und bemüht ihr seine Ernsthaftigkeit zu zeigen. „Jede Nacht habe ich an dich gedacht – an dein Lächeln, an deine Stimme, an alles, was uns verbunden hat. Ich habe alles gegeben um dich zu finden, auch wenn der Weg ungewiss war."

In diesem Moment standen Lyanna die Tränen in den Augen, vermischten sich mit dem Kummer den sie so lange in ihrem Herzen getragen hatte. „Es hat so lange gedauert, und ich war so allein. Ich dachte, du hättest mich vergessen."

„Vergessen? Wie könnte ich?", antwortete er. „Jede Sekunde ohne dich war wie eine Ewigkeit. Du bist mein Licht, und ich hätte niemals einfach weiterleben können. Ich liebe dich, Lyanna. Du bist die Einzige, mit der ich mir eine Zukunft vorstellen kann!"

Ich spürte die Energie im Raum kippen, als Apollo sie anblickte, als würde er versuchen, direkt in ihr Herz zu sehen. Ein Moment der Stille trat ein, während sie versuchte, seine Worte zu begreifen. Dann brach die Last des Schmerzes, die sie so lange ertragen hatte, wie ein Damm. „Ich weiß nicht, wie ich weitermachen soll, Apollo. Es tut einfach so weh, das Gefühl zu haben, dass du nicht da bist."

Er trat einen Schritt näher, öffnete seine Arme, und ohne Zögern ließ sie sich in seine Umarmung fallen. Ihre Tränen durchtränkten sein Hemd, und ich wusste, dass in dieser einfachen Geste ein tiefes Gefühl von Vertrautheit und Sicherheit lag, dass sie lange vermisst hatten.

„Es tut mir leid, dass ich nicht da war", murmelte er leise, als er ihren Kopf sanft gegen seine Schulter drückte. „Ich hätte alles getan, um bei dir zu sein. Ich werde dir beweisen, dass ich für dich hier bin. Nie wieder werde ich zulassen, dass du dich alleine fühlst."

Als Lyanna schniefte, sah ich, wie sich die Anspannung in ihrem Körper allmählich löste. In diesem Moment fand sie Trost in seinem Halt. „Apollo... es hat so lange gedauert. Jeden Tag habe ich mich gefragt, was aus uns geworden wäre und ich wollte dass du hier bist, um mir zu helfen."

Er hielt sie fester an sich gepresst, als wäre er fest entschlossen, sie von ihrem Schmerz und ihren Zweifeln zu befreien. „Ich bin hier, Lyanna. Ich bin nie weggegangen, auch wenn es so schien. Ich werde niemals wieder von deiner Seite weichen. Wir sind zusammen in diesem Kampf – und ich werde alles tun, um dich zu beschützen und an deiner Seite zu stehen."

Die Wärme ihrer Umarmung schien den Raum zu erhellen. Der Druck der Vergangenheit schien langsam von ihnen abzufallen. Nur die Zukunft zählte jetzt und ich wusste dass Apollo bereit war, alles dafür zu tun, um diese gemeinsame Zukunft mit Lyanna zu meistern.

Ich stand einen Moment lang still und beobachtete die beiden in ihrer innigen Umarmung. Ihre Verbindung war so stark, dass ich fast das Gefühl hatte, ein Eindringling in einen ganz persönlichen Moment zu sein. Es war schön zu sehen, wie sie sich wiederfanden, doch die Uhr an der Wand klang unbarmherzig in meinen Ohren. Es war bereits spät, und wir hatten noch viel zu erledigen.

Ich könnte sie einfach einen Moment länger in ihrem Glück belassen, aber es war an der Zeit die Realität wieder hereinzulassen. Das Gefühl der Verantwortung drängte sich in meinen Kopf, und ich räusperte mich leise um zu signalisieren, dass ich noch im Raum war.

„Äh, tut mir leid, dass ich störe", sagte ich schließlich, meine Stimme war vorsichtig und zurückhaltend. „Aber es ist schon ziemlich spät, und wir sollten alle unsere Aufgaben erledigen. Es gibt noch viel zu tun und wir können nicht vergessen, dass die Situation da draußen kritisch bleibt."

Apollo sah mich an, seine Augen waren noch voller Wärme, aber ich erkannte die Schattierung der Realität, die wieder in sein Gesicht kehrte. Lyanna zuckte leicht zusammen und löste sich widerwillig von ihm, als ob sie in dem Moment begriff, dass die Welt außerhalb ihrer Umarmung nicht stehen geblieben war.

„Du hast recht, Anton", sagte Apollo, während er sie sanft losließ. „Wir haben wichtige Dinge zu besprechen und unsere nächsten Schritte zu planen."

Lyanna nickte, der Glanz in ihren Augen war immer noch da, aber in dieser klaren Momentaufnahme konnte ich sehen, dass das Hier und Jetzt sie beide wieder einholte. „Ich weiß... es tut mir leid, dass ich mich so haben gehen lassen", flüsterte sie, als sie sich wieder aufrappelte.

„Das ist in Ordnung, wir alle brauchen manchmal einen Moment der Pause", antwortete ich um sie zu beruhigen. „Aber jetzt müssen wir uns sammeln und einen Plan ausarbeiten. Die Ferragosto geben uns nicht viel Zeit."

„Ich muss nur sicherstellen, dass es Lyanna gut geht. Danach können wir uns an die Arbeit machen", sagte Apollo.

Ich war froh zu sehen dass er bereit war Verantwortung zu übernehmen, aber ein Teil von mir wünschte sich, ich könnte ihnen diesen besonderen Moment noch für einen weiteren Augenblick lassen. Dennoch war klar, dass wir uns darauf konzentrieren mussten die Sicherheit von uns allen zu gewährleisten.

„Ich werde in der Zwischenzeit die Informationen durchsuchen, die wir haben", schlug ich vor. „Ich denke, es ist wichtig, dass wir auf dem Laufenden bleiben, was die Bewegungen von Raphael angeht."

„Mach das", sagte Apollo, und ich konnte das Vertrauen in seine Stimme hören.

Mit einem letzten Blick auf die beiden, wandte ich mich etwas ab um ihnen den Raum zu geben den sie gebraucht hatten. Ihre erneute Umarmung löste in mir ein Seufzer der Erleichterung über ihr Wiedersehen aus. Die Wichtigkeit der bevorstehenden Aufgaben stand dennoch an oberster Stelle. Mein Gefühl, dass der Kampf, der uns allen bevorstand ein neuer Anfang sein könnte – nicht nur für Apollo und Lyanna, sondern auch für die Stadt, war euphorisch.

Ich beobachtete wie Apollo und Lyanna sich voneinander lösten. Beide sichtlich bewegt von dem Moment den sie geteilt hatten. Es war ein schwerer Schritt und ich konnte spüren, dass sie die Last dieser Trennung gleichzeitig erlebten. Lyanna sah in die Augen von Apollo und für einen kurzen Augenblick schien die Welt um sie herum zu verschwinden. Doch dann kam das unvermeidliche, was ich befürchtet hatte.

Lyanna atmete tief ein, als würde sie sich mental auf einen Kampf vorbereiten. Sie zog ihre Schultern zurück und richte sich auf, der Ausdruck in ihrem Gesicht veränderte sich von Verletzlichkeit zu einer Maske. Es war diese unverwechselbare Schutzmauer, die sie schon oft hochgezogen hatte um sich vor den vielen Verletzungen zu verbergen.

„Ich weiß, dass wir das schaffen können", sagte sie mit fester Stimme, obwohl ich fühlte, dass die Emotionen noch immer unter der Oberfläche brodelten. „Wir müssen stark bleiben – für uns und für alle anderen." Mit hocherhobenem Haupt wandte sie sich dem Ausgang zu, die unsichtbaren Wunden die sie so lange verborgen hatte, schienen für einen Moment verzweifelt gegen ihre Schutzmauer anzukämpfen.

Ich sah ihr nach, wie sie mit festem Schritt den Saal verließ. Es war als hätte sie sich in einen anderen Menschen verwandelt. Einen Menschen der bereit war, alles entgegenzunehmen was auch kommen mochte. Aber ich wusste, dass diese Fassade trügerisch war und dass der wahre Kampf in ihr weiterging.

„Wir sehen uns morgen", sagte Apollo leise, seine Stimme war voller Zuneigung, aber auch von der Traurigkeit des Abschieds durchzogen. „Bleib stark."

„Du auch", antwortete sie, ohne sich umzudrehen. Ich sah, wie ihre Schultern sich bei jedem Schritt strafften, als ob sie die ganze Last der Welt auf ihren schmalen Schultern trug, während sie in die Dunkelheit hinaustrat.

Nachdem sie gegangen war, fühlte sich der Raum leer und bedrückend an. Apollo nahm einen tiefen Atemzug und sah mich an, als er schließlich ein paar Schritte in meine Richtung machte.

„Danke, dass du das für uns getan hast, Anton", sagte er mit einem hang von Erschöpfung in der Stimme. „Es war nicht leicht, aber ich denke, wir alle wissen, dass wir jetzt fokussiert bleiben müssen."

„Natürlich", antwortete ich und spürte den Druck ebenfalls. „Wir haben einen langen Weg vor uns, aber jetzt hattest du sie zumindest für einen Moment zurück in dein Leben."

Apollo nickte, und ich konnte sehen, dass auch er von ihren letzten Worten berührt war – von ihrer Stärke. „Lass uns nach Hause fahren und uns auf das konzentrieren, was vor uns liegt."

Wir traten hinaus in die kühle Nachtluft, die frisch und klar war, und ich hatte das Gefühl, dass der Wind einen Teil unserer Sorgen davontragen könnte. Wir stiegen in das Auto und die Stille, die uns umgab, war ein Zeichen des Nachdenkens und der Vorfreude auf das, was noch kommen würde.

Während wir auf der Straße fuhren, sah ich wie die Anspannung in Apollo allmählich abfiel. Es war eine Mischung aus Erleichterung und der Erkenntnis, dass die Herausforderungen die vor uns lagen real waren und dass wir uns darauf konzentrieren mussten.

„Wo wohnt ihr zur Zeit? Wo soll ich dich absetzen?", fragte ich ihn.

„Im alten Anwesen, bitte", meinte Apollo schließlich, und ich nickte zustimmend. Ja, wir waren ein Team und wir würden alles tun, um diese Verbindung stark zu halten, egal was uns die Zukunft bringen mochte.

Raphael

Ich saß wie so oft in meinem Büro, umgeben von der kühlen, sachlichen Atmosphäre die nur der Klang der tickenden Uhr durchbrach. Am Tisch lagen mehrere Akten, die ich seit Tagen durchging, während ich mich auf die bevorstehenden Verträge mit der Regierung vorbereitete. Es war ein riskantes Spiel, aber der Reiz der Macht war zu verlockend um ihn abzulehnen.

In drei Tagen würde das Treffen stattfinden und ich wusste, dass es entscheidend für das weitere Vorgehen unserer Geschäfte sein würde. Die Freigabe und Bestechung der Regierung waren nicht nur notwendig, sondern essenziell – ohne ihre Unterstützung würde alles was wir aufgebaut hatten schnell zusammenbrechen. Ich hatte die richtigen Leute auf meiner Seite und die Polizei würde blind wegsehen – oder vielmehr auf uns verweisen, denn wir waren in der Lage den Mitbürgern den rechten Weg zu weisen.

Die Tür öffnete sich leise und Marco trat ein, gefolgt von Vittorio. Beide hatten einen ernsten Ausdruck auf den Gesichtern und ich wusste sofort, dass etwas im Busch war. Marco war immer der nüchterne, analytische Typ, während Vittorio mehr das Gefühl dafür hatte, was in der Luft lag. Ich schätzte ihre Meinungen; sie waren nicht nur meine Geschäftspartner, sondern auch meine Freunde, bzw. Familie.

„Raphael", begann Marco und legte die Hände auf den Tisch, „wir müssen über die letzten Details der Deals sprechen. Die Freigabe muss bis zum Treffen in drei Tagen erledigt sein. Ich habe das Gefühl, dass es einige Komplikationen geben könnte."

Ich nickte, während ich durch die Papiere blätterte, um meine Notizen zu sammeln. „Ich habe bereits eine Sitzung mit den Behörden organisiert. Sobald wir nachdrücklich werden, wird alles reibungslos laufen. Du weißt wie wir arbeiten."

„Und die Polizei?", warf Vittorio ein, seine braunen Augen musterten mich ernst. „Die letzten Informationen die ich erhalten habe deuten darauf hin, dass sich einige von ihnen bereits uns inoffiziell angeschlossen haben."

„Wir geben ihnen einen Grund, das zu tun", antwortete ich, ein Lächeln breitete sich auf meinem Gesicht aus. „Niemand stellt Fragen, wenn die Belohnung verlockend genug ist. Ich habe schon länger mit ein paar hochrangigen Polizisten gesprochen; sie wissen, was sie zu tun haben. Sie brauchen uns so sehr wie wir sie."

Doch während ich sprach bemerkte ich, dass Vittorios Blick abgelenkt war. „Es gibt noch etwas, das ich anmerken wollte", sagte er schließlich, seine Stimme fiel leise. „Lyanna war gestern sehr lange außer Haus. Ich weiß nicht wo sie war, aber als sie wieder kam war sie nicht sie selbst. Irgendetwas scheint nicht zu stimmen."

Ich hielt inne. Lyanna... Das Thema war nicht gerade das, was ich in einem Gespräch über Geschäfte anpacken wollte, aber ich konnte nicht anders, mein Interesse wurde geweckt. Sie war eine Taktikerin, die wusste, wie man sich im Dunkeln bewegte, aber ihr plötzlicher Abgang beunruhigte mich. „Was meinst du mit „nicht sie selbst"? Es standen gestern doch gar keine Termine an."

„Nun", begann Vittorio, „sie sagte uns, dass sie sich um einige unvorhersehbaren Angelegenheiten kümmern müsste. Aber es dauerte viel länger als üblich. Ich habe das Gefühl, es könnte etwas Wichtigeres sein. Ich wollte es nur erwähnen, bevor wir irgendeine Überraschung erleben."

Marco nickte zustimmend. „Das könnte unsere Planung beeinflussen. Wir sollten ein Auge auf sie haben, gerade jetzt wo viele wichtige Termine anstehen."

Ich nickte nachdenklich. Vielleicht war es an der Zeit, dass ich Lyanna ein wenig genauer beobachtete. Sie war nicht nur eine Vertraute; sie war auch Teil unseres Netzwerks und ich wollte nicht, dass persönliche Angelegenheiten unsere geschäftlichen Angelegenheiten überschatten. Wir konnten es uns nicht erlauben uns von Emotionen ablenken zu lassen.

„Gut", sagte ich schließlich und versuchte, die Sorge aus meiner Stimme zu nehmen. „Behaltet sie im Auge, und falls sich ihre Situation mit unseren Plänen kreuzen sollte, melde dich. Aber jetzt müssen wir uns auf das Wesentliche konzentrieren. Der Deal mit der Regierung ist unsere Priorität. Wenn wir das erst in trockene Tücher bringen, können wir uns um andere Angelegenheiten kümmern."

Vittorio sah mich mit einem ungläubigen Blick an, als ich meine Überlegungen über Lyanna zu Ende gebracht hatte. „Es gibt noch etwas, Raphael", sagte er und ich konnte die Anspannung in seiner Stimme spüren. „Gestern habe ich gehört, dass die Caelus in der Stadt sein sollen."

Die Raumtemperatur schien plötzlich zu sinken, und ich konnte förmlich das Blut in meinen Adern pulsieren hören. Die Caelus waren nicht nur ein Problem; sie waren eine Bedrohung. Ein direkter Konflikt mit ihnen würde den gesamten Plan gefährden, den ich so akribisch ausgearbeitet hatte. „Was? Woher weißt du das?"

„Ich habe mit ein paar Kontakte gesprochen. Sie hatten mich sofort informiert. Sie sind in der Stadt, und ich kann mir vorstellen, warum."

Ich sprang von meinem Stuhl auf, die Wut stieg mir in den Kopf. „Verdammte Scheiße! Genau das brauchen wir jetzt! Die letzten Vorbereitungen – unsere Deals sind noch nicht durch und die sind nicht nur gefährlich, sondern auch unberechenbar! Wir können uns das nicht leisten!"

„Beruhige dich, Raphael", versuchte Marco, intervenierend, doch ich ignorierte ihn. Mein Blut kochte, und ich wollte eine Lösung, keine zurückhaltenden Worte. „Wir müssen Lyanna sofort herholen. Sie muss uns sagen, wo sie gestern war!"

Vittorio hob die Hand. „Absolut. Das müssen wir klären. Aber lass uns das kontrolliert angehen."

Ich hatte keine Zeit für die Gemütsruhe, die sie mir anboten. „Ich gebe den Befehl! Holt sie! Wir müssen jetzt wissen, ob sie in dieser Sache verwickelt ist! Die Caelus haben kein Interesse daran, freundlich zu sein. Wenn sie erfahren was unser Plan ist, dann verlieren wir alles!"

Innerhalb weniger Minuten stand sie vor der Tür. Ein flüchtiger Hauch von Erleichterung durchströmte mich, doch die Nervosität blieb. Als sie eintrat strahlte Lyanna eine gewisse Unschuld aus die ich nicht mehr akzeptieren konnte.

„Hier bin ich. Was ist los?", fragte sie mit einem Lächeln, das mir in diesem Moment fehl am Platz erschien.

„Lyanna, wo warst du gestern? Warum hast du so lange gebraucht?" Ich ließ es nicht zu, dass meine Stimme verhallte – direkt und unmissverständlich.

„Ich... ich habe mich mit Anton, dem Richter, getroffen", erklärte sie, den Kopf erhoben. „Es war wichtig, um alle Verträge und die letzten Instanzen zu sichern. Wir brauchen Anton noch, lebend, nicht tot. Das Meeting hat leider etwas länger gedauert als geplant."

In diesem Moment schlug mein Herz einen schnelleren Takt. Anton war nicht nur ein Richter, sondern auch ein Schlüsselspieler in unseren Geschäften. Es war beruhigend zu hören, dass sie mit ihm verhandelt hatte, aber ich war immer noch misstrauisch. Mein Kopf ratterte mit Möglichkeiten und Szenarien.

Die Spannung in der Luft schien sich mit ihrem letzten Satz etwas zu lösen. „In Ordnung", murmelte ich schließlich, und ich fühlte, wie die aufgestaute Wut langsam aus mir entschwand. „Das erklärt die lange Abwesenheit."

Aber Vittorio schaute sie weiterhin skeptisch an, seine Stirn leicht gerunzelt. „Das klingt gut, Lyanna, aber wir müssen wissen, dass wir alles im Griff haben. Du weißt, dass das alles nicht einfach ist. Sei vorsichtig, verstehst du?"

„Ich verstehe", antwortete sie, und ich spürte die Strenge in ihrer Stimme. Ob sie wirklich alle Informationen hatte oder nicht war eben unerheblich. Der Plan war geschmiedet und ich brauchte sie auf meiner Seite, um unsere Geschäfte am Laufen zu halten.

„Okay, also gut. Bei der nächsten Besprechung werden wir Anton ein weiteres Mal einbeziehen", sagte ich, um die Bedenken zu zerstreuen. „Für jetzt müssen wir offener zusammenarbeiten, das gilt auch für dich Lyanna."

Vittorio nickte und schien die Aussage zur Kenntnis zu nehmen, wobei sein Blick weiterhin wachsam blieb. Er blieb immer skeptisch, und ich konnte nur hoffen, dass es nicht zur Appetitbremse wurde. Schließlich war Vertrauen in dieser Welt ein explosives Gut. Es war an der Zeit, ein paar Pläne zu schmieden und sicherzustellen, dass wir immer einen Schritt voraus waren.

Lyanna

Als ich die Tür zu meinem Zimmer hinter mir schloss, hörte ich das leise Klicken des Schlosses, das mir ein Gefühl von Sicherheit gab. Die Begegnung mit Raphael und den anderen hatte mir die Anspannung deutlich gemacht, die in der Luft hing. Vittorio war neugierig geworden und ich wusste, dass ich vorsichtig sein musste. In letzter Zeit hatte ich das Gefühl, dass jeder Schritt den ich tat genauestens beobachtet wurde.

Ich ließ mich auf mein Bett sinken und starrte an die Decke, während meine Gedanken um Vittorios aufkeimende Misstrauen kreisten. Es war klar, dass er sich Sorgen machte – und das aus einem guten Grund, denn ich vermutete, das er auch die Informationen hatte, dass die Caelus in der Stadt waren. Ich hatte mir die Frage gestellt, warum Raphael mir vorhin nichts darüber gesagt hatte. Er wusste, wie gefährlich Apollo ihm werden könnte und was ihre Anwesenheit für uns bedeutet. Hätte er mich nicht warnen müssen?

Die Gedanken verwirrten mich. Warum wäre Raphael so nachlässig gewesen? Oder war es einfach eine weitere Taktik von ihm? Ich konnte nicht sicher sein. Doch eines war klar: Ich durfte nicht passiv bleiben; ich musste meinen Plan überdenken.

Der erste Schritt war klar. Anton musste diskret kontaktiert werden. Doch wie konnte ich ihm die notwendigen Informationen zukommen lassen, ohne das Risiko einzugehen, dass jemand aus unserem Umfeld es herausfand?

Ich stand auf und begann in meinem Zimmer umherzugehen, während ich über die verschiedenen Möglichkeiten nachdachte. Ich durfte Vittorios Misstrauen nicht noch einmal reizen oder womöglich Raphaels Spürnase wecken. Ich war unvorsichtig, aber das Wiedersehen mit Apollo hat mir den Boden weggerissen. Es fühlte sich so schön an.

Während ich nachdachte und in der Erinnerung schwelgte, fiel mein Blick auf mein Smartphone. Ich hatte in der Vergangenheit über verschlüsselte Nachrichten kommuniziert um sensible Informationen auszutauschen. Es war der perfekte Weg um Anton über die Situation mit den Caelus zu informieren, denn selbst wenn jemand Zugriff auf meine Nachrichten bekam wäre kaum erkennbar um was es ging.

Ich setzte mich an meinen Schreibtisch und öffnete eine App für verschlüsselte Nachrichten. Es war wichtig, dass ich meine Worte sorgfältig wählte. Ich wollte Anton nicht nur die Gefahr die uns drohte nahebringen, sondern auch klarmachen, dass ich die Angelegenheit ernst nahm.

„Anton, ich habe Informationen, die für uns von großer Bedeutung sind. Die Caelus sind in der Stadt, und wir müssen uns gut vorbereiten. Lass uns treffen, um die Situation zu besprechen."

Ich überlegte, ob ich auch die Details zu den Gründen erwähnen sollte, entschied mich dann jedoch dagegen. Wir hatten früher schon oft besprochen, dass er zurückhaltend sein sollte – ich hoffte, dass er sofort die Brisanz der Lage verstand.

Mit einem entschiedenen Klick sendete ich die Nachricht ab und lehnte mich dann zurück, um über den nächsten Schritt nachzudenken. Ich wusste, dass ich Anton während unseres Treffens nicht einfach direkt ansprechen konnte. Es wäre zu riskant, und ich musste sicherstellen, dass Vittorio und die anderen nichts davon mitbekamen.

Nach einigen Minuten des Nachdenkens kam mir eine Idee. Ich könnte ein persönliches Treffen arrangieren, bei dem ich sehr zufällig in der Nähe eines der weniger frequentierten Cafés sein würde, die wir besuchten, wenn wir uns trafen. So könnte ich unauffällig ein Gespräch mit ihm beginnen und die Information dann in einer lockeren Unterhaltung einfließen lassen.

Die perfekte Ablenkung? Ein Bericht über die neuesten Entwicklungen in unserer Branche, in der ich die Gefahren darlegen konnte, die uns bedrohten – das würde es Anton ermöglichen, die Dringlichkeit der Lage zu erkennen, ohne konkretes Misstrauen gegen mich zu hegen.

Ich nahm ein Blatt Papier und begann, die Notizen für unser Treffen zu skizzieren. Ich wollte sicherstellen, dass ich die Details im Kopf hatte, damit ich nicht aus Versehen etwas vergaß. Minuten vergingen, während ich den besten Plan für das Meeting entwarf und dabei das Gefühl der Vorfreude und Anspannung in mir wuchs.

Mit einem letzten Blick auf das Blatt Papier und einem Gefühl der Schlüssigkeit in meinem Herzen fühlte ich mich bereit, das Nächste zu wagen. Ich würde in der Lage sein, die Informationen, die ich Anton zukommen lassen wollte, sicher und unauffällig zu vermitteln. Mein Verstand war auf Hochtouren. Ich durfte nicht versagen – nicht jetzt.

Ich saß an meinem Schreibtisch und ging die Notizen für mein bevorstehendes Treffen mit Anton durch, als es an der Tür klopfte. Mein Herz machte einen kleinen Satz, als ich Raphael eintreten sah. Sein Gesicht war von einer Mischung aus Ernsthaftigkeit und Entschlossenheit geprägt.

„Lyanna", begann er, und ich spürte sofort die Dringlichkeit in seiner Stimme. „Vittorio und ich müssen noch einmal in die Stadt, um einige Dinge zu regeln. Es gibt ein paar wichtige Punkte, die wir vorher erledigt haben müssen."

Ich nickte und erwiderte den ernsten Blick, den er mir schenkte. „Kann ich mitkommen? Ich habe ein paar Besorgungen für die Frauen zu machen. Das könnte ich alles gleich erledigen."

Raphael überlegte kurz und verschränkte die Arme. „Was brauchst du? Vittorio könnte es mitbringen, während wir unterwegs sind."

In diesem Moment schaltete sich Vittorio ein, der hinter Raphael stand. Er zog die Augenbrauen hoch und machte ein skeptisches Gesicht. „Frauenkram kaufen, wirklich? Du weißt schon, dass ich nicht begeistert von diesem Einkauf bin?"

Ich konnte mir ein Schmunzeln nicht verkneifen, während ich die beiden beobachtete. „Es sind nur ein paar Kleinigkeiten, Vittorio. Es wird schnell gehen. Außerdem bin ich sicher, die Frauen werden sich freuen."

„Gut, dann sollen wir das erledigen", sagte Raphael, und ich spürte die Erleichterung in seiner Stimme. „Ich will nicht, dass du alleine gehst, also gehst du mit Vittorio."

Vittorio seufzte, aber ich merkte, dass er nicht wirklich dagegen war. „Na gut, aber wenn ich mit dir in ein Geschäft gehen muss, könntest du mir die Liste der Dinge geben, die du brauchst. Seh zu das die Bestellung nicht zu lang wird."

Ich lächelte und nickte. „Deal. Es wird schnell und schmerzlos."

Als wir uns auf den Weg machten, fühlte ich, wie die Anspannung in mir wuchs. Es würde gut tun, ein wenig frische Luft zu schnappen und gleichzeitig die Erledigungen für die Frauen zu tätigen. Außerdem kann ich Raphael und Vittorio belauschen, und ich wollte sicherstellen, dass ich in der Nähe war, wenn wichtige Entscheidungen getroffen wurden.

Ich schlüpfte auf die Rückbank des Autos und schloss die Tür hinter mir. Der Fahrer startete den Motor, während ich einen Blick zu Raphael und Vittorio warf.

„Alles bereit, Lyanna?", fragte Raphael, während er sich auf dem Beifahrersitz umdrehte. Sein Blick war ruhig, aber ich konnte die Anspannung hinter seiner Maske spüren.

„Ja, ich habe alles, was ich brauche", antwortete ich und versuchte, meine eigene Unsicherheit zu kaschieren. Es war bizarr, so nah an diesen beiden Männern zu sein, die mir so viel genommen haben, während ich gleichzeitig das Gefühl hatte, in einem

Spiel verstrickt zu sein, dass ich kaum kontrollieren konnte.

Die Fahrt zur Stadt war schnell und ruhig, und ich versank in meinen Gedanken. Ich überlegte, wie ich die Information an Anton übergeben könnte, ohne dass jemand etwas bemerkte. Der Gedanke an die Caelus in der Stadt und die damit verbundenen Risiken formte ein drängendes Gefühl in mir, das ich nicht ablegen konnte.

Als wir schließlich die Stadt erreichten, hielt der Fahrer an. Raphael stieg aus und sah uns, sowohl Vittorio als auch mir an. „Ich werde jetzt gehen. Vittorio, du kümmerst dich um die Einkäufe. Sobald ihr fertig seid, sollst du mir nachkommen", wies er ihn an und wirkte dabei entschlossen.

„Verstanden", antwortete Vittorio mit einem knappen Nicken, während er an der Fahrertür entlanglief. Raphael warf mir noch einen letzten Blick zu, als würde er sicherstellen, dass ich gehorche, bevor ich den Wagen verließ.

Ich spürte eine Mischung aus Erleichterung und Spannung, als Raphael sich von uns abwandte und sich in die Menschenmenge einfügte. Er war der Anführer, er traf die Entscheidungen, die uns voranbringen sollten. Doch inmitten aller Aufregung war ich mir auch bewusst, dass ich eine Verantwortung trug und aktiv an dieser Mission beteiligt war.

Vittorio schloss sich mir an, und wir machten uns auf den Weg zu den Geschäften. Ich konnte die Skepsis in seinem Blick sehen, jedes Mal, wenn ich etwas erwähnte oder ihm eine Richtung vorschlug. Es war klar, dass er nicht begeistert davon war, in Einkäufe involviert zu sein, die Frauen betreffen, aber ich wollte ihn nicht weiter herausfordern. Stattdessen konzentrierte ich mich darauf, die Besorgungen schnell und effizient abzuhandeln.

Während wir durch die Straßen gingen, überlegte ich, wie ich Vittorio davon überzeugen konnte, dieses eine Geschäft aufzusuchen. Ich musste versuchen die Informationen zu Anton weiterzugeben. Es würde nicht einfach werden, denn ich wusste, dass das Misstrauen immer hinter uns lauerte.

„Also, wo wollen wir als nächstes hin?", fragte Vittorio, seine Miene blieb ernst, aber ich konnte den leichten Hauch von Ungeduld heraushören.

„Lass uns zur Drogerie gehen. Ich habe ein paar Sachen im Kopf", antwortete ich, während ich an das Café und der Notiz in meiner Hand dachte.

„In Ordnung. Aber beeil dich. Ich habe nicht den ganzen Tag Zeit für deinen ‚Frauenkram'." Sein scharfer Humor ließ mich schmunzeln.

Ich wusste, dass ich mich anstrengen musste, um ihn dazu zu bringen, mich nicht als bloße

Shoppingbegleitung wahrzunehmen. Dies war ein kritischer Punkt, und ich war fest entschlossen, meine eigenen Interessen im Auge zu behalten. Der Countdown war aktiv, und ich durfte nichts dem Zufall überlassen.

Das kleine, gemütlichen Café kam in Sichtweite, das direkt neben einer Drogerie lag. Der Duft von frisch gebrühtem Kaffee drang nach draußen, und die Atmosphäre war einladend. Ich spürte, wie mein Körper sich anspannte.

Vor dem Café entdeckte ich Anton, der allein an einem Tisch im Freien saß. Er schien in seine Gedanken vertieft, während er eine Tasse Kaffee genoss und die Menschen um ihn herum beobachtete. Mein Herz setzte kurz aus, ich hatte nur eine Chance, die benötigten Informationen überzeugend und unauffällig zu überbringen.

„Hey, Anton!", rief ich und hob die Hand, um seine Aufmerksamkeit zu erregen. „Wie geht es dir? Schön dich zu sehen."

Er blickte auf, und ein Lächeln breitete sich auf seinem Gesicht aus, als er uns erkannte. „Lyanna, Vittorio! Wie schön, euch zu sehen. Kommt her, setzt euch!"

Vittorio nickte kurz, aber ich bemerkte, dass er bereits die Umgebung scannte, die Augen scharf auf potenzielle Bedrohungen gerichtet. Ich warf ihm einen Seitenblick zu, um sicherzustellen, dass er sich nicht allzu sehr ablenken ließ. Während wir uns zur Begrüßung die Hände schüttelten, nutzte ich die Gelegenheit, um Anton heimlich meine Notizen zu übergeben, die ich zuvor sorgfältig vorbereitet hatte.

„Ich wollte dir nur ein paar Notizen zukommen lassen, die für unsere besprochenen Themen wichtig sind", murmelte ich, als ich ihm den Zettel übergab. Ich achtete darauf, dass Vittorio nicht auf unsere Interaktion achtete; er war immer noch auf der Hut, was mich beruhigte, aber auch nervös machte.

Anton nickte verstehend und schloss rasch die Hand um die schriftlichen Informationen. Es war ein riskantes Spiel, doch in meinem Herzen spürte ich, dass ich so schnell wie möglich etwas unternehmen musste. Anton sollte Apollo und die andern informieren.

„Was treibt euch in die Stadt?", erkundigte sich Anton, während wir uns setzten und ihn in ein Gespräch über Neuigkeiten verwickelten.

Vittorio begann, eine kurze Erklärung abzugeben, doch ich bemerkte, dass Anton einen Blick auf meine Notizen warf, als er kurz abgelenkt war. Das gab mir einen kleinen Schauer des Unbehagens, aber ich war mir auch bewusst, dass ich schnell zurückkehren musste, um den Tropfen an Misstrauen zu vermeiden, der sich in Vittorios Blick aufbauen könnte.

„Oh, wir sind hier für ein paar Besorgungen und um ein wenig frische Luft zu schnappen", antwortete ich lächelnd, ohne meine innere Unruhe ganz zu verbergen. Es war wichtig, dass ich den Anschein der Normalität aufrechterhielt.

Vittorio schaltete sich wieder in die Unterhaltung ein, während ich versuchte, die Plauderei so entspannt wie möglich zu gestalten. Ich musste mir sicher sein, dass ich die Kontrolle über die Situation behielt und gleichzeitig das Gleichgewicht zwischen meinen eigenen Zielen und den Erwartungen der Männer um mich herum wahren konnte.

Während wir plauderten, umhüllte mich das Gefühl, in einem gefährlichen Spiel gefangen zu sein. Ich wusste, dass jede unbedachte Bewegung die gesamte Strategie ins Wanken bringen konnte. Doch in der Gegenwart von Anton fühlte ich mich auch, als hätte ich einen kleinen Vorteil gewonnen – ein Funke der Hoffnung.

Nachdem wir uns von Anton verabschiedet hatten, fühlte ich, wie der Druck nachließ, doch eine nagende Unruhe blieb zurück. Anton wirkte zuversichtlich.

Ich ging nebenan in die Drogerie. Diese war klein, aber gut sortiert und so würden wir schnell die notwendigen Dinge besorgen können.

Vittorio und ich gingen schmell in den engen Gängen der Drogerie, unsere Bewegungen war zielgerecht. Als ich an der Kasse stand, um meine Einkäufe zu bezahlen, bemerkte ich durch das Fenster, das Vittorio wild gestikulierte mit seinem Telefon draußen stand. Sein Gesicht war dumpf rot in schattenhafte Besorgnis getaucht. Ein Schauer lief mir über den Rücken, während ich die plötzliche, tiefe Anspannung in der Luft spürte.

Hektisch steckte ich das Wechselgeld in meine Tasche und eilte zur Tür. „Vittorio, was ist los?", rief ich, als ich ihn erreichte. Doch auf seinen starren Blick und die angespannte Haltung, die jede Faser seines Seins durchzuckte war ich nicht vorbereitet.

„Nichts, es ist alles in Ordnung!", blaffte er gereizt, doch die Unruhe in seiner Stimme verriet ihn sofort.

Plötzlich drehte er sich zu mir um und in einer hastigen, groben Bewegung packte er meinen Arm. „Komm! Wir müssen sofort zurück zum Auto!"

„Was? Warum? Was ist passiert?", stammelte ich entsetzt. Seine heftige Reaktion kam mir vor wie ein mächtiger Sturm der mich erfasste und mit sich riss. Die Geräusche der Tüten die auf den Boden fielen, verhallten in dem strengen Schweigen, das sich zwischen uns ausbreitete.

„Ich sag's dir später!", knurrte er, während er mich mit sich zog. „Heb die Tüten auf, schnell!" Seine Stimme war durchdrungen von einer Anspannung und ich fühlte mich wie ein Blatt im Wind – ungeschützt und verwundbar.

Worte blieben mir im Hals stecken, als wir zum Auto hasteten. Meine Gedanken rasten und alle möglichen Szenarien durchfluteten meinen Kopf. Was könnte so bedrohlich sein, dass er sich so seltsam verhielt? Mein Herz pochte wild, als wir das Fahrzeug erreichten. Vittorio riss die Tür auf und sprang hinein, ich folgte ihm und schloss die Tür mit einem dumpfen Schlagen.

„Fahr nach Hause!", befahl er dem Chauffeur mit einer Autorität, die vor ihm kaum jemand in Frage stellte. Der Fahrer sah uns perplex an, der Ausdruck auf seinem Gesicht wandelte sich von Verwirrung zu Besorgnis. Auch ich spürte, dass etwas nicht stimmte, doch ich konnte keine Antwort formulieren.

„Aber das ist doch—" begann ich, doch Vittorio unterbrach mich mit einem scharfen, eindringlichen Blick.

„Tu, was ich sage!", zischte er, und in seinen Augen brannte eine wild entschlossene Flamme.

Ich spürte, wie die Spannung im Raum dichte Wolken aufbauen ließ, die uns fast erstickten.

Der Wagen setzte sich in Bewegung, und ich konnte sehen, wie die Stadtlandschaft an uns vorbeizog wie ein verschwommener Schatten. Fragen schossen mir durch den Kopf, während ich versuchte, seine plötzlichen Veränderungen zu deuten; ich wollte wissen, was wirklich vor sich ging. Doch neben mir saß Vittorio, den Blick unverwandt auf die Straße gerichtet, in seinen Gedanken gefangen, als würde ein geisterhafter Sturm über ihn hinwegfegen.

Das beklemmende Gefühl, nicht nur körperlich, sondern auch in meinen Gedanken, brannte mir wie Glut in der Brust. „Vittorio", versuchte ich erneut und kämpfte um einen ruhigen Ton, „Was ist passiert? Warum bist du so aufgebracht?"

Er wandte sich kurz zu mir und sein Gesicht war unnachgiebig. „Ich muss dich in Sicherheit bringen, Lyanna. Glaub mir, jetzt zählt nur das. Den Rest werde ich herausfinden, wenn ich bei Raphael bin. Ich werde dir alles erklären, versprochen. Aber momentan musst du nach Hause." Seine Worte hallten in mir wider, während wir durch die pulsierende Stadt zu Raphaels Anwesen fuhren. Was war passiert? Ist Raphael auf Apollo gestoßen?

Als wir vor dem Anwesen hielten, spürte ich das Kribbeln der Anspannung in meinen Gliedern. Vittorio drehte sich kurz zu mir um und blaffte mit einem ernsten Blick: „Raus hier. Beeil dich und geh in dein Zimmer." Sein Tonfall ließ keinen Raum für Widerworte und ich nickte, obwohl ich ein tiefes Unbehagen verspürte. Ich beobachtete ihn, wie sie das Auto wendeten und mit quietschenden Reifen davonbrausten. Die Ungewissheit darüber, was ihn so dringend zu Raphael rief loderte in mir. Alleine blieb ich mit drückender Frage, was sie nicht mit mir teilten und welches Geheimnis sich hinter der plötzlichen Dringlichkeit verbarg.

Apollo

Der später Abend war in sanfte, goldene Lichttöne getaucht, als ich das Anwesen erreichte. Mein Herz schlug schneller, als ich durch das große Tor trat und den vertrauten Anblick des Gartens sah. Der Duft der blühenden Pflanzen stieg mir in die Nase, doch an diesem Tag konnte selbst die Schönheit des Anwesens meine innere Unruhe nicht besänftigen. Es hatte sich viel angesammelt in meinem Herzen, seit meinem letzten Treffen mit Anton und Lyanna und ich war mir unsicher, ob der Plan funktionieren würde.

Die Tür öffnete sich mit einem leisen knarren und ich trat in die große Halle. Aiden und Aurel saßen an einem Tisch und unterhielten sich. Ihre Stimmen verstummten, als sie mich bemerkten. Eilig trat ich näher, das Gewicht der letzten Stunden drückte gegen meine Brust.

„Apollo! Du bist zurück!", rief Aurel. Doch ich spürte, dass die Freude über mein Erscheinen nur oberflächlich war; auch er hatte wohl einen unruhigen Tag hinter sich.

„Ich habe mit Anton und Lyanna gesprochen", begann ich, als ich mich neben sie setzte. „Es war...

es war intensiv. Es gibt viel, über das wir reden müssen." Meine Stimme zitterte, und ich konnte nicht verhindern, dass die Emotionen in mir hochstiegen. Anton hatte mir Dinge erzählt, die mir einen tiefen Einblick in die Geschehnisse in Johannesburg gab, die nicht leicht zu verarbeiten waren.

„Was ist passiert?", fragte Aiden und sah mich aufmerksam an. Auch er schien ein wenig verwundert zu sein.

„Es geht um Raphael, Lyanna und die Stadt. Lyanna hat sich völlig verändert. Anton hat uns auch gewarnt, dass wir sehr vorsichtig sein müssen." Ich pausierte, um meine Gedanken zu ordnen und dem Druck meiner eigenen Sorgen standzuhalten. „Lyanna hat einen Plan um das Leben hier neu zu ordnen. Sie braucht Hilfe. Ich..."

Doch Aiden unterbrach mich, ein Ausdruck des Schocks und der Besorgnis auf seinem Gesicht. „Apollo. Es gibt Neuigkeiten, die du sofort wissen musst."

Ein kalter Schauer lief mir über den Rücken. „Was ist passiert?"

„Samantha wurde von Raphael gefangen genommen", erklärte Aiden mit gedämpfter Stimme. „Er hat ihr aufgelauert und dann ist sie verschwunden. Eben gerade kam ein Bote mit einem Päckchen für dich. Wir haben es öffnen lassen ... schau selbst."

Ich hatte das Gefühl, als würde der Boden unter mir wegbrechen. Samantha. Mein Herz zog sich schmerzhaft zusammen. „Paket? Was ist drin?"

Aiden schüttelte den Kopf, seine Miene war ernst. „Hier, schau selbst." Er schob mir das Päckchen über den Tisch. Zögernd öffnete ich es und entblößte den Inhalt.

Ein schmaler Ring rollte über den Tisch. Der Ehering von Samantha. Ich erstarrte. Daneben lag ein kleiner Finger – das kleine Glied einer Hand, die ich kannte. Der Ehering... unübersehbar. Die Erkenntnis verankerte sich in meinem Geist wie ein schwerer Stein. Raphael hatte nicht nur Samantha, sondern auch ein Stück von ihr zu mir geschickt: eine erniedrigende Botschaft.

Ich taumelte, als mir die Bedeutung all dessen bewusst wurde. „Das kann nicht wahr sein! Er hat sie nicht...", meine Stimme brach und ich fühlte, wie die Wut in mir brodelte.

„Er hat", bestätigte Aiden kühl. „Und das ist nicht einmal das Schlimmste. Rafael hat dir eine Nachricht geschickt, die besagt, dass es besser für dich ist, zurück nach Spanien zu gehen. Hier ist deine Zeit vorbei. Er hat klargemacht, dass du verschwinden sollst, sonst wird Lyanna sterben."

Die Worte hallten in meinem Kopf wieder. „Lyanna?" Ein kalter Schauer überkam mich, und ich fühlte mich, als würde ich am Abgrund stehen. „Das ist nicht sein Ernst! Denkt er wirklich das ich sie mit ihm gehen lasse?"

„Apollo!", rief Aurel eindringlich, seine Stimme fest und durchdringend. „Wenn Raphael so eine Drohung ausspricht, dann ist er bereit, sie umzusetzen. Glaub uns, wir müssen eine Entscheidung treffen!"

Ich saß da von einem Sturm aus Emotionen überrollt. Die Wut, die Angst und die Hilflosigkeit vermischten sich zu einem lähmenden Gefühl. Ich konnte die Bilder von Samantha nicht loslassen wie sie gefangen gehalten wurde, während ich hier in Sicherheit saß. Und was war mit Lyanna? Ich durfte nicht zulassen, dass ihr etwas zustieß.

„Ich kann nicht gehen", murmelte ich, mehr zu mir selbst als zu meinen Brüdern. „Ich kann nicht einfach wegsehen. Wenn ich jetzt nicht handle, könnte es zu spät sein. Ich bin kein Feigling!"

„Das Risiko ist sehr groß", sagte Aiden. „Wir müssen intelligent vorgehen. Unterschätze Raphael nicht. Er weiß, wie er dich manipulieren kann und er ist eindeutig im Vorteil. Wir wissen nicht, wer alles auf seiner Gehaltsliste steht, geschweige denn wer ihm alles Verfallen und hörig ist. Die Zeit läuft gegen uns! Mit unserem Weggang vor Jahren, haben wir die Leute hier im Stich gelassen. Sie hatten gehofft das es mit uns hier sicherer sein wird. Vielleicht sollten wir uns offiziell zurück ziehen?"

„Du verstehst nicht!", rief ich aufgebracht und stand auf. „Was ist mit dem Schwur, den wir geleistet haben? Es ist nicht nur eine Frage des Überlebens für uns. Es ist auch eine Frage der Ehre. Ich werde das nicht ignorieren. Samantha und Lyanna werden nicht leiden, weil ich wieder aus feiger Selbstsucht fliehe! Ich bin der Boss! Das ist unsere Heimat! Die holen wir uns zurück!!!"

Es herrschte eine angespannte Stille im Raum, während ich mir die Emotionen von der Seele redete. Aurel trat näher und legte eine Hand auf meine Schulter. „Apollo, wir sind alle in dieser Sache verwickelt. Es geht nicht nur um dich oder um uns. Es geht um das Wohl aller."

„Wir müssen zusammenarbeiten", fuhr ich fort, während meine Gedanken chaotisch in meinem Kopf rasten. „Wir können einen Fluchtplan entwickeln. Wir können eine Ablenkung schaffen..."

„Und das könnte Lyanna in noch größere Gefahr bringen", warf Aiden ein. „Raphael hat seine Spielzüge gut durchdacht, und du bist ein Teil davon. Er ist unberechenbar. Wir dürfen ihn nicht unterschätzen."

Herausgefordert von der Intensität ihrer Bedenken, fühlte ich mich gefangen. Innerlich tobte ein Krieg. Ich wusste, dass die Entscheidung die ich treffen musste tragisch war. Aber ich konnte die Möglichkeit nicht ertragen, dass Raphael mit Leben spielte die mir etwas bedeuteten. „Bitte", sagte ich schließlich, meine Stimme jetzt ruhiger.

„Wir sind bei dir, Apollo", sagte Aurel. „Gemeinsam werden wir einen Plan entwickeln und sehen, was wir gegen Raphael unternehmen können. Bleib rational! Schalte deine Gefühle aus!" Die Solidarität meiner Brüder gab mir ein wenig Kraft zurück.

„Wir müssen uns vorbereiten", sagte ich entschlossen, „und zwar schnell. Es gibt keinen Raum für Zweifel oder Versuche. Lasst uns herausfinden, was wir tun können, um Samantha zu befreien und Lyanna zu beschützen – bevor es zu spät ist. Als erstes sagt Erol Bescheid, der wird durchdrehen wegen Samantha. Sie war seine erste große Liebe. Ich telefoniere mit Anton."

Raphael

Der Abend war bereits hereingebrochen, als Vittorio und ich nach Hause kamen. Der Tag lastete schwer auf meinen Schultern und ich fühlte mich müde, aber zufrieden. Die Dinge hatten sich in die gewünschte Richtung bewegt und ich war darauf vorbereitet, die Fäden weiter zu ziehen. Es war wichtig die Kontrolle zu behalten und ich hatte keine Absicht meine Ziele aus den Augen zu verlieren.

Als wir durch die Tür traten strömte der vertraute Geruch von frisch gekochtem Essen in meine Nase. Es war beruhigend nach einem langen Tag heimzukommen um das Gefühl von Normalität und Sicherheit zu genießen. Doch ich konnte das Kribbeln in meinem Nacken nicht ignorieren – es war der Nachhall der Entscheidungen die wir gerade getroffen hatten.

James Bond würde sich die Hände schütteln und mir gratulieren: Ein Meisterwerk der Manipulation und der überlegenen Strategie. Ich spürte die Kälte in der Luft die mich umgeben hatte, aber das war mir gleichgültig. Wichtiger war das, was ich vorhatte. Apollo war mein Ziel und ich war entschlossen ihm das Leben zur Hölle zu machen.

„Was hast du ihm geschickt, Raphael?", fragte Vittorio mit einem Ausdruck, der sowohl Besorgnis als auch Neugierde verriet. Er verstand nicht, dass ich in diesem Moment ein Spiel spielte, das weit über alles hinausging was er sich vorstellen konnte.

„Ein kleines Geschenk", antwortete ich mit einem schmalen Grinsen, während ich das Bild von Samantha vor meinem inneren Auge erscheinen ließ. Ihre Schreie, das Blut das durch meine Hände sickerte – es war eine Symphonie der Rache, die mich berauschte. „Ein Finger und ihr Ehering. Ein klares Zeichen an Apollo, dass ich nicht zurückweiche. Diesmal bin ich bereit alles zu opfern."

Vittorios Miene veränderte sich; er sah nachdenklich aus. „Was ist, wenn Apollo die Drohung nicht verstehen will? Raphael, wir reden hier nicht nur über irgendeine Drohung!"

„Oh, darüber mache ich mir keine Sorgen. Apollo versteht, welches Spiel gespielt wird. Er wird schnell lernen, dass ich der Mann in dieser Stadt bin. Ich schicke ihm ein Stück einer geliebten Person. Jede Woche bekommt er ein neues Paket, wenn er nicht das macht was ich von ihm verlange. Ich werde ihn brechen, Vittorio! Es gibt keine Gnade! Je mehr Schmerz ich anrichte, desto dunkler wird sein Abstieg sein."

Ich konnte die Abscheu und das Unbehagen in seinem Blick spüren, aber das kümmerte mich nicht. Ich war der Führer, ich war der Dealmaker. Nur ich hielt die Fäden in der Hand und ich würde keine Schwäche zeigen. Samantha war nichts weiter als ein Werkzeug in meinem Spiel und jetzt hatte Apollo ein groteskes Erinnerungsstück. Das ihn immer daran erinnert, das es seine Schuld war.

„Und du glaubst, das wird ihn stark genug verletzen, um seine Entscheidungen zu beeinflussen? Glaubst du ernsthaft, dass er einfach aufgeben wird, nachdem er wieder etwas WERTVOLLES verloren hat?", fragte Vittorio, der offensichtlich immer noch zögerte.

„Ganz genau", sagte ich, während ich die Informationen wie kühle Luft inhalierte. „Er wird seine Dummheit bedauern, denn ich werde ihn dazu bringen alles zu verlieren. Zunächst seine Geliebte, dann eine Freundin und der Rest der geliebten Personen und dann seine Freiheit. Und schließlich wird er in seiner eigenen Verzweiflung ersticken."

In der Dunkelheit meiner Gedanken begann sich eine Vision abzuzeichnen, die mich vollständig erfasste. Ich würde ihn nicht nur besiegen; ich würde ihn demolieren. Apollo war arrogant, blind für die Tatsache, dass sein jugendlicher Idealismus ihm nicht helfen würde. Er dachte er könne mich besiegen, wie es die Helden in alten Geschichten taten. Aber ich war kein solcher Held; ich war der Antagonist und das war meine Geschichte.

„Wir müssen auch Lyanna im Auge behalten. Sie ist... sensitiv", warf Vittorio ein, als ob ich sie als ein weiteres Puzzlestück in meinem Spiel betrachten wollte.

„Ja, ich weiß. Sie ist die Schwachstelle in seinem Plan, das ist der Punkt. Sie und Samantha sind meine Märtyrer. Ich werde sie beide brennen lassen, und Apollo wird verzweifeln", sagte ich mit einer kalten Festigkeit in der Stimme. „Er wird alles verlieren, außer ich gebe ihm die Zeit, sich zu sammeln." Um mein Ziel zu erreichen, musste ich das Chaos in voller Pracht entfesseln und die Wurzeln seiner Existenzen durchbrechen. Wenn Apollo wüsste wer damals seine Eltern hat umbringen lassen. Ich konnte mir die Schadenfreude nicht verkneifen.

„Sobald das Meeting mit der Regierung vorbei ist, werden wir sehen wie stark er ist. Die Schwäche wird sich ausbreiten wie ein Virus und alles, was ihm wichtig war wird verfaulen, während ich die Kontrolle übernehme. Ich lasse ihn nicht mehr lange in dieser Illusion. Er denkt, er kann die Zügel in der Hand behalten, während er schutzlos in der Endlosschleife seiner eigenen Entscheidungen gefangen ist."

Ich konnte die Kälte die mich umgab, körperlich spüren und das beruhigte mich. Alles lief nach Plan und es war nur eine Frage der Zeit, bis ich die Macht in meinen Händen spürte. Es gab keine Moral; es gab nur den Hunger nach Rache und die schmerzhafte Befriedigung, Apollo genau das zu geben was er verdiente.

„Du gehst mit mir zum Treffen, Vittorio. Wir müssen bereit sein, falls was dazwischen kommt", forderte ich. „Ja, ich bin bei dir", murmelte er zögerlich.

„Gut. Halte deine Augen offen, denn wir stehen am Rande des Aufruhrs. Beobachte aus dem Schatten wie alles zerbricht. Apollo wird nicht einfach abziehen können ohne zu zahlen. Ich werde darauf bestehen, dass er jeden einzelnen Schmerz fühlt. Ich will das er leidet, dass er niemals vergisst, mit wem er sich angelegt hat."

Die Dunkelheit um uns wurde dichter und ich wusste, dass ich die Mauern um Apollo bereits errichtet hatte. Bald würde er in diesem Labyrinth totendämmernd gefangen sein. Während ich beharrlich darauf hinarbeitete ihn zu demolieren.

„Wir werden den Plan weiterspielen – und er wird den Preis bezahlen, den wir ihm zugedacht haben. Ich werde Apollo vernichten", flüsterte ich mit einer solchen Überzeugung, dass ich die Kälte in mir selbst nur als Motivation für den bevorstehenden Kampf genoss. Es wurde mein Mantra.

Mit einem letzten Blick auf das blutige Hemd von Vittorio, das die Beweise meiner Vorbereitungen für die Vernichtung trug, war ich mehr als bereit, den nächsten Schritt in unserem heimlichen Spiel zu machen. Zusammen mit Vittorio bewegte ich mich weiter in die Schatten – die Dunkelheit war jetzt mein Verbündeter, mein größter Helfer im Rachefeldzug. Apollo würde bald alles verlieren und ich würde daran teilhaben, seine Qual zu genießen.

Wir traten in die Küche ein. Lyanna war beschäftigt mit der Essenszubereitung und als sie uns sah, entglitten ihre Gesichtszüge, als ihr Blick auf Vittorios blutige Hemden fiel. Ihr Gesicht wurde blass, und ich konnte die Schockwelle förmlich fühlen die durch den Raum ging.

„Vittorio? Was ist passiert?" Ihre Stimme war besorgt und ich wusste das sie mit sich kämpfte, um ihre Fassung zu bewahren.

Ich konnte nicht anders, als ein dreckiges Grinsen über mein Gesicht huschen zu lassen. Dieses Gefühl der Macht war berauschend. „Wir haben uns um ein Problem gekümmert", erwiderte ich, fast spielerisch, wobei ich Vittorios Gesicht sah. Er unterdrückte ein Seufzen, als ich seine müden Augen erblickte. Es war klar, dass ihm die

Situation unangenehm war, aber das machte es umso befriedigender für mich.

„Was für ein Problem?", hakte Lyanna nach, ihre Stimme war jetzt eindringlich und ich konnte in ihren Augen den Funken der Besorgnis sehen. Sie war stark, aber das Blut auf Vittorios Hemd stellte eine ganz andere Realität dar als sie es gewohnt war.

„Das geht dich nichts weiter an", entgegnete ich kalt und mit einem Hauch von Drohung in der Stimme. Auch wenn ihre Neugier keine Grenzen kannte, war meine Geduld nur ein Hauch von dem. Ich war nicht hier um ihr die Details zu schildern und die Situation war nicht einfach. Der Plan den ich geschmiedet hatte war komplex und erforderte Diskretion.

Vittorio sah unbehaglich aus, der Schweiß auf seiner Stirn war nicht nur vom Kampf, sondern auch von unserer frischen Mission. „Raphael hat recht, Lyanna. Es ist vorbei. Wir haben das Problem gelöst und das ist alles was du wissen musst."

Ich konnte die Frustration in ihrer Miene nicht übersehen, als sie einen Schritt näher trat und sich bemühte ihre Fassung zu bewahren. Es war bewundernswert wie sie versuchte die Kontrolle zu bewahren, selbst wenn alles um sie herum in einem Chaos versank.

„Das Meeting mit der Regierung wurde auf morgen vorverlegt", sagte ich schließlich, während ich die Situation schnellstmöglich unter Kontrolle bringen wollte. Es war wichtig, die Dinge voranzutreiben und Lyanna auf die bevorstehenden Änderungen vorzubereiten. „Danach fliegen wir erstmal zurück nach São Paulo."

„Was?", entfuhr es ihr. Jetzt war ihr die Überraschung deutlich anzusehen. „Und ich nehme an du erwartest, dass ich meine nötigsten Sachen packe?"

„Genau. Pack deine Sachen und ruf Anton an. Sag ihm, dass das Meeting auf morgen Abend vorverlegt wird", befahl ich, ohne viel Raum für Diskussion. Ich wollte keine Fragen hören und ich wollte kein Gegenmeinungen zu meinen Entscheidungen.

„Aber Raphael, ich...", begann Lyanna, doch ich schnitt ihr das Wort ab.

„Keine Widerworte, Lyanna. Es gibt keinen Spielraum für deine Emotionen bei dieser Angelegenheit. Das muss jetzt schnell gehen. Alles ist entschieden und du musst deinen Teil erledigen." Mein Ton war unnachgiebig, als ich spürte wie die Anspannung in der Luft wuchs.

Vittorio nickte zustimmend auch wenn die Anspannung in seiner verkrampften Haltung nicht zu übersehen waren. Die Ereignisse des Tages schienen ihn innig zu beschäftigen. Er war ein Kämpfer, aber in diesem Augenblick führte er sich auf wie ein Rat suchender Hund. Er war sonst doch nicht so sentimental? War was los mit ihm?

„Ich werde...", begann Lyanna, und ich konnte den Kampf in ihren Augen erkennen. Sie wollte etwas sagen, wollte versuchen zu verstehen, doch ich hatte nicht das Gefühl, dass es der richtige Zeitpunkt war. Ich war bereit, ich war der Boss und ich wollte nicht, dass ihre Unsicherheit mir in die Quere kommt.

„Nein, das wirst du nicht", unterbrach ich sie. „Du wirst das tun was nötig ist und zwar jetzt."

In diesem Moment merkte ich, dass ich eine Grenze überschritt. Da war ein anderes Licht das in ihren Augen funkelte, dass nicht nur Furcht, sondern auch eine Art von Widerstand darstellte. Mir war klar, dass ich auf dünnem Eis wandelte. Sie war stark, sie war eine Überlebende.

„Ich verstehe nicht, wieso du immer in solchen Situation die Entscheidungen für mich treffen musst", murmelte sie, und der Unterton ihrer Stimme ließ mir durch Mark und Bein gehen. Sie war entschlossen zu rebellieren und das stimmte mich nachdenklich.

„Das ist nicht der Zeitpunkt für Fragen, Lyanna. Wir müssen jetzt handeln", antwortete ich, dieses Mal nicht mehr mit der gleichen Unnachgiebigkeit, sondern eher mit einer Bitte. „Ich weiß, dass dies nicht der ideale Weg ist, aber wir brauchen deinen Verstand und deine Stärke."

Vittorio sah mich an, wohl auch in der Hoffnung, dass ich den richtigen Ton für Lyanna finden könnte. Mein Geduldsspiel forderte mich und der Handlungstrieb brodelte in mir. Ich hatte sie als unsere Verbindung immer als unglaublich stark gesehen und ich wollte sie nicht mit einem zusätzlichen emotionalen Gewicht belasten. Aber jetzt war jeder Moment entscheidend.

„Ich mache, was nötig ist", sagte Lyanna schließlich, ihre Fassung schien jetzt zurückgekehrt zu sein. Ihr Gesicht war entschlossen und ein kurzes Lächeln huschte über ihre Lippen. „Ich werde Anton anrufen." Ich nickte, zufrieden mit ihrer Entscheidung. „Gut, geh, beeile dich. Wir haben nicht viel Zeit", befahl ich. Während sie ging, war ich mir erneut meiner Verantwortung bewusst. Die Ereignisse hatten sich dramatisch entwickelt. Wir standen auf der Kippe zwischen Kontrolle und Chaos und ich musste dafür sorgen, dass wir nicht ins Straucheln gerieten.

„Vittorio, komm mit mir. Wir müssen die letzten Details besprechen", sagte ich, als ich mich von der Küche abwandte und den Raum verließ.

Er folgte mir und ich spürte seinen Blick auf meinem Rücken. Die Schwerter der inneren Kämpfe blitzen. Wir hatten sehr viel zu verlieren und ich würde nicht zulassen, dass uns irgendetwas im Weg stand.

Wir gingen in das Arbeitszimmer, wo ich die Karten und Dokumente ausbreitete, die ich für das Treffen mit der Regierung vorbereitet hatte. Der Raum war kühl, dennoch hätte ich das Gefühl ich verbrenne innerlich. Es war die Sorge um Lyanna. Sie war mehr als nur eine Verbündete; sie war ein Teil von mir und ich wollte sie nicht verlieren. Außer es musste sein.

„Das Meeting wird entscheidend sein", murmelte ich, während ich die Karten studierte. „Wir müssen die richtigen Fragen stellen und die richtigen Antworten bereit haben. Wenn wir in dieser Angelegenheit ein Stück weit nachlassen, wird es uns teuer zu stehen kommen. Sollte etwas schief gehen, erschieß Lyanna. Unser Statement!"

„Raphael...", begann Vittorio, doch ich schnitt ihm das Wort ab.

„Nichts wird schiefgehen. Ich habe einen Plan, auch wenn sich die Dinge zunehmend komplizieren. Ich werde sicherstellen, dass wir das Meeting mit den richtigen Ansätzen überstehen", erklärte ich, während mein Herzschlag sich wieder auf eine kontrollierte Frequenz einpegelte.

„Wird das Klappen?", fragte Vittorio skeptisch. „Die Regierung wird ihre eigenen Ziele verfolgen. Sie können nicht einfach die Macht an uns abgeben."

„Ich weiß. Aber es geht darum, die Karten richtig auszuspielen. Du musst mir vertrauen, Vittorio. Es ist alles Teil eines größeren Plans", sagte ich, während ich verstohlen nach dem Overhead-Projektor suchte, um einige Daten besser anschauen zu können.

Die Dunkelheit der Gedanken trieb mich an und ich kämpfte gegen die hastigen Gefühle in meinem Brustkorb. „Es sollte alles funktionieren. Der Plan ist perfekt. Lyanna haben wir unter Kontrolle. Wenn wir das hier abgeschlossen haben, brauchen wir sie nicht mehr. Sie hat gute Dienste getan, ...aber vielleicht sollte ich sie für mein persönliches Spiel behalten...

Wenn die Dinge nach meinem Plan laufen, kann sie eine wertvolle Waffe gegen Apollo werden", setzte ich fort und spürte, wie sich der Drang nach Kontrolle in mir festigte. „Ich könnte sie ihm als Beweis für seinen Verlust präsentieren. Ein lebendiges Symbol seiner Niederlage."

Vittorio sah mich warnend an, als würde er versuchen, in meinen Kopf zu schauen. „Du spielst mit dem Feuer, Raphael. Wenn du mit Lyanna weiterhin dein Spiel spielst, riskierst du alles. Das können wir nicht mehr kontrollieren. Sie ist zu intuitiv und ihre Verbindung zu Apollo könnte gefährlich werden."

„Gefährlich?" Diese Frage kam mit einem scharfen Lächeln über meine Lippen. „Genau das ist der Punkt. Ich will, dass sie ihre Emotionen verliert. Das wird Apollo umso mehr destabilisieren. Ich habe nicht vor sie zu beschützen, wenn es darum geht mein Ziel zu erreichen. Vittorio, was ist los mit dir? Hat sie ihre Kräfte auch schon bei dir eingesetzt?! Du wirst echt zur Pussy. Reiss dich zusammen! Wenn alles erledigt ist und sie noch lebt, kannst du dir eine Sitzung bei ihr buchen und deine Traumata von ihr heilen lassen. Aber jetzt, bleib bei der Sache!"

Mit einem Finger zeige ich auf die strategischen Punkte auf der Karte und skizzierte die Optionen, wie Lyanna eingesetzt werden könnte. Ich fühlte die Macht der Manipulation prickeln. Sie hätte die Fähigkeit, Apollo zu verwirren und ihm die letzten Reste seiner Überzeugungen zu entreißen. „Sie wird ein Teil der Inszenierung sein. Wenn er sie sieht, wird er nicht mehr klar denken können."

Vittorio schüttelte den Kopf, seine Augen blitzen vor Sorge. „Und wenn die Regierung Wind davon bekommt? Was passiert, wenn sie erfahren, dass du Lyanna als Druckmittel benutzen willst? Das könnte uns direkt in die Schusslinie bringen."

„Das ist ein Risiko, das ich bereit bin einzugehen", sagte ich und meine Stimme klang jetzt wie ein Befehl. „Ich habe nicht vor, meine Pläne zu ändern, nur weil es ein kleines Risiko gibt. Wenn wir an dieser Stelle nachgeben, werden wir unsere Glaubwürdigkeit verlieren – und das kann fatale Folgen haben."

Ich tauchte in die kühle Gewässer meiner Überlegungen ein, während ich über die verschiedenen Szenarien nachdachte. Es war ein Spiel um Macht, in dem ich die Zügel fest in meinen Händen hielt, bereit alles zu tun um als Sieger hervorzugehen. „Hör zu, Vittorio. Das Meeting wird alles entscheiden. Wir müssen den Anschein von Kontrolle und Zuversicht wahren. Wenn wir jetzt anfangen zu wanken, werden sie uns als schwach betrachten – und in diesem Spiel kann Schwäche der Tod sein."

Sein Gesicht war weiterhin besorgt, und ich konnte sehen, wie er über meine Worte nachdachte. „Also, was ist dein Plan für das Meeting? Irgendwelche weiteren Details, die du mir mitteilen willst?"

Ich lächelte selbstsicher, während ich meine Gedanken ordnete. „Wir werden ihnen zeigen, dass wir die Oberhand haben. Jede Antwort, die wir geben, wird so formuliert sein, dass sie unser Machtspiel verstärken. Es wird keine Zweifel daran geben, dass wir die Kontrolle über die Situation haben."

Ich richtete mich auf und sah ihm direkt in die Augen. „Wenn jemand in diesem Raum die Kontrolle hat, dann bin ich das. Und ich werde das auch klarstellen. Egal, welche Hintergedanken sie haben, sie werden nicht in der Lage sein, uns zu übersehen oder uns als Bedrohung zu ignorieren. Die Regierung hat ihre eigenen Pläne, aber sie unterschätzen die Fähigkeit von Menschen wie uns, die Fäden hinter den Kulissen zu ziehen."

„Und Lyanna? Was passiert mit ihr, nachdem sie ihre Rolle gespielt hat?" Vittorio setzte ein unbehagliches Gefühl in der Stimme an, als würde er wissen, dass ich nicht zu den wohlwollenden Menschen gehörte.

„Das überlege ich mir zu gegebener Zeit", antwortete ich kühl. „Wenn sie ihre Nützlichkeit verloren hat, wird sie in den Hintergrund treten müssen. Keine emotionale Bindung. Das ist es, was Schwäche bedeutet und genau das werden wir nicht zulassen."

„Du riskiert zu viele Leben. Du wälzt das Schicksal von Lyanna und sogar von Samantha auf die Waagschalen und du scheinst es nicht einmal zu verstehen! Die beiden haben nichts mit den Geschäften zu tun."

„Doch", entgegnete ich schlagartig, „ich verstehe es sehr wohl. Und genau darum geht es. Rache ist ein starkes Motiv und ich werde dafür sorgen, dass Apollo nicht nur die Kontrolle über alles verliert – ich werde ihn zwingen, jeden einzelnen Schmerz zu fühlen, den ich ihm zufügen kann. Das wird der Preis sein, den er für jede Entscheidung zahlen muss, die er getroffen hat. Isabella war eine Entscheidung zu viel."

Die Atmosphäre im Raum war aufgeladen. Ich fühlte, wie meine Worte in Vittorios Magen gruben, seine Zweifel brüllten in meinem Kopf, und es war mir gleichgültig. Ich war kein Kind mehr, das in seine Illusionen flüchtete. Die Zeit der Spiele war vorbei und schnell wurde mir klar, dass zu diesem Zeitpunkt niemand sicher war – weder Apollo noch Lyanna.

„Wenn du dich entscheidest, uns in diese Abwärtsspirale zu führen, wirst du die Konsequenzen tragen müssen", sagte Vittorio mit einem scharfen Tonfall. „Die Rache wird uns nicht nur den Siegespreis kosten, sondern auch schwerwiegende Folgen haben die wir nicht vorhersehen können."

„Entscheidungen haben immer Folgen", erwiderte ich und in meiner Stimme schwang die unbändige Entschlossenheit mit. „Aber es liegt an uns, ob wir die Kontrolle haben. Und ich werde nicht zulassen, dass Apollo uns den Moment raubt, den wir uns so hart erkämpft haben."

Der Blutrausch der Rache pulsierte in mir. Es fühlte sich an, als würde ich die Macht, die ich so verzweifelt wollte, immer näher rücken. Eine Kette aus Einfluss, die mich definitiv als Sieger zurücklassen würde.

„Das wird unser Triumph sein. Und wenn wir unsere Gegner in die Knie zwingen. Und wenn es bedeutet, dass ich Lyanna aufs Spiel setzen muss, dann werde ich das auch tun."

Vittorios Gesicht verfinsterte sich und ich erkannte, dass er nicht bereit war, es mir nachzusehen. Aber das war mir egal, denn ich wusste, dass ich auf einem bis zur extremen Höhe gewölbten Weg war. Es war die Entscheidung, die was kosten würde, koste es was es wolle – und ich würde es verwenden, um die Caelus endgültig zu zerstören.

Während die Nacht weiter voranschritt erörtern wir mögliche Fehler und Risiken. Wir mussten auf alles vorbereitet sein, selbst wenn die Unsicherheiten unerträglich drückend waren.

Lyanna

Der neue Tag hatte mit einer drückenden Schwere begonnen, die mir wie ein bleierner Vorhang über die Schultern fiel. Ich hatte mich erst spät am Abend zuvor mit Anton getroffen und ihm die Nachricht über das vorgezogene Meeting übermittelt. „Alles ist arrangiert", hatte er gesagt, aber die Gewissheit, dass all das nicht mehr zu ändern war, nagte an mir. Es war, als stünde ich am Rand eines Abgrunds und wusste nicht, ob ich springen oder zurückweichen sollte.

Ich hatte meine Sachen gepackt, vorsorglich und mit einem raschen, hektischen Eifer, der mir kaum Zeit ließ über das was wir vorhatten nachzudenken. Die Vorstellung eines möglichen Fluchtplans schwirrte wie ein schmerzhaftes Echo in meinem Kopf.

Am Abend zuvor hatte ich auch den anderen Frauen Bescheid gegeben, sie auf die Möglichkeit eines plötzlichen Aufbruchs hinzuweisen. Es war ein Risiko das ich eingehen musste, aber ich wusste, dass wir vorbereitet sein mussten, egal wie das Meeting verlaufen würde. Die Möglichkeit, dass sich alles in eine Katastrophe verwandeln könnte, war realer denn je.

Den ganzen Tag über war ich damit beschäftigt gewesen, meinen Plan auf mögliche Fehler und Risiken durchzusehen. Ich kritzelte Notizen auf Zettel, die überall in meinem Zimmer lagen. Ich strategisierte, analysierte und überdachte dutzende Szenarien, doch die Zeit war mir wie Sand zwischen den Fingern verronnen. Ich war so in Gedanken versunken, dass ich nicht einmal merkte, dass der Nachmittag bereits zum Abend übergegangen war.

Als es an der Tür klopfte zuckte ich zusammen und die Gedanken verflogen wie der warme Wind im Sommer. Es war Vittorio. Ich kannte ihn gut genug um zu wissen, dass etwas Gewicht auf seinen Schultern lag. Er trat ein und sah mich an, aber es war nicht einfach nur eine Frage des Aussehens, sondern eine Stille, die sich wie ein schwerer Nebel zwischen uns ausbreitete.

„Hast du alles gepackt?", fragte er, seine Stimme klang ruhiger als ich erwartet hatte. Es war fast so, als wolle er eine tiefe, unausgesprochene Wahrheit in mir hervorrufen.

Ich nickte, fühlte aber, dass mein Herz zu schnell schlug. „Ja, ich habe alles bereit."

„Gut." Vittorios Blick wanderte durch den Raum. Seine Augen schienen die Unordnung und die Unruhe einzufangen, die ich im Eifer des Gefechts hinterlassen hatte. Ich konnte den inneren Konflikt in seinem Gesicht erkennen, als kämpfte er mit etwas, das er nicht aussprechen wollte. „Du solltest um 19 Uhr zum Auto kommen", sagte er schließlich, aber ich bemerkte die Wehmütigkeit die in seinen Augen blühte.

Ein kurzer Moment von Stille fiel über uns in dem ich an mir zweifelte. Ich fragte mich, ob ich wirklich gut genug vorbereitet war. Die Gelegenheit so viele Menschen zu schützen war mir heilig und es beklemmte mich das all diese Entscheidungen auf meinen Schultern lasteten.

Vittorio begann etwas zu sagen, doch seine Worte blieben ungesagt. Er öffnete den Mund, ließ ihn aber schließlich wieder geschlossen. Ich konnte das Misstrauen und die Sorge wahrnehmen, die wie ein Schatten über seinem Gesicht hingen und ich wünschte mir, dass er einfach mit mir darüber sprechen würde. Doch die Unsicherheit die immer um uns kreiste machte viel zu viel aus.

„Vittorio, ist alles in Ordnung? Du siehst… nachdenklich aus", fragte ich und versuchte das aufkeimende Gefühl der Unruhe in mir zu vertreiben.

„Es ist nichts… nur…" Er schüttelte leicht den Kopf, als würde er sich von seinen eigenen Gedanken loslösen wollen. „Mach einfach das, was du dir vorgenommen hast. Ich vertraue darauf, dass du das kannst."

Er trat einen Schritt näher, und ich spürte die unausgesprochene Nähe zwischen uns. „Das Risiko ist immer da, Lyanna. Aber ich kenne dich. Du bist stark. Du hast alles vorbereitet und das ist wichtig. Lass dich nicht von meinen Sorgen beeinflussen."

Ich schluckte. Es gab so viel Ungewissheit in der Luft und ich wollte nicht dass diese schwere Stimmung zwischen uns standhielt. „Ich werde mein Bestes tun ich verspreche es." In der Dunkelheit unserer Situation war jede eingehende Aussage wie ein Schimmer in der Nacht.

Vittorio schaute mir in die Augen und in diesem Moment wusste ich, er wollte mir mehr sagen, als es Worte vermochten. Es war das erste Mal, als würde eine unausgesprochene Verbindung zwischen uns bestehen, die uns an einen Ort zog, den wir beide nie hätten erreichen sollen. Aber andererseits, inmitten dieser unlöslichen Probleme, schien das nur noch tragischer. Er nickte und wandte sich dann zur Tür. „Wir sehen uns um 19 Uhr, Lyanna. Sei bereit."

Als er aus dem Raum trat, konnte ich es spüren – diese Mischung aus Hoffnung und Angst. Ich war fest entschlossen, nicht aufzugeben. 19 Uhr, ich straffte meine Schultern. Die Uhr tickte und ich wollte auf alles vorbereitet sein, bevor die Nacht zu einer der neuen vielen Herausforderungen wurde.

Um Punkt 19 Uhr stand ich am Auto, das unter dem schwachen Lichtstrahl der Laterne wartete. Der kalte Abendwind zerrte an meiner Jacke und ich fühlte mich, als wäre ich auf dem Prüfstand. Mein Herz klopfte und ich kämpfte gegen die aufsteigende Angst an. Je näher der Zeitpunkt rückte, desto mehr konnte ich die drohende Ungewissheit spüren.

Ich hob den Kopf, als ich Raphael und Vittorio die Treppe hinunterkommen sah. Raphael war angespannt; die Art und Weise, wie er die Stufen hinabging deutete darauf hin das seine Gedanken wirbelten. Sein Gesicht war versteinert, aber in seinen Augen lag ein irrer Glanz, der mir ein mulmiges Gefühl gab. Es machte mir Angst ihn so zu sehen – als wäre er auf der Suche nach etwas, das er nicht finden konnte und würde deswegen alles in seiner Umgebung in Mitleidenschaft ziehen.

„Alle einsteigen!", befahl er mit einem scharfen Ton der die Luft zwischen uns zerschnitt. Es war nicht nur ein Hinweis, es war ein Befehl und alle Anzeichen von Unsicherheit wurden mit einem Mal in den Hintergrund gedrängt. Die Dominaz in seiner Stimme ließ die Anspannung in meiner Brust noch größer werden.

Vittorio folgte dicht hinter ihm mit einem besorgten Ausdruck in seinem Gesicht. Auch er schien von der Situation überfordert zu sein und dennoch drängte er voran. Mehrere SUVs standen bereit. Die Luft war angespannt, beinahe greifbar.

Ich sah zu Raphael, der jetzt dicht neben mir stand und ungeduldig darauf wartete, dass alle eingestiegen sind. Sein Gesicht war steif und ausdruckslos, und ich konnte das Adrenalin in der Luft förmlich schmecken. „Beeil dich, Lyanna!" Seine Stimme war ungeduldig und drängend.

Ich öffnete die Tür und schlüpfte auf den Rücksitz. Vittorio kam hinter mir hinein und schloss die Tür mit einem dumpfen Knall. Ich fühlte, wie das Fahrzeug sofort in eine andere Welt eintauchte – eine Welt, in der wir dem Unvermeidlichen entfliehen wollten. Doch dafür war ich mir nicht sicher, ob dies die richtige Entscheidung war.

„Alle bereit?", rief Raphael und beobachtete die anderen, die mittlerweile ebenfalls in die Wartestellung begeben hatten. „Wir brechen jetzt auf. Ich will keine Fehler, keine Verzögerungen. Die Geschäftspartner haben nicht viel Geduld und ich will nicht, dass wir von der Zeit bestraft werden."

Ich biss nervös an meinen Lippen, während ich meine Unruhe versuchte zu verbergen. Raphael hatte seinen irrationalen Blick nicht ablegen können und ich fragte mich, ob er die Menge der Autos um unseren SUV nicht registrierte. Das

Gefühl, dass etwas ganz und gar nicht stimmte, wollte nicht von mir weichen.

Die Motoren der SUVs brüllten auf, als die Männer um uns herum sich bereit machten. Ich spürte das Zittern in meinen Händen, als ich beruhigende Gedanken heraufbeschwor. Es ist nur ein Ausflug. Es ist nur ein Meeting. Nichts kann schiefgehen.

„Los, jetzt!", herrschte Raphael und wieder erhellte die Härte seiner Stimme die Szenerie. „Wir haben keine Zeit zu verlieren."

Sein Dröhnen ließ meine Sorgen sofort wieder aufkeimen. Ich wollte die Unsicherheit aus meinem Herzen verbannen, aber es war schwierig, während ich den wahnsinnigen Glanz in seinen Augen beobachtete. „Hast du alles im Griff, Raphael?", fragte ich schließlich, um etwas von dem Druck abzubauen, der sich zwischen uns aufgebaut hatte.

Er sah direkt in meine Augen und ich konnte die Kälte und Unnachgiebigkeit in seinem Blick sehen. „Wir haben keine Zeit für Fragen, Lyanna. Vertrauen ist jetzt entscheidend."

Sein Statement hallte in meinem Kopf wider, während ich tief durchatmete und mich versuchte, zu wiederholen. Vertrauen ist entscheidend. Ich sah mich im SUV um. Die anderen schienen bereit zu sein. Sie mussten es sein. Wir alle mussten es sein. Aber die Unruhe wuchs in meinem Magen, und ich konnte das Prickeln der Anspannung in meinen Gliedern spüren.

Mit einem ruckartigen Stöhnen setzte sich das Fahrzeug in Bewegung und die Reifen quietschten leise, als wir uns auf die Ausfahrt begaben. Ich war bereit für das Unbekannte, bereit zu fliehen, aber der Gedanke an das, was kommen würde, nagte immer weiter an mir. Raphael saß vorne und sein angespanntes Gesicht sagte mir, dass die kommenden Minuten noch viel mehr bringen würden als wir ahnen konnten.

Nach einer unendlich langen Fahrt hielten wir vor dem exklusiven Restaurant im Herzen der Stadt, einem Hort des Reichtums und des Einflusses der uns wie ein finsterer Schatten entgegenblickte. Der letzte Schein des Tages schwand und der Nachtgarten drängte sich förmlich gegen die Wände. Es war unheilvoll und atemberaubend zugleich.

Raphael stieg als Erster aus und strahlte eine Kälte aus, die den Novemberwind blass erscheinen ließ. Seine Anspannung war greifbar wie ein Sturm der sich zusammenbraute. Ich konnte die Unruhe in meinen Gedanken nicht unterdrücken als ich ihn beobachtete, wie er die Umgebung musterte – seine Augen, funkelnd und blitzend, als könnten sie jeden Feind auf einen Schlag erblicken.

„Sichert die Gegend!", befahl er scharf und sein Befehl hallte in der Abendluft, als wäre er ein Schuss im Dunkeln. Seine Männer sprangen sofort in Aktion und zogen sich in die Dämmerung zurück um alle Ausgänge des Restaurants abzusichern. Mein Herz schlug schneller, Raphaels Verhalten machte mir angst. Was war das für eine Welt, in der wir uns bewegten und wozu würde das alles führen?

Raphael prüfte seine Waffe mit einem besessenen Blick, der mir einen Schauer über den Rücken jagte. Das Geräusch des Waffensystems, das mit einem kalten Klick einrastete, war wie das Signal eines anbahnenden Unheils. Ich wollte Fragen stellen, wollte wissen ob wir wirklich auf der richtigen Seite standen – doch es blieb mir die Luft weg.

Wir betraten das Restaurant – selbst der Lichtschein schien wie ein Käfig voller Geister. Ich konnte die Atmosphäre förmlich schmecken: Erwartung, Machtspiele und das drohende Gefühl, dass die Zeit bereits gegen uns arbeitete. Raphael führte uns durch den schummrigen Raum in eine abgelegene Ecke, wo die wichtigsten Figuren unserer Stadt bereits auf uns warteten.

In der warmen, gedämpften Beleuchtung des Restaurants saßen sie alle mit ihre Begleitung um den runden Tisch. Mr. Jenkins, der Bürgermeister von Johannesburg, Mr. Jaolu, dem Polizeichef,

Anton, Matthias, Akira und zwei weitere Herren die ich nicht kannte. Eine seltsame Mischung aus Anspannung und förmlicher Höflichkeit erfüllte den Raum. Es war beinahe surreal, wenn man bedenkt, dass unter der Oberfläche alle Anwesenden von persönlichen Interessen und Geheimnissen durchzogen waren die in der Luft knisterten.

„Ich freue mich, dass wir uns heute Abend alle versammelt haben", begann Mr. Jenkins, mit einem aufgesetzten Lächeln, dessen Kälte nicht ganz von der Fassade des freundlichen Politikers verdeckt werden konnte. „Es ist an der Zeit, dass wir die aktuellen Herausforderungen in der Stadt miteinander besprechen. Es gibt einiges, das wir klären müssen – ganz besonders in Bezug auf die geforderten neuen Verkehrswege."

„Die neuen Routen bieten nicht nur eine Gelegenheit zur Verbesserung der Infrastruktur, sondern auch zur... Anpassung von Interessen", warf Matthias ein, während er sich in seinem Stuhl zurücklehnte und den Blick über den Tisch schweifen ließ. Sein Ton hatte etwas Unterkühltes, fast Verschwörerisches, das mich frösteln ließ.

„Richtig. Die Genehmigungen können in der Tat viel Geld bewegen", stimmte Anton zu. „Wenn sie einmal da sind, könnte es sich für uns alle lohnen – solange wir mit den richtigen Leute sprechen. Ein paar kleine Anreize hier und da könnten die Sache erheblich beschleunigen."

Die Augen von Mr. Jaolu, dem Polizeichef, flunkerten, als er hinzufügte: „Es ist wichtig, dass wir sicherstellen, dass unsere Behörden die Kontrolle behalten, um mögliche Aufstände gegen diese Veränderungen zu unterbinden. Ein bisschen... geschickte Behandlung kann die öffentliche Wahrnehmung fördern. Man weiß ja, wie Gerüchte entstehen."

Raphael saß zurückgelehnt, als würde er jeden ihrer Gedanken mit einer Klinge zerschneiden. „Ich erwarte von jedem einzelnen von euch, dass ihr die Stadt hinter der Maskerade führt. Wir müssen die Wahrnehmung souverän steuern. Schließlich stehen unsere, bzw. meine Interessen auf dem Spiel."

Ich hielt inne und beobachtete, wie jeder in diesem Raum seine eigene Agenda verfolgte. Während sie über „geschickte Behandlung" und „diplomatische Anreize" sprachen, wusste ich, dass wir über weit mehr als nur Verkehrswege sprachen. Hier ging es um Geld, Macht und den Handeln diverser Güter und naja... oder Menschen, sowie die Schmiergelder oder das Smurfing – und ich war mir nicht sicher, ob ich fortfahren wollte, in dieser düsteren Welt eingezogen zu werden.

„Es wäre leicht, einige wichtige Stimmen dafür zu gewinnen", bemerkte Akira leise, seine Augen blitzten vor berechnender Intelligenz. „Ein bisschen Unterstützung, insbesondere bei denjenigen die Anwohnervertreter sind – das könnte helfen die Wogen zu glätten. Und ich habe einige Verbindungen die uns nicht im Stich lassen werden."

„Natürlich sollten wir die sozialen Medien nicht vergessen", fügte Matthias hinzu, seine Stimme klang nun noch verschlagener. „Eine gut platzierte Story könnte Wunder bewirken. Wir können dafür sorgen, dass die Öffentlichkeit denkt, die Veränderungen wären ihre Idee, während wir im Hintergrund die Drähte ziehen."

Mr. Jenkins nickte beifällig, jedoch war in seinem Gesicht eine tiefe Befriedigung sichtbar. „Es ist wichtig, die richtigen Geschichten zu konstruieren. Manchmal sind die Beweggründe, die den Menschen präsentiert werden wichtiger als die Realität. Und diese Realität lässt sich zu unserem Vorteil zurechtbiegen."

Ich konnte nicht anders, als mit einer Mischung aus Ekel und Faszination zuzuhören. Es war ein perfides Spiel das sie spielten und ich war mir bewusst, dass jeder dieser Männer bereit war, jeden Preis zu zahlen um seine Ziele zu erreichen. Es war, als wäre ich Zeugin einer Oligarchie, die bereit war über Leichen zu gehen.

„Wir sollten auch niemanden vergessen, der eine vorteilhaftes Stimmrecht hat. Ein paar Gespräche könnten genug sein, um die gewünschten Stimmen zu gewinnen", sagte Raphael das letzte Wort.

Ein schweres Schweigen fiel über den Tisch, während alle ihre Gedanken verarbeiteten. Die Macht und Gier standen allen förmlich in den Gesichtern geschrieben. Diese besessene Welle von Emotionen kreiste durch den Raum, wie ein drohendes Gewitter.

Es wurde mir klar, dass sich das Treffen zu einer schleichenden Bedrohung entwickelte. Jeder gut gemeinte duldsame Gedanke, den ich hegte, wurde im Licht dieser düsteren Realität zerschlagen. Und während sie darüber sprachen, wie sie die miteinander verknüpften Fäden dieser Machenschaften ziehen würden, machte sich ein beklemmendes Gefühl in meinem Magen breit.

Die Korruption und die Machenschaften, die in dieser Runde ausgeheckt wurden, waren wie ein doppeltes Spiel bei dem das Vertrauen zugleich die Waffe und das Ziel war. Wir waren alle Zeugen und Komplizen und ich hatte keine Ahnung, wie ich aus diesem verstrickten Netz herauskommen konnte.

Ich hörte die Diskussion weiter zu, während ich im Schatten am Tisch saß und mich mehr und mehr von der Dunkelheit um mich herum eingeengt fühlte. Die Worte von Raphael hallten in meinen

Gedanken: „Lassen Sie sich nicht von idealistischen Vorstellungen blenden." Es war, als wäre ich in einem Labyrinth gefangen, aus dem es keinen Ausweg gab.

Ich räusperte mich und entschuldigte mich bei den Männern am Tisch. „Entschuldigt mich bitte für einen Moment, ich muss nur kurz die Örtlichkeit aufsuchen", sagte ich freundlich und versuchte, das mulmige Gefühl in meinem Magen abzuschütteln.

Doch, bevor ich um die Ecke verschwand, drehte ich mich noch einmal um und warf einen prüfenden Blick über die Runde ob mir jemand folgte. Mein Herz klopfte in einem nervösen Rhythmus. In dieser angespannten Umgebung war ich mir bewusst, dass ich auf der schmalen Linie zwischen Unauffälligkeit und Verdacht balancierte.

Mit einem tiefen Atemzug wandte ich mich der Küche zu. Ein kleiner Lichtstrahl strahlte durch die offene Tür. Jetzt oder nie. Ich durfte mich nicht sehen lassen, es war riskant. Im Inneren der Küche war es hektisch, der Duft von frisch zubereitetem Essen mischte sich mit dem Aroma von Gewürzen und Öl. Der Lärm von Geschirr und das Geschrei der Köche stieg auf und verschlang mich für einen Augenblick in eine andere Realität.

Ich zog meine Kapuze enger um mein Gesicht, als ich nach Luis Ausschau hielt. Er war im Notfall unser Sündenbock und ich vertraute ihm mehr als den Männern im Restaurant. Ich sah ihn in einer Ecke stehen, während er Geschirr abwusch. Ich gab ihm ein kurzes Zeichen das ich da war. Sein Blick erhellte sich für einen Moment und er trat einen Schritt näher. „Alles bereit?", flüsterte ich hastig.

Er nickte und nahm mir das kleine Fläschchen mit dem Gift ab, das ich sorgfältig in meiner Tasche versteckt hatte. „Bist du dir wirklich sicher?", fragte er mit einer besorgten Miene, während seine Augen mich ins Visier nahmen.

Ich zögerte, aber forderte mich selbst auf, meine Entschlossenheit zu bekräftigen. „Ja, es kann so nicht weitergehen – nicht ohne unsere Kontrolle. Sie denken nicht an die Konsequenzen. Ich kann nicht einfach tatenlos zusehen."

Luis ließ das Fläschchen in seiner Hand kreisen, als würde er es mit der Bedeutung seines Inhalts abwägen. „Sei vorsichtig. Wenn du erwischt wirst..."

„Das weiß ich", unterbrach er mich, während ich das beunruhigende Kribbeln in meinem Magen spürte. „Das darf nie herauskommen! Es muss genau im richtigen Moment geschehen."

Bevor er etwas sagen konnte, wandte ich mich ab und ging weiter, um mich auf die Toilette zu begeben. Ich brauchte einen Moment für mich, um meine Gedanken zu sammeln und den Schimmer der Nervosität von meinem Gesicht zu wischen.

Im kleinen, eleganten Bad war alles in sanften Farben gehalten; der Marmor stand im Kontrast zum grellen Licht. Ich schloss die Tür hinter mir und atmete tief durch. Hier konnte ich einen Moment der Ruhe finden, um an das zu denken, was ich gerade ins Rollen brachte.

Mit zitternden Händen schaute ich in den Spiegel, wischte meine Augenringe weg und versuchte das Bild einer entschlossenen Frau zu entwerfen die wusste was sie tat – die nicht von der Ungeheuerlichkeit des Traversierten zurückschreckte.

Ich hatte ein klares Ziel vor Augen, dass ich die Kontrolle nicht an die Männer am Tisch verlieren würde. Das Gift, das ich eben Luis gab, war meine letzte Hoffnung die Macht in dieser Situation wieder zu gewinnen und es ihnen nicht zu ermöglichen, mich für ihre Gier zu benutzen.

Nach ein paar schnellten Atemzügen spritzte ich mir Wasser ins Gesicht und entblößte ein Lächeln das nicht ganz echt war, aber mir halt zu wissen das ich auf dem besten Weg war. Ich zögerte kurz und hörte wie die Gespräche aus dem Raum drangen – Stimmen, die sich um die verschwommenen Elemente der Macht woben, während ich in der Dunkelheit blieb.

Ich hatte eine Entscheidung getroffen und damit hatte ich die Grenze überschritten. Ich würde heute Abend nicht die Einzige sein, die zu kämpfen hatte. Und wenn die Zeit gekommen war, würde ich nicht zögern.

Als ich die Toilette verließ und zum Tisch zurückkehrte, kam mir der Duft von frisch zubereiteten Gerichten entgegen und gab mir einen flüchtigen Eindruck von Normalität, den wir sonst während dieser dunklen Verschwörung nicht hatten. Die Männer hatten bereits ihre Bestellungen für das Abendessen aufgegeben.

„Ah, da bist du ja, Lyanna! Ich habe für dich mitbestellt", verkündete Raphael und sah mich mit einem durchdringenden Blick an. Ich zwang mich dazu zu lächeln, während mein Panikgefühl in der Magengegend wieder ein wenig anschwoll.

Ich setzte mich hin und schaute mich in dem gut besuchten Restaurant um. Die Tische waren sowohl drinnen als auch draußen gut besetzt; Paare, die leise miteinander plauderten. Gruppen aus Freunden die schallend lachten und ihre Weingläser erhoben. Für einen kurzen Augenblick konnte ich den Realität entfliehen. Doch der Schein trog. Am Tisch braute sich bereits die Spannung zu einem Sturm zusammen.

„Das aktuelle Angebot ist nicht ausreichend!",
knurrte Mr. Jaolu, der Polizeichef und ließ dabei
seinen Blick durch den Tisch wandern, als würde
er alles und jeden direkt ins Visier nehmen. „Wir
können nicht einfach so weitermachen. Die
Beamten brauchen Anreize um wegzuschauen."

Raphael mummelte etwas vor sich hin. Seine
Geduld war an der Grenze. „Das ist nicht unser
Problem, Jaolu! Wir haben Ihnen bereits ein faires
Angebot gemacht", sagte er scharf und der Zorn in
seiner Stimme war deutlich zu hören, während sich
der Druck um uns herum weiter aufbaute.

Es schien, dass sich die Gespenster der Gier und
des Misstrauens zwischen ihnen aufstauten; der
Raum schien sich mit einer dunklen Vorahnung zu
füllen, die die Tische um uns herum fast erdrückte.
Ich sollte die Wogen zu glätten bevor jemand den
Bogen überspannte.

„Gentlemen, vielleicht sollten wir einen Moment
innehalten", begann ich, ruhig und mit Bedacht,
während ich mich an die Tischkante lehnte. „Essen
und Trinken kann helfen, die Gemüter zu
beruhigen. Das Essen ist im Anmarsch. Ein guter
Abend beginnt nicht mit Geschrei."

Mit dieser Bemerkung richtete ich meinen Blick
wieder auf Raphael, der mich kurz überrascht
ansah. „Wir sind hier, um eine Lösung zu finden,"
fuhr ich fort, meine Stimme klar und fest. „Lasst

uns nicht Alles gefährden, bevor wir nicht alle Positionen angehört haben. Wir sollten einen klaren und ruhigen Kopf bewahren."

Akira sah mich sofort an und schien meine Bemühung zu schätzen. „Genau, Lyanna. Niemand profitiert, wenn wir aufeinander losgehen. Wir wollen doch alle dasselbe: ein erfolgreiches Ergebnis."

„Richtig", stimmte ich zu und sah gezielt zu Mr. Jaolu der jedoch noch immer skeptisch wirkte. „Lasst uns die Angebote in Ruhe durchsehen und weiterhin konstruktiv bleiben. Je mehr wir uns auf die Snacks konzentrieren, desto einfacher wird es, Entscheidungen zu treffen," erwiderte ich mit einem Lächeln.

Die Skepsis und der Unmut wichen nur zögerlich aus den Gesichtern der Männer, während sie mir bei meinen nächsten Worten lauschten. „Lasst uns darauf vertrauen, dass das Essen bald serviert wird. Ein voller Bauch macht vielleicht klügere Köpfe."

Im Hintergrund begann das Personal des Restaurants, die ersten Platten mit köstlichen Speisen zu servieren. Die Stimmung am Tisch entspannte sich langsam. Das Aroma des Essens durchdrang den Raum und gab uns allen einen Moment der Ablenkung.

Langsam wechselte sich das Gesprächsthema auf die bevorstehenden Gerichte und die individuelle Vorliebe jedes Einzelnen. Die Gelegenheit nutzte ich um meine Unruhe eine Weile auf Null zu schieben.

Mr. Jenkins hatte bereits mit seinem ungestümen Appetit zugegriffen. Das erste Stück Fleisch schob er sich genüsslich in den Mund. Raphaels Hände rangen derweil noch um seine Serviette, eine unbeholfene Vorhut auf das Essen, welches auf ihn wartete. Mr. Jaolu behielt dabei ein wachendes Auge auf die anderen Gäste im Raum, als wäre jeder Anderer eine Bedrohung in seiner eigenen unsichtbaren Jagd.

Raphael schloss endlich seine Hände um die Gabel und hob sie an, als wäre es der Beginn eines feierlichen Rituals. Doch genau in diesem Moment geschah das Unvorstellbare.

Herr Jaolu sackte plötzlich in seinen Stuhl zusammen, die Augen weit aufgerissen begann er nach Luft zu japsen. Sein Gesicht färbte sich in einem schockierenden grau das unnatürlich wirkte. Es war, als würde das Leben sich aus ihn herausschälen und mein Herz wurde schwer. Griff ich ein oder sollte ich mich zurück nehmen? Schließlich sah ich zu wie ein Mann, von dem ich stets Respekt gefordert hatte, sich vor meinen Augen in voller Panik auflöste.

„Was ist mit ihm?!" schrie ich gespielt, als ich unwillkürlich die Hände auf den Tisch legte und mich nach vorn lehnte, neugierig auf den Anlass dieser plötzlichen Unerträglichkeit. Raphael warf schnell seine Gabel mit einer Wucht zurück auf den Teller, dass das Geschirr fast zerbrochen wäre.

„Was soll das?!" brüllte er durch den Raum, seine Stimme war durchdringend und aggressiv. „Wer war das? Man soll mir den Küchenchef bringen!"

Die gesamte Restaurantatmosphäre schien wie ein tiefes, schauriges Schweigen zu erstarren. Alle Augen waren nun auf uns gerichtet und ich fühlte das Gewicht des Schreckens, als ich die panischen Blicke der anderen Gäste wahrnahm. Die Unsicherheit schwebte ein wie ein Gespenst durch den Raum.

Herr Jaolu schnappte nach Luft, so unberechenbar, so bedrohlich, dass es mir den Atem schnürte. Der Schock in meinem Magen verwandelte sich in reine Panik, während ich hastig versuchte, einen klaren Gedanken zu fassen. Wo war die Grenze zwischen meinem eigenen Überleben und den Unaussprechlichen, die an diesem Tisch gesät wurden?

„Ruft einen Krankenwagen!" rief ich, völlig überstürzt, meine Stimme hallte über den schockierten Murmeln der Gäste. „Schnell! Er braucht sofort Hilfe!" Die Bedeutung meiner Worte tat mir leid, als ich sie aussprach. Denn irgendetwas in diesem Moment war nicht in Ordnung – und ich wusste nicht, ob wir tatsächlich noch das Recht hatten, solcherlei Hilfe zu erwarten.

Raphaels Gesicht war ein echter Sturm, als ich das Ungemach registrierte, das sich in seinen Zügen bildete. Sein Entsetzen war messerscharf und schnitt durch die noch immer bedrückte Stille. „Das kann nicht wahr sein!"

Die Kellner, deren Hände zitterten, als sie sich dem Tisch näherten, wirbelten umher um herauszufinden was geschehen war. Ein Gefühl des Chaos breitete sich aus, während sie mit der echten oder eingebildeten Verantwortung kämpfen. Die Furcht raste wie ein Schatten durch meine Gedanken, als ich völlig verloren in dem reißenden Strom der Situation starrte.

In meinem Kopf kreisten die Fragen, während die Realität verblasste: Was hätte ich tun sollen?

Ich fühlte eine Kälte von Verzweiflung und Hoffnungslosigkeit in mir aufsteigen. Was brachte ich noch zu Stande, um diese aufkommende Katastrophe zu bewältigen? Ich bin kein Deut besser. Hier war ich, zwischen den Männern die eines ihrer finsteren Spielchen spielten. Ein Luftzug strich über meinem Nacken, als ob sie darauf warteten, dass ich einen falschen Schritt machte.

Mr. Jaolu kämpfte weiterhin um Atem, seine Gesichtszüge verzerrten sich in unnatürliche Winkel. Der Glanz in seinen Augen verwandelte sich schnell in etwas anderes – Panik, Angst, vielleicht sogar der Hauch des Todes. Und in diesem Moment hätte ich fast geahnt, dass der Abend nicht so enden würde, wie wir es uns gewünscht hatten. Das Schicksal hing unaufhaltsam in der Balance und ich war mir vollkommen bewusst, dass es vielleicht der letzte Atemzug des Polizeichefs war, der die tiefen Abgründe unseres Spiels offenbaren könnte.

Jeder Atemzug wurde flacher, das Dunkel des Restaurants war durch das Brennen der Lichter nicht zu vertreiben. Ich konnte nicht anders, als mich zu fragen, ob wir alle nicht bereit waren, den Preis für das zu zahlen was wir hier inszeniert hatten.

In dem Moment der absoluten Stille, als der Schock von Mr. Jaolus ableben im Raum schwebte, trat Apollo um die Ecke. Seine Präsenz war wie ein kalter Wirbelsturm, der den Rest der Zivilisation die noch in diesem Restaurant versammelt war, mit einem Schlag verjagte. Er stellte sich neben den Tisch, lässig und selbstsicher, während er den Raum mit einem durchdringenden Blick überflog, als wäre er der Herrscher über ein Königreich aus Chaos.

Raphael, das drohende Gewitter, hob herausfordernd die Augenbrauen und schüttelte den Kopf, als würde er Apollo ins Visier nehmen. „Na, Raphael, hast du deinen Deal schon abgeschlossen oder war das alles nur heiße Luft?" Die Ironie in Apollos Stimme war so scharf wie ein Messer und ein kaltes Schaudern lief über meinen Rücken. In diesem Moment bot er sich selbst als das definitive Erdbeben an, das alles zum Einsturz bringen würde.

Doch im selben Moment, in dem Apollo seine Provokation ausstieß, tauchte Luis um die Ecke auf, seine Miene sorgenvoll. „Wer hat mich gerufen?" Seine Hintergrundstimme schien nahezu naiv und das war es, was mir Metaphern ins Gesicht schlug. Es war klar, dass er nicht die kleinste Vorstellung davon hatte, wie sehr er sich inmitten dieser brutalen Realität bewegte.

Doch Raphaels Augen blitzen vor Zorn, eine blutige Härte leuchtete darin auf. In einem fließenden, brutalen Moment – viel zu schnell, um ihn zu begreifen – zog er seine Waffe und drückte den Abzug. Der Schuss durchbrach die düstere Stille, hallte durch das Restaurant und ließ alles andere im Aufschrei erstarren. Luis fiel zu Boden, sein Körper reglos und gegen die Kälte des Bodens gedrückt. Die Dunkelheit rollte über ihn hinweg und raubte ihm die letzten Lebenslichter.

Das Restaurant explodierte in ein Wirbelwind aus Panik. Gäste sprangen auf, ihre Stühle kippelten, ein Gefühl der Urangst überkam die Menge. Schreie durchdrangen die Luft, das Klirren von Gläsern vermischte sich mit dem rasanten Schlagen von Herzen, während sich die Menschen hastig zurückzogen. Das Szenario verwandelte sich in ein alptraumhaftes Durcheinander; die Menschen war in Windeseile geflohen und die Schatten der Unmenschlichkeit wurden zu treuen Begleitern.

„Was hast du getan?!" Mr. Jenkins schnappte nach Luft, jeder Atemzug ein schmerzhafter Versuch die Realität zu begreifen die sich vor ihm entfaltete. Sein Gesicht war von einer so tiefen Panik erfüllt, dass ich den Eindruck hatte, er würde sich jeden Moment in einen rasenden Schatten verwandeln – ein Mann, der dezimiert wurde von dem Schrecken den Raphael entfesselt hatte. Raphael stand da, das Adrenalin in ihm brodelte, seine Wut war schier greifbar. Das Restaurant, das einst voller Leben und lauter Unterhaltung war, war nun eine sterile Geisterstadt – ein Ort des Schreckens, der sich vor meinen Augen entfaltet hatte. Mein Kopf drehte sich, als ich versuchte, die Fassung zu bewahren. Was hatte ich nur getan? Was brachte ich noch zu Stande? Fragen kreisten in meinem Geist, während ich überall um mich herum das Übel sah, das wie ein schleichendes Gift im Raum schwebte.

Apollo trat einen Schritt näher, seine Augen funkelten vor Vorfreude über das was er beobachten durfte. Raphael war ein Schatten seiner selbst, Raserei und blinde Wut verwandelten ihn in einen bedrohlichen Sturm. Und während ich in dieser trostlosen Szenerie gefangen war, wurde mir wieder einmal bewusst, dass es nicht nur ein Spiel, sondern ein Leben gegen die kalte Grausamkeit der Realität war. Raphaels Augen funkelten vor Wut, jeder Muskel in seinem Körper war angespannt, bereit auf jede Provokation zu reagieren. „Es ist zum Kotzen, Apollo! Du bekommst immer alles, alles was du willst! Isabella, das Kind, das Syndikat – du hast Macht, Einfluss und jetzt auch willst du noch Lyanna! Was habe ich dir je getan, dass du immer alles für dich beanspruchst?"

Seine Stimme brodelte vor unterdrücktem Zorn, wobei er weiterhin mit seiner Waffe in der Luft umher wedelte. Die Angst in der Gruppe wirkte wie ein unsichtbares Band, das uns alle gefangen hielt. Die Worte sprudelten aus Raphael heraus, unverblümt und gnadenlos, als würde er damit versuchen Apollo auf ein Abstellgleis zu drängen. Apollo straffte sich und gab schmunzelnd zurück, seine Gelassenheit war beinahe unerträglich. „Und du denkst, du hättest ein Recht auf all das? Es nennt sich Überlegenheit, Raphael. Du solltest das wissen. Du bist wie ein verwöhnter Junge, der nicht versteht, warum er nicht in die Welt der Männer gehört. Es ist nicht meine Schuld, dass du nie genug warst!"

Der eiserne Unterton in Apollos Stimme schnitt durch die Luft und ich benötigte alle Kraft um nicht zu reagieren. Diese Auseinandersetzung war mehr als nur Eitelkeit; sie war ein Ausdruck ihrer toxischen Rivalität, die schon lange in den Schatten gewachsen war.

„Verschone mich mit deinem Geschwafel! Du denkst, du kannst alles kaufen und besitzen!", fauchte Raphael zurück, seine Haut war aufgeladen mit der Wut, die ihn wie einen Vulkan zum Ausbruch drängte. „Was hast du je richtig gemacht? Du bist ein Bluffer und ein Betrüger und deine Arroganz wird dich irgendwann zerfressen!"

„Arroganz?", schnaubte Apollo kalt. „Du bist derjenige, der im Schatten des Syndikats lebt. Du hast nichts erarbeitet und das weißt du ganz genau. Isabella? Das war dein Fehler. Das Kind? Das war nie deins! Und Lyanna...", er hielt kurz inne und seine Augen funkelten wie gebrochene Diamanten. „Ich biete ihr alles, was du ihr nie geben kannst."

Die letzten Worte waren wie ein Faustschlag, der durch den Raum hallte. Mein Herz setzte einen Schlag aus, der Boden unter mir zitterte. Die Art und Weise, wie er meinen Namen verwendete, war wie ein Ankläger, der mit dem Finger auf mein Gesicht zeigte und alle Blicke auf mich richtete. Purer Besitzanspruch. Ich fühlte mich wie ein Spielball in einem furchtbaren Machtspiel.

Raphaels Gesicht wurde schneeweiß vor Wut, und ich hörte wie seine Fäuste zu knacken begannen, als er sich bemühte die Kontrolle zu behalten. „Was willst du damit sagen? Ich werde nicht zulassen, dass du der Meinung bist, dich einfach so an mich heranpirschen zu können. Du bist nichts weiter als ein parasitärer Mistkerl, der vom Unglück anderer profitiert!"

„Du redest von Parasitismus?", glitt Apollo weiter, unbeeindruckt, als wüsste er, dass er am längeren Hebel saß. „Hat man dir nicht beigebracht, dass der Stärkere überlebt? Vielleicht bist du wirklich nur dazu bestimmt, im Schatten eines anderen zu leben – und nach mehr zu streben, als du jemals erreichen kannst. Du bist das Problem, Raphael. Ich bin die Lösung." Der Machtkampf zwischen ihnen war wie das Brüllen eines Drachen und ich begriff, dass meine Anwesenheit nur Öl ins Feuer goss. „Ich will keinen Spielball sein", murmelte ich leise zu mir selbst, aber die beiden Männer schienen nicht aufhören zu können.

„Du bist der Einzige, der kein Teil dieser Welt ist Raphael!", höhnte Apollo und formte seine Lippen zu einem schmalen Grinsen. „Und das tut dir nicht gut. Tu dir selbst einen Gefallen: Geh und finde deinen Platz in einem Spiel, das du verstehst. Was willst du sonst tun? Mich herausfordern?"

„Herausfordern?" Raphael schloss erneut die Fäuste, die Veränderung in seinem Gesicht war bedrohlich. „Ich werde dich nicht einfach so davonkommen lassen. Du hast immer alles in der Hand, aber das wird sich ändern. Ich werde alles tun, um dir das zu nehmen, was dir am liebsten ist – und dazu gehören auch die Menschen, die dir am nächsten stehen."

„Was hast du im Schilde? Glaubst du, ich fürchte dich? Du bist zynisch, Raphael! Ich bin da, wo du nicht sein kannst – an der Spitze!", sagte Apollo und schien sich in der Situation zu sonnen, während Raphael vor Wut zitterte. Ich stand am Rande des Abgrunds, sollte ich mich in die Dunkelheit stürzen müssen um die Herren zu besänftigen? Mit jedem weiteren Wort wuchs die Spannung, eine explosive Mischung aus Wut und Verzweiflung, die wie eine dicke Wolke über uns thronte. Ich war gefangen in einem Albtraum. Ihre Worte flogen wie scharfe Pfeile durch die Luft. Ich fühlte ich mich verantwortlich, die beiden auszubremsen, bevor sie sich gegenseitig ins Verderben stürzten. War das mein Schicksal das hier auf dem Spiel stand? Warum war ich – Lyanna – am Ende dieser erbarmungslosen Kette? Apollo kam langsam auf mich zu, seine Schritte kontrolliert und selbstbewusst. Sein Blick war fest, aber nicht feindlich, als er mir kurzfristig seine Hand entgegenstreckte. „Lyanna, komm", sagte er mit einer Stimme, die den Hauch von Autorität und

Dringlichkeit besaß. „Du bist nicht sicher hier. Lass uns raus aus dieser Zone."

Ich wollte protestieren, doch mein Körper gehorchte mir nicht. Etwas in Apollos entschlossenem Blick sagte mir, dass er alles tun würde um mich zu beschützen. Mit jedem Schritt den ich auf Apollo zu ging, veränderte sich schlagartig die Dynamik um uns herum. Es war, als würde die Welt stillstehen, nur um uns die Illusion von Sicherheit und Hoffnung zu geben.

Doch Raphael beobachtete uns aus der Ferne, und ich konnte seinen Zorn spüren, die jetzt das Maß aller Dinge war. Die Luft knisterte vor Wut und Verletzung, und in diesem Moment kannte ich das Gefühl, als eine Sicherung bei ihm durchbrannte. Er war kurz davor, etwas Vernichtendes zu tun.

„Du willst sie also haben, Apollo?", fauchte er, während sich die Gefahr unbarmherzig um uns zusammenbraute. „Das wird nicht passieren!" Sein gezielter Blick wanderte von mir zu Apollo und ich spürte, wie mein Herz in meiner Brust zu rasen begann. „Ich lasse dich nicht gewinnen, egal was du tust!" Mit einem wilden Schrei zog er seine Waffe hoch. In diesem Augenblick war alles, was ich hören konnte das laute Krachen eines Schusses und das scharfe Zischen der Kugel. Ein Schmerz Schnitt wie einen Blitz durch meinen Körper.

„Lyanna!", schrie Apollo.

Mit einem unvorstellbaren Schrecken brach ich zusammen. Der Schmerz durchzog meinen Körper wie ein elektrischer Schock, während ich verzweifelt versuchte, die Realität zu begreifen. Ich versuchte mich aufzurappeln, der Lärm des Chaos um mich herum war ohrenbetäubend – Schüsse, Schreie und das Krachen von Möbeln, zerberstend wie feinstes Glas. Mein Blick fiel auf die Gesichter der letzten Menschen, die in Panik umherirrten, in einem verzweifelten Versuch dem drohenden Unheil zu entkommen. Doch in dem Moment, in dem ich mich in meiner eigenen Unterwelt verlor, hörte ich das Rascheln von Schritten. Apollo bettelte nicht um Gnade; er reagierte. Sein eisiger Blick verwandelte sich in eine Explosion von Zorn, als er seine Waffe auf Raphael richtete und abdrückte. Er feuerte mit einer Zielsicherheit, die wie ein Sturm über das Schlachtfeld raste und der Klang des Schusses war wie ein dröhnender Hahnenschrei, der die Dunkelheit durchbrach. Raumschiffartig zischten die Kugeln in diese Hölle und ich fühlte den Adrenalinschub, selbst als ich in meinem Schmerz gefangen war. Aber der wahre Horror hatte gerade erst begonnen.

Vittorio, dessen Präsenz in dieser angespannten Lage wie der Schatten eines Phantoms über uns schwebte, zielte ebenfalls auf Apollo. „Du bist ein Narr, Apollo! Das war ein großer Fehler!" Mit einem kalten und berechnenden Blick bereitete er sich auf den entscheidenden Schuss vor.

Und genau in diesem Moment, als sich alles in einen gewaltigen Chaos verwandelte, hörte ich das Donnern von Schüssen aus der Richtung von der Küche. Das Geräusch war wie der Vorbote einer unerbittlichen Apokalypse, die den Raum mit blutigem Lärm erfüllte. Kugeln prasselten nieder wie ein gefallener Regen, und ich war nicht mehr als ein hilfloses Opfer dieser abscheulichen Inszenierung.

Einige Schüsse verfehlten, andere jedoch fanden ihr Ziel. Ein Entsetzen durchbrach die Schockwellen der Realität und ich spürte, wie sich alles um mich herum aufblähte – wie ein gewaltiges Ungeheuer, das durch seine Macht zu ersticken drohte.

Doch mein Herz setzte aus, als ich Apollo sah – reglos auf dem Boden liegend, als wäre das Leben aus ihm entwichen. Ich versuchte mich an ihn zu ziehen „Apollo!", schrie ich, und die Verzweiflung in meiner Stimme hallte durch die Hölle, die uns umgab. Mir kam die Welt vor, als würde sie in tausend Stücke zerbrechen. In meinem Kopf rasten die Gedanken – war er tot? Wie konnte das passieren? Ich fühlte, wie mich die Angst erdrückte. Ein erdrückendes Gefühl das mir den Atem raubte. „Apollo! Bitte, sag etwas!", rief ich, meine Stimme war ein verzweifelter Schrei, der in den Trümmern des Chaos verloren ging.

Ich drehte meinen Kopf um meine Umgebung zu analysieren, bis ich Raphael und Vittorio ebenfalls am Boden liegen sah – die beiden Männer waren in einem Todesschlaf gefangen, als hätte der Schicksalsgott beschlossen, damit ein Ende zu setzen. „Wie konnte das hier nur geschehen?", flüsterte ich, die Worte nur ein Echo in der endlosen Dunkelheit.

Meine Welt brach in dem Moment, als die erdrückende Sorge um Apollo sich über mich legte. Tränen stiegen mir in die Augen, und ich konnte nicht anders, als vor der Vorstellung zurückzuschrecken – die Vorstellung, dass ich ihn verlieren könnte. „Apollo, bitte!", schrie ich erneut, die Verzweiflung lies mein Herz in einen Kessel aus Zorn und Trauer verwandelte. Die Sicht um mich herum verschwamm allmählich.

Und dann erschienen Aiden und Aurel, aus ihrer Deckung kommend, als wären sie das letzte Licht des Tages in einem stürmischen Meer. Sie rannten in das Chaos hinein, dunkle Schatten liefen über ihre Gesichter, als sie mit ihren Leuten hinter Raphaels Team her waren. „Schnell!" rief Aiden, „lasst keinen entkommen!"

Die Situation verwandelte sich in eine Mischung aus Aufruhr und unkontrollierbarem Hass. Die Schüsse donnerte weiterhin um uns herum. Wir alle waren in einem grausigen Spiel verwickelt, das die Grenze zwischen Freund und Feind verwischte.

Der Kugelhagel war unberechenbar, ein wahres Inferno, in dem das Überleben an den Fingern der Sterblichkeit hing. „Lyanna, bleib bei mir!" rief Aurel, während er sich über mich beugte. „Wir müssen hier raus, bevor es zu spät ist!"

In diesem Moment der Verzweiflung – zwischen Schmerz und Angst – wurde mir klar, dass meine Zukunft ungewiss und voller Gefahren war. Doch ich hatte den mutigen Entschluss gefasst, dass ich kämpfen würde, egal wie tief ich fallen musste. Ich konnte die Dunkelheit nicht endgültig besiegen, aber ich konnte bis zum letzten Atemzug kämpfen.

Die Gefahr rückte näher ganz weg zu driften. Ich war entschlossen nicht einfach aufzugeben. Inmitten des Chaos und der Verzweiflung musste ich meinen eigenen Weg finden um das Licht zurückzugewinnen das sie mir genommen hatten.

Erol tauchte auf, hastig und außer Atem. „Erol!", rief Aurel und wandte sich an ihn. „Wir müssen Lyanna hier herausbringen – sofort! Ich schaue nach Apollo!"

„Komm, Lyanna!", drängte Erol, während er mich an der Schulter packte, aber ich riss mich los, meine Augen fest auf Apollo gerichtet, dessen Atemzüge flach und unregelmäßig waren. „Ich kann nicht einfach gehen!", schrie ich ihm entgegen, während ich die Ohnmacht erneut um mich herum spürte.

„Du musst! Es gibt nichts, was wir für ihn tun können, wenn wir hier bleiben!", rief Erol sehr dringlich. Doch es war ein verzweifelter Aufruf, den ich nicht hören konnte. In meinem Kopf herrschte nur ein schreckliches Rauschen – der Klang meines gebrochenen Herzens, das in einem Rhythmus der Angst schlug.

„Apollo!", schrie ich erneut, meine Stimme brach bei den Worten und ich wollte nichts mehr, als zu ihm zu gelangen. „Bitte! Wach auf! Du kannst nicht einfach gehen!" Die Trauer setzte sich wie ein erstickender Vorhang über meine Seele – ich konnte nicht begreifen, dass der Mann, für den ich gekämpft hatte, hier lag und möglicherweise verloren war. In diesem Moment schien die Welt stillzustehen, und ich war die einzige lebende Seele in diesem infernalischen Raum, während meine Gedanken von der Angst überschattet wurden. „Apollo!", schrie ich mit aller Kraft und das Echo meiner Stimme verhallte in der Dunkelheit, als ich fühlte, wie die Hoffnung und das Licht aus mir schwand. Immer tiefer fiel ich in das Meer der Verzweiflung, während die Fronten um mich herum in Chaos versanken. Der Kampf der vor mir lag war nicht nur um das Leben derer die ich liebte, sondern auch um die Geister die an den gehärteten Mauern meiner Seele nagten. „Bitte, Apollo. Komm zurück!", flehte ich, während ich mich weit über den Abgrund der Verzweiflung hinausbeugte.

In der Leere, die zwischen uns entstand, begann ich zu begreifen, dass es möglicherweise kein Zurück mehr gab und mit dieser Erkenntnis zerbrach ich innerlich zu einem Staub aus Trauer.

Der Abend, der mir einst so viel versprach, hatte sich in ein unerträgliches Duell der Dunkelheit verwandelt. Was war nur aus uns geworden? Und warum war ich hier, inmitten eines Albtraums? Die Antwort auf meine Fragen könnte mein letztes verbleibendes Licht in der schimmernden Dunkelheit sein, oder vielleicht war ich dazu bestimmt, darin unterzugehen.

Aurel

„Erol! Hast du Lyanna rausgebracht?" fragte ich, während ich seine Reaktion studierte. Ich wusste, dass die Situation kritisch war und jeder Moment zählte. „Ja, Aurel. Was ist mit Apollo?", antwortete er mit einem Anflug von Besorgnis in der Stimme. „Es sieht schlecht aus. Ich habe den Krankenwagen alarmiert, aber wir müssen ihn so schnell wie möglich stabilisieren." Ein kalter Schauer lief mir über den Rücken. „Was ist mit ihrem Zustand? Weißt du, wie es ihr geht?" Erol schüttelte den Kopf. „Ich konnte nicht viel tun, außer ihr Erste Hilfe zu leisten. Sie ist ohnmächtig geworden und ich befürchte, das hängt mit dem Bauchschuss zusammen. Petro ist bei ihr und kümmert sich um sie, aber wir müssen hoffen, dass der Krankenwagen schnell kommt. Wir haben kaum Zeit zu verlieren." Ich warf einen Blick über die Schulter zu Apollo, der in den Armen von Aiden lag und dann zurück zu Erol. Die Angst um Lyanna vermischte sich mit der Sorge um meinen Bruder. „Was ist mit Raphael und Vittorio?"

„Die sind mausetot", sagte Erol, seine Stimme fest. In diesem Moment kniete ich mich neben Aiden, der gerade den Druck auf Apollos Wunden erhöhte. Das Gesicht meines Bruders war blass, und ich wusste, dass wir gefordert waren, um ihm zu helfen. „Aiden, wie sieht's aus?" „Er hat zwei Kugeln abbekommen und ich mache mein Bestes, um die Blutung zu stoppen", antwortete Aiden, seine Stimme angespannt. „Aber wir müssen ihn so schnell wie möglich ins Krankenhaus bringen. Ohne Hilfe wird er nicht lange durchhalten." Während wir uns um Apollo kümmerten, hatte Erol anscheinend die Ungeduld auf seiner Stirn. „Wir müssen uns auch um Marco kümmern. Ich habe gerade gehört, dass er entwischt ist."

„Was?" Aiden sah auf, die Sorge verstärkte seinen Ausdruck. „Das kann nicht sein! Wir müssen ihn finden, bevor er noch mehr Chaos anrichtet."

„Für den Moment konzentrieren wir uns darauf, Apollo zu stabilisieren", sagte ich entschlossen, „und dann müssen wir alles andere klären. Erol, hast du ein paar Männer, die bei der Suche nach Marco helfen können?"

„Ja, ich habe einige Leute im Hintergrund, die bereit sind zu helfen, sobald die Situation hier klar ist", bestätigte Erol. „Aber wir müssen unbedingt sicherstellen, dass beide rechtzeitig medizinische Hilfe bekommen. Das ist Priorität. Wenn sie nicht rechtzeitig behandelt werden...." Aiden nickte, und wir schoben unsere Ängste beiseite. Es war ein Wettlauf gegen die Zeit, und wir durften nicht verlieren....